ullstein

KATE DAKOTA, geboren 1968 in Rheine, Nordrhein-Westfalen, lebt in einem kleinen Ort im südlichen Emsland in Niedersachsen. Sie absolvierte ein Autorenstudium an der Fernuniversität Hamburg und veröffentlichte im Februar 2014 ihren ersten Liebesroman. Unter dem Namen Carina Lund schreibt sie außerdem Kriminalromane.

KATE DAKOTA

Das Flüstern des roten Ahorns

Roman

Ullstein

Besuchen Sie uns im Internet:
www.ullstein.de

Originalausgabe im Ullstein Taschenbuch
1. Auflage November 2021

Umschlaggestaltung: bürosüd° GmbH, München
Titelabbildung: © www.buerosued.de
Gesetzt aus der Quadraat Pro powered by pepyrus.com
Druck und Bindearbeiten: CPI books GmbH, Leck
ISBN 978-3-548-06403-1

1

Jeder einzelne Knochen in Hannahs Körper fühlte sich an, als wenn tonnenschwere Gewichte daran befestigt wären, so erschöpft war sie. Diese bleierne Müdigkeit ließ sie wegdämmern und wischte die dunklen Gedanken in ihrem Kopf beiseite, die sie seit der Abfahrt aus Seattle gequält hatten. Das konstante Brummen des Motors tat sein Übriges, und sie nickte ein. Nur um Sekunden später panisch hochzuschrecken, als der Bus abrupt abgebremst wurde, begleitet von einem lauten Fluch des Fahrers.

»Was war denn?«, fragte Hannah ihre Sitznachbarin am Gang noch etwas benommen, die sie beruhigend anlächelte.

»Kein Grund zur Sorge. Nur ein Elch. Die machen nun mal nicht halt vor einem Highway. Aber wem sage ich das, Sie stammen ja aus British Columbia und kennen sich mit den Viechern aus. Aus Quesnel, sagten Sie, kommen Sie?«

Hannah nickte und schloss erneut die Augen, um zu verhindern, dass Gwen, so hieß die etwa fünfzigjährige Frau, ihr wieder ein Gespräch aufzwang. Das hatte sie, nachdem sie vor ein paar Stunden in Abbotsford zugestiegen war, mehr als einmal getan. Und dabei konsequent versucht, sie auszuhorchen, was Hannah jedoch nicht zugelassen hatte. Nur das Nötigste hatte sie von sich preisgegeben. Gwen hatte diese Reserviertheit wenig beeindruckt, und das tat Hannahs offensichtliches Schlafbedürfnis nun auch nicht. So prasselte erneut ein Schwall von Wörtern auf sie nieder, in denen es zum wiederholten Mal um Gwens Besuch bei ihrem Sohn und der Schwiegertochter in Clinton ging und um die Geburt des heiß ersehnten ersten Enkels, die in den nächsten Tagen erwartet wurde. Unter normalen Umständen hätte das monotone Geschwafel der Frau vielleicht sogar dazu beigetragen, Hannah erneut wegdämmern zu lassen, aber was war in diesen Tagen schon normal? Nichts.

Sie hatte damals abgeschlossen mit alldem. Mit Quesnel, mit dem Dragon Lake und dem *Broken Heart*, mit ihrem Vater, ja, und auch mit Dora, ihrer Großmutter, die sie einst so heiß und innig geliebt hatte. Bis zu dem Tag, an dem Hannahs Leben und das ihrer Mutter in tausend Stücke geschlagen worden war. Ohne Vorwarnung, ohne Skrupel, gnadenlos.

»Ihr habt Mikes Worte gehört«, hatte Dora sie abgefertigt. »Also geht!« Hannah erschauderte, weil die unterkühlten Worte ihrer Großmutter so laut in ihren Ohren dröhnten, als wenn sie gerade erst deren Lippen verlassen hätten. Dabei waren seitdem sechs Jahre vergangen. Sechs lange Jahre.

»Ist Ihnen kalt?«, hörte sie Gwens besorgte Stimme, und Hannah öffnete widerwillig die Augen.

»Nein, es ist alles gut, vielen Dank«, erwiderte sie schleppend.

»Das glaube ich Ihnen nicht. Sie zittern, und eine Gänsehaut haben Sie auch.« Gwen schlängelte sich aus ihrem Sitz und kramte eine Decke aus der darüber liegenden Ablage hervor. Hannah wollte protestieren, doch ehe sie sich versah, wurde die Decke über sie gebreitet, und ein warmer Blick ruhte auf ihr. »Herrje, Mädel, bitte verzeihen Sie mir. Ich hätte merken müssen, dass Sie fix und fertig sind, so blass, wie Sie ausschauen. Versuchen Sie, noch etwas zu schlafen. Ich werde ab jetzt meine Klappe halten, versprochen.« Gwen strich ihr sanft über die Haare, setzte sich wieder neben sie und zog ein Buch aus dem Netz am Sitz vor ihr.

Hannah war überrascht, weil sie diese plötzliche Rücksichtnahme nicht erwartet hatte, doch sie kam ihr sehr gelegen. Sie murmelte ein leises »Danke schön«, kuschelte sich unter die Decke und bemühte sich, Gwens Rat zu folgen. Doch sosehr sie sich auch einen friedvollen und erholsamen Schlaf herbeiwünschte, er wollte sich partout nicht einstellen. Die Müdigkeit war verflogen, das Chaos in ihrem Kopf hatte wieder die Oberhand gewonnen.

Sie seufzte innerlich. Hatte sie einen Fehler gemacht, als sie vor rund vierundzwanzig Stunden die Entscheidung getroffen hatte, nach Quesnel zu fahren, um ihrer Großmutter beizustehen? Und das, obwohl Dora nicht mal selbst um Hilfe gebeten hatte? Nathan Tallot war es gewesen, ein langjähriger Nachbar und guter Freund der Familie, genauer gesagt der beste Freund ihres Vaters Mike Larsson. Nathan hatte sie angerufen und ihr von Doras Unfall berichtet, bei dem sich die alte Frau einen Arm gebrochen hatte.

Hannah schüttelte unmerklich den Kopf. Was hatte ihre Großmutter sich nur dabei gedacht, in ihrem Alter allein ins Holz zu gehen? Der absolute Wahnsinn, der sie leicht das Leben hätte kosten können.

Der Gedanke, dass Dora sterben könnte, schmerzte Hannah. Mehr, als sie gedacht hätte. Sie fragte sich, warum sie so empfand, nach allem, was geschehen war. Hatte ihre Großmutter dieses Mitgefühl wirklich verdient? Denn es war *eine* Sache, Hannah und ihre Mutter damals wegzuschicken. Für Hannah noch viel gravierender aber war, dass Dora es danach ihrem Sohn gleichgetan hatte. Sie hatte jeglichen Kontakt zu ihnen abgebrochen, was Hannah nie verstanden hatte. Nicht vor sechs Jahren und in keiner Sekunde bis zum heutigen Tag. Weil es dafür keinen Grund gegeben hatte. Keinen, der sich Hannah erschlossen hätte. Keinen Grund für die abgebrochenen Telefonate. Keinen Grund für die zahlreichen Briefe, die ungeöffnet zurückgekommen waren. Keinen Grund für die eisige Stille zwischen ihnen. Die Ehe ihrer Eltern war zerbrochen, aber Blutsbande, die blieben doch für immer. Das hatte Hannah wenigstens geglaubt und bitter erfahren müssen, dass Dora anderer Meinung war.

Sie hätte hinfahren können, ja. Um ihre Großmutter zur Rede zu stellen. Um ihr dieses unmögliche und verletzende Verhalten vorzuhalten. Doch Hannah hatte es nicht getan. Weil eine unsichtbare Hand sie zurückgehalten hatte. Möglicherweise war es aber auch die Angst gewesen, dass sie noch stärker verletzt werden könnte. Deshalb hatte sie in all der Zeit keinen Fuß in ihr Heimatland Kanada gesetzt. Hatte British Columbia für immer den Rücken gekehrt. Das war zumindest ihre Absicht gewesen. Und sie hatte ihren Frieden damit gemacht. Bis gestern. Bis zum Anruf von Nathan Tallot.

Hannahs erste Reaktion war strikte Ablehnung gewesen. Wer hätte es ihr verdenken können? Doch Nathan, der sie von Kindesbeinen an kannte, hatte ihr beharrlich ins Gewissen geredet, wohl wissend, dass sie nachgeben würde. Was schließlich auch geschehen war. Ihren Plan, die Semesterferien an ihrem Klavier zu verbringen, hatte sie also kurzerhand über Bord geworfen und stattdessen den Koffer aus der Abstellkammer geholt. Und während sie ihn packte, war ihr in den Sinn gekommen, dass es möglicherweise ein Wink des Schicksals war. Sie würde endlich all die Fragen stellen können, die ihr seit damals auf der Seele brannten, und sie würde nicht eher Ruhe geben, bis ihr Vater und Dora sie beantwortet hätten.

Hannah runzelte die Stirn. Erst jetzt fiel ihr auf, dass sich doch eigentlich auch ihr Vater um Dora hätte kümmern können. Nathan hatte ihn mit keinem Wort erwähnt. Vermutlich, weil ihr Vater längst mit seiner Neuen über alle Berge war, dachte sie verbittert. Aber sollte er nur. Mike Larsson war ihr egal. Dora hingegen nicht, auch wenn Hannah keine Erklärung dafür hatte, weswegen das so war.

Ihr Rücken schmerzte, als der Bus ein paar unebene Stellen im Asphalt mitnahm und die in die Jahre gekommene Federung der Sitze die Schwingungen des Fahrzeugs direkt auf die Knochen seiner Insassen übertrug. Hannah setzte sich auf und streckte sich. »Wo sind wir?«, erkundigte sie sich bei Gwen, die von ihrem Buch aufsah.

»Wir erreichen bald Spences Bridge. Die übernächste Station ist dann schon Clinton, wo ich Sie verlassen werde, mein Kind. Sie müssen ja leider noch ein ganzes Stück weiter.«

Hannah nickte und schaute auf die Uhr. »Ach herrje, ich bin schon seit zwölf Stunden unterwegs. Erst mit dem Zug von Seattle nach Vancouver und ab da mit dem Bus. Bis nach Quesnel sind es ab Clinton noch mal zwei Stunden. Dabei kann ich schon jetzt kaum noch sitzen.«

Gwen steckte das Buch wieder in das Netz vor sich. »Warum sind Sie nicht geflogen? Quesnel wird doch regelmäßig von Vancouver aus angesteuert. Hätte Clinton einen Flughafen, wäre ich sicher nicht mit dieser Rostlaube gefahren.«

Hannah warf einen ängstlichen Blick nach vorne, doch der Busfahrer war viel zu weit entfernt, als dass er die uncharmanten Worte seiner Passagierin hätte hören können. »Ich fliege nur, wenn es unbedingt sein muss«, beantwortete sie die Frage ihrer Sitznachbarin.

Gwen zwinkerte ihr zu. »Ah, ich verstehe. Der Umwelt zuliebe, was?«

Hannah lächelte. »Das wäre sicher auch ein Grund, ein ganz

wichtiger noch dazu. Aber in erster Linie hasse ich es, wenn ich keinen festen Boden unter den Füßen habe.«

»Na ja, ob es in diesem Vehikel so viel sicherer ist, daran wage ich zu zweifeln. Wie auch immer, das Schöne an dieser Art zu reisen ist, dass man so viel zu sehen bekommt. Schauen Sie doch mal!« Sie zeigte aus dem Fenster auf eine Felswand, die sie passierten und an der sich über einen Vorsprung ein kleiner Wasserfall den Weg in die Tiefe suchte.

Hannah kannte die Gegend um Spences Bridge nicht sehr gut, aber sie war genauso zerklüftet wie die des Cariboo District weiter nördlich. Dort, wo sie zu Hause gewesen war. »Sieht aus wie daheim«, murmelte sie andächtig.

»Freuen Sie sich schon?«, erkundigte sich Gwen, um gleich darauf den Kopf zu schütteln. So wie es aussah, über sich selbst. »Was für eine Frage. Natürlich tun Sie das. Jeder fährt doch gerne nach Hause.«

»Nicht jeder«, entgegnete Hannah trocken. »Einige meiner Kommilitonen und Kommilitoninnen fahren nur zu Thanksgiving heim, und selbst das ist ihnen schon zu viel.«

»Dann kann ich sie nur bedauern.«

Hannah zuckte mit den Schultern. »Was ist falsch daran, seinen Lebensmittelpunkt zu verlagern? Irgendwo neu anzufangen, wenn man Lust darauf hat oder wenn die Umstände es nicht anders zulassen.«

Gwen musterte sie nachdenklich. »Nichts ist daran falsch, solange man nicht vergisst, woher man kommt. Wo die Wurzeln liegen. Denn die können wir durch nichts, was wir tun, kappen. Sie sind ein Teil von uns und werden es auch immer bleiben. Lassen Sie sich das von einer alten Frau gesagt sein.«

Hannah musste lachen. »So alt sind Sie doch gar nicht«.

»Na, hören Sie mal, ich werde in ein paar Tagen Oma«, hielt

Gwen scheinbar empört dagegen, um dann ebenfalls loszuprusten. »Doch ich fürchte, das sagte ich bereits.«

»Wirklich?«, meinte Hannah augenzwinkernd. »Ich kann mich gar nicht erinnern.«

Die nächsten dreißig Minuten unterhielten die beiden Frauen sich angeregt über die verschiedensten Themen, und diesmal war es Hannah überhaupt nicht lästig. Gwen entpuppte sich als eine amüsante Gesprächspartnerin, die es schaffte, ihr für kurze Zeit die trüben Gedanken zu nehmen. Darum verspürte sie auch Bedauern, als der Bus schließlich Clinton erreichte und ihre Reisegefährtin sich zum Aussteigen bereit machte.

Zum Abschied umarmte Gwen sie. »Alles Gute, Hannah«, meinte sie sanft. »Und was es auch ist, was Sie beschäftigt, es wird schon werden.« Sie lächelte ihr aufmunternd zu. Dann nahm sie ihre Reisetasche und ging.

»Wird schon werden?«, wiederholte Hannah leise, während sie Gwen durch die verschmutzte Fensterscheibe noch einmal zuwinkte, verblüfft, dass die andere Frau ihren Kummer bemerkt hatte. »Da habe ich so meine Zweifel. Dafür ist zu viel geschehen. Leider.«

Der Bus rollte wieder an, und sie lehnte sich in ihrem Sitz zurück. Nur wenige Kilometer weiter überquerten sie die Grenze zum Cariboo District, und ein Gefühl der Wärme machte sich in Hannah breit. Vielleicht war ja doch etwas dran an den Wurzeln, die man nicht kappen konnte. Es fühlte sich gut an, nach so langer Zeit wieder hier zu sein. Hier, wo sie die ersten siebzehn Jahre ihres Lebens verbracht hatte.

Mit pochendem Herzen und großen Augen betrachtete sie die wilde Landschaft, die an ihr vorüberflog. Die der Mensch in den letzten Jahrhunderten besänftigen, aber längst nicht hatte zähmen können. Sie sah die hohen Berge, die, obwohl nur eine Vorhut der Rocky Mountains, gewaltig und Respekt einflößend waren. Wälder von unfassbaren Dimensionen, in denen Hemlocktannen und Douglasien wuchsen, hin und wieder auch Zedern und Lärchen, selten dagegen Laubbäume. Sie fuhren durch tiefe Täler und Furcht einflößende Schluchten, deren schroffe Felswände Hunderte von Metern in den Himmel ragten, überquerten rauschende Bäche und Flüsse, die mancherorts in einen See mündeten oder wie von Geisterhand in den Bergen verschwanden.

Manchmal schien der Weg durch die Wildnis derart weit der Zivilisation entrückt, dass ein Fremder wohl befürchtet hätte, sie würden die nächste Siedlung niemals erreichen. Doch er hätte sich geirrt. Schon bald passierten sie weitere Orte entlang des Highway 97. Zuerst kam 100 Mile House. Eine Gemeinde, die ihren Namen der Tatsache verdankte, dass sie hundert Meilen vom Örtchen Lillooet entfernt war. In Lillooet war seinerzeit der Ausgangspunkt der Old Cariboo Road gewesen, auf der zu Beginn des Goldrausches Tausende Glücksuchende ihren Weg gen Norden begannen. Dann fuhren sie durch Lac La Hache am gleichnamigen Gewässer, was übersetzt »Der See der Axt« heißt. Hier war in der Mitte des 19. Jahrhunderts einem allzu Eifrigen sein Werkzeug aus der Hand gefallen, als er ein Loch in den zugefrorenen See hacken wollte. Die Axt war im Wasser versunken und der Name für diesen Ort geboren. Hannah schmunzelte, als sie darüber nachdachte. Wie einfach schien die Welt doch damals gewesen zu sein. Dabei wusste sie, dass dieser Eindruck täuschte. Das Leben in manchen Teilen British Columbias war bis heute der wilden Natur wegen eine Herausforderung. Darüber konnte der strahlend blaue Himmel über ihnen nicht hinwegtäuschen. So schön er auch anzusehen war.

Plötzlich ging erneut ein Ruck durch den Bus. Dass diesmal

weder ein Elch noch eine Unebenheit der Straße die Ursache dafür war, ahnte Hannah, als unmittelbar danach der Motor zu stottern begann. Verdammt, hoffentlich gab die alte Rostlaube jetzt nicht den Geist auf. Hannah hatte kaum zu Ende gedacht, da steuerte das Fahrzeug schon eine Parkbucht an.

Eine Stunde später tippte Hannah eine Nachricht an Nathan in ihr Smartphone:

> *Hatten kurz vor Williams Lake eine Motorpanne und sind mit einem Shuttle in die Stadt gebracht worden. Habe einen Mietwagen genommen und mache mich jetzt auf den Weg. Wir sehen uns später im* Broken Heart.
> *Liebe Grüße*
> *Hannah*

Sie steckte das Handy weg, verstaute ihren Koffer auf dem Rücksitz des VW Golfs und klemmte sich hinters Steuer. Die Nachmittagssonne brannte ungewohnt stark für Anfang Mai, und im Inneren des Wagens schien die Luft zu stehen. Also ließ Hannah die Fensterscheibe herunter und atmete tief durch. Als sie den Motor startete, beschloss sie, für die restliche Strecke nicht den Highway zu nehmen, sondern eine ruhigere Landstraße. Ein Entschluss, den sie bald bereuen sollte.

Sie hatte Williams Lake gerade hinter sich gelassen und fuhr durch ein dichtes Fichtenwäldchen, in das die Sonnenstrahlen nur spärlich drangen, als sie aus dem Augenwinkel etwas wahrnahm, das unvermittelt auf die Straße hüpfte. Ein Kind, wie sie den Bruchteil einer Sekunde später entsetzt erkannte. Oh nein!

2

Die Bremsen des Mietwagens quietschten derart schrill, dass es in der Ferne Wildgänse aufschreckte, die zwar nicht zu sehen waren, aber deren aufgeregtes Geschnatter durch die geöffnete Scheibe an Hannahs Ohren drang, als das Auto endlich stand. Der Sicherheitsgurt hatte sich tief in ihren Oberkörper gedrückt, und ihr Nacken fühlte sich nach dem jähen Bremsmanöver seltsam schwammig an, was sie aber kaum registrierte. Hannahs ganze Aufmerksamkeit galt dem Kind in der verblichenen Latzhose und dem rosa T-Shirt, das keinen Meter vor der Kühlerhaube des Wagens stand und sie aus riesigen braunen Augen anstarrte. Wie ein scheues Reh.

Für einen kurzen Moment war Hannah wie gelähmt, dann schoss pures Adrenalin durch ihre Adern. Sie verlor keine Zeit mehr, schaltete das Warnblinklicht ein und löste den Gurt. Dann stieß sie die Tür auf und sprang aus dem Golf. Mit unsicheren Schritten stolperte sie vorwärts. Als sie das kleine Mädchen mit dem kinnlangen dunklen Haar erreichte, war es nicht mehr allein. Ein Mann mit ebenso dunklem Haar kniete vor ihm. Hannah vermutete, dass es der Vater des Kindes war, und die hastigen Worte, die aus seinem Mund sprudelten, bestätigten es ihr sogleich.

»Maggie, alles okay? Wie kannst du Daddy einen solchen Schrecken einjagen? Hast du dir wehgetan?« Seine Finger fuhren vorsichtig über die nackten Arme des Mädchens, sein Blick musterte es kritisch von oben bis unten, und als er sich überzeugt hatte, dass seine Tochter unversehrt war, zog er sie behutsam an seine Brust.

»Lass mich los, Daddy«, rief das Mädchen aufgeregt und versuchte vergebens, sich aus der Umarmung seines Vaters zu befreien. »Lass uns weiterlaufen. Wenn wir uns beeilen, dann können wir es noch sehen. Komm jetzt. Schnell!«

Der Mann lächelte die Kleine an. »Das Rentier wird schon über alle Berge sein, Süße. Ich denke, wir werden noch viele sehen, solange wir in Kanada sind. Ganz sicher.«

Hannah war sich bei den ersten Sätzen des Mannes nicht sicher gewesen, doch jetzt festigte sich ihr Eindruck. Er war Engländer, sein Akzent verriet ihn. Noch immer hatten die beiden ihr keinerlei Beachtung geschenkt, aber das war egal. Hauptsache, das Mädchen war nicht verletzt. Erleichterung durchströmte sie. Sie hatten Glück gehabt.

»Daddy, bitte«, drängte das Mädchen, das Hannah auf etwa sechs Jahre schätzte, weiter. »Wir können das Rentier bestimmt einholen. Lass es uns doch versuchen.«

Der Mann lachte leise auf, während er die Kleine mit einem Blick bedachte, der Hannah ein leichtes Prickeln auf der Haut bescherte. Es lag so viel Zuneigung, so viel Liebe darin. Herzerwärmend, das mit anzusehen.

»Nein, Liebes, nicht jetzt. Wir müssen weiter. Daddy hat noch etwas zu erledigen. Ich sag dir was: Wenn ich alles geschafft habe, gönnen wir uns ein Eis, okay?«

»Aber ein großes, ja?« Maggie, wie der Mann seine Tochter genannt hatte, bedachte ihren Vater mit einem gekonnten Augenaufschlag, und Hannah kicherte. Die Kleine wusste, wie man jemanden um den Finger wickelte.

Ihr Kichern blieb nicht unbemerkt. Plötzlich richtete sich die Aufmerksamkeit der beiden auf sie. Hannah errötete. »Äh ... sorry«, stammelte sie. »Ich wollte mich nicht lustig machen, falls Sie das denken. Ganz bestimmt nicht. Ich bin nur so unendlich froh, dass es Maggie gut geht.«

Der Mann ließ das Mädchen los und erhob sich. Der Blick, den er Hannah zuwarf, war das genaue Gegenteil von dem, was sie zuvor gesehen hatte. Er strahlte eine Kälte aus, die Hannah frösteln ließ, und genauso eisig waren auch die Worte, die er ihr entgegenwarf.

»Woher kennen Sie den Namen meiner Tochter?«

Hannah zuckte unter seinem harschen Ton zusammen und machte automatisch einen Satz rückwärts. »Ich ... ich kannte ihn nicht, aber Sie haben sie mit Maggie angesprochen, daher dachte ich ...«

»Das Denken sollten Sie lieber anderen überlassen«, fiel er ihr ungehalten ins Wort. »Autofahren besser auch. Sind Sie blind, oder warum haben Sie die Kleine nicht gesehen? Wahrscheinlich waren Sie zu schnell. Dabei dachte ich, dass die Kanadier ihre Tempolimits sehr ernst nehmen. Wäre meiner Tochter etwas passiert, wären Sie Ihres Lebens nicht mehr froh geworden, das versichere ich Ihnen ...« Irritiert schaute er zur Seite, weil Maggie nachdrücklich am Ärmel seines Hemdes zupfte. »Was ist denn?«

»Daddy, schimpf nicht mit ihr«, wisperte die Kleine mit verschwörerischer Miene, wobei sie Hannah nicht aus den Augen ließ. »Ich glaube, sie ist ein Engel.«

Der Mann sah das Kind verdutzt an, während Hannah innerlich aufstöhnte, ahnte sie doch, was jetzt kam.

»Schau mal, ihre Haare. Sie sehen aus wie die von unserem Weihnachtsengel. Vielleicht hat sie der liebe Gott geschickt. Um auf uns aufzupassen.«

Es war nicht das erste Mal, dass Hannah etwas in der Art hörte. Ihre Haare wurden oft bewundert. Natürlich hatten die, die es taten, keinen Schimmer, wie anstrengend ihre langen blonden Locken sein konnten. An schlechten Tagen waren sie ähnlich gut zu bändigen wie Schlingpflanzen. Mehr als einmal hatte Hannah überlegt, sie abschneiden zu lassen. Doch sie hatte nie den Mut dazu gehabt.

»Wie unser Weihnachtsengel?«, brummte der Mann. »Wovon redest du?«

»Das weißt du ganz genau, Daddy«, tadelte Maggie ihn. »Ich meine den, den wir letztes Jahr von Mrs Lieberman bekommen haben. Für die Spitze unseres Christbaums.«

»Jaja«, antwortete der Mann mürrisch. »Glaub mir, Kleine, diese Lady hier ist bestimmt kein Engel. Engel brausen nicht rücksichtslos über die Landstraße und gefährden anderer Leute Leben.«

Auf Hannahs Stirn bildete sich eine steile Falte. Zeitgleich fühlte sie ein dumpfes Drücken in ihrer Magengegend. Kein gutes Zeichen, denn so kündigte sich erfahrungsgemäß ein Wutausbruch bei ihr an. Sie versuchte, dagegen anzukämpfen, doch keine Chance. Als sie um sich blickte, entdeckte sie keine dreißig Meter weiter, am anderen Straßenrand zwischen zwei Bäumen geparkt, einen grünen Caddy. Vermutlich das Auto der beiden.

»Maggie, würdest du dich vielleicht schon mal in euer Auto setzen?«, bat sie das Mädchen mit vorgetäuschter Gelassenheit, während es in ihr brodelte wie in einem Waschkessel. »Ich habe noch kurz etwas mit deinem Vater zu besprechen.«

»Aber ich würde gerne …«, widersprach die Kleine.

»Sei brav, Maggie, wir müssen sowieso gleich weiter«, ermahnte ihr Vater sie und verschränkte mit starrem Gesichtsausdruck die Arme vor der Brust.

»Na gut«, murmelte das Mädchen und gab nach. »Ich gehe. Aber nur weil sie ein Engel ist. Mit denen soll man es sich nicht verscherzen. Hat Mrs Lieberman gesagt.« Sie drehte sich um und trottete gemächlich am Straßenrand auf den Caddy zu.

Hannah wartete, bis Maggie auf den Rücksitz geklettert war und die Tür geschlossen hatte, dann wandte sie sich deren Vater zu, der sie spöttisch belächelte, was ihre Wut nur noch verstärkte.

»Hören Sie, Mister!«, fauchte sie ihn aufgebracht an, während sie einen Schritt auf ihn zuging. »Ein Engel bin ich sicher nicht, aber in einem hat Ihre Tochter recht, man sollte es sich nicht mit mir verscherzen. Wie können Sie es wagen? Sie kommen in ein fremdes Land, in mein Land wohlgemerkt, und erdreisten sich, *mich* zu beschuldigen, obwohl ich nichts falsch gemacht habe. Ich halte mich immer, hören Sie, *immer*, an die vorgeschriebenen Geschwindigkeiten, und so leid es mir tut, es war Maggie, die einfach so auf die Straße gerannt ist. Was ich ihr nicht zum Vorwurf machen kann, denn sie ist ein Kind. Sie machen es sich ganz schön leicht, wenn Sie mir die Schuld zuschustern wollen, dabei sind *Sie* es, der seiner Verantwortung nicht gerecht geworden ist. Nicht nur, was unseren Beinahe-Unfall betrifft. Sie rennen einem Rentier hinterher? Geht's noch? Sind Sie sich im Klaren, dass Sie in den Wäldern jederzeit auf ein anderes Tier treffen könnten? Zum Beispiel auf einen Bären?«

Der Mann, der sie, obwohl sie selbst nicht klein war, um eine Kopflänge überragte, lachte auf. »Klar. Kanada und seine Bären. Dieses Klischee musste ja kommen.«

»Klischee?« Hannah schnaubte und rieb sich den Nacken, der sie jetzt doch arg schmerzte. »Ich will Ihnen nicht zu nahe treten, Sir, aber wir sind hier nicht im Legoland, sondern in der Wildnis von British Columbia. Hier leben Tausende von Schwarzbären und Grizzlys. Rentiere, oder Karibus, wie wir sie nennen, gibt es zwar ungleich mehr, dennoch ist es nicht auszuschließen, dass ein Bär Ihren Weg kreuzt, wenn Sie so unbedarft durch die Wälder streifen.«

»Das haben wir nicht getan«, protestierte der Mann entschieden. »Wir waren eben erst aus dem Auto gestiegen, weil Maggie dieses Tier gesehen hat. Dann kamen Sie herangerast …«

»Ich bin nicht gerast. Hören Sie verdammt noch mal auf, das zu behaupten, sonst …«

»Sonst was?«

Hannah holte tief Luft, doch dann beschloss sie, es dabei zu belassen. Hatte ja doch keinen Zweck. Wortlos drehte sie sich auf dem Absatz herum, als ihr schlagartig schwindelig wurde. Sie wankte kurz, doch bevor sie fallen konnte, hatte der Mann sie schon bei den Armen gepackt.

»Geht's?«, fragte er, und sie glaubte tatsächlich, Sorge in seiner Stimme zu hören.

Sie schloss die Augen. Zum Glück verschwand der Schwindel so schnell, wie er gekommen war. »Ja, danke«, erwiderte sie knapp.

»Haben Sie etwa getrunken?«

Hannah schnappte nach Luft. »Wissen Sie was?«, blaffte sie ihn völlig außer sich an, während sie seine Hände abschüttelte. »Sie können mich mal.«

»Wirklich?« Er grinste süffisant, und Hannah schaute ihn voll Verachtung an. So ein Widerling.

»Ich wünsche Ihnen einen angenehmen Aufenthalt in Kanada«, sagte sie, um Beherrschung ringend, und ging zu ihrem Auto, ohne ihn eines weiteren Blickes zu würdigen.

»Danke, Miss, wie nett von Ihnen«, rief dieser Idiot ihr nach, was Hannah nur noch schneller in den Wagen steigen ließ. Sie war nicht gewillt, den Spott des Mannes nur eine Sekunde länger zu ertragen.

Mit bebenden Händen startete sie den Motor und fuhr an. Als sie den Caddy passierte, winkte Maggie ihr zu. Hannah tat es ihr gleich. Warum auch nicht? Das Kind konnte ja nichts für seinen Vater.

Knappe neunzig Minuten später hatte Hannahs Laune sich nicht gebessert. Das lag nur noch bedingt an der unerfreulichen Begegnung mit dem Engländer und seiner Tochter. Viel mehr war ihre unerträgliche Nervosität dafür verantwortlich, die sich mit jedem gefahrenen Kilometer gesteigert hatte. Und das Telefongespräch, das sie soeben über die Freisprechanlage mit Nathan geführt hatte, hatte ihre Stimmung noch weiter getrübt. Er hatte da sein wollen bei ihrer Ankunft, das hatte er ihr versprochen. Doch daraus wurde nichts. »Du kannst ihm das nicht übel nehmen«, redete Hannah leise auf sich ein. »Es ist nun mal sein Job.«

Nathan arbeitete als Ranger im Pinnacles Provincial Park. Es wäre sein freier Tag gewesen, aber man hatte einen Waldbrand gemeldet. Zwar deutete laut Nathan alles auf ein kleineres Ereignis hin, dennoch hatte man sicherheitshalber alle Wildhüter in den Dienst gerufen. Mit dem Resultat, dass sie nun alleine in die Höhle des Löwen musste.

»Reiß dich zusammen, Hannah Larsson«, ermahnte sie sich. »Es ist das *Broken Heart*. Der Ort, an dem du aufgewachsen bist. Dein Zuhause. Was auch immer dich erwartet, du wirst damit klarkommen, hörst du?«

Die Straße vor ihr gabelte sich. Links ging es nach Quesnel, doch Hannah setzte den Blinker rechts und nahm den Weg in Richtung Dragon Lake. Es war nicht mehr weit bis zum *Broken Heart*. Der Pension, die ihr Großvater vor vielen Jahren gekauft hatte und die ein Geheimtipp für viele Urlauber in der Region war. Besonders für die Hobbyangler unter ihnen, denn im Dragon Lake tummelten sich Regenbogenforellen in großer Zahl.

Hannah setzte erneut den Blinker und bog nach links in ein Waldstück ein. Nach wenigen Minuten lichtete sich der Wald und gab die Aussicht auf das *Broken Heart* und den dahinter liegenden See frei. Es waren noch etwa fünfzig Meter zu fahren, aber Hannah stoppte das Auto, weil sie sich Zeit für dieses erste Wiedersehen nehmen wollte. Sie blickte stumm auf die eingeschossige, hölzerne Lodge in U-Form mit dem abgeflachten Dach, die so viel größer war, als man von außen vermuten mochte. Das Haupthaus in der Mitte und der linke Flügel stammten aus dem 19. Jahrhundert, den rechten Flügel hatten ihre Großeltern vor etwa fünf Jahrzehnten angebaut. Insgesamt verfügte die Pension somit über eine beeindruckende Fläche von über sechshundert Quadratmetern. Der linke Flügel bestand ausschließlich aus Gästezimmern, im Haupthaus lagen neben einem großzügigen Eingangsbereich das Fernsehzimmer, der Frühstücksraum und eine kleine Bibliothek. Im rechten Flügel befanden sich im vorderen Teil eine geräumige Küche und ein Vorratsraum, dahinter die Privaträume der Larssons. Ein stolzes Anwesen, zu dem nicht nur die umliegenden Wälder gehörten, sondern ebenso eine große Wiese am See, an deren unterem Ende ein Bootshaus mit Steg lag. Hannah schaute stumm auf das große Schild, das den Haupteingang schmückte und auf dem in großen dunkelgrünen Lettern der Name der Pension zu lesen war: *Broken Heart* – Gebrochenes Herz.

Tränen verwässerten ihren Blick, und sie schluckte hart, um den Kloß loszuwerden, der ihr im Hals steckte. Sie hatte all das hier vermisst. Wie sehr, wurde ihr erst jetzt bewusst.

Hannah fuhr langsam weiter. Als sie die Pension endlich erreichte, stellte sie den Golf vor der breiten Veranda des rechten

Flügels ab, wo sich mehrere Parkplätze befanden, von denen einige bereits belegt waren. Sie stieg aus und streckte sich. Dabei fühlte sie sich seltsam beobachtet. Und tatsächlich: Am anderen Ende der Veranda entdeckte sie ihre Großmutter, die auf einer Bank saß und sie verdutzt anstarrte.

Hannah nahm all ihren Mut zusammen. »Hallo, Grandma«, krächzte sie nervös, während sie auf die andere Frau zuging, deren eingegipster rechter Arm ihr weiß entgegenblitzte.

3

»Du weißt genau, dass ich es nicht ausstehen kann, wenn du mich so nennst. Das war früher so und hat sich in den letzten Jahren keinesfalls geändert.« Die Stimme von Dora Larsson wankte nur kurz, dann klang sie resolut wie immer. Doch das war auch das Einzige, das sich nicht verändert hatte. Es schien ihrer Großmutter nicht gut zu gehen, wie Hannah besorgt feststellte. Sie hatte sie schlank und dunkelblond in Erinnerung, jetzt war Dora fast schon mager, und ihre streichholzkurzen Haare waren ergraut. Ganz zu schweigen von ihrer Blässe und den tiefen Falten in ihrem Gesicht.

»Also gut, dann noch mal«, murmelte Hannah und zwang sich zu einem Lächeln. »Hallo, Dora. Wie geht's?«

Ihre Großmutter stand auf und schaute sie ohne erkennbare Regung an. Hannah hatte erwartet, dass ihr Wiedersehen nicht unkompliziert verlaufen würde, dennoch verletzte sie diese lieblose Begrüßung.

Die Antwort der alten Frau passte dazu. »Danke, gut«, meinte sie knapp. »Was willst du hier, Hannah? Solltest du nicht am Konservatorium in Seattle sein?«

Hannah schaute sie überrascht an. »Du weißt, dass ich studiere? Und dass Mom und ich in Seattle wohnen?«

Dora stutzte. »Nun, Ersteres habe ich angenommen«, sprach

sie zögerlich weiter. »Das war doch bereits dein Plan, als du noch ein Dreikäsehoch warst. Musik zu studieren und dich zur Konzertpianistin ausbilden zu lassen, nicht wahr? Und dass ihr in Seattle gelandet seid, wusste ich von der Absenderadresse auf den Briefen, die du damals geschrieben hast.«

»Ach, du meinst die, die du ungelesen zurückgeschickt hast?«, erwiderte Hannah verbittert.

Doras Miene versteinerte nun endgültig. »Fahr zurück nach Seattle, Hannah. Studiere oder was immer du sonst dort machst. Hier ist kein Platz für dich.«

»Nicht?«, stieß Hannah sarkastisch aus, um nicht zu zeigen, wie weh die Worte ihrer Großmutter taten. »Wie schade, dabei würde es gut passen. Ich habe Semesterferien. Drei Monate lang, wenn du es genau wissen willst.«

»Schön für dich. Warum genießt du die freie Zeit dann nicht? Irgendwo da, wo junge Leute in deinem Alter hinfahren. Im *Broken Heart* wirst du nicht viele davon finden. Was sagt Miranda überhaupt dazu? Ich meine, dass du hergekommen bist?«

Hannah schluckte. »Sie weiß es nicht. Mom ist auf einer Kreuzfahrt in der Karibik. Bislang konnte ich sie nicht erreichen.«

Dora antwortete darauf nicht, sondern strich sich nur müde mit ihrer gesunden Hand über die Stirn.

»Ich bin hier, weil Nathan mich angerufen hat«, fuhr Hannah fort. »Er sagt, dass du Hilfe brauchst.«

Ihre Großmutter schüttelte verstimmt den Kopf. »So ein Unfug. Wie kommt er dazu?«

Hannah zeigte auf den Gipsarm, den Dora in einer Schlinge trug. »Vielleicht deswegen? Ziemlich leichtsinnig von dir, allein ins Holz zu gehen.«

»Hat Nathan das behauptet? Dass ich allein ins Holz gegangen bin? Herrgott, es war nur ein einzelner Baum und kein ganzer

Wald. Es hatte Sturm gegeben, und eine halb entwurzelte Lärche drohte auf das Bootshaus am Anleger zu stürzen. Jemand musste sich darum kümmern. Es war Pech, dass dieses störrische Gewächs zu früh fiel und ich meinen Arm nicht mehr aus dem Weg bekommen habe, das ist alles.«

»Um Holzfällerarbeiten auf dem Grundstück hat sich doch früher immer eine Firma aus Hixon gekümmert.«

»Stimmt. Aber bei deren horrenden Preisen habe ich mich lieber selbst des Baumes angenommen.«

»Das Ding hätte dir auf den Kopf fallen können, dann wäre es mit dir vorbei gewesen.«

»Ach was, die Gefahr bestand zu keiner Zeit. Wie gesagt, es musste gemacht werden. Und damit basta und finito!«

Hannah sah sie nachdenklich an, Dora erwiderte ihren Blick und schien geradewegs in ihren Kopf zu sehen.

»Nein, dein Vater konnte das nicht erledigen«, beantwortete sie die ungestellte Frage. »Weil er nicht mehr hier wohnt. Schon lange nicht mehr. Das ist doch der eigentliche Grund deines Auftauchens, oder? Weil du wissen willst, was mit ihm ist.«

»Warum … warum ist er fort? Ist er mit dieser Frau …«

»Es ging nicht mehr«, fiel Dora ihr ungeduldig ins Wort. »Darum ist er weg. Mehr kann ich dir nicht sagen, ich habe keinen Kontakt mehr zu Mike.«

»Bitte?«, stieß Hannah entgeistert aus, weil sie damit nicht gerechnet hatte. »Aber was …?«

»Das geht nur ihn und mich etwas an. Wie es aussieht, bist du umsonst gekommen. Dein Vater ist nicht hier, und ich brauche deine Hilfe nicht. Also geh!«

In Hannahs Magengegend drückte es schon wieder, als die Wut zum zweiten Mal an diesem Tag in ihr hochkochte. Nur diesmal war es noch viel schlimmer als beim ersten Mal.

»So nicht, Grandma!«, fuhr sie die alte Frau mit erhobener Stimme an und registrierte befriedigt, wie Dora bei diesem Tonfall und der ungeliebten Anrede erschrocken zusammenzuckte. »Du wirst mich nicht schon wieder auf diese Art abservieren. Das hat damals funktioniert, als ihr Mom und mich von hier verjagt habt. Diesmal ganz sicher nicht. Ich habe keine Ahnung, was ich dir getan habe, dass du mich so schlecht behandelst, aber das ist momentan auch irrelevant. Du bist verletzt und deutlich eingeschränkt. Wie willst du mit diesem Handicap das *Broken Heart* führen, kannst du mir das mal verraten? Indem du Nathan und seine Frau in Dauerschleife belästigst, damit sie einspringen? Nein, er hat sich nicht beklagt, um deiner Frage zuvorzukommen, aber ich kann mir vorstellen, was hier in den letzten Tagen gelaufen ist. Nathan hat einen Job, Grandma. Und Sally hat ihre eigenen Probleme, falls du dich erinnerst. Darum war es richtig, dass er mich angerufen hat. Weil ich drei Monate Semesterferien habe und weil ich deine Enkelin bin. Und weil das hier verdammt noch mal mein Zuhause ist. Das war es jedenfalls einmal. Ob du willst oder nicht, ich werde bleiben und helfen. In einer Familie macht man das so. Selbst wenn das Wort ›Familie‹ für dich ein Fremdwort geworden ist, wie es scheint. Doch darüber will ich nicht länger nachdenken, denn wenn ich es tue, würde ich mich übergeben müssen.«

Hannah hielt inne und rang nach Luft. Nicht nur, weil sie so schnell und intensiv gesprochen hatte, sondern auch, weil der Schmerz in ihrem Nacken zurückgekehrt war und mit ihm der Schwindel. Von einer Sekunde auf die andere wurde ihr speiübel. Sie taumelte ein paar Schritte zur Seite, beugte sich über das Geländer der Veranda, hielt mit einer Hand ihre langen Locken zurück und erbrach das wenige, das sie im Magen hatte, in einem einzigen Schwall in den darunter liegenden Wacholderstrauch.

»Himmel noch mal, Kind, was ist denn?«, hörte sie Dora wie durch eine Wand.

Hannah wollte antworten, doch sie konnte nicht. Nicht, solange sich alles um sie herum drehte und die Gefahr einer weiteren Übelkeitsattacke bestand. Sie hielt die Augen geschlossen und atmete ruhig ein und aus. Nach einem Weilchen wurde es besser, und als sie aufblickte, stand ihre Großmutter mit sorgenvoller Miene neben ihr.

»Geht's wieder?«, fragte sie leise.

Hannah nickte. »Ja, danke. Sorry, ich wollte nicht …« Verlegen zeigte sie auf den Wacholderstrauch.

Dora schmunzelte. »Was? Deinen Worten Taten folgen lassen?«

Hannah wurde rot. »Ich habe das nicht mit Absicht gemacht.«

»Das glaube ich dir sogar. Du hättest dich nicht so in Rage reden sollen. Kein Wunder, dass dir schlecht geworden ist.«

Hannah winkte ab. »Das eine hat mit dem anderen nichts zu tun. Auf dem Weg hierher hätte ich beinahe einen Unfall mit dem Auto gehabt. Dabei habe ich mir wohl den Halswirbel gezerrt. Ich vermute, daher kommt die Übelkeit.«

»Du hattest einen Unfall?«, stieß Dora aufgeschreckt hervor und wurde kreidebleich. Was so gar nicht zu ihrer vorab demonstrierten Härte passte, wie Hannah zufrieden, aber auch irritiert bemerkte.

»Nein, kein Unfall«, antwortete sie abwesend, während sie Doras Verhalten einzuordnen versuchte. »Mir ist ein Kind vor den Wagen gelaufen, aber ich konnte rechtzeitig bremsen. Es ist alles gut.«

»Nichts ist gut«, widersprach Dora bestimmt. »Wir gehen rein und rufen Doc Waters an. Das heißt, du wirst das tun müssen, denn meine Kriegsverletzung lässt Telefonieren leider nur mit

Mühe zu.« Mit einem schiefen Lächeln deutete sie auf ihren eingegipsten Arm, drehte sich um und marschierte ins Haus.

»Dora, das ist nicht nötig«, rief Hannah ihr nach, aber als sie keine Antwort bekam, fügte sie sich in ihr Schicksal und folgte ihrer Großmutter.

»Es ist alles in Ordnung, Doc«, beteuerte Hannah im Kaminzimmer der Larssons eine gute Stunde später zum wiederholten Male, als der weißhaarige Arzt, der seit Jahrzehnten eine Praxis an der Bowron Ave in Quesnel unterhielt und mindestens genauso lange der Hausarzt der Larssons war, ihren Nacken vorsichtig abtastete. »Wirklich. Mir fehlt nichts.«

»Du irrst dich«, meinte Doktor Waters milde lächelnd, während er ihren Kopf behutsam erst nach links, dann nach rechts drehte, was Hannah leicht aufstöhnen ließ. »Du hast ein Schleudertrauma. Zwar nur ein leichtes, aber auch damit ist nicht zu spaßen.«

»Sie verpassen mir jetzt aber nicht so ein Dingens, äh, ich meine, so eine hässliche Halskrause, oder?«

»Nein, diese Behandlungsmethode ist veraltet. Das Problem ist, dass durch die ruckartige Bewegung die Muskulatur verspannt ist. Diese gilt es aufzulockern, eine Halskrause ist da kontraproduktiv. Du solltest dich viel bewegen in den nächsten Tagen. Außerdem werde ich dir Fangopackungen und leichte Massagen aufschreiben. Joyce kriegt dich garantiert wieder hin.«

Hannah erblasste. »Oh nein, bitte nicht Joyce. Dann doch lieber eine Halskrause.«

Doktor Waters lachte. »Wie ich sehe, hast du sie nicht vergessen.«

»Wie könnte ich, diese Frau hätte mich beinahe umgebracht. Sie wissen schon, damals nach meinem Sportunfall in der

Schule.« Hannah schüttelte sich, als sie an die Torturen dachte, die sie als Teenager durch Joyce Booker hatte durchleben müssen.

»Kann es sein, dass du ein wenig übertreibst, Mädel? Du solltest Joyce danken, statt schlecht über sie zu reden. Wenn ich mich recht entsinne, hatte sich seinerzeit ein Rückenwirbel bei dir verschoben. Wäre das nicht entsprechend behandelt worden, hättest du im Rollstuhl landen können. Was dank der Krankengymnastik nicht passiert ist.«

»Das war keine Krankengymnastik«, murrte Hannah und verzog das Gesicht. »Das war Folter.«

Der Arzt bedachte sie mit einem amüsierten Blick.

»Was denn?«

»Schon verblüffend, wie sehr du deiner Großmutter ähnelst.«

»Bitte? Sie sind der Erste, der das sagt. Eigentlich komme ich mehr nach der Familie meiner Mutter. Na ja, bis auf die grünen Augen, die sind eindeutig ein Erbe der Larssons.«

»Ich meine nicht dein Aussehen. Ich spreche von dieser etwas ... nun ... grummeligen Art.«

»Pass auf, was du sagst, Doc«, knurrte Dora, die soeben durch die Tür in das Kaminzimmer trat, einen Servierwagen mit der linken Hand vor sich herschiebend, auf dem sich eine Flasche Limonade und ein paar Gläser befanden.

»Das hätte ich doch machen können«, meinte Hannah und zog ihre hellblaue Bluse zurück über die Schultern, da der Doktor offensichtlich mit der Untersuchung fertig war und gerade einen Rezeptblock aus seiner Arzttasche zog.

»Hättest du, aber wie es aussieht, war ich schneller. So gebrechlich bin ich nun auch wieder nicht, und mit einer funktionierenden Hand kann man mehr machen, als man denkt.«

Hannah verdrehte die Augen, beschloss aber, nicht auf die Aussage zu reagieren. Stattdessen wandte sie sich Doktor Waters zu, während sie ihre Bluse zuknöpfte, auf der sie zu ihrem Entsetzen einen bräunlichen Fleck entdeckte, dessen Herkunft sie erahnte. »Also gut, wenn es denn sein muss, dann gehe ich eben zu Joyce«, stieß sie hastig aus. »Aber auf Ihre Verantwortung.«

Doktor Waters riss das Rezept vom Block und schmunzelte. »Damit kann ich leben«, sagte er und legte den Zettel auf den Tisch. »Ich lasse dir außerdem noch ein Schmerzmittel und etwas gegen die Übelkeit da, falls sie wiederkommen sollte. Damit das da nicht noch einmal passiert.« Er zeigte auf den Flecken auf ihrer Bluse, und Hannah wäre am liebsten vor Scham in den Boden versunken.

»Charmant wie eh und je, Doc«, kommentierte Dora den Spruch des Arztes, während ihre Mundwinkel verdächtig zuckten.

»Jaja, macht euch nur lustig.« Hannah schmollte. »Trotzdem danke, Doc. Dass Sie extra hergekommen sind.«

»Kein Problem. Das *Broken Heart* liegt auf meinem Heimweg, es wäre Unsinn gewesen, wenn du in die Praxis gekommen wärst. Außerdem konnte ich bei der Gelegenheit mal nach Dora schauen.«

»Um was genau zu tun?«, meckerte diese. »Mein Arm ist gebrochen und muss heilen. Das braucht seine Zeit, was auch du nicht ändern kannst, Doc. Also, mach dich nicht so wichtig.«

Doktor Waters holte zwei Medikamentenpackungen aus der Tasche und legte sie ebenfalls auf den Tisch. »Ich sag's doch, grummelig.« Er gluckste, worauf er sich strafende Blicke von beiden Frauen einfing, die ihn aber nicht zu kümmern schienen. »Wie auch immer, ich muss dann mal los«, meinte er und stand auf.

»Für ein Gläschen eisgekühlte Limonade wird die Zeit schon noch reichen«, entgegnete Dora und zeigte auf den Servierwagen.

»Also gut.« Der Arzt ließ sich nicht lange bitten und nahm

wieder Platz. »Ich nehme an, die hat Sally gemacht? Wer könnte da schon widerstehen?«

Die Sonne war noch nicht lange untergegangen, und die beginnende Dunkelheit legte sich wie ein monumentaler Teppich über den Dragon Lake, als Hannah Doktor Waters zu seinem Auto begleitete.

»Oje«, meinte sie mit einem Blick auf ihre Uhr. »Es ist spät geworden. Ich hoffe, Sie bekommen keinen Ärger mit Ihrer Frau.«

»Keine Sorge«, beruhigte der Arzt sie lächelnd. »Sie kennt das. Möglicherweise ist sie sogar froh, dass sie in Ruhe fernsehen konnte. Es ist Dienstag.«

Hannah schaute ihn verständnislos an.

»Oh, verzeih, für mich ist das mittlerweile so normal, dass ich automatisch annehme, es wäre für andere auch so. Dienstag ist Bingo-Abend auf ihrem Lieblingssender. Das ist Quality Time, wie meine Frau sagt, und sie lässt sich dieses zweifelhafte Vergnügen nur im Notfall entgehen. Mein Ding ist es nicht, aber bitte schön, soll sie nur machen.«

Hannah lachte. »So hat jeder sein Steckenpferd, nicht wahr?«

Doktor Waters nickte, während er seine Arzttasche im Kofferraum des Autos verstaute. Dann ging er zur Fahrertür und öffnete sie. Doch anstatt einzusteigen, wandte er sich noch mal Hannah zu, die fröstelte, weil sie ihre beschmutzte Bluse zwischenzeitlich ausgezogen hatte und jetzt nur noch in einem dünnen T-Shirt dastand. »Es ist gut, dass du da bist, Kind«, sagte er mit ernster Miene.

»Wie meinen Sie das, Doc?«, erwiderte Hannah, alarmiert durch seinen Tonfall.

Er räusperte sich. »Es wird ihr nicht recht sein, wenn ich das sage, aber Dora braucht Unterstützung.«

Hannah nickte. »Ja, ich weiß. Darum bin ich hier.«

»Nein, das meinte ich nicht. Es geht nicht um ihren Arm.«

»Worum dann?«, fragte Hannah mit wachsender Sorge. »Ist sie krank? Verdammt, ich hatte mir beinahe schon so etwas gedacht. Weil sie so dünn geworden ist und …«

»Sie ist nicht krank«, unterbrach der Arzt sie. »Mal abgesehen von den üblichen Einschränkungen, die man in ihrem Alter nun mal hat. Vergiss nicht, dass sie bald fünfundsiebzig Jahre wird.«

»Wenn es keine Krankheit ist, was ist dann das Problem?«

»Sie ist einsam. Was sie abstreiten würde, aber ich weiß, dass es so ist.«

Hannah schwieg und biss sich auf die Lippen.

»Was ist? Hast du dazu nichts zu sagen?«

»Nicht wirklich, Doc. Meine Großmutter hat sich diese Einsamkeit schließlich selbst ausgesucht. Zumindest, was meine Mutter und mich betrifft. Warum sie sich mit meinem Dad entzweit hat, weiß ich nicht, sie wollte es mir nicht sagen. Wenn man alle Menschen von sich wegstößt, muss man sich nicht wundern, dass man am Ende alleine ist.«

»Du bist sehr hart in deinem Urteil.«

Hannah zuckte mit den Schultern. »Ich sag nur, wie es ist. Aber bitte halten Sie mich nicht für ein herzloses Monster, denn das bin ich nicht. Trotz allem, was war, bin ich nach Hause gekommen, um Dora beizustehen. Sie ist mir nicht gleichgültig, und ich werde mich gut um sie kümmern. Das verspreche ich Ihnen.«

Doktor Waters nickte und stieg in sein Auto. »Du wirst das schon machen, mein Kind. Nur eines möchte ich dir noch sagen: Es ist nicht immer alles so, wie es aussieht. Manchmal trifft sogar das genaue Gegenteil von dem zu, was man glaubt.«

»Was meinen Sie damit, Doc? Ich fürchte, ich verstehe nicht …«

»Ich muss jetzt wirklich fahren. Geh rein, bevor du dir eine Erkältung einfängst. Einen schönen Abend wünsche ich euch weiterhin, und melde dich, wenn dein Nacken keine Ruhe gibt.«

Hannah hob die Hand, um ihn aufzuhalten, doch die Fahrertür fiel ins Schloss, und Doktor Waters startete den Motor. Ehe sie sich versah, rollte das Auto vom Parkplatz.

Grübelnd blickte sie ihm nach. *Manchmal trifft sogar das genaue Gegenteil von dem zu, was man glaubt*, hatte er gesagt. Was sollte das bedeuten? Und wieso hatte der Doktor ihr das Gefühl gegeben, dass Dora so wie sie selbst ein Opfer war? Weil sie unschuldig an dem Zerwürfnis mit ihrem Sohn war? Weil dieser mit ihr gebrochen hatte, wie schon zuvor mit seiner Frau und seiner Tochter? Aber warum? Ob die neue Frau an seiner Seite der Grund dafür gewesen war? Hannah rieb sich den schmerzenden Nacken. Sie würde so gerne wieder ins Haus zurückgehen und ihre Großmutter danach fragen, doch sie ahnte, dass das nicht so einfach möglich sein würde. Das hatte ihr die zunächst sehr frostige Begrüßung von Dora unmissverständlich gezeigt. Sie würde Geduld aufbringen müssen. Viel Geduld.

Ein dunkles Grollen drang ihr ins Ohr, und Hannah fasste sich ertappt an den Bauch. *Du meine Güte*, wenn ihr Magen noch lauter knurrte, würde er am Ende einen viertatzigen Waldbewohner aus seinem Versteck locken. Sie musste unbedingt etwas essen. Der Tag war lang gewesen, und das wenige, das sie während ihrer Reise zu sich genommen hatte, hing in den Zweigen des Wacholderstrauches.

Mal schauen, was Doras Kühlschrank zu bieten hatte.

Als sie die Stufen zur Veranda hochging, trafen sie von der Zufahrtsstraße her die Scheinwerfer eines Autos. Womöglich kamen

Pensionsgäste von einer Tour zurück, denn für einen Besuch war es reichlich spät.

Hannah kniff die Augen zusammen, um das Fahrzeug näher ins Visier zu nehmen, doch als sie erkannte, wer da in einem grünen Caddy auf sie zukam, weiteten sie sich wieder. Das konnte unmöglich wahr sein.

4

»Sie schon wieder? Das muss ein Scherz sein. Ein schlechter noch dazu.« Hannah ging die Stufen wieder hinunter und blieb am Fuß der Verandatreppe stehen. Ihre innere Stimme ermahnte sie, höflich zu sein, aber genau das kam momentan absolut nicht infrage. Sie war müde, sie hatte Hunger, und wenn auch nicht heute, so wartete dennoch ein kompliziertes Gespräch mit ihrer Großmutter auf sie. Da hatte er ihr gerade noch gefehlt. Dieser unmögliche Mensch. Dieser Engländer.

»Ob ich will oder nicht, ich muss Ihnen beipflichten«, erwiderte der Mann, dessen Tochter sie am Nachmittag beinahe überfahren hätte. Sekunden zuvor war er mit griesgrämiger Miene aus dem grünen Caddy gestiegen, den er neben ihrem Mietwagen geparkt hatte. »Was zur Hölle haben Sie hier verloren?«

»Bitte?« Hannah stemmte ihre Hände in die Taille. »Das Gleiche könnte ich Sie fragen.«

Er musterte sie unverhohlen, und Hannah fühlte sich trotz Jeans und T-Shirt irgendwie nackt.

»Was gibt es da zu glotzen?«, fuhr sie ihn wütend an.

Der Mann strich sich genervt durch die dunklen Haare, die verdächtig danach aussahen, als ob er das heute schon des Öfteren getan hatte. »Ich glotze nicht, Miss, und um auf Ihre Frage zurückzukommen, ich wohne hier. Wäre es möglich, dass Sie mich und meine Tochter nun nicht weiter belästigen? Mir hat unsere Begegnung von heute Nachmittag ehrlich gesagt gereicht.« Er öffnete die hintere Tür des Wagens, und Maggie kletterte heraus. Sie hatte, wie es aussah, ein Nickerchen gemacht, denn sie rieb sich schlaftrunken die Augen.

Doch als sie Hannah erblickte, strahlte sie übers ganze Gesicht. »O hallo, da bist du ja wieder. Wie geht es dir?«

Hannah konnte gar nicht anders, sie musste ebenfalls lächeln. »Sag mir lieber, wie es dir geht«, meinte sie, während sie näher kam und dem Mädchen leicht über das Haar strich.

»Mir? Ach, du meinst wegen vorhin? Ist doch nichts passiert. Außerdem hätte ich gucken müssen, bevor ich auf die Straße renne. So, wie es mir mein Daddy beigebracht hat.« Sie grinste ihren Vater verschmitzt an. »Ich war nur so aufgeregt. Wegen dem Rentier.«

»Es heißt, wegen des Rentiers, Maggie«, verbesserte sie der Mann.

»Sag ich doch«, meinte die Kleine und verdrehte die Augen. »Wohnst du auch hier?«, fragte sie Hannah.

»Äh ja, kann man so sagen.«

»Na super, mir bleibt auch nichts erspart«, nuschelte der Mann und verzog das Gesicht noch ein wenig mehr.

Hannah schenkte ihm einen bitterbösen Blick. »Können Sie mir mal verraten, was Ihr Problem ist? Ja, ich hätte beinahe Ihre Tochter angefahren, aber dazu habe ich Ihnen heute Nachmittag doch schon ein paar Takte gesagt.«

»Das haben Sie in der Tat. Eine Entschuldigung war allerdings nicht dabei.«

»Ah, da liegt der Hund begraben. Also gut, Sir, wie Sie wünschen, ich bitte vielmals um Verzeihung.« Hannah deutete mit unverhohlenem Spott einen Knicks an, worauf Maggie kicherte.

»Du bist lustig«, meinte sie und fasste nach Hannahs Hand, was ihr Vater mit einem Stirnrunzeln bedachte.

Hannah beugte sich zu dem Kind. »Ich hätte dir niemals absichtlich wehgetan, Maggie«, sagte sie leise. »Das musst du mir glauben.«

Maggie strahlte sie an. »Weiß ich doch.«

Ihr Vater räusperte sich und zog das Mädchen behutsam von Hannah weg. »Es wird Zeit, Liebes. Du musst ins Bett.«

Wie auf Kommando gähnte Maggie. »Okay«, meinte sie und hob ihre Arme. »Trägst du mich?«

Der Mann, dessen Augen ebenso braun waren wie die seiner Tochter, versuchte erfolglos, ein Schmunzeln zu unterdrücken, dann hob er sie hoch. »Aber nur ausnahmsweise, verstanden?«

Die Kleine nickte und gähnte noch einmal.

Hannah konnte nichts dagegen tun: Die Szene berührte sie. Doch eine Sekunde später folgte die eiskalte Dusche. Ohne ein weiteres Wort marschierte der Mann mit dem Kind an ihr vorbei. Als wäre sie Luft. Vollkommen unsichtbar. Was für eine Unverschämtheit.

»Eine gute Nacht wünsche ich Ihnen«, rief sie, krampfhaft bemüht, nicht die Contenance zu verlieren. Was darauf hinausgelaufen wäre, dass sie den Fremden mit Beleidigungen bedacht oder direkt vors Bein getreten hätte.

»Ebenso«, knurrte Maggies Vater, während er um die Hausecke in Richtung Haupteingang des *Broken Heart* ging.

»Daddy, sei doch nicht so gemein zu ihr«, hörte Hannah das Mädchen in der Stille der Abenddämmerung sagen. »Hast du vergessen, dass sie ein Engel ist?«

»Maggie, Schatz, ich habe dir vorhin schon gesagt, dass die Miss ganz bestimmt kein Engel ist.«

»Wie kannst du dir da so sicher sein?«

»Ganz einfach, Engel benutzen Flügel zum Fliegen, die da braucht einen Besen.«

Hannah klappte buchstäblich die Kinnlade nach unten, als sie die Worte des Mannes vernahm. Maggies Antwort konnte sie nicht mehr verstehen, aber was immer die Kleine auch gesagt hatte, sie hätte die Frechheiten ihres Vaters damit nicht aus der Welt schaffen können.

»So ein ungehobelter Vollpfosten«, schimpfte sie ungehalten vor sich hin. Von wegen die feine englische Art. Nun wusste sie, was man davon halten konnte. Nämlich nichts. Wutentbrannt stapfte Hannah durch die Seitentür ins Haus, wo sie im Flur beinahe mit ihrer Großmutter zusammengestoßen wäre.

»Grundgütiger, kannst du nicht aufpassen?«, zeterte Dora prompt los, was Hannahs schlechte Laune nur noch mehr befeuerte.

»Lass mich in Ruhe, Grandma«, blaffte sie Dora an und lief weiter in die Küche und dort auf direktem Wege zu dem überdimensionalen Kühlschrank.

»Was ist denn los, Kind?«, fragte Dora, die ihr gefolgt und im Türrahmen stehen geblieben war. »Hast du dich mit Doc Waters gestritten? Hat er ... hat er noch etwas gesagt?«

Hannah nahm eine Tüte Milch und eine Packung Cheddarkäse aus dem Kühlschrank, schloss ihn wieder und drehte sich zu ihrer Großmutter um. Dora wirkte angespannt auf sie, fast schon panisch.

»Was genau hätte er denn sagen sollen?«, erwiderte sie mit hochgezogenen Augenbrauen und stellte die Milch und den Cheddar auf dem Tisch ab.

»Was weiß denn ich?«, stieß Dora hastig hervor.

Hannah überlegte, ob sie ihre Großmutter nicht doch mit der seltsamen Andeutung des Arztes konfrontieren sollte, entschied sich aber dagegen. Es war nicht der richtige Weg. Sie würde es, wie geplant, in Ruhe angehen.

»Er hat mir gar nichts gesagt«, meinte sie darum und nahm einen Topf aus dem Schrank neben der Spüle, den sie auf den Herd stellte.

»Warum bist du dann so wütend?«

»Weil ich eine nette Begegnung mit einem deiner Gäste hatte. Ein ziemlich schräger Typ.«

»Was? Einer meiner Gäste? Das muss Mr Dornam gewesen sein. Wenn er sich danebenbenommen hat, nimm es ihm bitte nicht übel. Er ist ein alter Mann, und wenn du mich fragst, leidet er unter einer beginnenden Demenz.«

Hannah schüttelte den Kopf. »Wenn er schon älter ist, dann war er es nicht. Ich rede von einem jüngeren Mann, vielleicht so Ende zwanzig. Er hat eine Tochter namens Maggie.«

Dora schaute sie irritiert an. »Das ist Mr Cooper. Wieso sagst du, er wäre ein schräger Typ? Ich habe selten einen charmanteren Mann kennengelernt. Und mit seiner Tochter ist er zuckersüß.«

»Stimmt. Also, ich meine, Letzteres. Dass er charmant sein soll, halte ich allerdings für ein Gerücht. Er gibt mir die Schuld dafür, dass ich seine Tochter beinahe überfahren hätte. Dabei ist sie mir wie aus dem Nichts vors Auto gelaufen. Was hätte ich denn tun sollen?«

»Maggie war das?«

Hannah nickte. »Es geht ihr gut, ich habe sie gerade noch mal gefragt.«

»Du solltest die Worte von Mr Cooper nicht auf die Goldwaage legen. Sein Kind war in Gefahr, da schießt man schon mal übers Ziel hinaus. Ich kläre das morgen mit ihm.«

»Auf keinen Fall«, entgegnete Hannah entrüstet. »Ich bin alt genug, ich regle meine Angelegenheiten allein.«

Dora zuckte mit den Schultern. »Wie du willst. Ich bin dann wieder im Kaminzimmer. Sally müsste jeden Moment kommen, um mir zu Bett zu helfen. Bis dahin schaue ich fern.«

»Warum sollten wir Sally extra herbemühen? Ich kann dir helfen. Zumal ihr das doch sicher schwerfallen wird, oder?«

»Das geht schon, ich bin schließlich kein kompletter Pflegefall. Sally hat das in den letzten fünf Tagen sehr gut hinbekommen, darum bleibt es dabei, verstanden?«

Hannah hob abwehrend die Hände. »Ist ja gut, es war nur ein Angebot. Wir sollten aber gleich noch über morgen sprechen. Wie viele Gäste da sind und ob das Frühstück noch wie früher abläuft. Ich könnte doch zum Beispiel meine alte Aufgabe übernehmen und die Tische eindecken. Was meinst du?«

»Hältst du das für eine gute Idee? Du hast ein Schleudertrauma, schon vergessen?«

»Nur ein leichtes. Wogegen Bewegung hilft, hat der Doc gesagt. Also?«

»Gut, meinetwegen, du lässt dich ja doch nicht davon abbringen. Was deine Frage nach den Gästen betrifft: Alle zehn Doppelzimmer und ein Einzelzimmer sind belegt. Du wirst also für einundzwanzig Personen eindecken müssen.«

Hannah stand stramm und salutierte mit einem spitzbübischen Lächeln im Gesicht. »Wird gemacht, Sir ... äh, Ma'am.«

Dora verzog das Gesicht. »Sehr komisch, Kind, wirklich sehr komisch.« Sie wies auf den Kochtopf. »Was wird das, wenn ich fragen darf?«

»Ich wollte mir Mac und Cheese machen«, antwortete Hannah. »Ich sterbe vor Hunger.«

»Makkaroni mit Käse?«, meinte ihre Großmutter kopfschüttelnd. »Ist das nicht ein bisschen zu mächtig für diese Uhrzeit? Vor allem, wo du dich eben noch übergeben hast? Aber was rede ich. Du hast schon als kleines Kind deinen eigenen Willen gehabt, wenn es um deine heiß geliebten Käsenudeln ging.«

Hannah lachte. »Genau, und daran hat sich bis heute nichts geändert.« Sie sah sich suchend um.

»Was ist?«

»Wo finde ich denn Makkaroni? Äh … und Parmesan?«

»In der Vorratskammer, wo sonst?«, brummte Dora, drehte sich um und trottete davon.

»'tschuldigung, dass ich gefragt habe«, rief Hannah ihr augenrollend nach. Dann machte sie sich auf den Weg in die Vorratskammer.

Als die Nudeln wenig später vor sich hin köchelten, nutzte Hannah die Zeit, um ihren Koffer aus dem Auto zu holen und in ihr Zimmer am äußersten Ende des rechten Flügels zu bringen. Zwar hatte sie Dora nicht danach gefragt, doch sie ging einfach davon aus, dass sie hier übernachten würde. Hannah hätte nicht überraschter sein können, als sie den Raum, in dem sie siebzehn Jahre ihres Lebens gewohnt hatte, betrat und das Licht anknipste. Alles war noch so wie damals. Als wäre sie gerade erst gegangen. Sogar das Buch, das sie zuletzt gelesen hatte, lag noch auf dem Nachttisch. Seltsam. Hannah legte den Koffer auf dem frisch bezogenen Bett ab. Wahrscheinlich hatte sich Sally darum gekümmert. Wie lieb von ihr.

Der aufgehende Mond schien durch das Fenster, und Hannah trat näher, um es zu öffnen. Nicht, ohne vorher das Deckenlicht wieder zu löschen. Ein bisschen frische Luft im Zimmer wäre gut, aber auf lästige Fliegen und andere Insekten, die ihre Nachtruhe später stören würden, konnte sie gut und gerne verzichten. Als sie die Scheibe hochschob und nach draußen sah, entdeckte sie in etwa dreißig Metern Entfernung beim Werkzeugschuppen ihres Vaters eine Gestalt, die sie im fahlen Mondlicht nicht sofort identifizieren konnte. Doch dann erkannte sie den Mann. Es war dieser Cooper, der eine Zigarette rauchte. Das machte ihn noch unsympathischer für sie, denn Hannah war eine erklärte Nichtraucherin. Gleich morgen würde sie kontrollieren, ob er Kippenstummel zurückgelassen hatte. Wenn ja, würde er sich warm anziehen müssen. Mit ernster Miene betrachtete sie ihn. Er trat ruhelos auf der Stelle herum und wirkte extrem angespannt. Hoffentlich war nicht doch etwas mit Maggie. Aber wäre es so, hätte er sie sicher nicht allein in ihrem Zimmer zurückgelassen. Nein, es musste etwas anderes sein, das ihn beschäftigte.

Hannah machte hastig einen Schritt zurück, als er den Kopf in ihre Richtung drehte, obwohl er sie wegen des ausgeschalteten Lichts unmöglich würde erkennen können. Trotzdem verließ sie nun eilig den Raum, weil sie sich beobachtet fühlte, ganz außer Acht lassend, dass sie es gewesen war, die *ihn* beobachtet hatte. Als sie durch den Flur lief, fiel ihr Blick auf ein gerahmtes Foto an der Wand. Sie blieb stehen. Das Bild zeigte sie mit ihren Eltern an Weihnachten, genauer gesagt am letzten Weihnachtsfest, das sie zusammen verbracht hatten. Bevor ihre Familie wenige Monate später ohne Vorwarnung implodiert war. Wegen ihm. Wegen Mike Larsson. Hannah betrachtete den Mann, der ihr Vater war und diese Bezeichnung doch schon lange nicht mehr verdiente. Er lächelte, während er seine Arme über die Schultern seiner Frau und seiner Tochter gelegt hatte. Als wäre alles in bester Ordnung. Als würde niemand ihrem Glück etwas anhaben können. Doch dann war er es gewesen, der dieses Glück mit Füßen getreten und verraten hatte.

»Wie konntest du nur, Dad?«, flüsterte sie traurig und wandte sich ab. Beinahe fluchtartig lief sie weiter. Sie zuckte zusammen, als sie die Küche betrat und eine Frau vor dem Herd stehen sah, die sich um ihre Nudeln kümmerte.

»Lieber Himmel, Sally, du hast mich zu Tode erschreckt«, rief sie atemlos.

Nathan Tallots Frau, eine schlanke Mittvierzigerin mit weißblondierter Kurzhaarfrisur, legte den Kochlöffel beiseite, mit dem sie die Makkaroni umgerührt hatte, und drehte sich zu ihr um. »Übertreib mal nicht, Mädchen.« Sie zeigte auf den Topf und grinste. »Immer noch Mac und Cheese? Ernsthaft?«

Hannah nickte verlegen.

»Schön, dass es Dinge gibt, die sich nie ändern.«

Die beiden Frauen gingen aufeinander zu und umarmten sich, was Hannah einen kleinen Schmerzenslaut entlockte.

»Was ist?«, fragte Sally erschrocken.

»Nur ein bisschen Nackenschmerzen«, wiegelte Hannah ab, die ihre kleine Verletzung völlig vergessen hatte. »Nicht der Rede wert.«

Sally sah sie zweifelnd an. »Bist du sicher?«

»Ganz sicher. Nur eine Lappalie, die ...« Sie wurde von ihrem erneut laut knurrenden Magen übertönt.

»Hört sich ja schlimm an«, meinte Nathans Frau trocken. »Dann hole ich mal einen Teller für dich.«

5

»Habt ihr in der letzten Zeit etwas von Lucas gehört?«, fragte Hannah, als sie sich eine weitere Portion auf den Teller häufte. Die dritte.

»Äh ... nein«, erwiderte Sally etwas verhalten. »Du weißt ja, unser Sohn macht sich gerne rar.« Sie zeigte auf Hannahs Teller. »Wo lässt du das bloß alles?«

»Sorry, aber ich hatte ... habe echt Hunger.«

»Wirklich? Darauf wäre ich nicht gekommen.« Sally schmunzelte kurz, bevor sie hörbar seufzte. »Ich gönne es dir ja. Es ist der Neid, der aus mir spricht. Ich würde auch gerne mal wieder richtig zulangen, aber bei mir setzt sich das sofort auf die Rippen. Das will ich nicht riskieren.«

Hannah sah sie mitfühlend an. »Dein Rheuma?«, fragte sie, während ihr Bilder in den Kopf kamen aus der Zeit vor ihrem Weggang aus Quesnel. Damals hatte Sally an manchen Tagen vor Schmerzen kaum laufen können. »Ist es immer noch so schlimm?«

Sally schüttelte den Kopf. »Zum Glück nicht. Ich setze seit geraumer Zeit auf pflanzliche Arzneien und auf so viel Bewegung, wie es eben geht. Das hat mehr geholfen, als ich zu hoffen gewagt habe. Aber ich achte auch streng darauf, mein Gewicht zu halten. Jedes Gramm zu viel bezahle ich doppelt und dreifach. Leider. Solange ich das im Gedächtnis habe, fällt der Verzicht auf manche Dinge nicht schwer. Es gibt jedoch auch Tage, wo es anders ist.«

»Das glaube ich gerne. Ich weiß nicht, ob ich an deiner Stelle so diszipliniert sein könnte. Ein Leben ohne Mac und Cheese?« Hannah schüttelte sich. »Ein furchtbarer Gedanke.«

Sally lachte. »Es gibt Schlimmeres, glaub mir. Zum Beispiel der Verzicht auf Nanaimo Bars. Trotzdem geht es. Es muss.«

»Du isst keine Nanaimo Bars?« Hannah machte große Augen. »Überhaupt nicht mehr?«

»Na ja, an besonderen Tagen schon, wie zum Beispiel an meinem Geburtstag. Aber meistens mache ich sie nur für Nathan. Ich würde Ärger bekommen, wenn ich es nicht täte. Er ist süchtig nach den Walnussschnitten.«

»Verständlicherweise, du machst immerhin die besten Bars in ganz British Columbia, daran kann ich mich noch sehr gut erinnern. Zu gut, um wahr zu sein, und trotz der vielen Kalorien immer eine Sünde wert.«

Sally winkte ab. »Ach was, es ist ein stinknormales Rezept aus einem Kochbuch, das in jedem zweiten kanadischen Haushalt steht. So besonders sind sie also ganz bestimmt nicht.«

»Doch, das sind sie, keine Frage. Ich würde mich freuen, wenn ich bald mal wieder in den Genuss käme. Irgendwann, wenn ich nicht mehr das Gefühl habe, gleich platzen zu müssen.« Hannah schob den noch halb vollen Teller von sich weg.

»Kann es sein, dass deine Augen mehr essen wollten als der Rest von dir?«, zog Sally sie auf.

»Ich bekenne mich schuldig«, antwortete Hannah und seufzte, während sie sich den Bauch rieb. »Aber lecker war's.«

»Ich stell die Reste in den Kühlschrank, dann hast du morgen noch etwas davon.«

»Das lässt du mal schön bleiben. Ich mache das. Es ist mehr

als genug, dass du dich um Dora kümmerst. Was jetzt, wo ich hier bin, meine Aufgabe wäre, aber Mylady traut mir das offenbar nicht zu.«

»Sei deswegen nicht beleidigt. Ich könnte mir vorstellen, dass dein Auftauchen ein ziemlicher Schock für Dora gewesen ist.«

»Oh ja, kann man so sagen. Sie war schockiert und alles andere als begeistert.«

»Das bildest du dir ein.«

»Vielleicht, aber überschwängliche Freude sieht wirklich anders aus.«

»Lass ihr Zeit, Hannah. Sie muss sich erst daran gewöhnen, dass du wieder hier bist.« Sally verzog das Gesicht. »Herrje, ich könnte Nathan treten, dass er mir wegen seines plötzlichen Einsatzes nicht Bescheid gegeben hat. Ich hätte doch statt seiner zu deiner Unterstützung herkommen können, aber nein, daran hat mein verpeilter Mann natürlich erst gedacht, als es schon zu spät war.«

Hannah lachte verbittert auf. »Schon traurig, oder? Ich meine, dass du glaubst, Dora und ich würden einen Prellbock benötigen, wenn wir aufeinandertreffen. Sie ist immerhin meine Großmutter, und ich bin ihre Enkelin, verdammt.«

Sally senkte verlegen den Kopf. »Es war nur gut gemeint. In Anbetracht dessen, wie ihr damals auseinandergegangen seid, musste man annehmen …«

»Lass stecken, Sal«, unterbrach Hannah sie. »Ich verstehe das schon. Trotzdem ein Jammer.« Sie stand auf, nahm ihren Teller und stellte ihn auf der Anrichte ab. Sally hatte sich ebenfalls erhoben und holte ungefragt aus einer Schublade eine Rolle mit Frischhaltefolie hervor, die sie Hannah reichte.

»Danke übrigens, dass du mein Bett frisch bezogen hast. Das warst doch du, oder?«

»Ja. Sonst macht Dora das selbst, aber zurzeit geht es nun mal nicht, und sie wusste ja auch gar nicht, dass du kommst«, plapperte Sally munter drauflos, bevor sie abrupt verstummte, als hätte man sie bei etwas ertappt.

Hannah spannte Frischhaltefolie über den Teller und über den Topf mit den restlichen Käsemakkaroni und stellte beides in den Kühlschrank. »Sonst macht Dora es selbst?«, fragte sie irritiert. »Sie bezieht mein Bett? Für wen? Wird mein Zimmer mittlerweile auch vermietet? Den Eindruck hatte ich zwar nicht, aber ...«

»Äh ... nein. Es wird nicht vermietet«, antwortete Sally hastig. »Das hast du falsch verstanden. Ich meinte die anderen Betten. Also die Gästebetten. Die bezieht sie sonst selbst.«

»Sie macht das selbst?« *Früher waren die Zimmer Moms Aufgabe*, dachte Hannah. *Manchmal auch meine.* »Warum holt sie sich dafür keine Unterstützung?«

»Nach eurem Weggang hatte Dora eine Zeit lang eine Hilfskraft aus der Stadt.«

»Und die hat sie jetzt nicht mehr?«

»Nein, schon länger nicht mehr.«

»Warum nicht?«

»Keine Ahnung. Ich glaube, Dora war der Meinung, sie könnte das alles genauso gut alleine bewältigen.«

»Und jetzt, wo sie außer Gefecht gesetzt ist, musstest du die ganze Arbeit machen.«

»Mit Nathans Hilfe ging das schon. Er kann sich seine Arbeitszeit relativ frei einteilen, darum hat er mich beim Vorbereiten des Frühstücks immer unterstützt. Anschließend bin ich dann durch die Zimmer, habe gereinigt, wo es nötig war, und die Handtücher getauscht. Aber ich bin ehrlich, auf die Dauer ist das keine Lösung.«

»Soll es auch nicht sein. Darum bin ich schließlich hergekommen.«

»Worüber ich mich sehr freue«, meinte Sally lächelnd. »Erzähl doch mal. Wie ist es dir in den letzten Jahren ergangen? Von Lucas wussten wir natürlich, dass du Musik studierst. Bei dem Talent musste es auch so kommen. Schon als kleines Mädchen hast du bei unseren Gemeindefesten regelmäßig für offene Münder gesorgt, wenn deine kleinen Finger flink wie ein Wiesel über die Tasten des Kirchenharmoniums gehuscht sind.«

Hannah konnte bei diesem Vergleich nicht anders. Sie brach in lautes Gelächter aus. »Du meine Güte, Sally. Meine Finger sind flink wie ein Wiesel über die Tasten gehuscht? Was sind das für pflanzliche Arzneien, die du einwirfst? Auf alle Fälle scheinen sie etwas mit deinem Wortschatz zu machen. Faszinierend.«

Sally zog eine Grimasse. »Ich sag doch nur, wie es war. Du warst damals Quesnels kleine Sensation, und irgendwann, eines Tages, wirst du unsere große Sensation sein. Daran hatte ich nie Zweifel.«

»Du hörst dich an wie meine Mom«, meinte Hannah, als sie eine Flasche Wasser und zwei Gläser nahm und Sally bedeutete, sich wieder mit ihr an den Tisch zu setzen. »Die behauptet so etwas in der Art auch oft. Ob ihr beide recht behaltet, wird sich zeigen. Talent allein reicht allerdings nicht, es ist vor allem harte Arbeit.«

Sally nahm neben ihr Platz und atmete plötzlich hörbar schwer. Hannah sah auf und registrierte, dass die andere Frau beunruhigend blass war.

»Was ist mit dir, Sal?«, fragte sie hastig und griff nach der Flasche. »Ist dir schlecht? Komm, trink einen Schluck Wasser.«

»Alles gut«, raunte Sally, während die Farbe langsam in ihr Gesicht zurückkehrte. »Ich habe mich nur gefragt ... weil du Miranda erwähnt hast, ob sie ... ob sie in Ordnung ist.«

Hannahs Nacken begann schlagartig wieder zu schmerzen. »Ob sie ... in Ordnung ist?«, wiederholte sie, krampfhaft um Fassung bemüht, was nicht lange gelingen konnte. Nicht bei diesem Thema. Keine drei Sekunden vergingen, und der Ärger, den sie verspürte, fraß sich tief in ihre Eingeweide. »Wie es Mom geht, willst du wissen? Du meinst, nachdem ihr die Liebe ihres Lebens bei lebendigem Leib das Herz aus der Brust gerissen hat? Nachdem dieser Mann ihr das Zuhause genommen und, was noch viel schlimmer für sie war, jegliches Interesse an der gemeinsamen Tochter verloren hat? Nachdem er ihr nach nur drei Monaten Trennung die Scheidungspapiere hat zukommen lassen? Durch seinen Anwalt, ohne ein weiteres persönliches Wort? Nun, das kann ich dir sagen.« Hannah bebte, als der Zorn über das Vergangene vollends Besitz von ihr ergriff und ihr die Kontrolle nahm. »Die letzten zwei der vergangenen sechs Jahre ging es Mom halbwegs wieder gut. Sie hat gegessen und ist zur Arbeit gegangen, hat gelacht, und manchmal ist sie auch in den Urlaub gefahren, so wie jetzt gerade. Davor funktionierte sie ebenfalls, nur schien es manchmal, als hätte jegliche menschliche Regung ihren Körper verlassen und würde auch nicht zurückkehren. Was aber die erste Zeit nach unserem Weggang angeht, hätte ich mir, so verrückt es klingen mag, eine solche emotionale Kälte für sie sehnlich herbeigewünscht. Weil ich an manchen Tagen gedacht habe, dass sie nie wieder aufhört zu weinen. Dass ihre Tränen um einen Mann, der es nicht wert ist, niemals versiegen werden. Mom ist in dieser Zeit durch die Hölle gegangen, Sally, und weil ich immer an ihrer Seite war, nahm ich den gleichen Weg. Aber kein Problem, heute ist sie ... sind wir beide wieder, wie du es so schön formuliert hast, in Ordnung.« Hannah verstummte, und eine lähmende Stille machte sich zwischen den beiden Frauen breit.

»Es tut mir leid«, brachte Sally schließlich tränenerstickt hervor. »Ich hätte nicht fragen sollen.«

»Das verstehe ich schon«, erwiderte Hannah, immer noch am ganzen Leib zitternd, weil ihre Gefühle sie übermannt hatten. »Was ich nicht begreife, ist, warum du es nicht früher getan hast? Jahre früher. Ich dachte, du und Mom wärt Freundinnen gewesen.«

Sally senkte betreten den Kopf und sah dabei aus wie ein geprügelter Hund. »Das waren wir auch«, stieß sie gequält aus. »Und ich habe mehr als einmal in all dieser Zeit zum Hörer gegriffen, um sie anzurufen. Ich habe es nicht getan. Es war besser so, glaub mir.«

Hannah schnappte nach Luft. »Es war besser so? Ist das dein Ernst? Hör zu, ich hatte mir geschworen, dir und Nathan wegen damals keine Vorwürfe zu machen, weil auch Mom nie etwas Schlechtes über euch gesagt hat. Gerade merke ich aber, dass ich doch verdammt wütend bin. Wütend über euer Schweigen. Darüber, dass ihr nichts getan habt. Rein gar nichts.«

»Das stimmt nicht«, protestierte Sally schwach. »Wir haben versucht, mit Mike zu reden, doch das war nicht so einfach. Die Situation war ... schwierig für ihn. Als er seine Entscheidung getroffen hatte, ließ er sich durch nichts davon abbringen. Wir hätten gerne etwas getan, aber ...«

»Aber?«, rief Hannah erbost. »Was, aber, Sally? Und was meinst du damit, dass die Situation für Dad schwierig gewesen ist? Es war immerhin seine freie Entscheidung. Was meinst du, wie es erst für Mom war? Und für mich? Hm? Kannst du dir das nur ansatzweise vorstellen?«

Sally nickte stumm, während sie die Tränen beiseitewischte, die ihr über die Wangen liefen.

»Was zum Teufel ist hier los?«, polterte plötzlich eine dunkle Stimme durch den Raum. Die Frauen zuckten zusammen. Keine von ihnen hatte bemerkt, dass Nathan Tallot durch die Verandatür in die Küche getreten war. Erschrocken sahen sie den Mann mit den tiefschwarzen Haaren und der kräftigen Statur an.

»Es ist nichts, Darling«, hauchte Sally.

»Nichts? Wegen nichts weinst du doch wohl nicht, oder?« Nathan, dem man seine Zugehörigkeit zu den First Nations, den Ureinwohnern Kanadas, sofort ansah, durchbohrte erst seine Frau, dann Hannah mit stechenden Blicken.

Letztere kam unter der vorwurfsvollen Musterung des Mannes zur Besinnung, und prompt plagte sie das schlechte Gewissen. »Es ist meine Schuld, Nathan«, gestand sie kleinlaut ein und wandte sich dann an Sally. »Entschuldige bitte. Ich weiß nicht, was in mich gefahren ist, dass ich dich so angegriffen habe. Letztendlich ist das eine Familienangelegenheit und nicht euer Problem. Bitte verzeih.«

»Es ging um damals?«, folgerte Nathan mit hochgezogenen Augenbrauen.

»Ja.«

Seine Miene verfinsterte sich weiter. »Ich habe befürchtet, dass das Thema aufkommt, wenn ich dich bitte, herzukommen, aber ich hätte nicht gedacht, dass es so schnell passiert. Dazu kann ich dir nur sagen, dass du mit Dora reden musst. *Sie* ist die richtige Ansprechpartnerin, nicht Sally. Darüber hinaus eine Warnung von mir: Solltest du meine Frau noch einmal zum Weinen bringen, bekommen wir beide ein ernsthaftes Problem miteinander, haben wir uns verstanden?«

Hannah nickte beschämt. Diesmal war sie es, die wie ein geprügelter Hund aussah. »Wie gesagt, es tut mir leid.«

»Sollte es auch«, brummte Nathan und streckte ihr seine Hände entgegen. »Jetzt komm her, und lass dich umarmen.«

Hannah atmete erleichtert auf und folgte seiner Aufforderung umgehend. Es war ihr vollkommen einerlei, dass Nathans Kleidung, aber vor allem seine Hände rußverschmiert waren und sie es nach der Umarmung auch sein würde. Sie hätte es nicht ertragen können, wäre er böse auf sie gewesen. Wo dieser Mann doch so gut wie nie auf jemanden böse war. In diesem Fall hätte er jedoch alles Recht dazu gehabt. Es war unfair gewesen, Sally derart anzugreifen. Dora war die Einzige, die ihr, nachdem ihr Vater nicht mehr da war, Rede und Antwort würde stehen müssen. Niemand sonst.

»Ich habe euch vermisst«, murmelte sie an Nathans Brust. »Alle beide.«

»Wir haben dich auch vermisst, Kleine«, sagte der Mann und drückte sie noch ein bisschen fester. »Mist, verdammter, ich glaube, ich sau dich ganz schön ein.«

»Macht nichts. Habt ihr den Brand wenigstens löschen können?«

»Ja. War glücklicherweise nur ein kleiner.«

»Na bravo!«, ertönte plötzlich Doras gereizte Stimme aus dem Hintergrund. »Ich hatte mich schon gefragt, ob Hannah an ihren Nudeln erstickt ist und ob Sally mich heute Abend vergessen hat. Konnte ja nicht ahnen, dass hier in der Küche eine Party stattfindet. Wohlgemerkt in meiner Küche. Ohne mich.«

»Als ob du so viel Wert auf Partys legen würdest, Dora.« Nathan grinste und ließ Hannah los. »Aber bitte schön, dann mache ich das Radio an, und wir beide wagen ein Tänzchen.«

»Mit deinen schmutzigen Klamotten? Versuche es nur, beschwer dich aber nicht, wenn ich es dann wage, dich mit meinem Gipsarm bewusstlos zu schlagen. Verdient hättest du es allemal, nachdem du hinter meinem Rücken meine Enkelin hierher beordert hast.«

Sally sprang auf. »Bitte keine Gewaltausbrüche, ja? Bevor es so weit kommt, bringe ich dich lieber zu Bett, Dora.«

»Gute Idee, denn es war ein langer Tag, und ich bin müde.« Dora wandte sich an Hannah. »Ich habe übrigens bei Joyce einen Termin für dich vereinbart.«

»Was?«, rief Hannah erzürnt. »Das hast du nicht getan.«

»Irgendwer musste sich darum kümmern. Sie war zwar nicht erfreut, dass ich so spät noch angerufen habe, aber du kannst morgen Nachmittag bei ihr vorbeischauen.«

»Solange ich nur vorbeischauen und nicht reingehen muss«, murmelte Hannah kaum hörbar.

»Natürlich gehst du hinein«, wies ihre Großmutter sie zurecht, deren Gehör offenbar besser war als gedacht. »Stell dich nicht so an.«

»Ja, Grandma«, entgegnete Hannah und freute sich diebisch über den verärgerten Blick, den sie von Dora einfing. Wie konnte man nur so eitel sein und das eigene Alter immer verdrängen?

»Nun denn«, meinte Dora und sah Sally an. »Wollen wir?«

Sally nickte, und Sekunden später schloss sich die Tür zum Flur hinter den beiden.

»Ich schaue derweil draußen nach dem Rechten und schließe den Schuppen ab«, verkündete Nathan. »Danach können Sally, du und ich noch kurz den Ablauf des Frühstücks besprechen, was meinst du?«

»Klar, gerne. Dora war damit einverstanden, dass ich die Tische eindecke, was ich gleich noch machen werde. Vielleicht kann ich sie morgen überzeugen, dass auch der Rest für mich kein Problem ist, dann bräuchten wir eure Hilfe nicht mehr in Anspruch zu nehmen.«

»Ach was, Sally und ich machen das gerne. Trotzdem gut, dass du da bist. Es war an der Zeit.«

Hannah suchte seinen Blick. »Du, Nathan, wegen eben ...«

»Lass gut sein. Mach einfach, was ich dir gesagt habe. Rede mit deiner Großmutter. Und gib nicht sofort auf, wenn sie mauert. Wenn einer diese Wand durchbrechen kann, dann du.«

»Ich werde es versuchen«, versprach Hannah.

»Okay, ich bin dann mal draußen. Bis gleich.« Nathan tippte sich an die Stirn und verschwand durch die Verandatür.

Hannah nahm ihr leeres Glas vom Tisch, wobei es ihr aus der Hand rutschte und zu Boden fiel. Sie zuckte zusammen in der Erwartung, dass es unter lautem Klirren in unzählige Splitter zerbersten würde, aber auf wundersame Weise geschah nichts dergleichen. Als sie wieder hinsah, rollte das Glas unversehrt vor ihren Füßen her, direkt unter den Küchentisch. Hannah seufzte, ging auf die Knie und kroch unter das Möbelstück. Sie hob das Glas auf, und dabei fiel ihr Blick auf etwas Weißes, das an der Innenseite der Tischkante mit einer Reißzwecke befestigt war. Hannah robbte auf allen vieren vorwärts, bis sie nahe genug war, um das Papier vorsichtig aus seinem Versteck zu befreien. Sie drehte es um und las, was darauf geschrieben stand. Zunächst empfand sie Neugierde, dann Rührung, dann Verwirrtheit. Schließlich Abscheu. Angewidert ließ sie den Zettel fallen. Doch nach kurzem Zögern hob sie ihn wieder auf und zerknüllte ihn wütend in ihrer Hand.

6

Seine dunklen Haare sahen wieder mal so aus, als könnten sie einen Kamm gebrauchen. Und in seinem Gesicht zeugte ein leichter Schatten auf den Wangen davon, dass er sich heute noch nicht rasiert hatte. Seine Kleidung passte ins Bild. Er trug eine legere Jeans und ein kariertes Baumwollhemd, unter dem sich seine breiten Schultern abzeichneten. Eigentlich wirkte er wie ein typischer Urlauber, der für kurze Zeit den Alltag vergessen wollte, aber Hannahs Bauchgefühl sagte ihr, dass er das nicht war. Nur, was wollte er dann in Quesnel? Sie rümpfte die Nase. Eigentlich war es ihr egal, was für einen Auftrag dieser Mann hatte. Schaden konnte es trotzdem nicht, wenn sie ihn im Auge behielt. Im wahrsten Sinne des Wortes.

Dennoch kam Hannah sich ein bisschen albern vor, als sie erneut den schweren Vorhang, der den Fernseh- vom Frühstücksraum trennte, leicht zur Seite schob, um auszuspähen, was auf der anderen Seite vor sich ging. Das war gar nicht so leicht, denn im Frühstücksraum ging es zu wie auf einem Jahrmarkt. Die Gäste, zumeist Männer in den mittleren Jahren und aufgrund ihrer Kleidung eindeutig als Angler identifizierbar, standen vor dem Büfett an oder saßen in kleinen Gruppen an den runden Tischen und unterhielten sich. Die Geräuschkulisse, die sich aus vielen kräftigen Stimmen zusammensetzte, war enorm. Geradezu ohrenbetäubend. Das machte es für Hannah unmöglich, die Worte ihrer Großmutter, die sich zu diesem Cooper an den Tisch gesetzt hatte, zu verstehen. Wie lange unterhielt sie sich nun schon mit ihm? Zehn Minuten? Eine Viertelstunde? Was zum Teufel hatte Dora bloß mit diesem ungehobelten Kerl zu bereden? Hannah stöhnte leise auf. Als wenn sie das nicht wüsste. Natürlich waren sie und der Unfall Thema. Genauer gesagt der Unfall, der gar keiner gewesen war. Dabei hatte sie ihre Großmutter extra gebeten, sich herauszuhalten. Toll. Ganz toll! Mit ihrer Intervention verschaffte Dora dem Typen noch mehr Munition, um gegen sie zu feuern. Wahrscheinlich würde er sie bei ihrem nächsten Zusammentreffen als verwöhnte Göre bezeichnen, die ihre Angelegenheiten von anderen regeln ließ und sich hinter der Rockschürze einer alten Frau versteckte. Wobei Dora niemals Röcke oder gar Schürzen trug, aber das war eine andere Geschichte.

Hannah wandte sich genervt ab, nur um drei Sekunden später erneut hinzusehen. Zu gerne hätte sie gewusst, was ihre Großmutter diesem Cooper erzählte.

Augenscheinlich hatten beide Spaß, denn sie lachten. Doch dann sagte Dora wieder etwas, und er verstummte. Er wurde ernst und wirkte betroffen. Warum das? Ihre Großmutter hatte ihm doch wohl nicht wegen seines unmöglichen Betragens mit einem Rausschmiss aus dem *Broken Heart* gedroht? Das wäre ein zu hartes Vorgehen. Allein schon wegen Maggie, die soeben freudestrahlend zur Tür hereinsprang und mit einem großen Satz auf den Schoß ihres Vaters hüpfte. Liebevoll umarmte er sie und küsste sie auf die Wange. Dann ließ er sie von seinem Toast abbeißen und wischte ihr anschließend fürsorglich mit seiner Serviette einen Butterrest aus dem Mundwinkel.

Hannahs Stirn legte sich in tiefe Falten. Dieser Cooper war zu seiner Tochter ... wie hatte Dora es gleich genannt? Ach ja, zuckersüß. Warum konnte er nicht immer so sein? Das würde ihn noch anziehender machen, als er ohnehin schon war.

Hannah verschluckte sich bei diesem Gedanken und musste kurz husten. Sie schüttelte sich und fasste sich mit einem undefinierbaren Laut an die Stirn. Was sollte das denn jetzt? Offensichtlich war ihr das frühe Aufstehen nicht bekommen. Oder lag es daran, dass sie seit fast zwei Jahren Single war? Sie verzog das Gesicht. Das konnte unmöglich der Grund sein. Sie hatte ihre Abstinenz dem anderen Geschlecht gegenüber bewusst und freiwillig gewählt. Weil sie sich voll und ganz auf ihr Studium und auf ihre Karriere als Konzertpianistin konzentrieren wollte. Diese Entscheidung hatte sie seitdem keine Sekunde lang bereut, und sie würde es auch jetzt nicht tun, nur weil dieser attraktive Engländer ihre Hormone Tango tanzen ließ.

Hannah fasste sich erneut an die Stirn. »Attraktiver Engländer?«, zischte sie verärgert über sich selbst, während ihr das Blut in den Kopf stieg. »Tanzende Hormone? Meine Güte, Frau, reiß dich zusammen! Hast du vergessen, wie er dich behandelt hat?«

»Geht es dir gut, Liebes?«, hörte sie auf einmal die spöttelnde Stimme eines Mannes hinter sich.

Peinlich berührt schloss Hannah kurz die Augen, bevor sie sie wieder öffnete, den Vorhang nun endgültig losließ und sich langsam umdrehte. Nathan stand mit vor der Brust verschränkten Armen keine zwei Meter von ihr entfernt und grinste, als hätte er soeben den Jackpot in der Sonntagslotterie gewonnen.

»Sicher geht es mir gut«, entgegnete sie schnippisch. »Wie kommst du auf die Idee, dass es anders sein könnte?«

»Nun möglicherweise deshalb, weil dein Kopf so rot ist, dass ich die Hitze bis hierher spüre. Vielleicht sollte ich Sally sagen, dass sie die nächsten Pancakes auf deiner Stirn backen kann.« Er lachte.

»Nicht witzig, Nathan«, knurrte Hannah.

»Nicht? Finde ich schon. Noch witziger ist allerdings, dass ich dich erwischt habe, wie du einen unserer Gäste stalkst.«

Hannah riss den Mund auf und wünschte sich prompt an einen anderen Ort. Vorzugsweise am anderen Ende der Welt. »Bitte?«, erwiderte sie entrüstet, um ihre Verlegenheit zu kaschieren, und stierte Nathan kampfeslustig an. »Ich stalke keine Gäste. Ich habe lediglich ... also ich habe Dora beobachtet. Weil ich mit ihr sprechen will. Du weißt schon. Um mit ihr zu klären, wie es hier demnächst weitergehen soll.«

Nathan räusperte sich. »Natürlich, Mädchen, es ging um Dora. Weil sie ja ohne jeden Zweifel ein attraktiver Engländer ist. Das waren doch deine Worte, oder nicht?«

Hannah erstarrte. Okay, ein Ort am anderen Ende der Welt würde nicht ausreichen. Er musste in einem anderen Universum liegen. »Du hast das gehört?«, stieß sie zutiefst beschämt aus.

»Klaro«, meinte Nathan, von einem Ohr zum anderen grinsend. »Und das mit den tanzenden Hormonen auch.«

»Andere Menschen zu belauschen gehört sich nicht, Nathan.«

»Ha! Sagt ausgerechnet die, die mit spitzen Ohren hinterm Vorhang steht. Ich hingegen habe keinesfalls gelauscht. Ich wollte nach dem Fernseher schauen. Weil einige Gäste sich beschwert haben, dass das Bild manchmal flackert. Konnte ja nicht ahnen, dass du hier auf geheimer Mission bist, und noch weniger, dass du Selbstgespräche führst. Wobei ich zugebe, dass deine Ausführungen nicht nur amüsant, sondern auch äußerst informativ waren.«

Hannah beschloss, Nathans Spott zu ignorieren. Was sollte sie auch darauf antworten? Sie hatte doch selbst keine Erklärung für ihr peinliches Benehmen. »Der Fernseher steht dort«, meinte sie kühl und zeigte auf die andere Seite des Raumes. »Bitte, tu dir keinen Zwang an. Wenn er hinüber ist, umso besser. Ich kann es sowieso kaum glauben, dass Dora die einzelnen Zimmer noch immer nicht mit TV-Geräten nachgerüstet hat.«

»Habe ich ihr schon mehrfach vorgeschlagen, aber sie sagt, das würde das Budget nicht hergeben.«

»Manchmal muss man halt investieren, wenn man …« Hannah brachte den Satz nicht zu Ende, weil Nathan einfach nicht aufhörte zu grinsen. »Was ist mit dir, Mann?«, fuhr sie ihn angesäuert an. »Veräppeln kann ich mich alleine.«

»Kein Grund, rumzuzicken«, antwortete Nathan trocken. »Ich werde Nick schon nicht verraten, was ich gehört habe. Obwohl … vielleicht sollte ich das doch tun. Ich habe mich ein paarmal mit ihm unterhalten, und ich finde, er ist schwer in Ordnung.«

»Nick?«

»Nick Cooper, oder, wie du ihn nennst, der attraktive …«

»Jaja, schon gut«, unterbrach Hannah ihn. »Ich warne dich, wenn du das weitererzählst, wirst du es bereuen, Nathan Tallot. Hörst du?«

Nathan zwinkerte ihr zu. »Ich zieh dich doch nur auf, Mädchen.«

»Das will ich für dich hoffen, mein Freund. Außerdem wäre dieser Mann, wenn ich denn Interesse an ihm hätte, was ich nicht habe, vergeben.«

»Ist er nicht.«

»Ist er nicht?« Hannah sah Nathan überrascht an. »Was ist mit Maggies Mutter?«

»Er ist nicht mehr mit ihr zusammen. Zwar redet er nur ungern über private Dinge, doch das konnte ich ihm entlocken.«

»Sie sind getrennt? Warum?«

»Keine Ahnung. Wenn du es unbedingt wissen willst, kannst du den Mann, an dem du kein Interesse hast, gerne danach fragen.«

Hannah zog eine Grimasse. »Mir scheint, du hast heute einen Clown gefrühstückt, Mr Tallot.«

»Nein, nur Sallys leckere Pfannkuchen.« Er klopfte sich auf den Bauch. »Sehr zu empfehlen.«

»Zweifelsohne. Okay, ich will dich nicht länger aufhalten und werde dann mal ...«

»Nein, warte. Wo du gerade hier bist, frage ich dich gleich jetzt. Sally hatte die Idee, dass du für die Gäste Klavier spielen könntest. Vielleicht zwei- oder dreimal in der Woche. Was meinst du? Wäre doch eine tolle Sache, oder?«

Hannah schluckte, weil sie ahnte, worauf das hinauslaufen würde. »Ich soll spielen?«, sagte sie und spürte, wie der Kloß in ihrem Hals sekündlich dicker wurde.

»Ja. Das Klavier steht zwar im Kaminzimmer, aber ich könnte es hierherschaffen, kein Problem. Wäre doch ein super Alternativangebot zum Fernsehschauen.«

»Es ist Dads Klavier«, erklärte Hannah mit belegter Stimme.

»Dein Vater ist nicht hier. Außerdem hast du früher auch schon auf dem Instrument gespielt. Mike hatte nie etwas dagegen. Im Gegenteil, er war unheimlich stolz auf dich.«

»Ach ja?«, entgegnete sie sarkastisch, weil sie an den zerknüllten Zettel denken musste, der in ihrer Hosentasche steckte. »War er das? Und wenn schon, ist mir egal.«

Nathan musterte sie mit ernster Miene. »Wie du meinst. Ich muss jetzt zum Dienst. Um den Fernseher kümmere ich mich ein anderes Mal. Wir sehen uns heute Abend. Bis dahin kannst du dir das mit dem Klavier ja noch mal überlegen.« Er wollte gehen, doch Hannah hielt ihn auf.

»Weißt du, wo er ist?« Es platzte aus ihr heraus, ohne dass sie es geplant hatte.

»Äh ... nein«, antwortete Nathan und wich ihrem Blick aus.

»Ich weiß nicht, wo dein Vater ist, sorry. Bis später, Mädchen.« Und ehe sie noch etwas sagen konnte, war er verschwunden.

Hannah schüttelte den Kopf. »Du lügst mich an, Nathan Tallot?«, murmelte sie ungläubig. »So offensichtlich? Was soll das?«

Diese Frage ließ sie auch Minuten später noch nicht los, als sie das Kaminzimmer betrat, um hier auf ihre Großmutter zu warten. Nathan war der ehrlichste Mensch, den sie kannte. Welchen Grund könnte er haben, die Unwahrheit zu sagen? Um sie zu schützen? Oder ihren Vater? Das würde Sinn ergeben. Vielleicht aber steckte auch etwas anderes dahinter. Was es auch war, sie würde es herausfinden. Bei nächster Gelegenheit würde sie Nathan auf den Zahn fühlen. Wäre doch gelacht, wenn sie nicht mehr aus ihm herausbekommen würde.

Ihr Blick wanderte durch den Raum, der den Larssons von jeher als privates Refugium gedient hatte und der sich in den letzten Jahren wie ihr eigenes Zimmer kaum verändert hatte. Eine riesige Couchgarnitur aus braunem Leder, die direkt vor dem steinernen Kamin aufgestellt war, nahm einen großen Teil der Fläche ein. Prall gefüllte Bücherregale schmückten die Wände, und vor der großen Fensterfront stand jenes Klavier, das Nathan nur kurz zuvor zurück in ihr Bewusstsein gebracht hatte. Hannah ging hin und strich mit den Fingern leicht über die polierte Oberfläche des Instruments. Vorsichtig hob sie den Deckel hoch und schlug erst eine Taste an, dann eine andere. Hörte sich gut an. Wie damals.

Hannah schloss die Augen. Auf diesem Instrument hatte sie als kleines Mädchen spielen gelernt. Hier hatte sie, auf den Knien ihres Vaters sitzend, mit seiner Hilfe die ersten Melodien einstudiert. Später hatte sie Unterricht in einer Musikschule in Williams Lake genommen, aber der Ursprung ihrer Leidenschaft, ihrer Liebe zum Klavierspiel lag in diesem Raum. Bei diesem Instrument.

»Hier bist du«, meinte ihre Großmutter, die gerade zur Tür hereinkam, und riss sie aus den Gedanken.

»Dabei sollte ich in der Küche sein, um zu helfen«, sagte Hannah vorwurfsvoll. »Aber da du Sally gestern Abend noch den Floh ins Ohr gesetzt hast, ich müsste mich wegen des Schleudertraumas schonen, durfte ich schon bei der Vorbereitung des Frühstücks so gut wie nichts machen. Sie hat es mir schlichtweg verboten. Die Tische darf ich später auch nicht abräumen.«

Dora nickte zufrieden. »Gut so. Kurier das erst mal aus, dann sehen wir weiter.«

»Mir geht es wieder gut. Keine Nackenschmerzen, kein Schwindel, keine Übelkeit. Ich bin wie neu.«

»Das sagst du nur, damit du nicht zu Joyce musst. Glaub ja nicht, dass ich das nicht durchschaue.«

Hannah errötete. Ihre Großmutter hatte sie früher schon wie ein offenes Buch lesen können. So wie es aussah, hatte sich nichts daran geändert.

»Ich mache dir einen Vorschlag, Kind«, meinte Dora. »Weil du dich ja doch nicht davon abbringen lässt, hierzubleiben. Gönn dir ein paar ruhige Tage, dann schauen wir, welche Aufgaben du übernehmen kannst. Ist das ein Angebot?«

»Und was ist mit Sally? Wir können doch nicht verlangen, dass sie ...«

»Sie hat selbst vorgeschlagen, weiter auszuhelfen. Ich werde sie gut bezahlen, wenn das deine Sorge ist.«

Hannah seufzte. »Okay. Dann nehme ich dein Angebot an. Ist übrigens nicht das erste heute.«

Dora sah sie verwundert an. »Nicht?«

»Na ja, eigentlich war es kein Angebot, sondern eine Idee. Nathan meinte, wir sollten Dads Klavier im Fernsehzimmer aufstellen, damit ich ab und zu für die Gäste etwas spielen kann.« Dora versteifte sich, was ihrer Enkelin nicht verborgen blieb. »Ich sehe, du bist damit nicht einverstanden«, sagte sie leise.

Ihre Großmutter schüttelte nach einem kurzen Zögern den Kopf. »Nein. Ich meine, doch, das bin ich. Ich bin damit einverstanden. Mach nur. Das ist eine schöne Idee. Du wirst nur schauen müssen, ob es gestimmt werden muss. Es ist schon länger nicht mehr bespielt worden.«

»Seit Dad weg ist?«

Die alte Frau nickte.

Hannah biss sich auf die Lippen. Jetzt oder nie, dachte sie, während sie den zerknüllten Zettel aus der Tasche ihrer Jeans zog. »Kann ich dich etwas fragen?«

Dora schenkte ihr einen finsteren Blick. »Nicht, wenn es um deinen Vater geht.«

»Du kannst diesem Gespräch auf Dauer nicht ausweichen, Grandma. Ich werde keine Ruhe geben, bis es stattgefunden hat. Weil ich ein Recht darauf habe.«

Doras Schultern sanken merklich nach unten. »Warum kannst du die Vergangenheit nicht einfach ruhen lassen?«, flüsterte sie mit fahlem Gesicht.

»Weil sie wie eine offene Wunde für mich ist«, antwortete Hannah traurig. »Sie kann nicht heilen, wenn ich nicht weiß, warum unsere Familie zerbrochen ist. Wobei, eigentlich weiß ich es ja, und das hier«, sie wedelte verbittert mit dem Zettel, »ist nur ein weiterer Beweis.«

»Was ist das?«, fragte Dora. Auf ihrer Stirn bildete sich eine steile Falte, und Hannah kam es vor, als ob ihre Großmutter die Antwort auf ihre eigene Frage längst kannte.

»Habe ich unter dem Küchentisch gefunden. Zweifelsohne eine Botschaft von Dad an seine Geliebte, auch wenn er einen anderen Namen benutzt hat. Ich habe seine Schrift erkannt, die

Nachricht muss von ihm stammen. Er hat sie sogar datiert. Demnach hatte er schon viel länger eine Affäre mit dieser anderen Frau als gedacht, denn die Nachricht stammt aus dem Jahr 2010.«

Dora streckte ihre gesunde Hand aus. »Darf ich mal sehen?«

Hannah zögerte, doch schließlich gab sie der Bitte der alten Frau nach.

»Meine Theresa!«, las Dora laut vor. »Eine sanfte Berührung von dir genügt, um aus einem schlechten Tag einen guten zu machen. In Liebe, dein Garret.« Sie ließ den Zettel sinken.

»Und?« Hannah sah sie erwartungsvoll an.

»Was und? Ist doch wunderschön formuliert.«

»Wie bitte? Das ist deine Reaktion darauf? Dein Sohn schreibt seiner Geliebten ein paar schwülstige Worte, und du findest sie wunderschön? Ich glaube, es hackt.«

»Das glaube ich auch«, entgegnete Dora gereizt. »Und zwar bei dir. Denkst du wirklich, dein Vater würde Nachrichten an seine Affäre in unserem Haus unter dem Küchentisch verstecken? Warum sollte er das tun? Großer Gott, Hannah, es stimmt, Mike hat das geschrieben. An Miranda, an deine Mutter. Für sie war dieser Zettel. Nur für sie.«

»Wieso hätte Dad dann andere Namen verwenden sollen? Das ergibt doch keinen Sinn. Nein, ich bin mir sicher, dass die Nachricht für die andere Frau bestimmt war.«

Dora seufzte. »War sie nicht, Kind. Ich erkläre es dir, damit du Ruhe gibst.« Sie setzte sich auf die Couch. »Das alles hat mit einem Film zu tun, der vor etwa zwanzig Jahren in den Kinos lief. Ich glaube, er hieß *Message in a Bottle*.«

»Den kenne ich«, meinte Hannah irritiert. »Kevin Costner spielt die männliche Hauptrolle, er ist Moms Lieblingsschauspieler.«

»Genau. Deswegen hat es deine Mutter auch so mitgenommen, dass dieser Streifen kein Happy End hat und Mr Costner am Ende ertrinkt.«

»Ich verstehe nicht. Mal abgesehen davon, dass das ja nicht wirklich passiert ist, was hat das mit Mom und Dad zu tun?«

»Selbstverständlich hat Miranda gewusst, dass der Mann nicht wirklich ums Leben gekommen ist. Trotzdem war sie, nachdem sie den Film das erste Mal gesehen hatte, über Tage hinweg traurig, wie Mike mir viel später erzählt hat. So eine schöne Lovestory, hätte sie gemeint, könne man doch nicht mit einem derart schrecklichen Ende versehen. Mike hat sie aufheitern wollen, und so hat er ihr einen ersten Zettel geschrieben. Vielmehr ließ er Garret an Theresa schreiben.«

»Weil das die Namen der männlichen und der weiblichen Hauptrolle in dem Film waren?«, stellte Hannah mehr fest, als dass sie es fragte.

Dora nickte. »Daraus hat sich dann eine Art Spiel zwischen den beiden entwickelt, denn auch Miranda begann, Botschaften im Haus zu hinterlassen. Überall habe ich sie über die Jahre hinweg gefunden. Das war schon eine verrückte Sache.«

Hannah setzte sich neben ihre Großmutter auf die Couch. »Weswegen habe ich davon nichts mitbekommen? Warum hat Mom mir nie etwas erzählt?«

»Danach musst du sie schon selbst fragen. Dass du davon nichts weißt, wundert mich allerdings nicht. Neben der Schule gab es seit deiner Kindheit immer nur eines, um das sich deine Welt gedreht hat.« Sie schaute zum Klavier.

Hannah senkte beschämt den Blick.

»Nein, bitte versteh mich nicht falsch«, beeilte sich Dora zu sagen. »Das war ... ich meine, das ist völlig in Ordnung. Jemand, der so ein Talent hat, sollte es nutzen. Er *muss* es nutzen. Und es gibt wirklich Schlimmeres, als nicht bemerkt zu haben, dass die Eltern sich Liebesnachrichten schreiben.«

»Stimmt!« Hannah zog ein langes Gesicht. »Nämlich nicht bemerkt zu haben, dass die Ehe der Eltern zerbricht.«

»Dafür konntest du nichts. Es war ... Schicksal.«

»Schicksal? So würde ich es nicht bezeichnen, womit wir wieder beim Ausgangspunkt unseres Gesprächs wären. Mag sein, dass Dad nette Zettelchen geschrieben hat, doch irgendwann hat er sich anders orientiert. Wenn ich's recht überlege, hat er Mom vielleicht sogar nie geliebt.«

»Das ist Unsinn, Kind«, widersprach Dora bestimmt. »Mike hat Miranda vergöttert. Vom ersten Tag an.«

»Was ist dann mit ihnen passiert? Was ist mit Dad passiert? Warum hat er aufgehört, uns zu lieben, und uns aus seinem Leben ausgeschlossen? Lag es wirklich nur an dieser Frau? Wenn du es weißt, Dora, dann verrat es mir. Bitte!«

Ihre Großmutter schaute sie eine gefühlte Ewigkeit stumm an. Dann öffnete sich ihr Mund wie in Zeitlupe. Ihre Lippen bebten, und sie war so blass, dass die Adern durch ihre Haut schienen. »Verrat«, flüsterte sie kaum hörbar. »Ja, das wäre es.«

Hannah war sich nicht sicher, ob sie richtig verstanden hatte, doch bevor sie nachfragen konnte, platzte Sally zur Tür herein.

»Dora, kannst du bitte mal kommen?«, rief sie. »Es ist jemand vom Gesundheitsamt da, der die Küche überprüfen will. Schätze, da möchtest du dabei sein.«

»Schon wieder?«, erwiderte Dora hastig. Sie stand auf und drückte ihrer Enkelin den Zettel in die Hand. »Ich bin auf dem Weg.« Mit kurzen Schritten folgte sie Sally.

Und ließ eine ratlose Hannah zurück.

7

»Hannah Larsson, wie schön, dich wiederzusehen.« Joyce Booker stand am Empfang ihrer Praxis und strahlte wie die aufgehende Sonne. Sie hob theatralisch ihre Arme, an deren Ende tellergroße Hände ein beeindruckendes Bild abgaben. Beeindruckend oder wahlweise Furcht einflößend. Hannah brauchte nicht lange, um zu entscheiden, welche Variante für sie galt. Die letztere.

»Sorry, Joyce, aber eine Umarmung geht leider nicht«, sagte sie nervös. »Weil ich ein Schleudertrauma habe. Das hat Dora dir doch gesagt, oder?«

Die wuchtige, an die zwei Zentner schwere Frau in mittleren Jahren, die Hannah um Haupteslänge überragte, ließ die Arme wieder sinken und gab ein lautes Lachen von sich, das sich wie das Wiehern eines Pferdes anhörte. »Wie du guckst«, prustete sie. »Deine Großmutter hat mir zwar erzählt, dass du wegen der Krankengymnastik von damals noch ziemlich viel Respekt vor mir hast, doch wie es aussieht, ist es wohl eher nackte Angst, was?«

»Äh … nein, das täuscht.«

»Wieso erinnerst du mich dann an eine Todeskandidatin, die ihrem Henker gegenübersteht?«

»Du übertreibst maßlos«, protestierte Hannah schwach.

Joyce lachte noch mal kurz auf, dann jedoch wurde sie ernst. »Die Behandlung seinerzeit war notwendig«, sagte sie streng.

»Der verschobene Wirbel hätte dir sonst auf die Dauer aufs Rückenmark drücken können.«

»So genau erinnerst du dich daran?« Hannah schaute die Frau mit den brünetten dauergewellten Haaren verblüfft an.

»Natürlich. Du warst schließlich einer meiner ersten Fälle, nachdem ich den Schuppen hier eröffnet habe. Und ich weiß auch noch, dass du sehr unter der Therapie gelitten hast. Trotzdem musste sie sein. Hätte ich das mit dir nicht so rigoros durchgezogen, würdest du dich heute vielleicht nicht auf deinen Beinen fortbewegen können, ich hoffe, du weißt das.«

»Ja, doch«, murmelte Hannah zaghaft. »Wehgetan hat es trotzdem.«

»Von nichts kommt nichts. Daran solltest du stets denken. Aber lassen wir den Schnee von gestern und wenden uns der Gegenwart zu. Du hast also ein Schleudertrauma?«

»Ja, aber nur ein leichtes«, erwiderte Hannah hastig und kramte das Rezept aus ihrer Handtasche. »Doc Waters hat Fangopackungen verschrieben.«

Joyce nahm ihr den Zettel aus der Hand. »Und Massagen, wie ich sehe«, meinte sie.

Hannah schluckte, als ihr Blick wie von selbst zu den riesigen Händen der anderen Frau wanderte.

»Keine Bange, Mädel. Dein Kopf wird dranbleiben. Es wird nur eine leichte Massage sein, alles andere wäre deinem Problem nicht zuträglich. Wenn du dann also ausgeschlottert hast, können wir's angehen, einverstanden?«

»Ich schlottere nicht«, widersprach Hannah entrüstet.

»Doch, tust du«, entgegnete Joyce und wieherte noch einmal zur Bekräftigung, während sie sich umdrehte und das Behandlungszimmer ansteuerte. »Man folge mir bitte unauffällig.«

Es war später Nachmittag an diesem Mittwoch, als Hannah die Praxis von Joyce verließ und auf dem Bürgersteig vor der Eingangstür stehen blieb, um in ihrer Handtasche nach dem Autoschlüssel zu suchen. Dabei fiel ihr ein, dass sie den Mietwagen auch zurück nach Williams Lake bringen könnte. Dora hätte sicher nichts dagegen, wenn sie für die Dauer ihres Aufenthaltes ihr Auto, einen etwas in die Jahre gekommenen Pick-up, mit nutzen würde.

Als sie den Schlüssel endlich in den Händen hielt, schaute sie nach oben in den nahezu wolkenfreien azurblauen Himmel. Völlig schmerzfrei, wie sie registrierte. Ihr Nacken war nach der Behandlung wie neu, worüber sie sich freute. Zugleich schämte sie sich über das kindische Benehmen, das sie anfänglich an den Tag gelegt hatte. Zum Glück hatte Joyce ihr das nicht übel genommen. Im Gegenteil, sie hatte munter drauflosgeplappert und Hannah in Nullkommanix auf den neuesten Stand gebracht, was Quesnels Klatsch- und Tratschgeschichten betraf. Wobei sie, bildlich gesehen, einen großen Bogen um die Larssons und das *Broken Heart* machte, obwohl Hannah überzeugt davon war, dass man sich in der Stadt über die gescheiterte Ehe ihrer Eltern heftig das Maul zerrissen hatte. Aber das war lange her. Die einzigen persönlichen Worte, die Joyce an sie gerichtet hatte, waren die, dass sie sich für Dora über Hannahs Rückkehr freute. Weil die alte Frau viel zu lange allein gewesen sei. Etwas in der Art hatte auch Doktor Waters am Tag zuvor gesagt.

Hannah fixierte eine einzelne weiße Wolke am Himmel, während sie darüber nachdachte. Sie hatte ihre Großmutter als liebevolle und gesellige Person in Erinnerung. Jetzt wirkte sie in sich gekehrt und verbittert. Schon möglich, dass sie einsam war. Hannah fragte sich jedoch abermals, inwieweit Dora dafür selbst verantwortlich war. Und ob ihre Großmutter das Mitleid anderer wirklich verdient hatte.

Als ein Lastwagen an ihr vorbeifuhr, riss der Windzug, den er verursachte, Hannah aus den Gedanken. Sie schaute um sich. In Quesnel, der kleinen Stadt, die an der Einmündung des Quesnel River in den Fraser River lag und wie die meisten Orte dieser Gegend ihren Ursprung in der Goldgräberzeit hatte, herrschte reges Treiben. Was sicher nicht nur an den etwa zehntausend Einheimischen lag, sondern ebenso an den vielen Touristen, die um diese Jahreszeit in den Cariboo District strömten. Dabei handelte es sich um Hobbyangler und Naturliebhaber, aber auch um Menschen, die auf der Suche nach einem Abenteuer in der Wildnis waren. Nach dem ganz besonderen Kick.

Hannah verzog das Gesicht. Das Leben hielt für jeden seine ganz speziellen Herausforderungen bereit. Offensiv nach ihnen zu streben, sie gar herbeizuwünschen, dafür hatte sie kein Verständnis. Wie es auch die meisten Menschen, die in dieser Region lebten und ihre Gefahren kannten, nicht hatten. Trotzdem hießen sie die Abenteurer willkommen. Aus Gastfreundschaft, aber auch aus Eigennutz, denn die Fremden ließen viel Geld da.

»Ich hoffe, Sie schauen nicht so angewidert, weil Sie an mich gedacht haben?«, ertönte eine tiefe Stimme neben ihr.

Sie erschrak und schaute sich um, direkt in das Gesicht von Nick Cooper. *Na super, der schon wieder*, dachte sie. Er lächelte sie freundlich an, was sämtliche Alarmglocken bei Hannah schrillen ließ. Nick Cooper und freundlich? Zu ihr? Das konnte nicht ernst gemeint sein. »Nein, warum sollte ich?«, fragte sie deswegen argwöhnisch.

»Na ja, da unser Start mehr als holprig war, würde mich das nicht wundern.«

»Holprig? Das ist ja wohl die Untertreibung des Jahrhunderts.

Ein Griff ins Klo würde es besser beschreiben.« Er grinste sie breit an, was sie mit einem wütenden Blick quittierte. »Sie lachen mich aus?«, fauchte sie ihn an.

»Das würde ich niemals wagen«, stritt er immer noch grinsend ab. »Ich fand lediglich Ihre Formulierung amüsant.«

»Sie war vor allem zutreffend. Ich muss jetzt weiter. Einen schönen Tag noch.«

»Darf ich Sie auf einen Kaffee einladen?«, erwiderte er, ihre Worte nicht beachtend.

Hannah starrte ihn entgeistert an, und es dauerte einen Moment, bis sie ihre Sprache wiederfand. »Dürfen Sie nicht. Ehrlich gesagt würde ich mich eher mit Hannibal Lecter an einen Tisch setzen als mit Ihnen.«

Cooper riss die Augen auf, dann lachte er schallend los. »Sie würden die Gesellschaft eines kannibalistischen Serienmörders der meinen vorziehen?« Er japste und kriegte sich kaum wieder ein. »Auweia, das ist nicht nett.«

Hannah staunte insgeheim, denn so ausgelassen und unbeschwert hatte sie den Mann noch nicht gesehen. Es stand ihm. Und es machte etwas mit ihr. Leider. Schon spürte sie, wie ihre Abwehr zu bröckeln begann. Ihre Gedankenspiele vom Morgen kamen ihr wieder in den Sinn. Die tanzenden Hormone. Sie schüttelte innerlich den Kopf, während sie sich selbst eine Standpauke hielt. *No way, Hannah Larsson. Der Engländer ist tabu. Egal, was passiert.*

»Kommen Sie, nur einen Kaffee«, bat er sie eindringlich, als sein Lachen verklungen war.

Diese Stimme. Samtweich und mit einem dunklen Timbre, das ihr durch und durch ging. Als Nick ihren Blick suchte und fand, begann ihr Widerstand langsam zu schmelzen, ohne dass sie etwas dagegen hätte tun können. Entsetzt spürte sie, dass sie eine Gänsehaut bekam. *So viel zum Thema »Der Engländer ist tabu«*, schalt sie sich im Stillen.

»Ich … ich weiß nicht, ob das eine gute Idee ist«, meinte sie.

»Wenn Sie's nicht für mich tun wollen, dann vielleicht für Maggie?«

Hannah sah sich suchend um. »Wo ist die Kleine überhaupt?«

Er zeigte auf die West Park Mall, das Einkaufszentrum auf der anderen Seite der Straße. »Im Bälleparadies. Ich versuche seit über einer Stunde, sie da wieder rauszubekommen, aber keine Chance. Dann sah ich Sie durch das Fenster und dachte mir, Sie könnten das schaffen. Und dass wir bei der Gelegenheit unser Kriegsbeil begraben könnten.«

»Maggie ist da drin?«, fragte Hannah vorwurfsvoll. »Ganz allein?«

»Keine Angst, es gibt eine Aufsicht. Ich habe ihr Bescheid gesagt, dass ich kurz draußen bin. Was ist nun? Von der Cafeteria hat man eine gute Sicht auf das Bälleparadies. Damit Sie beruhigt sind.«

»Mein Befinden ist unerheblich, es geht mir um Maggie.«

»Weiß ich doch. Also?«

Hannah widerstand dem Impuls, seine Einladung endgültig abzulehnen. Sie wäre sich schäbig vorgekommen, sein Friedensangebot auszuschlagen. Vor allem aber wäre es feige gewesen. Und feige war sie beileibe nicht. »Wenn es statt des Kaffees auch etwas anderes sein darf, meinetwegen«, meinte sie und unterdrückte den Seufzer, der in ihrer Kehle steckte. Weil sie ahnte, dass sie ihre Entscheidung bereuen könnte.

»Klar doch. Dann mal los«, antwortete er zufrieden.

Sie nahmen den Zebrastreifen, um auf die andere Straßenseite zu gelangen. In der West Park Mall war nicht allzu viel los, und das Gleiche galt für die Cafeteria. Wie Nick Cooper gesagt hatte, konnte man von dort das Bälleparadies problemlos einsehen, und Hannah entdeckte Maggie sofort. Die Kleine schien den Spaß ihres Lebens zu haben, so ausgelassen tobte sie zwischen den bunten Bällen herum.

Als sie sich setzten, klingelte ein Handy. Sein Handy. Er zog es aus der Tasche seiner Jeansjacke und schaute aufs Display.

»Da muss ich kurz ran, sorry«, meinte er mit krauser Stirn. »Würden Sie schon mal die Getränke ordern? Für mich bitte einen Double-Double. Ich bin gleich wieder da.«

»Okay«, erwiderte Hannah und sah ihm nach, als er mit langen Schritten die Cafeteria verließ.

»Alles in Ordnung?«, fragte sie ein paar Minuten später, als Nick zurückkehrte und sich zu ihr an den Tisch setzte. Er sah aus, als hätte er sich über etwas geärgert, außerdem haftete Zigarettengeruch an ihm. Er hatte also nicht nur telefoniert, sondern auch geraucht.

»Natürlich«, sagte er gereizt. »Was soll die Frage?«

»Sie wirken, als wäre etwas Unschönes passiert.«

»Sie sehen ebenfalls verstimmt aus«, brummte er.

»Das liegt daran, dass Sie riechen wie ein Aschenbecher.«

»Ihr Pech, wenn es Sie stört.«

Hannah presste die Lippen zusammen. Hatte ja nicht lange gedauert, bis der unhöfliche und garstige Nick Cooper wiederaufgetaucht war. »Hören Sie, Mr Cooper, wir müssen das hier nicht machen …«

Er stöhnte und vergrub sein Gesicht in den Händen. Als er sie wieder ansah, spiegelte sich aufrichtiges Bedauern in seinem Blick. »Entschuldigung. Ich hatte ein ziemlich unangenehmes Telefonat, was ich aber nicht an Ihnen auslassen wollte. Vielleicht geben Sie mir noch eine weitere Chance?« Er schaute sie an wie ein kleiner Junge, der Bonbons geklaut hatte und sie voller Reue zurückbrachte. Hannah konnte nicht anders. Sie musste lachen.

»Na gut, aber wenn Sie noch mal so eklig zu mir sind, wird das Konsequenzen für Sie haben.«

»Ach ja?« Er lehnte sich auf seinen Stuhl zurück und sah sie herausfordernd an. »Und welche wären das?«

»Werden Sie dann schon sehen.« Hannah nahm die Tasse, die vor ihr stand, und nippte an dem dampfenden Getränk.

»Ich bin gespannt«, meinte er amüsiert und zeigte auf ihre Tasse. »Was ist das? Etwa heiße Milch?«

»Nein. Meine Mom würde sagen: ›Das ist Hannahs second passion.‹«

»Hannahs zweite Leidenschaft?« Nick sah sie fragend an.

»Oh, ich habe vergessen, mich vorzustellen. Hannah, das bin ich. Hannah Larsson, um genau zu sein.«

»Das weiß ich doch. Ihre Großmutter hat es mir verraten. Mein Name ist Nicholas Cooper. Aber die meisten nennen mich Nick.«

»Ist mir ebenfalls bereits bekannt. Die Buschtrommeln des *Broken Heart* haben es mir laut und deutlich verkündet.«

»Die Buschtrommeln, soso.« Er schmunzelte und streckte seine Hand aus, in die Hannah einschlug.

»Damit wäre das Formelle dann auch abgehakt«, meinte Nick und griff nach dem Zuckerspender. »Also? Was hat es mit dieser zweiten Leidenschaft auf sich?«

Hannahs Augen wurden immer größer, als sie mit ansah, wie er den Spender ein ums andere Mal drehte und der Zucker ungehindert in seinen Double-Double rieselte, bevor er den Strom stoppte und den Spender wieder auf den Tisch stellte. *Du liebe Güte, das mussten mindestens drei gehäufte Löffel gewesen sein.*

Nick, der ihren ungläubigen Gesichtsausdruck bemerkt hatte, grinste. »Ich mag es gerne süß.«

»Sie wissen schon, was ein Double-Double ist?«

»Natürlich, sonst hätte ich ihn ja nicht bestellt. Ein Kaffee mit doppelter Sahne und zwei Stück Zucker.«

»Genau. Und das ist Ihnen nicht süß genug?«

»Offensichtlich nicht. Kriege ich jetzt noch mehr Minuspunkte?«

»Nein, ist schließlich Ihre Sache. Ich frage mich nur, ob man bei dieser Menge Zucker überhaupt noch etwas vom Kaffee schmecken kann.«

»Kann man, keine Sorge.«

»Eigentlich hätte ich erwartet, dass Sie Tee trinken.«

»Gott bewahre, ich mag keinen Tee.«

»Ein Engländer, der keinen Tee mag? Das gibt es?«

»Dass Engländer nur Tee trinken, ist ein Gerücht. Woher wollen Sie überhaupt wissen, dass ich aus England stamme?«

Hannah lachte. »Das fragen Sie nicht ernsthaft, oder? Ist ja wohl kaum zu überhören.«

»Hm!«, erwiderte Nick nachdenklich. »Dann werde ich daran arbeiten müssen.« Er sagte das so, als würde er es vollkommen ernst meinen, was Hannah nicht einzuordnen wusste. Hatte er etwa ein Problem damit, Engländer zu sein oder als solcher erkannt zu werden? Seltsam.

»Um auf mein Getränk hier zurückzukommen …«, sagte sie.

»Genau. Die heiße Milch, darum ging es.«

»Milch ist auch mit drin, stimmt. Aber der größte Anteil ist weiße Schokolade. Dazu etwas Zucker, mit der Betonung auf *etwas*, ein Teelöffel Zimt, eine Messerspitze Kardamom und eine Prise Muskat, fertig ist meine zweite Leidenschaft. Na ja, im Idealfall gehören noch ein paar Marshmallows obendrauf, aber die lasse ich meistens weg. Meiner Figur zuliebe.«

Nick verschränkte die Arme vor der Brust und musterte sie. »Das haben Sie doch gar nicht nötig«, stellte er nüchtern fest. »Ihre Figur ist ganz in Ordnung. Also, soweit ich das beurteilen kann.«

»So, meinen Sie?«, wiederholte Hannah pikiert. »Ein Kompliment hört sich für mich anders an.«

Er beugte sich vor und grinste ihr direkt ins Gesicht. »Hätte ich die Wahrheit sagen sollen? Nämlich, dass Sie eine fantastische Figur haben und jeder Typ, der halbwegs geradeaus gucken kann, Sie sexy finden muss?«

Hannah schnappte nach Luft, während das Blut ihr mit Lichtgeschwindigkeit ins Gesicht schoss. »Also, das ist doch ...«

»Sehen Sie? Das dachte ich mir. Daher hatte ich mich für die abgeschwächte Variante entschieden.«

Hannah wusste darauf nichts zu antworten und nippte verlegen an ihrer weißen Schokolade.

»Es tut mir leid«, sagte Nick leise.

»Schon gut, ich habe es ja provoziert.«

Er schüttelte den Kopf. »Das meine ich nicht.«

»Dann ist es noch immer wegen eben? Dass Sie mich nach Ihrem Telefonat angeraunzt haben? Dafür haben Sie sich doch bereits entschuldigt.«

»Das ist es auch nicht. Ich rede von gestern. Von dem Beinah-Unfall. Ich hatte keine Ahnung, dass Sie sich verletzt haben. Warum haben Sie nichts gesagt?«

Hannah winkte ab. »Ach das. Ist keine große Sache. Ich nehme an, meine Großmutter hat Ihnen davon erzählt? Das hätte sie nicht tun sollen.«

»Ich bin dankbar, dass sie es mir gesagt hat. Weil es mir die

Augen geöffnet hat. Ich habe mich völlig danebenbenommen, was mir ebenfalls sehr leidtut.«

»Ich bin auch übers Ziel hinausgeschossen. Sie hatten Angst um Ihr Kind, da liegen die Nerven schon mal blank. Dafür hätte ich mehr Verständnis aufbringen müssen.«

»Wenn es um Maggie geht, bin ich sehr dünnhäutig, stimmt. Zuweilen auch ungerecht. Das darf nicht passieren, und ich bedaure, dass es Sie getroffen hat. Verzeihen Sie mir?«

»Das tue ich, und damit ist es jetzt auch gut.«

»Haben Sie noch Schmerzen?«

»Nein. Ich habe mich gerade behandeln lassen und fühle mich wie neu.«

»Ehrlich?«

»Ehrlich.«

Nick atmete hörbar erleichtert auf. »Gott sei Dank.«

Hannah betrachtete ihn. Er hatte sich tatsächlich Sorgen gemacht. Das berührte sie, und es ... beschleunigte ihren Herzschlag. *Verdammt!* Sie ballte unterm Tisch ihre Hände zu Fäusten und versuchte, dagegen anzusteuern, aber keine Chance. Dieses blöde Ding raste wie verrückt.

»Gut. Wo wir das nun geklärt haben, kommen wir zu der anderen Leidenschaft.«

»Bitte?«, fragte Hannah verdutzt.

»Wo es eine zweite gibt, da muss doch auch eine erste sein, oder?«

»Der Engel«, kreischte es plötzlich ohrenbetäubend durch die Cafeteria, und eine völlig verschwitzte Maggie rannte auf sie zu.

»Sie heißt Hannah, Schatz«, kommentierte Nick den Ausbruch seiner Tochter trocken und hob sie auf seinen Schoß.

»Okay, dann Hannah«, meinte die Kleine und starrte sie unverhohlen an. »Warum trägst du deine Haare heute so komisch?«

Hannah fasste sich verlegen an den Kopf. »Oh, ich musste sie hochstecken, weil mein Nacken behandelt wurde.«

»Es sieht schöner aus, wenn sie offen sind. Stimmt doch, Daddy, oder?«

Nick schmunzelte und gab einen Laut von sich, den man durchaus als Zustimmung verstehen konnte. Hannah errötete ein weiteres Mal. So konnte das nicht weitergehen. Sie musste hier weg. *Dringend!* Darum nahm sie einen letzten großen Schluck aus ihrer Tasse und stellte sie entschlossen auf den Tisch zurück. »Ich werde dann mal aufbrechen. Vielen Dank für die Schokolade.«

Das Mädchen schaute sie enttäuscht an. »Warum bleibst du nicht? Du könntest mit uns ins Museum gehen.«

»Maggie, lass sie«, ermahnte Nick die Kleine. »Außerdem weiß ich nicht, ob wir es heute überhaupt ins Museum schaffen. Ich wollte noch weiter nach einem Job Ausschau halten.«

»Sie suchen Arbeit?«, fragte Hannah überrascht. »Dann wollen Sie länger in Kanada bleiben?«

»Ist noch nicht entschieden«, entgegnete Nick knapp.

»Aber du hast versprochen, dass ich mir die Puppe ansehen kann«, mischte Maggie sich empört ein.

»Welche Puppe?«, fragte Hannah alarmiert, weil ihr Böses schwante.

»Ach, ich hatte im Reiseführer darüber gelesen. Über diese berühmte Puppe in Quesnels Stadtmuseum. Ich dachte mir, das wäre vielleicht etwas für Maggie.«

»Keine gute Idee«, raunte Hannah, während sie mit vielsagenden Blicken in Nicks Richtung die Aussage zu untermauern versuchte.

»Was? Warum?« Maggie starrte sie missmutig an.

»Äh, weil ... also weil ...das Museum schon geschlossen hat. Außerdem wäre es nett, wenn du und dein Vater mit zum *Broken*

Heart zurückfahren könntet. Nathan möchte später noch ein Klavier in den Fernsehraum bringen. Dabei könnte er eure Hilfe benötigen.«

»Nathan?«, rief Maggie aufgeregt. »Meinst du den Indianer?«

»Nenn ihn lieber nicht so, das hört er nicht gerne. Er ist ein Angehöriger der First Nations, genauer gesagt ein Tsilhqot'in.«

»Das kann ich nicht aussprechen.«

»Musst du auch nicht. Sag einfach Nathan.«

»Okay. Daddy, können wir das machen? Ich meine, Nathan helfen?«

Nick lächelte und winkte der Bedienung. »Natürlich machen wir das.«

Als sie zwei Minuten später die Cafeteria verließen, stürmte Maggie voraus, um als Erste bei der Ausgangstür der Mall zu sein.

»Was ist denn mit dieser Puppe?«, fragte Nick mit gedämpfter Stimme.

»Später«, meinte Hannah amüsiert. »Nur eins noch. Sie sollten Ihren Reiseführer in Zukunft etwas genauer studieren.«

8

Der Lieblingsort unter den Lieblingsorten. Hannah dachte an die Worte ihres Großvaters, die er gebetsmühlenartig wiederholt hatte, wann immer sie mit ihm hergekommen war. Das war oft gewesen. Beinahe täglich. Sie lächelte, als unzählige Bilder in ihrem Kopf aufstiegen. Bilder von frohen Stunden, die sie hier mit ihrem Grandpa verbracht hatte. Ihr kamen die vielen Geschichten in den Sinn, die er ihr an diesem Ort erzählt hatte. Sie handelten von wundersamen Dingen und zauberhaften Erlebnissen, die allesamt seiner grenzenlosen Fantasie entsprungen waren. Das wusste sie heute als erwachsene Frau, aber damals, als sie ein kleines Mädchen gewesen war, hatte sie jedes Wort aus dem Mund ihres Großvaters für bare Münze genommen. Traurig berührte sie das silberne Armband mit den Kleeblattanhängern, das sie an ihrem linken Handgelenk trug. Es war das Geschenk ihres Großvaters zu ihrem elften Geburtstag gewesen. Nur zwei Wochen später war er an einer schweren Lungenentzündung gestorben. Ein furchtbarer Schicksalsschlag für ihre Familie, ganz besonders für ihre Großmutter. Dora hatte ein ganzes Jahr gebraucht, um den Verlust zu überwinden. Hannah erschauerte, als sie an diese schwere Zeit zurückdachte.

Mit ausgebreiteten Armen drehte sie sich um die eigene Achse und sog die nach frischer Erde und lebendigem Frühling riechende Luft tief in ihre Lungen. Ihr Puls schnellte nach oben, und die Wiedersehensfreude übermannte sie so intensiv, dass sie taumelte. Beinahe wäre sie gestürzt, doch im letzten Moment konnte sie sich fangen und sich zu der Bank in der Mitte des Paradieses retten. Mit einem seligen Seufzer ließ sie sich nieder und schaute sich um.

Sie war umgeben von prächtigen hochgewachsenen Ahornbäumen. Eigentlich nichts Ungewöhnliches für Kanada, sollte man denken, doch in diesem Teil des Landes war es das schon. British Columbia wurde von Nadelhölzern dominiert. Natürlich gab es auch Laubbäume, aber dieses Ahornwäldchen war etwas ganz Besonderes und weit über die Grenzen Quesnels bekannt. Es war etwa einen halben Hektar groß und bestand überwiegend aus Zuckerahorn, dem Nationalbaum Kanadas. Lediglich die Lichtung in der Mitte des Wäldchens, wo sich die Bank befand, war von Rotfächerahorn gesäumt. Einer Sorte, die vom Frühjahr bis zum Herbst eine intensive Blattfarbe in leuchtenden Rot- und Brauntönen trug, während sich die grünen Blätter des Zuckerahorns erst im September während des Indian Summers herbstlich verfärbten. Aber das war nicht das Einzige, was die Baumsorten unterschied. Während der Zuckerahorn an die zwanzig Meter hoch war, maß der Fächerahorn nur etwa ein Viertel davon. Was der Lichtung etwas Kuschliges, Intimes gab. Oder etwas Geheimnisvolles, wie ihr Großvater behauptet hatte. »Hörst du nicht das Flüstern des roten Ahorns?«, hatte er oft gemeint. »Er erzählt uns die Geschichte dieses Waldes und die der Menschen, die vor uns hier lebten. Wir können sie nur nicht verstehen.« Hannah lächelte, als ihr das einfiel. »Niemand flüstert, Grandpa«, hatte sie ihm stets geantwortet. »Das ist der Wind. Nur der Wind.«

Ihr Blick blieb an der Hütte auf der anderen Seite der Lichtung hängen. Zu schade, dass sie das Zuckerfest verpasst hatte. Wobei sie nicht wusste, ob ihre Großmutter diese Tradition überhaupt beibehalten hatte. Jedes Jahr, meistens im März, hatten die Larssons die Nachbarn aus der näheren Umgebung eingeladen, um gemeinsam Sirup aus dem Zuckerahorn zu gewinnen. Dazu hatten die Männer die Stämme angebohrt und den austretenden Pflanzensaft aufgefangen. In der Hütte hatten die Frauen dann über einem offenen Feuer den Saft zum Kochen gebracht und eingedickt. Hannah meinte sich zu erinnern, dass vierzig Liter Saft nicht mehr als einen Liter Sirup ergeben hatten. Er hatte beim anschließenden gemeinsamen Pfannkuchenessen gerade so für alle gereicht. Doch es war Jahr für Jahr ein riesiger Spaß gewesen.

Hannah war so tief in ihren Gedanken versunken, dass sie nicht mitbekam, wie sich jemand von hinten der Bank näherte. Umso größer war der Schreck, als sich plötzlich zwei warme Hände auf ihr Gesicht legten und ihr die Sicht nahmen.

»Nathan, bist du das?«, fragte sie atemlos und ein wenig ängstlich.

»Falsch«, ertönte eine Stimme, die Hannah lange nicht gehört hatte und die ihr doch so vertraut war.

»Lucas?«, kreischte sie aufgeregt, schob die Hände weg und sprang auf. Als sie sich umdrehte, konnte sie ihr Glück nicht fassen. Er war es tatsächlich. Ihr Spielkamerad aus alten Zeiten. Ihr bester Freund. Ihr Seelenverwandter. Wenngleich das auch Ewigkeiten her war. »Ich glaub's nicht.« Sie freute sich überschwänglich, während sie um die Bank herumlief und dem blonden Mann, der nur zwei Jahre älter war als sie, um den Hals fiel. »Was tust du hier?«

Lucas erwiderte ihre Umarmung, bevor er sie ein wenig wegschob und sie tadelnd ansah. »Was ich hier tue? Was ist das für eine Frage? Du erinnerst dich, dass ich hier aufgewachsen bin? Ich habe gleich auf der anderen Seite des Wäldchens gewohnt. Tallot ist mein Name. Lucas Tallot.«

Hannah boxte ihm gegen die Brust. »Hör auf, mich zu veräppeln, Lucas. Meine Frage ist berechtigt. Sally und Nathan haben keinen Ton davon gesagt, dass du da bist.«

»Weil ich es ihnen verboten habe. Ich wollte dich überraschen. Eigentlich bei euch zu Hause, aber da habe ich nur meinen Vater und einen Gast angetroffen, die am Klavier deines Vaters herumzerrten.«

Hannah verdrehte die Augen. »Das war der Grund, warum ich geflüchtet bin. Ich konnte es nicht mit ansehen. Hoffentlich ist das Klavier am Ende nicht ein Fall für den Sperrmüll.«

»Ach was, das wird die Klimperkiste schon aushalten.«

»Klimperkiste?«, rief Hannah empört. »Das ist keine Klimperkiste. Wie kannst du so etwas nur sagen?«

»Ich weiß doch, wie ich dich damit auf die Palme bringen kann.«

»Blödmann.«

»Immer gerne zu Diensten, Miss Larsson.« Er lachte, und Hannah fiel in sein Lachen mit ein. Es tat gut, ihn nach all dieser Zeit wiederzusehen.

Lucas hatte sich kaum verändert. Er war immer noch der gleiche burschikose Typ mit der Vorliebe für schrille Farben. Ein bisschen schlaksig und den Schalk im Blick. Sie schaute ihn an und erkannte Sally, denn Lucas war seiner Mutter wie aus dem Gesicht geschnitten. Aber er war älter geworden. Natürlich war er das. Schließlich hatte er Quesnel schon ein Jahr vor Hannah verlassen, sie hatte ihn also ganze sieben Jahre lang nicht gesehen. Und auch nicht wirklich gesprochen. Nur ab und an, zu Geburts- oder Feiertagen, hatten sie miteinander telefoniert. Vor zwei Jahren hatte er sie in Seattle besuchen wollen, doch daraus war nichts geworden. Leider.

»Woher hast du gewusst, dass ich im Wäldchen bin?«, erkundigte Hannah sich.

»Da du im *Broken Heart* und unten am See nicht zu finden warst, konntest du eigentlich nur hier sein. Der Lieblingsort unter den Lieblingsorten, nicht wahr?«

»Stimmt, das hat mein Großvater immer gesagt.«

»Und du hast es immerzu nachgeleiert. Wie eine Schallplatte mit Sprung.«

»Bla, bla, bla«, meinte Hannah grinsend und zeigte auf die Bank. »Wollen wir uns setzen?«

Lucas zog ein panisches Gesicht, und Hannah wusste sofort, was ihr nun blühte. »Ich ... ich weiß nicht so recht«, stammelte er angsterfüllt. »Ich habe an diese Bank die allerschrecklichsten Erinnerungen.«

»Habe ich dir schon gesagt, dass du ein Blödmann bist?«

»Jaaah, gerade eben noch«, antwortete er mit zuckenden Mundwinkeln.

»Verdammt, ich war zwölf Jahre alt.«

»Und du wolltest niemand anderen heiraten als mich, ich weiß.« In dem Moment war es um ihn geschehen. Er lachte lauthals, doch nur einen Moment später beruhigte er sich, zwinkerte ihr zu und sprang salopp über die Lehne auf die Bank, was Hannah kopfschüttelnd verfolgte.

»Was ist nun?«, fragte er ungeduldig. »Willst du dich nicht auch setzen?«

Hannah seufzte und nahm neben ihm Platz. »Kannst du diese alte Geschichte nicht endlich mal ruhen lassen?«

»Auf gar keinen Fall. Damit werde ich dich noch ärgern, wenn du falsche Zähne und einen Buckel hast. Besser, du findest dich damit ab.«

»Seit wann bist du in Quesnel?«, fragte sie, ohne auf seine Bemerkung einzugehen.

»Seit etwa zwei Monaten.«

Hannah schaute überrascht zur Seite. »So lange schon? Heißt das, du bist jetzt durch mit deiner Weltenbummlerei?«

»Könnte man so sagen. Aber ich will ehrlich sein: Mein Leben an nur einem Ort zu verbringen, dieser Gedanke ist schwer für mich. Ich weiß nicht, ob ich dazu geschaffen bin.«

Hannah lächelte sanft. So kannte sie Lucas, seit sie Kinder gewesen waren. Er hatte immer davon geträumt, die Kontinente zu bereisen und ein ungebundenes, freies Leben zu führen. Nicht wie ein typischer Abenteurer, denen Hannah nichts abgewinnen konnte, sondern als jemand, der andere Länder und Kulturen kennenlernen wollte. Einen Tag nach seinem achtzehnten Geburtstag hatte Lucas Kanada verlassen. Obwohl man in British Columbia erst mit neunzehn Jahren volljährig war, hatten seine Eltern ihn ziehen lassen. »Was soll ich machen?«, hatte Sally damals geklagt. »Er hat das unstete Blut seines Vaters. Es kostet mich all meine Kraft, Nathan an Quesnel zu binden. Lucas muss ich loslassen. Er wird seinen Weg schon finden.«

Und das hatte er. Hannah dachte an all die bunten Postkarten aus der ganzen Welt, die ihre Studentenbude in Seattle schmückten und aus deren Zeilen die Lebensfreude nur so sprudelte.

»Woran denkst du?«, fragte Lucas und holte sie in die Gegenwart zurück.

»An deine Postkarten. Meine Kommilitonen staunen immer über meinen Sandkastenfreund, der unseren Planeten umrundet. Sie nennen dich Jules Verne.«

Lucas lachte. »In achtzig Tagen um die Welt? Na ja, ein wenig länger habe ich schon gebraucht.«

»Oh ja, kann man wohl sagen. Hast du mittlerweile endlich ein Smartphone? Die Postkarten sind ja ganz nett, aber ich würde mich freuen, wenn ich dich auch mal sehen könnte. Videotelefonie heißt das Zauberwort.«

»Du weißt, das ist nichts für mich. Diese Höllendinger beherrschen einen und machen abhängig. Habe ich oft genug bei anderen verfolgen können. Außerdem siehst du mich ja jetzt.«

Hannah nickte kapitulierend. Er würde seine Meinung in dieser Sache wohl nie ändern. »Seit zwei Monaten bist du hier?«, meinte sie schließlich nachdenklich. »Ganz schön lange für einen stinknormalen Besuch bei den Eltern. Ich hatte den Eindruck, dass es Sally und Nathan so weit gut geht.«

»Tut es auch. Ich war das Problem.«

Hannah sah ihn erschrocken an. »Du?«

»Kein Grund zur Sorge«, wiegelte Lucas ab. »Du weißt doch, Unkraut vergeht nicht.«

»Was war denn mit dir?« Hannah ignorierte seinen Versuch, sie beruhigen zu wollen.

»Ich hatte mir in Kenia Malaria eingefangen. Trotz Prophylaxe. Dumm gelaufen, würde ich sagen.«

»Du warst in Kenia? Zu Weihnachten hast du mir noch eine Karte aus Deutschland geschickt.«

»Ja, das mit Afrika hatte sich kurzfristig ergeben. Die Kölner Kirchengemeinde, bei der ich als Hausmeister gejobbt habe, hatte Freiwillige für einen Hilfstransport gesucht. Ich wollte dir das schreiben. Hab's vergessen, sorry.«

Sie fasste nach seinem Arm. »Das ist doch jetzt völlig egal. Sag mir lieber, wie es dir geht.«

»Bin schon fast wieder der Alte. Ich hatte durch das Fieber etliche Kilo abgenommen, aber dank der guten Küche meiner Mutter sind die annähernd wieder drauf.« Zur Bestätigung klopfte er sich grinsend auf seinen Bauch.

»So, wie dein Hemd schlackert, dürftest du ruhig noch ein bisschen mehr zulegen. Nette Farbe übrigens.«

»Nicht wahr? Ich liebe orangefarbene Klamotten, aber das weißt du ja. Was mein Gewicht betrifft: Ich esse gefühlt rund um die Uhr, es wird also schon werden. Irgendwann. Genug von mir. Wie geht es dir, Prinzesschen? Was macht das Studium?«

Hannah lächelte. »Es läuft. Ich werde am Ende des nächsten Semesters die künstlerische Reifeprüfung ablegen. Wenn ich nicht durchfalle, überlege ich, ins Ausland zu wechseln. Eventuell an eine Musikhochschule in Europa. Vielleicht bleibe ich aber auch in Seattle. Das Konservatorium ist eines der besten des Kontinents. Wie auch immer es weitergeht, mein Ziel ist nach wie vor das Konzertexamen. Doch bis dahin ist es noch ein weiter Weg.«

Lucas erwiderte ihr Lächeln. »Du machst das schon, da habe ich keine Bedenken.« Er stockte. »Obwohl ...«

»Obwohl was?«, fragte sie stirnrunzelnd.

»Für jemanden, der so wenig Ahnung von Musik hat wie du, ist es schon außergewöhnlich, dass er überhaupt von einem Konservatorium angenommen worden ist.«

»Oh bitte, nicht wieder diese Diskussion.« Hannah stöhnte. »Wie lange willst du mir noch vorhalten, dass ich vor Urzeiten für Justin Bieber geschwärmt habe? Es war eine kurzzeitige Verirrung, nichts weiter. Du weißt, dass sich mein Musikgeschmack seitdem deutlich geändert hat.«

»Eine kurzzeitige Verirrung? Ha! Dass ich nicht lache. Eines Tages, wenn du eine berühmte Pianistin bist, könnte ich dich sogar damit erpressen. Ich werde den Leuten erzählen, dass ein Poster von dem Typen über deinem Bett gehangen hat.«

Hannah grinste. »Soll ich dir was verraten? Es hängt immer noch dort. Wie sich auch sonst nichts verändert hat in meiner Bude.«

Schlagartig wurde Lucas ernst. »Ich weiß.«

Sie schaute ihn verdutzt an. »Du weißt das?«

»Ja. Mom hat es mir erzählt. Dora hegt und pflegt dein Zimmer seit sechs Jahren, als ob du immer noch da wärst. Als hättest du Quesnel und das *Broken Heart* niemals verlassen. Sogar dein Bett bezieht sie regelmäßig neu.«

Hannah dachte an Sallys seltsames Verhalten, als sie über das Zimmer gesprochen hatten. Das also hatte sie vor ihr verbergen wollen.

»Du sagst nichts dazu?«, fragte Lucas.

»Was soll ich dazu sagen? Es passt einfach nicht zusammen. Mein Vater hat Mom und mich damals weggeschickt. Dora hätte etwas dagegen tun können, hat sie aber nicht. Im Gegenteil, sie hat seinen Wunsch, wenn ich das mal so nennen darf, sogar bekräftigt und dafür gesorgt, dass wir auch wirklich gehen. Wenn ich jetzt höre, was sie mit meinem Zimmer gemacht hat, könnte man meinen, sie bereue ihr Verhalten. Doch als ich gestern eingetroffen bin, hat sie mich nicht gerade herzlich willkommen geheißen. Und sie verweigert sich bislang jedem Gespräch, das sich um damals dreht. Sie will mir auch nicht sagen, warum mein Dad weg ist und wo er sich jetzt aufhält. Sie behauptet, sie hätte keinen Kontakt zu ihm, was ich ehrlich gesagt nicht glauben kann. Ich wünschte, Dora würde offen und ehrlich zu mir sein, aber das scheint sie nicht fertigzubringen.«

»Sie braucht vielleicht noch ein bisschen. Gib nicht auf, Prinzesschen. Es wird verdammt noch mal Zeit, dass ihr euch versöhnt.«

Etwas in seiner Stimme ließ sie aufhorchen. Eindringlich

musterte sie ihn, und plötzlich wusste sie es. »*Du* hast dafür gesorgt, dass Nathan mich anruft, stimmt's?«

Er nickte. »Ja, habe ich. Um deinetwillen. Weil ich weiß, wie schwer du am Zerbrechen deiner Familie trägst. Dora geht es genauso. Sonst würde sie aus deinem Zimmer doch nicht so etwas wie eine Art Altar machen, oder? Letztlich habe ich aber meiner Eltern wegen darauf gedrängt. Ich habe keine Ahnung, was sie über damals wissen, und wann immer ich sie danach gefragt habe, bekam ich keine Antwort. Doch die brauchte ich auch nicht, um mir Sorgen zu machen. Bei jedem meiner Anrufe und auch die wenigen Male, die ich in den letzten Jahren hier war, habe ich deutlicher gespürt, dass die beiden etwas belastet. Spätestens dann, wenn die Rede auf dich und deine Mutter kam.«

Hannah rieb sich die Schläfen, hinter denen es verdächtig pochte. »Was ist das bloß für eine verworrene Sache?«

»Umso wichtiger, dass du Dora auf den Zahn fühlst.«

»Das hat Nathan auch gemeint.«

Lucas nickte. »Dann hör auf ihn. Deine Großmutter wird schließlich nicht jünger. Ihr habt genug Zeit verschwendet.« Er stand auf. »Ich muss los. Doc Waters hat mir gestern Morgen noch mal Blut abgenommen. Mal schauen, ob er endlich zufrieden ist mit den Werten.«

»Grüß ihn von mir«, murmelte Hannah, noch ganz gefangen von dem, was sie mit Lucas besprochen hatte.

»Mach ich«, sagte ihr Freund. »Halt dich wacker, Larsson, wir sehen uns.« Er beugte sich vor und küsste sie auf die Wange. Dann verschwand er zwischen den Bäumen.

Fünf Minuten später erhob auch Hannah sich und machte sich auf den Weg zurück zum *Broken Heart*, das keine dreihundert Meter entfernt lag. Ihr gingen noch immer so viele Gedanken durch den Kopf, dass sie meinte, er müsste platzen.

Doch als die Pension vor ihr auftauchte, waren sie wie weggeblasen. Vor dem Haupthaus stand ein Polizeiauto. Hannah erschrak bis ins Mark und rannte los.

9

»Ich dachte, es wäre weiß Gott was passiert.« Hannah nahm einen Teller von der Spüle, trocknete ihn ab und stellte ihn auf den Tisch.

»Hannah, Schatz, nicht immer, wenn ein Streifenwagen vor der Tür steht, hat das etwas Schlimmes zu bedeuten.« Sally nahm einen weiteren Stapel schmutzigen Geschirrs vom Servierwagen und ließ ihn in das heiße Wasser gleiten.

»Mag sein, aber einen Schreck würde jeder bekommen, du eingeschlossen.«

»Hast ja recht. Am Ende war es doch eine recht harmlose Geschichte.«

Hannah nahm den nächsten Teller. »Harmlos nennst du das, wenn ein alter Mann orientierungslos durch die Straßen von Quesnel irrt?«

»So war es doch gar nicht. Mr Dornam hat von sich aus die Polizisten angesprochen, ob sie ihn ins *Broken Heart* zurückbringen können. Weil er nicht mehr wusste, wo er seinen Mietwagen abgestellt hatte. Seine Vergesslichkeit ist deiner Großmutter und mir seit seiner Ankunft vor ein paar Tagen häufiger aufgefallen.«

»Ich weiß, Dora hat es erwähnt. Sie hat übrigens gestern Abend, als die Polizei weg war, die Tochter von Mr Dornam in Winnipeg kontaktiert. Die Nummer hat sie in seinem Adressbuch gefunden, das er ihr freiwillig gegeben hat. Und jetzt halt dich fest: Er ist von zu Hause ausgebüxt. Seine Demenz ist nämlich weiter fortgeschritten, als es den Anschein hat. Nur einen Moment hat seine Tochter nicht aufgepasst, und schon war er weg. Vermutlich ist er mit einem Taxi zum Bahnhof und dann mit dem Zug durch Manitoba, Saskatchewan und Alberta über den halben Kontinent nach British Columbia gereist.«

Sally hatte während Hannahs Ausführungen das Spülen eingestellt und gebannt gelauscht. »Echt jetzt? Das ist eine ziemlich lange Reise. Warum wollte er ausgerechnet hierher?«

»Das wusste seine Tochter auch nicht. Sie hat in Winnipeg eine Vermisstenanzeige aufgegeben, und dort wurde Mr Dornam auch von der Polizei gesucht. Auf die Idee, dass er quer durch das Land bis an die Westküste gefahren sein könnte, ist niemand gekommen. Dora sagte, die Frau hätte am Telefon vor Erleichterung geweint, dass es ihrem Vater gut geht. Sie wird heute noch hier eintreffen, um ihn abzuholen. Die Arme. Wie schlimm muss es sein, wenn man dabei zusehen muss, wie der Vater nach und nach den Verstand verliert. Wenn er sie, das eigene Kind, vielleicht irgendwann einmal nicht mehr erkennt.«

Sally nickte bedrückt und widmete sich wieder dem schmutzigen Geschirr.

»Aber lassen wir das traurige Thema und wenden uns dem Kind einer anderen Person zu.«

»Ach ja?«, murmelte Sally ganz in ihre Arbeit vertieft. »Von welchem Kind redest du?«

Hannah gab der anderen Frau einen leichten Schubs. »Als wenn du das nicht wüsstest. Lucas ist hier, und Nathan und du verschweigt mir das? Nicht nett, kann ich da nur sagen.«

»Sei uns nicht böse deswegen. Der Junge wollte dich überraschen.«

Hannah lächelte sie an. »Keine Angst, ich bin nicht sauer. Ich freue mich viel zu sehr, ihn wiederzusehen. Die Überraschung ist gelungen.«

Sally lächelte ebenfalls. »Wie schön.«

»Er hat erzählt, dass er Nathan dazu gebracht hat, mich anzurufen.«

Sally ließ das Spülwasser ab und fuhr mit den feuchten Händen über ihre Schürze. »Das stimmt. Mehr möchte ich nicht dazu sagen. Nicht, dass wir am Ende wieder streiten.«

Hannah legte das Trockentuch beiseite. »Das will ich auch nicht«, meinte sie sanft. »Dazu habe ich dich viel zu lieb, Sal. Ich hoffe, du weißt das, auch wenn ich mich manchmal wie Dumbo aufführe.«

»Wie Dumbo?«, wiederholte Sally verdutzt.

»Ja. Hört sich für mich besser an als der berühmte Elefant im Porzellanladen.«

Sally lachte. »Okay, ich werde es mir für die Zukunft merken.« Sie sah auf ihre Armbanduhr. »Es wird Zeit für mich. Lucas und ich wollen später nach Williams Lake, um neue Kleidung für ihn zu kaufen. Er ist durch seine Krankheit so furchtbar dünn geworden, die Hosen rutschen ihm fast von den Hüften. Die Zimmer mache ich dann heute Nachmittag. Ich hoffe, das ist okay?«

Hannah nickte. »Natürlich. Ab morgen werde ich dann aber komplett übernehmen. Ganz egal, was Dora sagt. Apropos, wo ist die überhaupt?«

»Als ich sie das letzte Mal gesehen habe, ist sie mit Maggie zum See runtergegangen. Es gibt dort kleine Enten. Schätze mal, Dora wollte sie dem Mädchen zeigen.«

»War der Vater der Kleinen auch dabei?« Eine harmlose Frage, doch Hannah stellte peinlich berührt fest, dass ihre Stimme flatterte.

»Bist du okay, Liebes?«, erwiderte Sally und musterte sie eindringlich.

»Sicher doch. Es ging mir nie besser.«

»Und das hat mit diesem Nick Cooper zu tun?«

Hannah schnappte nach Luft. »Was?«, fragte sie und wurde puterrot. »Natürlich nicht. Wie kommst du auf diese absurde Idee? Ich wollte doch lediglich wissen, ob …« Sie verstummte, als Sally in lautes Lachen ausbrach.

»Schon gut«, meinte Sally glucksend, nahm die Schürze ab und hängte sie an den Haken neben der Spüle. »Wir sehen uns später.« Sie ließ Hannah nicht mal die Chance, zu antworten, und entwischte im Bruchteil einer Sekunde durch die Tür zum Flur.

»Ja, glaub ich's denn?«, brummte Hannah und machte sich daran, das nun saubere Geschirr in die Schränke einzuräumen.

Es war nach dem wieder sehr turbulenten Frühstück eine himmlische Ruhe im *Broken Heart* eingekehrt. Die meisten Gäste hatten die Pension für ihre Tagesunternehmungen bereits verlassen. Sei es für eine Angeltour am oder auf dem Dragon Lake oder für einen Ausflug in die Umgebung. Hannah gähnte, als sie die Tür der Küche hinter sich schloss. Sie war seit halb sechs auf den Beinen. Für ihren Geschmack ein bisschen früh, um den Tag zu beginnen. Wobei sie ohne Weiteres hätte im Bett bleiben können, denn Sally hatte sie auf Doras Geheiß bei der Vorbereitung des Frühstücks wie schon tags zuvor so gut wie nichts tun lassen. Dabei war ihr Nacken längst wieder in Ordnung. Sie hatte beschlossen, den zweiten Behandlungstermin bei Joyce abzusagen. Warum unnötig deren Zeit in Anspruch nehmen? Hannah gähnte erneut. Vielleicht sollte sie sich kurz hinlegen, vorher musste sie aber schauen, ob das Klavier ihres Vaters den Umzug gut überstanden hatte.

Hatte es. Das war zumindest ihr erster Eindruck, als sie den Fernsehraum betrat. Das Klavier stand am Fenster, und es wirkte, als wäre dort schon immer sein Platz gewesen. Hannah ging hin, klappte den Deckel auf und schlug ein paar Tasten an. Die Töne klangen rein und klar, jedoch bedurfte es einer intensiveren Prüfung, um zu beurteilen, ob das Instrument gestimmt werden musste oder nicht.

Hannah sah sich um und vergewisserte sich, dass sie wirklich allein war, dann zog sie die schmale Bank, die zu dem Klavier gehörte, näher und setzte sich. In den nächsten zwei Minuten eilten ihre Finger vom unteren Ende der Klaviatur zum oberen und zurück. Sie schienen über den Tasten zu schweben. Wieder und wieder spielte sie die Tonleitern der verschiedenen Oktaven und horchte intensiv nach einem Missklang. Den es nicht gab. Bei keiner der achtundachtzig weißen und schwarzen Tasten. Das Klavier war in einem tadellosen Zustand. Hannah nickte zufrieden und wollte sich schon erheben, doch dann überlegte sie es sich anders. Ganz sachte senkte sie die Finger wieder auf die Klaviatur.

Hannah begann zu spielen. Und wie immer, wenn sie das tat, vergaß sie alles um sich herum. Tauchte ein in diese ganz besondere Welt, in der es nur sie und ihre Musik gab. Dieses Mal schwebten ihre Finger nicht über den Tasten, sie verschmolzen mit ihnen. Um zu einer Einheit zu werden, in der es das eine nicht ohne das andere geben konnte. Das langsame Stück, das Hannah interpretierte, war eine ihrer Lieblingskompositionen, deren Noten sie im Schlaf beherrschte. Darum konnte sie sich ganz auf das Gefühl konzentrieren, das sie vermitteln wollte. Ein Gefühl, das aus dem Inneren ihres Körpers in ihre Fingerspitzen floss und die Melodie, die ein anderer erschaffen hatte, zu ihrer machte. So ging sie auf in dem, was sie so sehr liebte. Als die letzte Taste angeschlagen und der letzte Ton verklungen war, erfasste sie Traurigkeit, und die Stille, die einsetzte, schmerzte sie. Das war immer so. Weil es sich jedes Mal anfühlte, als wäre ein guter Freund gegangen. Der beste Freund.

Hannah saß bewegungslos und stumm auf der schmalen Bank. Plötzlich hatte sie das Gefühl, dass sie jemand beobachtete. Sie drehte sich um. Nick Cooper stand in der Tür zum Flur. Er sah verblüfft aus, aber in seinen glühenden braunen Augen lag noch etwas anderes: Bewunderung.

»Das ist sie also, die erste Leidenschaft?«, fragte er leise, als er näher kam und sich seitlich gegen das Klavier lehnte.

Hannah nickte verlegen.

»Nathan hat mir gestern Abend erzählt, dass Sie seit einigen Jahren in Seattle Musik studieren, aber ich muss gestehen, das hatte ich nicht erwartet. Sie haben wunderbar gespielt. Perfekt, soweit das meine bescheidenen Handwerkerohren beurteilen können.«

Hannah schmunzelte. »Handwerkerohren? Gibt es dieses Wort überhaupt?«

»Wenn nicht, dann habe ich es soeben kreiert«, entgegnete er, und seine Mundwinkel wanderten ebenfalls nach oben.

»Und? Was für ein Handwerker sind Sie?«

»Tischler. Aber ich bin hier nicht das Thema. Ich dachte immer, dass diese Art von Musik nicht meine wäre, aber das da eben war ... war einfach unfassbar gut.«

Hannah sah ihn misstrauisch an.

»Warum schauen Sie so?«, fragte er irritiert.

»Wie schaue ich denn?«

»Keine Ahnung. Wie jemand, der die Kugel eines Heckenschützen fürchtet?«

»Wäre jetzt nicht meine Wortwahl gewesen, aber ich muss zugeben, es trifft den Kern.«

Nick schüttelte langsam den Kopf. Dann setzte er sich zu ihr auf die Bank und drückte seinen linken Oberarm gegen ihren rechten. Nur ganz leicht, aber es genügte, um Hannahs Atmung aus dem Rhythmus zu bringen. Was sollte das werden?

»Ich dachte, wir hätten das geklärt zwischen uns«, sagte er.

»Zwischen uns?«

»Unsere anfänglichen Probleme miteinander, meine ich.«

»Äh ... ja ... das haben wir auch«, bestätigte sie zögernd.

»Sie glauben trotzdem nicht, dass ich aufrichtig zu Ihnen bin? Dass mich Ihr Klavierspiel beeindruckt hat?«, fragte er ruhig, ohne sie anzusehen. »Aber es ist so. Wirklich.«

Hannah schluckte. Seine Worte klangen ehrlich, worüber sie sich freuen sollte. Doch die Freude wollte sich partout nicht einstellen. Alles war so viel einfacher gewesen mit dem schrecklichen Nick Cooper. Den konnte sie hassen. Die sympathische Ausführung dieses Mannes aber würde ihr gefährlich werden, daran hatte sie keinen Zweifel mehr.

»Sie lächeln«, hörte sie Nick sagen. »Gott sei Dank. Ich dachte schon, ich müsste auf die Bibel schwören.«

»Was? Warum sollten Sie das tun?«, fragte Hannah irritiert.

»Damit Sie mir glauben, dass Sie einen neuen Fan haben. Was war das für ein Stück?«

»Es heißt *Kiss the Rain*. Sie kennen es nicht?«

»Nein, sorry. Wie ich bereits sagte, es ist nicht meine Musik. Also war sie zumindest nicht. Bis eben.«

»Das freut mich. Und Yiruma sicherlich auch.«

»Yiruma?«

»Der Komponist. Außerdem ist er mein Lieblingspianist und mein großes Vorbild.«

»Vor dem Sie sich ganz bestimmt nicht verstecken müssen.«

Sie schaute ihn an, und er erwiderte ihren Blick. »Danke für das Kompliment.«

»Ist kein Kompliment«, raunte er. »Nur meine ehrliche Meinung.«

Die Luft zwischen ihnen schien plötzlich zu flimmern, und Hannah spürte, wie es in ihrem Bauch zu kribbeln begann, als er sie weiter ansah. Sie nicht aus den Augen ließ.

»Äh ... ja«, stammelte sie, sprang auf und stellte sich neben die Bank. »War übrigens nett von Ihnen, Nathan mit dem Klavier zu helfen.«

Nick stand ebenfalls auf. »Habe ich gerne gemacht. Insbesondere, nachdem Sie mich vor diesem Puppen-Desaster gerettet haben.«

»Sie haben es nachgelesen?«

Er nickte. »Eine Horror-Puppe? Ernsthaft?«

»Ich weiß, dass sie in Reiseführern so genannt wird, aber das ist überzogen. Mandy, so heißt die antike Puppe, wurde dem Museum vor etlichen Jahren überlassen. Ihre damalige Besitzerin hat behauptet, sie würde Nacht für Nacht ein Baby weinen hören, obwohl sie kinderlos war. Sie vermutete, dass es Mandy war, die weinte, wie sie ihr auch andere seltsame Dinge zuschrieb, die in ihrem Haus passierten. Nachdem sie die Puppe abgegeben hatte, hörten diese Dinge auf. Dafür spukte es im Museum. Schritte waren zu hören, wenn niemand in der Nähe war, und es verschwanden Stifte und Bücher, die später an den unmöglichsten Orten wiederauftauchten. Alles in allem nichts, was wirklich gruselig wäre, aber man bauschte die Geschichte immer weiter auf, und somit hatte Mandy ihr Image als Horror-Puppe weg. Wenn Sie mich fragen, alles eine riesige PR-Story, um mehr Besucher ins Museum zu locken. Trotzdem war ich der Meinung, dass Maggie noch ein bisschen zu jung ist, um das richtig einzuordnen.«

»Sehe ich genauso. Deswegen war es richtig, dass Sie uns von dem Museumsbesuch abgehalten haben. Danke noch mal dafür. Ich würde mich sehr gerne revanchieren.«

Hannah sah ihn verwirrt an. »Sie wollen mich auch von etwas abhalten?«

»Was? Äh ... nein. Entschuldigung, ich habe mich nicht richtig ausgedrückt. Ich würde Sie gerne einladen, Maggie und mich nach Barkerville zu begleiten.«

»Ah, Barkerville. Das ist eine der größten Touristenattraktionen dieser Gegend. Durchaus auch für ein Kind in Maggies Alter interessant. Sie wissen aber schon, dass es nicht die historische Goldgräberstadt ist, sondern nur ein Nachbau?«

»Ja, das ist mir bekannt. Trotzdem interessiert es mich. Wir könnten heute Nachmittag fahren, dann hätte ich den Vormittag über Zeit, mich weiter nach Arbeit umzuschauen.«

Hannah musterte ihn nachdenklich. »Was sind Sie denn jetzt? Ein Tourist oder jemand, der daran denkt, sich in Kanada niederzulassen?«

Er grinste. »Von beidem ein bisschen, schätze ich. Also, was ist nun? Sind Sie dabei?«

Hannah wollte antworten, doch sie hielt inne, denn sie vernahm Stimmen, die sich dem Fernsehzimmer näherten.

»Siehst du, Kleine, da ist dein Daddy«, meinte Dora, als sie mit dem Kind an der gesunden Hand den Raum betrat.

Maggie strahlte und rannte los. Aber nicht in die ausgebreiteten Arme ihres Vaters, sondern direkt zu Hannah, deren Hüfte sie mit eisernem Griff umschlang, als ob sie sie nie wieder loslassen wollte.

»Wie mir scheint, hat sie jemand anderen noch mehr vermisst als ihren Vater«, merkte Dora trocken an.

»Sieht so aus«, brummte Nick und machte ein beleidigtes Gesicht.

Maggie kicherte. »Daddy, nicht traurig sein. Ich wollte Hannah nur fragen, ob sie mit uns nach Barksville kommt.«

»Es heißt Barkerville, Mag, und ich habe sie schon gefragt. Sie hat allerdings noch nicht Ja gesagt.«

Maggie schaute nach oben und fixierte Hannah mit ihren großen braunen Rehaugen. »Komm doch mit«, bettelte sie und drückte ihre Gefangene noch fester. »Daddy hat versprochen, dass wir danach einen Hamburger essen.«

Hannah lachte und strich dem Mädchen liebevoll über den Kopf. »Wow, das kann ich mir natürlich nicht entgehen lassen. Okay, ich bin einverstanden.«

Maggie stieß einen Jubelschrei aus, während Hannah ihre Großmutter anschaute. »Ist es in Ordnung, wenn ich heute Nachmittag mit den Coopers unterwegs bin?«

»Heute Nachmittag? Was ist mit deinem zweiten Behandlungstermin bei Joyce? Sagtest du nicht, der sei um fünfzehn Uhr?«

»Ich sage ihn ab. Mir fehlt nichts mehr.«

»Hannah, du solltest trotzdem …«

»Keine Sorge, Mrs Larsson«, unterbrach Nick die alte Frau. »Ich fahre Ihre Enkelin erst zu ihrer Behandlung, danach geht es weiter nach Barkerville.«

»Aber …«, protestierte Hannah, doch sie kam nicht weit.

»Kein Aber«, unterbrachen sie Nick und Dora wie aus einem Mund.

Hannah verzog das Gesicht. »Wie schön, dass ihr euch einig seid.«

»Finde ich auch«, sagte Nick. »Wir sehen uns später. Maggie, komm jetzt, wir haben noch etwas zu erledigen.«

Die Kleine löste sich nur widerwillig von Hannah, folgte ihrem Vater dann aber brav aus dem Raum.

Dora räusperte sich. »Du hast deine Meinung über Mr Cooper geändert?«

Hannah errötete. »Na ja, er hat sich entschuldigt, warum sollte ich ihm etwas nachtragen?«

»Ja, warum solltest du?«, beantwortete ihre Großmutter die Frage mit einer Gegenfrage, und ihre Augen verrieten, was sie dachte.

»Okay, ich bin dann mal in meinem Zimmer«, antwortete Hannah genervt.

»Wenn du noch einen Moment hast, würde ich dir gerne etwas geben.«

Hannah sah Dora neugierig an. »Was denn?«

»Es ist in meinem Büro. Komm mit.«

Die beiden Frauen gingen die paar Schritte durch den Flur zu dem an das Kaminzimmer angrenzenden kleinen Raum. Schon beim Betreten des Zimmers entdeckte Hannah eine etwa zwanzig mal dreißig Zentimeter große flache Schachtel, die auf Doras Schreibtisch stand.

»Das da ist für dich«, sagte ihre Großmutter mit bebender Stimme und zeigte auf die Schachtel.

Hannah sah sie fragend an. »Was ist das?«

»Du hast gesagt, dein Vater hätte deine Mutter nie geliebt. Schau in die Schachtel, dann wirst du hoffentlich begreifen, was die beiden verbunden hat.« Sie drehte sich um und ging, aber Hannah hatte die Tränen längst gesehen, die die alte Frau vor ihr verbergen wollte.

Stirnrunzelnd ging Hannah zu Doras Schreibtisch und hob den Deckel der Schachtel an.

10

Hannah hantierte nervös mit ihrem Handy herum, bis sie es endlich geschafft hatte, über die Bluetooth-Funktion eine Verbindung mit den Boxen in ihrem Zimmer herzustellen. Sekunden später schallte *Crawling* von Linkin Park durch den Raum. Ein Lied, das ihr seit Jahren ein treuer Weggefährte war. Das sie immer dann hörte, wenn es ihr nicht gut ging. Wäre ihre Mutter hier gewesen, hätte sie sofort gewusst, wie es um Hannahs Gemütszustand bestellt war. Doch sie war nicht hier. Sie wusste ja nicht mal, dass ihre Tochter in Quesnel war. Noch nicht.

Hannah schluckte, weil sie keine Ahnung hatte, wie Miranda auf diese Nachricht reagieren würde, trotzdem würde sie sie informieren müssen. Schon bald. Sie sah die Schachtel an, die sie auf ihrem Bett abgestellt hatte. »Und was ist damit?«, murmelte sie aufgewühlt. »Willst du ihr auch davon erzählen?« Sie schüttelte entschieden den Kopf. »Ganz sicher nicht«, beantwortete sie ihre eigene Frage. »Es würde ihr nur unnötig wehtun.«

So, wie es auch Hannah wehtat. Sie drehte die Musik weiter auf und ließ Chester Bennington all seinen Schmerz mit voller Wucht in die Welt schreien. Das machte ihren eigenen Schmerz ein bisschen erträglicher. Ruhelos lief sie durch das Zimmer, von einem Ende zum anderen und zurück. Wieder und wieder, bis sie schließlich am Fenster stehen blieb und grübelnd am Werkzeugschuppen vorbei auf den Dragon Lake starrte. Die Schachtel hinter ihr auf dem Bett schien in ihrem Rücken zu brennen, wie es auch unter ihren Nägeln brannte, sich abermals mit deren Inhalt zu beschäftigen. Mit den unzähligen Botschaften, die ihre Eltern einander geschrieben hatten. Doch die kurzen Augenblicke, die sie den Nachrichten bislang gewidmet hatte, waren verantwortlich für ihren desolaten Zustand. Mehr konnte sie momentan nicht ertragen. Es musste warten.

Chester Bennington hatte ausgesungen. Hannah startete das Lied erneut, nur um es Sekunden später wieder zu stoppen. Sie musste raus hier. Weg von dieser Schachtel. Sofort!

Eilig griff sie nach der Strickjacke, die auf dem Stuhl neben dem Bett lag, und rannte zur Tür. Als sie sie öffnete, erschrak sie, denn Lucas stand davor.

»Bist du wahnsinnig?«, stieß Hannah hervor. »Warum schleichst du dich ständig an? Findest du das etwa witzig? Ich nicht.«

»In diesem Fall habe ich mich keineswegs angeschlichen. Ich habe sogar mehrfach geklopft, aber bei der Lautstärke hätte ich mit einem Monstertruck die halbe Pension plattmachen können, du hättest es nicht mitbekommen.«

Hannah zuckte nur mit den Schultern und drängte sich an ihrem Freund vorbei in den Flur.

»Wo willst du hin?«, rief Lucas.

»Nach draußen. Ich brauche frische Luft.«

Sie hörte seine Schritte hinter sich und wusste, dass er sie nicht in Ruhe lassen würde. Nicht mal, wenn sie ihn darum bitten würde. Weil er sie einfach zu gut kannte.

Hannah lief durch den Flur auf die Veranda ins Freie. Sie sprang die Stufen hinunter, überquerte den Parkplatz und rannte über die Wiese weiter in Richtung See. Als sie das Bootshaus erreichte, hockte sie sich auf die hölzernen Planken des Stegs und fingerte an den Schuhbändern ihrer Sneakers herum.

»Okay«, meinte Lucas, der sie längst eingeholt hatte und sie nun kritisch beäugte. »Ich wusste schon, dass es schlimm ist, als du Linkin Park gespielt hast, aber dass es so dramatisch ist, hätte ich nicht gedacht.«

»Was meinst du?«, brummte Hannah, während sie ihre Schuhe und Socken von den Füßen zog und die Hosenbeine hochkrempelte, so weit, wie es ihre eng anliegende Jeans zuließ.

»Glaubst du wirklich, ich hätte das vergessen? Wenn du deine Füße in das scheißkalte Wasser vom Dragon Lake hältst, herrscht da drin das absolute Chaos.« Er zeigte auf ihre Brust. »Das war früher so und scheint sich nicht geändert zu haben. Wie hast du es in Seattle gehalten? Musste da die Badewanne ran?« Er warf den Kopf in den Nacken und lachte.

»Hast du nichts Besseres zu tun, als mir auf die Nerven zu gehen?«, zischte Hannah, während sie an den Rand des Stegs rutschte und ihre Füße ins Wasser tauchte. Kurz biss sie die Zähne zusammen. Verdammt, Lucas hatte recht, das Wasser war eisig, aber es war genau das, was sie jetzt brauchte.

Lucas setzte sich neben sie. »Was sollte ich wohl Besseres zu tun haben, als meiner besten Freundin zur Seite zu stehen, wenn es ihr schlecht geht?«, meinte er, plötzlich ganz ernst. »Was ist denn los?«

»Nichts«, antwortete Hannah wie aus der Pistole geschossen.

Lucas seufzte. »Du lügst. Raus mit der Sprache. Hat es etwas mit diesem Engländer zu tun?«

Hannahs Kopf schnellte herum. »Wie bitte?«, rief sie und starrte ihren Freund völlig entgeistert an.

»Na ja, Dad hat erwähnt, dass du für einen der Pensionsgäste schwärmst und dass dieser Typ Engländer ist.«

»Nathan«, erwiderte Hannah entrüstet. »Dieses elende Klatschmaul. Dabei hatte ich ihn gewarnt ...«

»Dann stimmt es also?«, unterbrach Lucas sie. »Dieser Mann ist es, der dir im Kopf herumspukt?«

»Nein. Er ist es nicht, Himmel noch mal. Was habt ihr bloß alle mit diesem Typen? Ich will nichts von ihm. Außerdem habe ich zurzeit wirklich andere Sorgen.«

»Was sind das für Sorgen?«

»Kannst du dir das nicht denken? Es hat mit Dora zu tun.«

Lucas sah sie überrascht an. »Wow, du hast mit ihr gesprochen? Wegen damals, meine ich?«

»Noch nicht. Aber sie hat mir etwas gegeben. Bevor du weiterfragst, nein, ich werde dir nicht sagen, was es ist, und ich möchte auch nicht darüber reden. Ich möchte ganz einfach nur meine Füße in ...«

» ... dieses scheißkalte Wasser halten?«, vollendete Lucas ihren Satz.

Hannah nickte.

»Also gut«, meinte Lucas, der nun auch seine Schuhe und Socken auszog. »Dann machen wir das eben zusammen und schweigen uns derweil an.« Er ließ seine Füße ebenfalls ins Wasser gleiten, eskortiert von einem gut hörbaren Stöhnen und einem nicht gesellschaftsfähigen Fluch. »Holy shit, ist das kalt.« Er zeigte auf die Entenfamilie, die sich ihnen näherte, weil sie sich wohl ein paar Stücke trockenes Brot erhoffte. »Wenn die mir in die Zehen zwicken, dann ist was los. So oder so wird mein selbstloser Beistand dich bei nächster Gelegenheit ein Bier kosten, das sage ich dir.«

Hannah bedachte ihn mit einem Kopfschütteln. »Niemand zwingt dich, das zu tun. Und für jemanden, der soeben eine schwere Erkrankung überstanden hat, ist ein Fußbad bei dieser Wassertemperatur bestimmt alles andere als ratsam.«

Lucas fasste sich ans Herz. »Ja, oh ja, ich würde sterben für diese Maid«, rief er theatralisch. »Das gelobe ich feierlich.«

»Spinner«, nuschelte Hannah, doch sie spürte, dass ihre Mundwinkel verdächtig zuckten.

»Immerhin lachst du wieder. Dafür mache ich mich gerne mal zum Narren.«

Hannah griff nach seiner Hand. »Musst du nicht. Sorry, dass ich ein bisschen zickig war.«

»Ein bisschen?« Er zwinkerte ihr zu. »Wird schon seinen Grund haben, selbst wenn du ihn mir nicht nennen willst.«

»Lass uns einfach über etwas anderes reden, okay? Irgendetwas Schönes.«

»Etwas Schönes«, wiederholte Lucas nachdenklich, doch dann hellte sich sein Gesicht auf. »Da weiß ich tatsächlich etwas. Die Info stammt allerdings ebenfalls vom elenden Klatschmaul, wie du meinen Vater genannt hast. Willst du es trotzdem hören?«

»Nur zu«, meinte Hannah schulterzuckend.

»Äh, wahres Interesse sieht für mich zwar anders aus, aber vielleicht kommt das noch. Schließlich geht es ums *Broken Heart*.«

»Und was, bitte schön, wusste Nathan Schönes übers *Broken Heart* zu berichten?«

Lucas schmunzelte und griff sich ein weiteres Mal an die Brust. »Etwas, das das Herz einer jeden jungen Maid erwärmen würde.«

»Ist das so? Dann spuck's aus, ich kann es kaum erwarten.«

»Es geht um diesen Gast, den die Polizei gestern in Quesnel aufgegriffen hat. Der unter Demenz leidet und von zu Hause ausgerissen ist.«

»Mr Dornam meinst du?«

»Ja, genau den. Mom hat mir von ihm erzählt, als sie vom Frühstücksdienst im *Broken Heart* zurückkam. Auch, dass die Tochter keine Ahnung hatte, warum ihr Vater den weiten Weg von Manitoba nach British Columbia gemacht hat und ausgerechnet in unserem verschlafenen Quesnel gelandet ist.«

»Ja, das stimmt so weit. Was hat das mit Nathan zu tun?«

Lucas sah sie streng an. »Nun mal nicht so ungeduldig, junge Frau. In der Ruhe liegt die Kraft.«

»In welchem schlauen Buch hast du das denn gelesen? Egal, erzähl weiter.«

»Ja doch. Dad kam dazu, als Mom und ich uns unterhielten. Er hatte einen nächtlichen Einsatz im Revier und war hundemüde, aber als der Name Dornam fiel, wurde er hellhörig. Und dann hat er uns von einem Gespräch berichtet, das er kurz nach der Ankunft von Mr Dornam im *Broken Heart* mit ihm geführt hat. Der alte Mann hat gesagt, dass er in seiner Jugend für ein paar Monate in Vancouver gearbeitet hat. Dort wäre ihm zu Ohren gekommen, dass es im Cariboo District eine Pension geben würde, in der frisch vermählte Paare ihren Honeymoon kostenlos verbringen könnten. Er habe das nicht glauben wollen, aber Erkundigungen, die er damals einholte, hätten das bestätigt.«

Hannah machte große Augen. »Soll das etwa das *Broken Heart* gewesen sein?«

Lucas nickte. »So hat Mr Dornam es Dad erzählt. Und dass er seine Liebste aus Manitoba habe anreisen lassen. Die beiden hätten in Vancouver geheiratet, und jetzt rate mal, wo sie ihre Flitterwochen verbracht haben? Im *Broken Heart*.«

»Wenn das so war, warum hat seine Tochter davon nichts gewusst?«

»Keine Ahnung. In manchen Familien wird halt wenig miteinander kommuniziert.«

Hannah schenkte ihm einen giftigen Blick. »Danke, dass du mich daran erinnerst.«

»Sorry, das hast du missverstanden«, entgegnete Lucas eilig. »Es sollte keine Anspielung sein.«

»Schon gut. Zurück zu dieser Geschichte. Kann es sein, dass sie ein Hirngespinst eines alten und verwirrten Mannes ist? Ich habe nie zuvor gehört, dass Gäste kostenlos in der Pension wohnen durften. Ob nun Frischverheiratete oder sonst wer. Wenn meine Großeltern das mal so gehandhabt haben, muss das ewig her sein.«

»Dad meinte, Mr Dornam habe völlig klar gewirkt, als er gesagt hat, dass er und seine Frau vor siebenundfünfzig Jahren im *Broken Heart* gewesen sind. Er hätte sogar noch gewusst, dass sie an einem zwölften Juni angereist wären.«

»Vor siebenundfünfzig Jahren? Dann war das unter dem Vorbesitzer«, meinte Hannah. »Mein Grandpa hat das *Broken Heart* 1972 gekauft, also vor neunundvierzig Jahren.«

Lucas rieb sich gedankenverloren die Nase. »Eine kuriose Sache. Was sich wohl dahinter verbirgt?«

»Wie jetzt? Was soll sich schon dahinter verbergen?«

»Hast du dich nie gefragt, wie die Pension zu ihrem ungewöhnlichen Namen gekommen ist? Ich mich schon. ›Gebrochenes Herz‹ klingt nicht wirklich einladend, oder? Und dann lässt man ausgerechnet Flitterwöchner dort kostenlos logieren? Seltsam.«

»Kann doch eine coole Werbeaktion des Vorbesitzers gewesen sein. Um zu zeigen, dass man im *Broken Heart* durchaus glücklich sein kann, oder so.«

Lucas sah sie zweifelnd an. »Ich weiß nicht. Wenn er den Schuppen umbenannt hätte, wäre das einfacher und vor allem billiger für ihn gewesen.«

»Der Mann wird seine Gründe gehabt haben. Ich kann Dora später mal fragen, ob sie etwas darüber weiß, wenn es dich so interessiert.«

»Ja, mach das.«

»Apropos später. Ich meine mich zu erinnern, dass Sally mit dir nach Williams Lake wollte. Ist das gecancelt?«

Lucas sah sie erschrocken an und dann auf seine Uhr. »Oje, das habe ich total vergessen. Ich habe ihr gesagt, dass ich höchstens eine halbe Stunde weg bin, jetzt ist es schon fast eine ganze.« Er zog die Füße aus dem Wasser und rieb sie mit den Händen, so gut es ging, trocken, bevor er nach seinen Socken und Schuhen griff.

»Wolltest du denn vorhin etwas Bestimmtes von mir?«, fragte Hannah.

»Ja. Ich wollte dich um Hilfe bitten.«

»Um Hilfe?« Hannah zog die Stirn kraus.

»Nichts Schlimmes, keine Bange. Ich brauche deine Unterstützung, weil ich meinen Eltern etwas beibringen muss, das ihnen sicher nicht schmecken wird.«

Hannah zog die Augenbrauen hoch. »Ist es das, was ich glaube? Wenn ja, wäre ich froh darüber. Wird auch Zeit.«

Lucas sah sie verwirrt an. »Wovon redest du, wenn ich fragen darf?«

»Na davon, dass du auf Männer stehst.«

Ihrem Freund klappte die Kinnlade nach unten. »Du glaubst, ich bin schwul?«, stieß er völlig perplex aus.

Hannah nickte, doch seine Reaktion verunsicherte sie. »Bist du nicht?«, fragte sie nach einem kurzen Zögern.

Lucas schüttelte den Kopf. »Wieso denkst du das? Ich hoffe, es hat nichts damit zu tun, dass ich als Vierzehnjähriger einen Heiratsantrag von dir, einer Zwölfjährigen, abgelehnt habe.«

»Natürlich nicht. Aber du hattest nie eine Freundin, jedenfalls nicht, dass ich wüsste.«

»Siehst du, das ist der Punkt. Du weißt es nicht. Ich hatte während der vergangenen Jahre durchaus hin und wieder eine Freundin. Wenn auch nie lange, darum habe ich dir nie davon erzählt.«

»Was ist mit deinem Klamottengeschmack? Der war schon immer sehr speziell.«

Lucas lachte. »Ich liebe also Männer, weil ich auf knallige Farben stehe? Ein bisschen weit hergeholt, wenn du mich fragst.«

»Was ist es dann, das du deinen Eltern beibringen musst?«

»Nicht jetzt, Prinzesschen. Mom sitzt sicher schon auf heißen Kohlen. Hach, ich weiß noch gar nicht, was ich mir kaufen werde? Vielleicht ein pinkfarbenes T-Shirt, was meinst du?« Er grinste sie an.

»Ist ja gut, ich hab's begriffen«, murmelte Hannah kleinlaut.

»Fein. Bist du so lieb und schreibst Mom kurz eine Nachricht, dass ich unterwegs bin?«

»Ach, dafür ist so ein Höllending wieder gut genug?«

Lucas verdrehte die Augen. »Machst du es oder nicht?«

»Natürlich. Und nicht nur das. Ich werde ihr schreiben, dass ich die Zimmerreinigung übernehme, dann könnt ihr euch fürs Shoppen Zeit lassen.«

»Das ist lieb von dir, danke.«

»Ist ohnehin meine Aufgabe und nicht Sallys. Also? Worauf wartest du noch? Ab mit dir.«

Lucas winkte ihr lächelnd zu, dann eilte er davon.

Hannah folgte ihm mit dem Blick, bis er nicht mehr zu sehen war. Dann zog sie ihr Handy aus der Hosentasche und begann zu tippen.

Einige Zeit später ließ auch Hannah das Bootshaus und den Steg hinter sich. Das Gespräch mit Lucas hatte ihr gutgetan, und ihre Stimmung war deutlich besser als zuvor. Als sie auf die Pension zuschritt, fiel ihr auf, dass die Holzfassade dringend einen Anstrich benötigte. Komisch, dass sie das nicht schon eher bemerkt hatte. Hannah erinnerte sich, dass ihr Großvater und später ihr Vater immer penibel darauf geachtet hatten, dass der Außenanstrich jedes Jahr erneuert wurde. Dora schien nicht dafür gesorgt zu haben. Vielleicht, weil sie nach dem Weggang ihres Sohnes überfordert gewesen war. Oder aber …?

Hannahs Stirn legte sich in Falten. Hatte Sally nicht erwähnt, dass Dora der Hilfskraft aus der Stadt gekündigt hatte? Und der Holzfäller war angeblich auch zu teuer gewesen. Ebenso die Nachrüstung der Zimmer mit Fernsehern. Vielleicht plagten ihre Großmutter finanzielle Sorgen. Aber konnte das sein? Das *Broken Heart* hatte in der Vergangenheit immer gutes Geld abgeworfen, das wusste Hannah. Darüber hinaus hatte Dora eine nicht unbeträchtliche Summe aus der Lebensversicherung ihres Mannes ausgezahlt bekommen, wie Hannah, die damals noch ein Kind gewesen war, durch Zufall mitbekommen hatte. Nein, Geldsorgen konnten nicht die Erklärung für die ungestrichene Fassade sein. Wahrscheinlich hatte Dora einfach vergessen, sich darum zu kümmern.

Hannah sah auf ihre Armbanduhr. Es war halb zwölf. Sie würde sich mit den Zimmern beeilen müssen, schließlich hatte sie später noch etwas vor.

11

»Ich fasse es nicht, Mom.« Hannah starrte verärgert auf das Display ihres Handys, von dem ihr das sonnengebräunte Antlitz ihrer Mutter entgegenblickte. »Innerlich hatte ich mich auf einen bösen Streit mit dir eingestellt. Ich dachte, du würdest mich hassen, weil ich eingeknickt und Dora zu Hilfe geeilt bin. Stattdessen sagst du mir, dass du kein Problem damit hast. Okay, gebongt. Auch wenn es mich überrascht. Aber dass du mir so ganz nebenbei steckst, dass du schon seit fast einem Jahr wieder in Kontakt mit Grandma stehst, das ist der Gipfel. Wieso hast du mir nichts davon gesagt? Und warum zum Teufel hat Dora es nicht erwähnt?«

»Hörst du bitte auf zu fluchen, Schatz?«, erwiderte Miranda Larsson, deren Ähnlichkeit mit ihrer Tochter unverkennbar war. »So habe ich dich nicht erzogen.«

»Toll, Mom. Ganz toll. Komm mir jetzt bloß nicht so. Denn was du mir ebenfalls beigebracht hast, ist, dass man einander die Wahrheit sagen soll.«

»Ich habe dich nicht angelogen. Lediglich verschwiegen, dass deine Großmutter und ich ab und an telefonieren.«

»Du hättest es mir sagen können.«

»Ehrlich gesagt, habe ich nicht gedacht, dass du zu einer Versöhnung mit ihr bereit wärest. Immer, wenn ich nur ansatzweise auf das Thema *Broken Heart* und Quesnel zu sprechen gekommen bin, hast du abgeblockt.«

»Warum wohl, Mom? Weil ich nicht wollte, dass du dich wieder in deiner Trauer verfängst und genauso depressiv wirst wie in der ersten Zeit in Seattle. Daher dachte ich, es sei besser, wenn wir das Thema abhaken.«

»Aber glücklich warst du damit nicht?«

»Natürlich nicht, was für eine Frage. Quesnel, der Dragon Lake und das *Broken Heart* sind mein Zuhause gewesen. Ich dachte, ich sehe nichts davon je wieder.«

»So, wie Dora sich irgendwann damit abgefunden hat, dich nie wiederzusehen. Darum hat sie mich letztes Jahr angerufen, weil sie, wie sie mir sagte, wenigstens wissen wollte, ob es uns, ob es dir gut geht.«

»Dass du das Gespräch nicht sofort beendet hast, wundert mich.«

»Habe ich. An drei aufeinanderfolgenden Abenden. Als sie das vierte Mal in der Leitung war, habe ich sie fast eine Stunde lang beschimpft und angeschrien. Danach ging es mir besser, und ich war bereit, mit ihr zu reden. Wir haben vereinbart, einmal im Monat zu telefonieren und dass es dabei nur um dich gehen soll und niemals um Mike.«

»Lass mich raten! Das war Doras Idee, nicht wahr? Mit mir will sie nämlich auch nicht über Dad sprechen.«

»Es war unser gemeinsamer Entschluss, Sweety«, meinte Miranda. »Dein Dad ist Vergangenheit. Ich bin durch damit. Bin durch mit ihm. Endlich. Ich will nur noch nach vorne schauen. Es hat lange genug gedauert, bis ich das konnte.«

»Er ist nicht mehr hier, Mom«, sagte Hannah leise. »Wusstest du das?«

»Nein, das wusste ich nicht.«

»Dora sagt, sie hat den Kontakt zu ihm abgebrochen, aber das glaube ich nicht. Nathan scheint ebenfalls zu wissen, wo Dad ist, aber er streitet es ab.«

»Wer weiß, was da vorgefallen ist. Vielleicht hat Mike sich mit seiner Mutter und mit seinem besten Freund genauso überworfen, wie er es mit uns getan hat. Ich habe keine Ahnung, und ich bin auch nicht böse darüber. Wichtig ist jetzt nur, dass du da bist für Dora und dass ihr euer Verhältnis zueinander normalisieren könnt.«

Hannah seufzte. »Von einem normalen Verhältnis zueinander sind wir noch meilenweit entfernt, aber ich arbeite daran.«

Miranda grinste. »Apropos arbeiten. Ist das der Putzwagen, den ich da im Hintergrund sehe?«

»Gut erkannt, Mom«, bestätigte Hannah und grinste ebenfalls. »Ich habe mich heute ohne Doras Wissen zum Zimmerdienst eingeteilt. Es hat besser geklappt als gedacht. Zwei Räume muss ich noch machen, dann bin ich durch.«

»Und was planst du für den Rest des Tages?«

»Nichts Besonderes. Nur einen kleinen Trip nach Barkerville.«

»Barkerville?«, wiederholte ihre Mutter überrascht. »Wie kommst du dazu?«

»Ein Gast hat mich gebeten, ihn und seine Tochter zu begleiten. Sie wollen Sightseeing machen.«

»Oh, ich merke schon, du scheinst dich ja zum Mädchen für alles im *Broken Heart* zu entwickeln.«

»Ach was, das hat sich rein zufällig ergeben. Aber jetzt erzähl doch mal: Wie ist der Urlaub? Wo seid ihr jetzt?«

»Das Schiff hat heute Morgen in Havanna angelegt. Es wird ein abendlicher Landausflug angeboten, an dem möchte ich teilnehmen. Darum muss ich jetzt auch Schluss machen, weil ich mich noch in Schale werfen muss. Ich wollte mich nur kurz bei dir melden und ein Lebenszeichen von mir geben. Das nächste Mal werde ich mehr berichten, versprochen.«

»Okay«, antwortete Hannah schmunzelnd. »Such dir eine schöne Schale aus, und hab viel Spaß. Aber nicht, dass du mir in Kuba verloren gehst, hörst du?«

»Wird schon nicht passieren. Mach es gut, mein Schatz. Bis ganz bald.« Miranda winkte noch mal in die Kamera, dann wurde der Bildschirm schwarz.

Hannah legte das Handy kopfschüttelnd auf den Putzwagen. Sie hatte noch immer nicht ganz verdaut, dass ihre Mutter und ihre Großmutter bereits seit einem ganzen Jahr das eisige Schweigen zwischen ihnen beendet hatten. Sie sollte wegen der Heimlichtuerei wirklich sauer sein, doch das war sie komischerweise nicht. Vielleicht war das der notwendige und längst überfällige erste Schritt zur Überwindung der Vergangenheit gewesen. Und sie, Hannah, würde nun durch ihre Anwesenheit im *Broken Heart* den zweiten tun. Allerdings nicht, bevor sie mit ihrer Großmutter ein Huhn gerupft hatte. »Und dieser Gockel, liebe Dora, wird von Tag zu Tag größer, das sage ich dir«, murmelte sie.

In der Ferne hörte Hannah die Standuhr im Fernsehzimmer schlagen. Nur noch eine Stunde bis zu ihrem Termin bei Joyce. Sie musste sich mit den beiden letzten Zimmern beeilen. Rasch schob sie den Putzwagen über den schmalen Flur bis zur nächsten Tür, klopfte, und als sie keine Antwort erhielt, schloss sie mit dem Generalschlüssel auf und trat ein.

Sie wusste sofort, dass es sein Zimmer war. Also seins und das seiner Tochter. Weil der Duft von Nick Coopers markantem Rasierwasser in der Luft lag, doch vor allem, weil die kleine Maggie auf der linken Seite des Doppelbettes lag und schlief. Hannah schaute mit schlechtem Gewissen zum Türknopf und atmete erleichtert auf. Das Bitte-nicht-stören-Schild, das sie vom Betreten des Raumes hätte abhalten sollen, hing nicht dort. Sie hatte nichts falsch gemacht. Aus dem angrenzenden Badezimmer drang das Rauschen der Dusche an ihr Ohr. Wenn sie jetzt sofort den Rückzug antrat, würde Nick gar nicht merken, dass sie hier gewesen war.

Hannah war schon halb wieder draußen, als sie aus dem Augenwinkel mitbekam, dass Maggie sich im Schlaf regte. Als sie hinsah, bemerkte sie, dass die Kleine die leichte Decke, die über sie gebreitet war, zur Hälfte weggestrampelt hatte. Das Fenster stand weit auf, und es zog ein wenig, also überlegte Hannah nicht lange und ging auf leisen Sohlen zum Bett, um das Mädchen wieder zuzudecken. Ein Lächeln huschte über ihr Gesicht, als sie sich danach zu dem Kind beugte und eine vorwitzige Strähne des braunen Haares hinter dessen Ohr schob. Wie süß Maggie aussah, wie friedvoll. Als könne ihr nichts auf der Welt etwas anhaben. Aber wer sollte diesem liebenswerten Geschöpf schon etwas anhaben wollen? Derjenige würde es zweifelsohne mit ihrem starken Dad zu tun bekommen.

Ihr Lächeln wurde noch eine Spur breiter, als sie an Nick dachte. An den Mann, von dem sie angeblich nichts wollte. Das hatte sie Nathan gesagt und vor nicht einmal zwei Stunden auch Lucas. Ihr Kopf war auch noch überzeugt davon, doch Hannah musste zugeben, dass sie sich immer mehr zu dem Engländer hingezogen fühlte. Vielleicht sollte sie sich nicht länger gegen dieses Gefühl sperren. Was war schon einzuwenden gegen einen kleinen Flirt oder etwas mehr? Sie wollte nichts Dauerhaftes, nein, das auf keinen Fall, denn das würde mit ihren Zukunftsplänen kollidieren. Eine kurze zwanglose Affäre ohne gegenseitige Verpflichtungen, darauf würde sie sich einlassen. Also vielleicht. Wenn Nick überhaupt Interesse an ihr hatte.

Und was, wenn du dich in ihn verliebst?, fragte ihre innere Stimme.

Hannah schlug sich leicht gegen die Stirn, als könnte sie den Gedanken dadurch vertreiben, aber das funktionierte nicht. Die Gefahr, dass die Gefühle für diesen Mann stärker werden könnten als erwünscht, war definitiv da. Etwas, das sie weder riskieren wollte noch riskieren konnte.

Hannah reckte entschlossen ihr Kinn in die Höhe. Dann besser nicht. Es würde nichts laufen zwischen ihr und diesem Mann. Und sie würde auch nicht mit ihm und Maggie nach Barkerville fahren. Sie würde sich Nick Cooper aus dem Kopf schlagen, Ende der Geschichte.

Hannah strich Maggie noch mal über den Kopf und richtete sich wieder auf. Dabei fiel ihr Blick auf die Nachtkonsole auf der anderen Seite des Bettes. Dort lagen vier Reisepässe. Zwei dunkelrote mit dem Emblem Großbritanniens und zwei blaue mit dem der USA. Hannah runzelte die Stirn. Vier Pässe? Und wieso die USA? Was hatte das zu bedeuten? Hatten Nick und Maggie etwa eine doppelte Staatsbürgerschaft? Er hatte es nicht erwähnt, aber möglich wäre es. Warum auch nicht? Sie selbst hatte unlängst überlegt, sich in den USA einbürgern zu lassen. Ihre Mutter und sie lebten jetzt ganze sechs Jahre in Seattle, und in manchen Dingen wäre es von Vorteil, neben dem kanadischen auch den amerikanischen Pass zu besitzen. Hannah war total versunken in ihre Gedanken, als sie plötzlich eine schneidende Stimme ins Hier und Jetzt zurückholte.

»Was zur Hölle tun Sie hier?« Nick stand in der geöffneten Tür zum Badezimmer und fixierte sie mit glühendem Blick. »Wie sind Sie überhaupt reingekommen?«

Hannah wollte antworten, aber sie konnte nicht. Verzweifelt versuchte sie, ihn nicht anzusehen, aber ihre Augen gehorchten ihrem Befehl nicht. Er stand dort mit nichts weiter als einem weißen Handtuch um seine Hüften geschlungen. Seine Haare waren feucht, und kleine Wassertropfen liefen von seinen muskulösen Schultern über seine glatte Brust, bevor sie sich am Bauch zu einem winzigen Rinnsal zusammenfanden. Auch von seinen Beinen tropfte es, und Hannah starrte auf die kleine Lache, die sich am Boden bildete.

»Hallo? Haben Sie Ihre Zunge verschluckt, oder was ist mit Ihnen? Ich habe Sie etwas gefragt.« Nick schaute sie an, als ob er Hannah alles Schlechte dieser Erde zutrauen würde.

Sein Blick brachte sie zur Besinnung und machte sie darüber hinaus wütend. Ziemlich wütend. Wenngleich sie es sich nicht anmerken ließ. Sie deutete auf die schlafende Maggie, dann legte sie den Zeigefinger an den Mund, während sie auf ihn zuging. Als sie vor ihm stand, nahm sie den Finger herunter, lächelte ihn an und ... trat ihm mit einer kraftvollen Bewegung mit dem Fuß vors Bein.

Nick schrie verhalten auf und machte einen großen Schritt zurück. Ungläubig starrte er Hannah an. »Sind Sie irre?«, schimpfte er in gedämpftem Tonfall. »Was soll das?«

»Ich hatte Sie gewarnt«, erwiderte Hannah kühl. »Erinnern Sie sich? Dass es Konsequenzen hätte, wenn Sie mich noch einmal schlecht behandeln? Jetzt war es so weit, und ich konnte endlich das tun, was mir seit unseren ersten Begegnungen vorgeschwebt hat. Ich bin froh darüber, denn es fühlt sich gut an. Verboten gut.«

»Ja, sorry, aber ich habe doch wohl das Recht, zu hinterfragen, was Sie in unserem Zimmer zu schaffen haben.«

»Haben Sie. Aber nicht in diesem Ton. Ich bin hier, um die Handtücher zu tauschen und die Betten zu machen. Es hing kein Schild an der Tür, ich habe geklopft und keine Antwort erhalten, also habe ich aufgeschlossen und bin eingetreten. Als ich Ihre Tochter auf dem Bett entdeckt habe, wollte ich sofort wieder gehen, doch dann sah ich, dass sie zugedeckt werden musste, was ich getan habe. Das war's. Kein Grund, wild um sich zu schlagen.«

»Wer hat denn hier wild um sich geschlagen?«, meinte Nick und bückte sich, um sein Bein zu massieren.

»Wenn Sie eine Entschuldigung erwarten, haben Sie sich geschnitten. Sie haben genau das bekommen, was Sie verdient haben.«

Nick richtete sich wieder auf und grinste sie an. »Habe ich nicht.«

Was soll das jetzt?, fragte sich Hannah irritiert. *Eben noch ein grimmiger Stinkstiefel und dann plötzlich wieder Prince Charming? Dieser Typ sollte mit seinen Stimmungsschwankungen dringend zu einem Arzt gehen, das ist ja nicht mehr normal.* »Haben Sie nicht?«, wiederholte sie misstrauisch.

»Ich habe keine Handtücher bekommen. Sie wollten mir Handtücher bringen.«

Hannah nickte. »Das war meine Absicht.«

»Also?«

»Okay, eine Sekunde bitte.« Sie ging die paar Meter zum Putzwagen, der direkt vorm Zimmereingang im Flur stand, und zog aus der unteren Etage einen Stapel frischer Handtücher. Als sie sich umdrehte, erschrak sie, denn Nick stand direkt hinter ihr in der Tür. Mit dem Handtuch, mit dem er sich eben noch bedeckt hatte, in der Hand.

Hannah erstarrte. Reflexartig machte sie einen Schritt zurück und hielt sich mit ihrer freien Hand die Augen zu. »Was machen Sie denn?«, rief sie, und ihre Stimme drohte zu überschlagen. »Sonst geht's Ihnen gut?«

»Bis auf ein schmerzendes Bein, ja, danke«, hörte sie ihn lachend antworten. »Ich dachte, Sie möchten das gebrauchte Handtuch vielleicht gleich wieder mitnehmen?«

»Sie kommen sich wohl sehr schlau vor?«

»Nein. Aber da ich keine Frauen schlage, musste ich einen anderen Weg finden, um mich zu rächen. Scheint gelungen zu sein. Warum halten Sie sich die Augen zu? Haben Sie noch nie einen nackten Mann gesehen?«

In Hannah rumorte es. *So ein ... so ein ...*, ihr fehlte gerade der richtige Ausdruck für ihn, aber sie wollte verflucht sein, wenn er das letzte Wort behielt. Also nahm sie die Hand runter. »Ich wollte Sie nicht in Verlegenheit bringen«, meinte sie, während sie ihn demonstrativ anschaute. Nach außen hin völlig cool, in ihrem Innern jedoch sah es gänzlich anders aus. »Denn was ich gesehen habe, hat mich nicht vom Hocker gehauen. Äh ... tut es ehrlich gesagt immer noch nicht.«

Sie hatte ihn mit ihren Worten kränken wollen, aber er brach in lautes Lachen aus. »Sie sind mir vielleicht eine«, prustete er und kriegte sich gar nicht wieder ein.

»Daddy?«, meldete sich plötzlich eine schlaftrunkene Maggie aus dem Hintergrund zu Wort. »Was ist so lustig?«

Nick wickelte sich das Handtuch blitzschnell wieder um. »Nichts, Darling. Schlaf noch ein bisschen, ja?«

Maggie murmelte etwas Unverständliches, dann nickte sie wieder ein.

»Gut«, meinte Hannah leise. »Dann haben wir wohl alles geklärt?«

Nick kreuzte die Arme vor seiner Brust. »Vorerst ja, denke ich. Wir können ja weiterstreiten, wenn wir nach Barkerville fahren.«

»Hm, gut, dass Sie's ansprechen. Ich glaube, dass es doch keine so gute Idee ist, wenn ich Sie begleite.«

Nick hob seine Hand und strich mit seinen Fingerspitzen leicht über ihre Wange. »Da bin ich anderer Meinung. Wir fahren um kurz vor drei ab, und ein Nein akzeptiere ich nicht.« Er zog seine Hand zurück. »Bis später, Hannah«, raunte er. Dann ging er zurück ins Zimmer und schloss die Tür.

Hannah schüttelte ungläubig den Kopf und schob den Putzwagen an. »Ein Nein akzeptiere ich nicht«, äffte sie ihn nach. »Na, das kann ja heiter werden.« Doch ihre Wut auf Nick war längst verraucht, und als sie das nächste Zimmer – das letzte für heute – aufschloss, lag ein Lächeln auf ihrem Gesicht.

12

Grübelnd schaute Hannah auf das Schminktäschchen in ihren Händen. »Lippenstift, ja oder nein?«, murmelte sie. Ein Blick in den Spiegel reichte, und die Entscheidung war gefallen. »Für diesen Mann braucht es Selbstsicherheit und ein bisschen Kriegsbemalung.« Sie kramte den Stift hervor, und Sekunden später leuchteten ihre Lippen in einem zarten Rot. Zufrieden betrachtete sie sich. »Schon besser.« Kurz überlegte sie, was sie mit ihren Haaren machen sollte. Dann fiel ihr ein, dass ja zunächst die zweite Behandlung bei Joyce anstand, darum fasste sie ihre blonden Locken mit einem Haarband zusammen. Später konnte sie die Haare ja offen tragen, weil Maggie das so sehr mochte. Hannah zog ihrem Spiegelbild eine Grimasse. Ja klar, Maggie war es, der sie gefallen wollte. »Mach dir ruhig weiter etwas vor«, brummte sie. »Aber wir beide wissen doch, was Sache ist, oder?« Bilder stiegen ihr in den Kopf, die nicht jugendfrei waren und die sie prompt erröten ließen. Bilder von Nick Cooper. Nackt, wie die Natur ihn erschaffen hatte. Ein ziemlich beeindruckender Anblick, obwohl sie ihm gegenüber das Gegenteil behauptet hatte.

Hannah zog ein paar dünne Strähnchen aus dem Zopf, damit ihre Frisur nicht ganz so streng aussah. Gutes Stichwort: streng. Hätte sie empörter sein müssen über die Dreistigkeit des Mannes? Ihn vielleicht sogar ohrfeigen sollen? Hannah kicherte. Auf keinen

Fall, dazu war sein Konter auf ihren Tritt zu einfallsreich und zu überraschend gewesen. Zudem hatte er ihren manchmal recht schrägen Humor ziemlich genau getroffen, was nicht einfach war. Also nein, sie war nicht sauer auf Nick Cooper. Und ja, sie würde mit ihm und Maggie nach Barkerville fahren, auch wenn sie sich schon dagegen entschieden hatte. Ihre Wankelmütigkeit, was Nick Cooper betraf, war erstaunlich nervig. Auf die eine oder andere Weise musste sie diesen Zustand beenden. Dringend.

Hannah räumte ihre Schminkutensilien wieder in das Täschchen und stellte es in das Regal neben dem Waschbecken. Dann verließ sie das winzige Bad, das an ihr Zimmer grenzte. Als sie überlegte, welche Schuhe am besten zu ihrer dunkelblauen Jeans und der weißen Bluse passen würden, fiel ihr Blick auf die Schachtel auf dem Bett. Jene Schachtel, die sie Stunden zuvor von ihrer Großmutter bekommen hatte und die bis unter den Deckel vollgestopft war mit Botschaften, die sich ihre Eltern hatten zukommen lassen. Unzählige kleine Zettelchen wie der, den Hannah unter dem Küchentisch gefunden hatte. Nachrichten von Garret an Theresa und umgekehrt.

Dora hatte recht gehabt, hinter Theresa verbarg sich Miranda. Hannah hatte die Handschrift ihrer Mutter sofort erkannt. Die Verwirrung, die sie am Morgen über das unfassbare Konvolut an Liebesgrüßen verspürt hatte, stellte sich erneut ein. Ihre Großmutter meinte also, dass diese Zettelchen beweisen würden, wie sehr Mike und Miranda sich geliebt hatten. Okay! Aber wenn das der Fall war, machte das die Tat ihres Vaters nicht noch viel schlimmer? Er hatte seine Frau, die er doch angeblich so vergöttert hatte, für eine andere verlassen. Wer würde einem geliebten Menschen so etwas antun? Wer?

Hannah ballte die Fäuste. Sie würde nie verstehen, warum ihr Dad so gehandelt hatte. Dennoch war es nicht die Zeit, sich erneut darüber aufzuregen. Nicht, wenn sie in knapp zwanzig Minuten als halbwegs zivilisierter Mensch in das Auto von Nick Cooper steigen wollte. Also nahm sie die Schachtel und schob sie unter das Bett. Weg aus ihrem Blickfeld. Sie würde sich mit den Zettelchen noch ausführlich befassen, aber nicht jetzt.

Entschlossen griff sie nach den grauen Sneakers, die bequem, aber auch robust waren für den Fall, dass es regnen würde. Der Nachrichtensprecher im Radio war sich da vorhin nicht sicher gewesen. Also besser für alle Fälle gerüstet sein. Als sie die Schuhe angezogen hatte, setzte sie sich auf den Stuhl am Fußende des Bettes, nur um gleich wieder aufzustehen und ruhelos durchs Zimmer zu wandeln. Mist, sie war nervös. Auf einer Skala von eins bis zehn – eine glatte Neun. Derart flatternde Nerven hatte sie nicht mal gehabt, als sie sich das allererste Mal mit einem Jungen verabredet hatte. Damals, als sie noch ein unbedarftes junges Mädchen und keine erwachsene Frau gewesen war. Verflixt, das war kein gutes Zeichen.

»Reiß dich mal zusammen«, schimpfte Hannah mit sich selbst. Als auch das nichts helfen wollte, nahm sie ihre Tasche und ihre Regenjacke und verließ den Raum. Sie würde die verbleibende Zeit nutzen und Dora sagen, dass sie nach ihrem Rundgang durch die Zimmer einige löchrige und abgewetzte Handtücher aussortiert hatte. Schnellen Schrittes durchquerte sie den Flur und betrat das Büro ihrer Großmutter, da sie sie um diese Uhrzeit hier vermutete. Aber Dora war nicht in ihrem Büro.

Hannah drehte sich wieder um, doch der leichte Windzug, der durch ihre ruckartige Bewegung entstand, wehte ein Blatt von Doras nussbaumhölzernem Sekretär. Sie seufzte, ging hin und hob es auf. Es war eine Rechnung von einem Lebensmittelhändler aus Quesnel, der das *Broken Heart* belieferte, seit Hannah denken konnte. Eine unbezahlte Rechnung, wie sie auf den zweiten Blick sah, denn ihre Großmutter pflegte derartige Belege als erledigt zu stempeln, bevor sie sie abheftete. Der Stempel fehlte. Hannah überlegte, ob sie die Rechnung wieder auf den Schreibtisch zurücklegen sollte, aber dann würde womöglich der nächste Windstoß dafür sorgen, dass sie unter einem Möbelstück verschwand und in Vergessenheit geriet. Im Ablagekorb für unbearbeitete Vorgänge war sie deutlich besser aufgehoben. Der Platz dieses Ablagekorbs war immer auf der Fensterbank gewesen, und dort befand er sich auch heute noch, wie Hannah feststellte. Als sie hinging, schaute sie verblüfft auf einen zentimeterdicken Stapel Papier, der den Korb bis zum Rand füllte. Ohne zu zögern, nahm sie ihn und setzte sich damit an Doras Sekretär.

Wenig später zog Hannah mit tiefen Sorgenfalten auf der Stirn die obere rechte Schublade des Schreibtisches auf und entnahm das Buch mit den Belegzahlen der Pension. Nach einer kurzen Durchsicht war ihre Verwirrung perfekt. Das *Broken Heart* war in den letzten Jahren, wie gewohnt, gut ausgebucht gewesen. Sogar in den Wintersaisons hatte die Gästezahl sich sehen lassen können. Einkünfte hatte es also gegeben, wie konnte es dann sein, dass ihre Großmutter in den letzten drei Monaten keine einzige Rechnung bezahlt hatte? Der Ablagekorb war voll davon, und es waren nicht nur Rechnungen darin, sondern auch Mahnungen. Bitterböse Erinnerungen an die versäumten Zahlungen. Von Zulieferern und Handwerkern aus der Stadt, die Hannah alle persönlich kannte und die den Larssons immer zugetan gewesen waren. Was war hier los?

Ihr fiel die ungestrichene Fassade der Pension ein und die mangelhaften Handtücher. Heute beim Frühstück hatten sich gleich zwei Gäste über wacklige Stühle beschwert. Alles weitere Hinweise darauf, dass Dora in Schwierigkeiten steckte. Aber warum? Was war mit den Einnahmen aus der Pension geschehen?

Und was war mit dem Geld, das Dora aus der Lebensversicherung ihres Mannes erhalten hatte?

Hannah dachte kurz nach, dann legte sie das Buch mit den Belegzahlen zurück in die Schublade. Als auch der Ablagekorb wieder an seinem Platz stand, verließ sie das Büro und lief zum Kaminzimmer. Sie öffnete die Tür und fand ihre Großmutter mit geschlossenen Augen in einem der Sessel sitzend vor.

Leise trat sie näher. »Dora?«, sprach sie die alte Frau vorsichtig an und berührte ihren gesunden Arm.

Ihre Großmutter blinzelte. »Was ist?«, meinte sie schläfrig.

»Ich wollte dir sagen, dass ich gleich weg bin. Erst zur Massage und dann fahre ich mit den Coopers nach Barkerville.«

»Ist gut.«

Hannah sah sie mit ernster Miene an. »Ich weiß nicht, wie spät es heute Abend wird, aber morgen nach dem Frühstück werden wir beide miteinander reden. Das ist keine Bitte. Du wirst auch keine Ausflüchte mehr suchen oder mir dieses Gespräch verweigern, dazu scheint mir die Lage zu ernst zu sein.«

Dora war nun hellwach und setzte sich im Sessel auf. »Geht es um die Zettel?«

»Auch, aber …«

»Ich hätte dir die Schachtel deiner Mutter nicht geben sollen.«

Hannah schaute sie verdutzt an. »Das ist Moms Schachtel?«

»Natürlich. Wem sollte sie sonst gehören?«

»Ich dachte, du hättest die Nachrichten gesammelt.«

»Warum hätte ich das tun sollen? Die Botschaften waren schließlich nicht an mich gerichtet. Sie sind mir oft in die Hände gefallen, weil sie, wie gesagt, überall im Haus verteilt waren, aber ich habe sie immer weitergeleitet. Entweder an Mike alias Garret oder an Miranda alias Theresa, je nachdem, für wen sie bestimmt waren. Deine Mutter hat dann irgendwann diese Box angeschafft, in die die Zettelchen wanderten, nachdem sie gelesen waren.«

»Und warum hast du die Schachtel dann gehabt?«

Dora atmete schwer ein. »Miranda hat sie Mike damals, als er euch weggeschickt hat, vor die Füße geworfen.« Sie zeigte auf den Boden des Kaminzimmers. »Alles war hier voll von diesen Zettelchen.«

»Das ... das habe ich nicht mitbekommen«, erwiderte Hannah betroffen.

»Wenn ich mich recht entsinne, bist du vorher wütend aus dem Zimmer gerannt. Miranda ist dann auch weggegangen, und ich habe die Zettel wieder eingesammelt. Und sie aufbewahrt.«

Hannah kniete sich auf den Boden vor Dora und nahm die Hand ihrer Großmutter zwischen ihre. »Wir müssen sicherlich auch darüber noch näher reden, aber in erster Linie möchte ich morgen über andere Dinge sprechen.«

»Nämlich?«

»Nämlich darüber, dass du offenbar Geldsorgen hast.«

Dora erblasste und wich ihrem Blick aus. »Das ist Unsinn. Wie kommst du darauf?«

»Möglicherweise aufgrund der vielen unbezahlten Rechnungen in deinem Büro?«

»Wie bitte?«, fauchte ihre Großmutter sie an. »Du hast geschnüffelt?«

»Nein, habe ich nicht. Sie sind mir zufällig ins Auge gefallen. Du brauchst dich gar nicht so aufzuregen. Früher oder später wäre ich auch ohne die Rechnungen darauf gekommen, denn es ist nicht zu übersehen, dass es der Pension in den letzten Jahren ein bisschen an liebevoller Zuwendung gefehlt hat.«

»Das wird ja immer besser. Du beschuldigst mich, dass ich das *Broken Heart* ruiniere?«

»Ich hoffe nicht, dass es schon so weit ist. Wenn du ehrlich sagst, was los ist, könnten wir zusammen an einer Lösung arbeiten.«

»Da gibt es nichts zu lösen. Vielleicht war ich ein wenig klamm in den letzten Monaten, aber das wird schon wieder. Du, mein Kind, brauchst dir darum keinen Kopf zu machen.«

Hannah sah Dora kritisch an. »Wirklich nicht? Ich habe da eine andere Vermutung. Vor einer Stunde habe ich mit meiner Mutter telefoniert. Sie hat mir gesagt, dass du schon vor einem Jahr Kontakt zu ihr aufgenommen hast. Angeblich, weil du wissen wolltest, wie es mir geht. Kann es sein, dass das nicht der eigentliche Grund war? Dass es in Wahrheit ein Hilferuf gewesen ist und du dich nur nicht getraut hast, Mom zu sagen, dass du in Schwierigkeiten steckst?«

Dora schluckte hörbar. »Du irrst dich. Es ging mir wirklich nur um dich, das musst du mir glauben.«

»Wenn das so ist, warum hast du mich dann bei meiner Ankunft so abweisend behandelt? Und warum hast du mir nichts von den Gesprächen mit Mom gesagt?«

»Miranda hat dir unsere Telefonate ebenfalls verschwiegen. Weil ich das wusste, habe ich nichts darüber gesagt. Ich wollte nicht, dass du deiner Mutter böse bist. Und ja, ich hätte mich bei deiner Ankunft anders verhalten können ... anders verhalten müssen, aber ich war ... ich war in dem Moment überfordert. Mir ist bewusst, dass ich vor sechs Jahren sehr hart zu dir und Miranda war. Nach all der Zeit, die seitdem vergangen ist, bist du nun plötzlich wieder da. Ich habe mich darüber gefreut, natürlich habe ich das, aber gleichzeitig wusste ich, dass die Vergangenheit zwischen uns stehen würde.«

Hannah seufzte. »Das müsste sie nicht, wenn du endlich bereit wärst, darüber zu reden.«

Dora sah sie schweigend an. Wahrscheinlich waren es nur ein paar Sekunden, aber Hannah kam es unerträglich lange vor. Sie rechnete schon nicht mehr mit einer Antwort, als sie doch noch kam. »Gut!«, sagte Dora tonlos. Sie wirkte müde und abgekämpft. Als würde sie resignieren.

Hannah tat dieser Anblick in der Seele weh. Ihre Grandma war immer eine starke Persönlichkeit gewesen, sie so zu sehen, war furchtbar. »Du ... du bist bereit, über alles zu reden? Über damals und auch über die Sorgen, die du heute hast?«

Dora nickte. »Das eine hängt mit dem anderen zusammen. Leider. Aber wie du schon gesagt hast, wir werden Zeit und Ruhe für dieses Gespräch brauchen, und auf einen Tag kommt es nun auch nicht mehr an.«

»Und wenn ich hierbleibe? Joyce könnte ich absagen, und die Coopers würden es sicher verstehen, wenn ich ...«

»Nein. Fahr ruhig. Wir machen das morgen nach dem Frühstück, wie du vorgeschlagen hast. Außerdem erwarte ich in der nächsten Stunde die Tochter von Mr Dornam, die ihren Vater nach Hause holen will. Ich würde mich gerne in Ruhe mit ihr unterhalten.«

Hannah drückte Doras Hand leicht und stand auf. »Okay, wie du willst.«

»Hab eine schöne Zeit, mein Kind.«

»Wenn Joyce mich leben lässt, könnte das klappen.«

Ihre Großmutter lachte.

»Dora?«

»Ja?«

»Wir kriegen das hin. Irgendwie. Das verspreche ich dir.«

»Ich bin diejenige, die dieses Versprechen geben sollte.«

Hannah beugte sich vor und küsste die alte Frau auf die Wange. Dann drehte sie sich um und lief zur Tür. Doch plötzlich fiel ihr etwas ein. »Dora?« Sie wandte sich erneut an ihre Großmutter.

»Was denn noch?«

»Weil du gerade Mr Dornam erwähnt hast. Wusstest du, dass er Nathan erzählt hat, er wäre schon mal im *Broken Heart* gewesen?«

»Wirklich? Das muss lange her sein, ich hätte mich sonst bestimmt an ihn erinnert.«

»Es war vor deiner Zeit. Er und seine Frau haben ihre Flitterwochen hier verbracht. Angeblich kostenlos.«

»Ah, dann muss das gewesen sein, als die Pension noch John Adams gehörte. Als wir sie ihm abkauften, hat er uns erzählt, dass kostenloser Honeymoon eine Tradition des *Broken Heart* wäre. Dein Großvater war ein Romantiker, das weißt du. Andererseits war er aber auch ein sehr sparsamer Mensch, deswegen hat er diese Tradition nicht weiterführen wollen. ›Wir schmeißen das Geld doch nicht zum Fenster heraus‹, hat er gemeint.«

Hannah grinste. »Ja, das hört sich nach ihm an.«

Beide Frauen zuckten zusammen, als draußen eine Hupe ertönte. Hannah schaute auf die Uhr und erschrak. Es war bereits fünf vor drei.

»Jetzt geh schon«, forderte Dora sie auf. »Bevor der junge Mann mit seiner Huperei noch sämtliches Getier aus den Wäldern scheucht.«

»Du weißt doch gar nicht, ob er das war und ob ich gemeint war.«

»Natürlich weiß ich das. Und nun verschwinde.«

»Geht klar. Wir sehen uns dann, Grandma.«

Die alte Frau hob warnend den Zeigefinger, was Hannah mit einem noch breiteren Grinsen quittierte, bevor sie sich endgültig auf den Weg machte.

13

»Und ich dachte schon, du hättest dich für mich so schick gemacht.« Joyce Booker stand in der Tür und beobachtete Hannah, die sich nach der Massage und der Behandlung mit den Fangopads wieder angezogen hatte und sich nun vor dem Spiegel über dem Waschbecken in der Ecke die Haare bürstete.

»Hm!« Hannah hörte nur mit halbem Ohr hin, zu sehr hingen ihre Gedanken noch bei der Begegnung mit ihrer Großmutter. Es war unglaublich. Dora hatte schneller nachgegeben, als sie gedacht hatte, und war bereit zu reden. Bereit, endlich die Vergangenheit und das Zerwürfnis der Familie auf den Tisch zu bringen. Hoffentlich überlegte sie es sich nicht wieder anders in der Zeit, in der Hannah unterwegs war. Vielleicht hätte sie doch im *Broken Heart* bleiben sollen, um das sofort zu klären. Schließlich hatte sie so lange auf diesen Moment gewartet. Darum war sie hergekommen. Also nicht nur, aber es war ein Beweggrund gewesen. Ein sehr wichtiger.

»Hallo? Redest du nicht mehr mit mir?« Joyces Worte ließen sie aufsehen.

»Bitte? Hast du etwas gesagt?«

»Das habe ich, in der Tat. Nämlich, dass mir aufgefallen ist, dass du dich aufgehübscht hast.«

»Aufgehübscht?« Hannah sah sie stirnrunzelnd an. »Was

meinst du? Ich trage eine Jeans und eine weiße Bluse, ganz normale Klamotten also.«

»Deine Kleidung meinte ich nicht.«

»Sondern?«

»Du hast dich geschminkt.«

»Das machen Frauen manchmal. Sollte sich selbst bis Quesnel herumgesprochen haben.«

»Aber Frauen, ob nun aus Quesnel oder jedem anderen beliebigen Flecken auf diesem Planeten, machen es nicht auf diese Weise, wenn sie zu einer physiotherapeutischen Behandlung gehen.«

Hannah steckte die Bürste in ihre Tasche. »Auf diese Weise? Du sprichst in Rätseln.«

Joyce lachte, und wieder erinnerte Hannah das Geräusch an das Wiehern eines Pferdes. »So richtet man sich her, Schätzchen, wenn man ein Date hat. Dass ich recht habe, weiß ich, seitdem ich den gut aussehenden jungen Mann in dem grünen Caddy vor meiner Praxis entdeckt habe, der scheinbar auf dich wartet.«

»Du hast eine lebhafte Fantasie. Der Mann, den du gesehen hast, wartet auf mich, richtig. Er ist ein Gast im *Broken Heart* und hat mich gefragt, ob ich ihn und seine kleine Tochter auf einen Ausflug begleite, das ist alles.«

»Aha. Also kein Date, sagst du?«

Hannah wurde rot. »Äh, also … ich …«

Joyce stemmte triumphierend ihre wuchtigen Hände in die Taille. »Siehst du, habe ich mir gedacht.«

»Hast du es dir gedacht, oder hast du eventuell mit Nathan gesprochen?«, erwiderte Hannah augenrollend.

»Nathan? Du meinst Nathan Tallot? Den habe ich seit Ewigkeiten nicht mehr gesehen. Wieso fragst du? Hat er etwa auch vermutet, dass zwischen dir und diesem Gast etwas läuft?«

»Kein Kommentar«, grollte Hannah.

»Wenn es so wäre, was ist schlimm daran? Sei doch froh, dass dieses Bild von einem Kerl es kaum abwarten kann, dass du wieder bei ihm im Auto sitzt. Wäre ich ein paar Donnerstage jünger, würde ich die Gelegenheit beim Schopf packen und die Sache klarmachen. Und zwar noch, bevor die Sonne untergeht.«

Hannahs schlechte Stimmung verpuffte bei diesen blumigen Ausführungen, und sie musste lachen. »Du müsstest dir mal zuhören, Joyce. Ein Bild von einem Kerl?«

»Na, wenn's doch so ist?«

»Und wie kommst du darauf, dass er es gar nicht abwarten kann, bis ich wieder in seinem Auto sitze?«

»Das kann ich selbstverständlich nicht mit Sicherheit sagen, aber zweifelsohne ist er sehr nervös. Deshalb ist er mir ja erst ins Auge gefallen. Weil er vor der Praxis hin- und hergelaufen ist, als wenn er Hummeln im Hintern hätte. Dann hat er geraucht, was ihm Ärger mit seiner kleinen Tochter eingebracht hat. Die ist nämlich aus dem Auto gesprungen und hat mit ihm geschimpft. Nicht, dass ich ein Wort verstanden habe, aber so sah es aus. Daraufhin hat dein Verehrer die Zigarette ausgemacht, und die beiden sind wieder ins Auto gestiegen. Wo der Mann dann sein armes Lenkrad mit den Fingern bearbeitet hat. Mache ich auch immer, wenn ich ungeduldig bin, also für mich ein klarer Fall.«

Hannah schüttelte ungläubig den Kopf. »Joyce Booker, bist du neuerdings als Spionin für den kanadischen Geheimdienst tätig? Wie kann man einen fremden Menschen derart begaffen?«

»Bitte? Ich begaffe doch niemanden. Ich nutze die Zeit gerne, in der meine Patienten unter den Fangopads liegen, um ein wenig Schreibkram zu erledigen. Und da mein PC nun mal im Vorraum mit Aussicht auf die Straße steht, hat sich der junge Mann geradezu in mein Blickfeld gedrängt. Ich hatte also gar keine andere Wahl, als ihn zu beobachten.«

Hannahs Mundwinkel zuckten verdächtig. »Das verstehe ich natürlich. Schlimm, wenn man gar nicht anders kann.«

»Machst du dich etwa lustig über mich?«

»I wo, wie käme ich dazu? Aber damit Mr Cooper, so heißt unser Gast, sich nicht noch länger gedulden muss, sollte ich jetzt gehen.«

Joyce nickte. »Mach das. Wir sehen uns dann am Montag. Wieder so um drei würde ich sagen. Einverstanden?«

»Was? Noch einen Termin? Ist das wirklich nötig?«

»Doc Waters hat drei Behandlungen aufgeschrieben, und die müssen es auch sein. Selbst, wenn du dich schon besser fühlst. Außerdem dachte ich, dass ich mein Folterknecht-Image bei dir ein bisschen aufpolieren konnte, oder haben dir die ersten beiden Behandlungen etwa nicht gefallen?«

Hannah gluckste. »Was ist heute bloß mit dir los, Joyce? Hast du irgendwas eingeworfen?«

»Nein, aber sollte ich vielleicht bei einer so schwierigen Patientin wie dir.«

»Jetzt sei nicht beleidigt. Wenn es dich beruhigt, ja, mir haben die Behandlungen gefallen und gutgetan. Es ist anscheinend mein Unterbewusstsein, das das noch nicht anerkennen will.«

»Hm«, brummte Joyce. »Dann mal einen schönen Gruß an dein Unterbewusstsein.«

Hannah schmunzelte und nahm ihre Regenjacke. »Ich werde es ausrichten. Bis Montag dann?«

»Ja, bis Montag. Und viel Spaß auf eurem Ausflug. Wohin geht es denn?«

»Nach Barkerville.«

»Nach Barkerville?« Joyce horchte auf, und ihr Gesicht erhellte sich umgehend. »Ist der junge Mann vielleicht geschichtsinteressiert? Wenn ja, erzähle ich euch gerne etwas über die Vergangenheit Barkervilles. Du erinnerst dich vielleicht, dass die Historie unseres Distrikts mein Steckenpferd ist?«

»Äh … ja … natürlich«, antwortete Hannah stockend, da sie das sehr wohl wusste und auch, dass man Joyce tunlichst nicht auf ihr Lieblingsthema brachte. Das zog im schlimmsten Fall einen stundenlangen Monolog nach sich. »Vielleicht ein anderes Mal, ja? Es ist spät, und wir müssen uns sputen, wenn wir überhaupt noch etwas sehen wollen, bevor sie schließen.«

»Sollte kein Problem sein. Diesen Monat gibt es eine Sonderausstellung im Dokumentationszentrum, deswegen ist länger geöffnet.«

»Ah, das wusste ich nicht. Danke für den Hinweis. Wir schauen uns mal um, und wenn Mr Cooper Fragen hat, kommen wir auf dein Angebot zurück.«

»Gerne, und nun lass den Mann nicht länger warten.«

»Hannah soll neben mir sitzen.« Maggie formulierte ihren Wunsch in selbstbewusstem Tonfall, und man konnte erahnen, dass Widerspruch zwecklos war. Trotzdem versuchte ihr Vater es, während Hannah an der offenen Beifahrertür stand und sich nicht schlüssig war, ob sie nun einsteigen sollte oder nicht.

»Erwachsene sitzen vorne im Auto, das weißt du doch, Mag.«

»Wer sagt das, Daddy? Manchmal sitzen sie auch hinten. Du kannst dich sowieso nicht mit ihr unterhalten, weil du auf die Straße achten musst, darum kann sie auch zu mir kommen.«

Hannah zuckte mit den Schultern. »Wo sie recht hat, hat sie recht.«

Nick seufzte. »Hört sich für mich an, als wäre die Entscheidung bereits gefallen.«

Als Antwort schlug Hannah die Tür grinsend zu. Sekunden später ließ sie sich neben Maggie auf dem Rücksitz nieder.

»Freust du dich, dass ich dich gerettet habe?«, flüsterte die Kleine.

»Was meinst du?«, sagte Hannah ebenso leise, aber vor allem ratlos.

»Du hast so komisch geguckt, als du die Tür geöffnet hast. Weil Daddy stinkt, nicht wahr?«

Hannah schnappte nach Luft. Dann warf sie den Kopf in den Nacken und lachte. Lachte so herzhaft, dass ihr die Tränen kamen.

»Was ist dahinten los?«, meldete sich Nick knurrend von vorne, während er den Caddy aus Quesnel herauslenkte.

»Ach, nichts«, antwortete seine Tochter verschmitzt. »Nur, dass Hannah es auch nicht leiden kann, wenn du nach Zigarettenqualm muffst. Stimmt's?«

Hannah nickte, während sie nach Atem rang und sich die Lachtränen von den Wangen wischte.

Nick warf seinen beiden Mitfahrerinnen durch den Rückspiegel einen bösen Blick zu. »Findet ihr nicht, dass ihr übertreibt?«

»Nö!«, widersprach seine Tochter. »Wenn du geraucht hast, riechst du eklig. Warum kannst du es nicht einfach sein lassen? Oder wenigstens nicht so viele Zigaretten. Daheim in England ging das doch auch. Und vielleicht lässt du nächstes Mal besser mich mit Opa sprechen.«

»Mit Opa? Was hat der damit zu tun?«

»Immer, wenn du mit ihm telefoniert hast, musst du rauchen. Und du streitest mit ihm. Glaub ja nicht, dass ich das nicht mitbekomme.«

Nick räusperte sich. »Wir streiten nicht. Und wenn, dann nur ein bisschen. Mach dir keine Gedanken. Was das Rauchen betrifft, ich verspreche dir, dass ich damit aufhöre.«

»Wann?«

»Bald, du kleiner Naseweis. Können wir dann eventuell das Thema wechseln?«

Maggie schaute Hannah verschwörerisch an. »Er mag es nicht, wenn ich ihn damit nerve. Gut, dass wir jetzt zu zweit sind.«

»Hey!«, protestierte Nick energisch. »Bitte keine Meuterei an Bord. Sonst muss ich euch aussetzen.«

»Wäre nicht wirklich ein Problem«, meinte Hannah. »Ich kenne mich hier im Gegensatz zu Ihnen sehr gut aus.«

Nick suchte im Rückspiegel ihren Blick. »Wollen wir uns nicht endlich duzen?«

Hannah schluckte. »Ich weiß nicht. Wir kennen uns doch kaum.«

»Wenn überhaupt, gilt dieses Argument nur für mich. Immerhin haben Sie schon mehr von mir gesehen als umgekehrt.«

Hannah errötete. Zweifelsohne spielte er auf die Szene in seinem Zimmer an.

»Was hast du gesehen?«, fragte Maggie sie neugierig.

»Äh, nichts. Absolut nichts!«

»Hallo?«, beschwerte Nick sich entrüstet, aber Hannah sah im Spiegel, dass sich unzählige kleine Lachfältchen um seine Augen bildeten. »Das ist Mobbing, junge Frau. Wir können gerne eine zweite Begutachtung vornehmen. Sozusagen zu meiner Rehabilitierung.«

»Hä?«, quengelte Maggie. »Ich verstehe euch nicht. Wovon redet ihr?«

Hannah antwortete ihr nicht, sondern zeigte stattdessen an ihr vorbei aus dem Fenster, wo in einiger Entfernung auf einer Anhöhe ein Dickhornschaf graste. Maggies Blick folgte ihrem Zeigefinger, und das Mädchen jauchzte auf, als sie das Tier entdeckte. Hannah nutzte die Ablenkung, um Nick, von Maggie unbemerkt, an den Haaren zu ziehen, worauf er merklich zusammenzuckte.

»Immerzu werde ich misshandelt«, klagte er kaum hörbar.

»Weil Sie es verdient haben.«

»Du.«

»Bitte?«

»Du wolltest sagen: Weil du es verdient hast.«

»Wollte ich zwar nicht, aber meinetwegen, dann sagen wir halt Du.«

»Warum nicht gleich so?«, erwiderte Nick zufrieden.

»Jetzt habt ihr die ganze Zeit gequatscht und gar nicht nach dem Schaf geschaut«, belehrte Maggie die beiden.

»Doch, doch, wir haben es gesehen«, versicherte Hannah.

»Das war echt megaschön.« Maggie rutschte auf ihrer Sitzschale, die unbequem aussah, ein wenig nach vorne. »Wie weit ist es bis nach Barksville?«

»Es heißt Barkerville«, verbesserte Hannah sie lächelnd. »Ein bisschen wird es dauern, bis wir da sind. Eine knappe Stunde, denke ich.«

»Kanada ist ganz schön groß, oder?«

»Kann man wohl sagen. Es ist das zweitgrößte Land der Erde.«

»Größer als England?«

Hannah kicherte. »Na ja, wenn du England und alle anderen Teile des Vereinigten Königreichs zusammennimmst, dann ist Kanada mit seinen zehn Provinzen und den drei Territorialgebieten etwa vierzigmal so groß.«

»Ist das viel?«

»Oh ja, das ist sogar sehr viel.«

»Dafür hat Großbritannien fast doppelt so viele Einwohner«, mischte Nick sich ein. »Und unsere Königin ist auch eure.«

»Das mit der doppelten Einwohnerzahl ist ein wenig übertrieben. Was die Queen betrifft, so ist sie zwar unser Staatsoberhaupt, aber nicht alle Bürger Kanadas sind darüber glücklich. Die Quebecer zum Beispiel. Die Provinz Quebec im Osten war ursprünglich eine Kolonie Frankreichs. Bis heute ist die Amtssprache dort Französisch, und die Quebecer haben so gar nichts mit der Britischen Krone am Hut. Wir hier in British Columbia haben weniger Probleme damit, weil unsere Geschichte eine ganz andere ist.«

»Die Unterschiede sind mir bekannt«, sagte Nick. »Wobei ich gedacht hätte, dass die Gräben mittlerweile nicht mehr so tief sind. Schließlich ist Kanada ein Einwanderungsland, und die Bevölkerung ist bunt gemischt. Da dürfte die Historie des Landes doch längst nicht mehr so ins Gewicht fallen.«

»Könnte man meinen, ja«, stimmte Hannah ihm zu. »Aber es sind in der Vergangenheit zwischen dem Osten und dem Westen unseres Landes tiefe Wunden geschlagen worden, und eine komplette Heilung liegt leider noch in weiter Ferne. Doch wir bemühen uns darum.«

»Wir?«

»Nun, wir Kanadier.«

»Sagt die Frau, die schon seit Jahren in den USA lebt?«

»Dafür gibt es Gründe. Dass ich mein Heimatland nicht liebe und nicht zu ihm stehe, ist keiner davon. Ich bin mit Leib und Seele Kanadierin.«

»Du, Hannah?«, mischte sich die gelangweilt wirkende Maggie in das Gespräch ein und unterdrückte ein Gähnen. »Wie alt bist du eigentlich?«

»Dreiundzwanzig. Wieso fragst du?«

Maggie starrte sie mit großen Augen an. »Was? So alt?«

Hannah musste wieder lachen und verschluckte sich prompt.

Maggie klopfte ihr beruhigend auf den Rücken. »Macht Daddy auch immer bei mir«, verkündete sie altklug. »Das hilft.«

»Dein Daddy hat dir allerdings nicht beigebracht, derart unhöflich zu einer Dame zu sein«, meldete Nick sich vom Fahrersitz zu Wort. »Das gehört sich nicht.«

Hannah räusperte sich. »Wie war das bitte?«, stichelte sie. »Ich kann mich da an Situationen erinnern …«

»Jaja, schon gut!«, unterbrach Nick sie grinsend. »Schuldig im Sinne der Anklage. Doch das soll von nun an Vergangenheit sein.«

»Abwarten«, meinte Hannah amüsiert. »Diesbezüglich bist du nicht vertrauenswürdig.« Sie wandte sich wieder Maggie zu. »Als ich so alt war wie du, habe ich Leute über zwanzig auch für steinalt gehalten. Ist also kein Problem.«

»Du weißt doch gar nicht, wie alt ich bin.«

»Stimmt. Dann rate ich mal. Vielleicht fünf oder sechs Jahre?«

»Ich bin sechs. Im Juli werde ich sogar schon sieben.«

»Okay. Müsstest du dann nicht eigentlich zur Schule gehen?«

»In England, ja. Aber hier hat mein Daddy mich zum Homeschooling angemeldet. Und er unterrichtet mich selbst.«

»Homeschooling ist bei uns hier in Kanada nicht ungewöhnlich. In abgelegenen Bezirken geht es auch gar nicht anders. Dein Vater unterrichtet dich, sagst du? Ist er ein strenger Lehrer?«

»Nicht strenger als meine Lehrerin daheim.«

»Wie lange seid ihr schon in Kanada?«

»Seit ein paar Wochen.«

»Vermisst du es gar nicht? Ich meine, dein Zuhause in England?«

»Ab und zu schon. Besonders meine Freunde. Aber Daddy hat gesagt, dass ich neue finden werde.«

»Von wo genau aus England kommt ihr denn?«

Maggie öffnete den Mund, um zu antworten, aber sie hielt

inne, als Nick plötzlich abrupt bremste und den Wagen am Straßenrand parkte. Er schaute Hannah im Rückspiegel an. »Können wir kurz reden?«, stieß er ungehalten aus und sprang aus dem Auto.

Hannah seufzte und löste den Sicherheitsgurt. Nicks Mimik ließ nichts Gutes vermuten. Was hatte sie jetzt schon wieder verbrochen?

Sie zwinkerte Maggie zu und stieg dann ebenfalls aus. Nick wartete ein paar Meter vom Caddy entfernt auf sie.

»Was ist das Problem?«, fragte Hannah, als sie auf ihn zuging.

»Du bist es«, fuhr er sie ruppig an. »Wieso versuchst du, meine Tochter auszuhorchen?«

Sie konnte nicht glauben, was sie da zu hören bekam. »Wie bitte?«, fragte sie fassungslos.

»Du hast mich schon verstanden. Antworte mir!«

Hannah suchte nach Worten, doch ihr wollte einfach nicht einfallen, was sie darauf entgegnen sollte. Kurz überlegte sie, dann war ihr Entschluss gefasst. Sie wandte sich ab, schaute zuerst nach links, dann nach rechts, um danach eilig die Straße zu überqueren.

»Kannst du mir mal verraten, was das soll?«, rief Nick ihr wütend nach.

Hannah stoppte, als sie die andere Straßenseite erreicht hatte, und streckte demonstrativ den Daumen raus, obwohl weit und breit kein anderes Fahrzeug zu sehen war. »Ich fahre wieder nach Hause.«

»Lass den Blödsinn! Du glaubst doch wohl nicht, dass ich dich per Anhalter fahren lasse.«

»Deine Meinung ist mir schnuppe, Nick Cooper. Ich habe keine Lust mehr.«

»Ach ja? Und worauf, wenn ich fragen darf?«

»Auf deine nicht nachvollziehbaren Launen. Darauf, dass du dich nicht entscheiden kannst, ob du mich anmeckern oder doch lieber anbaggern willst. Ich habe keinen Schimmer, was mit dir los ist. Ich soll versucht haben, deine Tochter auszuhorchen? Das ist lächerlich. Warum hätte ich das tun sollen? Ich wollte lediglich nett zu ihr sein. Doch wenn selbst eine einfache Unterhaltung nicht möglich ist, dann sehe ich keinen Sinn darin, dass wir Zeit miteinander verbringen.«

»Hannah, ich ...«

»Nein, ich will nichts mehr hören. Keine Ahnung, was du zu verbergen hast, denn das ist die einzig mögliche Erklärung für dein seltsames Benehmen. Aber weißt du was? Es ist mir egal. Weil ich genug eigene Probleme habe, um die ich mich kümmern sollte. Je eher, desto besser.« Hannah sah die Straße hinunter, auf der sich ein Lieferwagen mit hoher Geschwindigkeit näherte. Wild entschlossen streckte sie ihren Daumen noch weiter vor.

14

Der Lieferwagen bremste nicht mal ein kleines bisschen ab, sondern raste mit unverminderter Geschwindigkeit an ihr vorbei.

»Dann eben nicht!«, brüllte Hannah ihm erbost nach und ließ ihren Arm wieder nach unten sinken. Auf eine weitere Diskussion mit Nick Cooper konnte sie gut und gerne verzichten, darum blieb ihr nur eine Option. Ohne Nick auch nur eine weitere Sekunde ihrer Aufmerksamkeit zu widmen, setzte sie sich in Bewegung.

»Was nun? Willst du etwa laufen?«

»Gut beobachtet, Mr Cooper«, fauchte sie, den Blick stur nach vorne gerichtet, und beschleunigte ihre Schritte. Doch bereits nach wenigen Metern holte Nick sie ein und hielt sie am Arm fest.

Hannah funkelte ihn aufgebracht an. »Lass mich sofort los, oder du fängst dir noch einen Tritt ein.«

»Den würde ich mir am liebsten selbst verpassen.«

»Du kannst dir das reumütige Gehabe sparen. Diese Masche zieht nicht mehr bei mir, denn du meinst es offensichtlich nie ernst damit.«

»Es tut mir ehrlich leid, Hannah. Bitte, das musst du mir glauben. Ich habe mich danebenbenommen ... schon wieder ... aber ... aber es ist gerade nicht so leicht für mich.«

Hannah sah ihn stumm an. Er wirkte nicht nur zerknirscht, er war es tatsächlich, trotzdem berührte sie das kaum, dazu war sie zu wütend.

»Warum sagst du nichts?« Nick sah sie verunsichert an.

»Ganz einfach: Jeder normale Mensch würde nun von dir wissen wollen, warum du es im Moment nicht leicht hast, aber ich werde mich hüten, das zu fragen. Am Ende heißt es, ich würde nun auch dich aushorchen wollen, das will ich nicht riskieren.«

»Ich hätte das nicht sagen sollen, ich weiß, aber …«

»Nichts aber. Es gibt keine Entschuldigung für dein Verhalten. Also lass mich endlich los, damit ich weitergehen kann.«

»Und wenn ich dir freiwillig erzähle, warum ich so schräg drauf bin?«

»Hast du Bohnen in den Ohren? Es interessiert mich nicht. Außerdem kann ich mir denken, was es ist.«

Nick starrte sie völlig entgeistert an. »Kannst du?«

»Du hast Stress mit Maggies Großvater.«

»Bitte?«

»Oder warum sonst musst du jedes Mal zur Zigarette greifen, wenn du mit ihm telefoniert hast? Ich gebe dir einen Rat. Vertrag dich mit ihm. Das ist besser für deine Nerven und für deine Lunge. Und für deine Mitmenschen allemal, die dann nicht länger unter deinen Launen zu leiden hätten.«

Nick ließ sie los und fuhr sich nervös durch die Haare. »Gut kombiniert, aber es ist nur die halbe Wahrheit. Ich habe gerade Meinungsverschiedenheiten mit meinem Vater, das stimmt, doch der eigentliche Grund für meine Launen, wie du es nennst, ist …«

»Ich will es nicht wissen, Nick. Wirklich nicht.«

»Haaalllooo?« Sie wurden durch den Ruf einer hörbar ungeduldigen Maggie unterbrochen, die die Fensterscheibe des Caddys heruntergelassen hatte und verärgert in ihre Richtung blickte.

»Was macht ihr denn da so lange? Können wir jetzt endlich weiterfahren?«

»Wir sind gleich da, Liebes«, antwortete Nick und fasste gleichzeitig nach Hannahs Hand. »Bitte«, sagte er leise zu ihr, sodass seine Tochter ihn unmöglich verstehen konnte. »Maggie wäre fürchterlich enttäuscht, wenn du nicht mit uns kommen würdest, und ich wäre es auch.«

Hannah sah auf seine Hand, die ihre fest umschlossen hielt, und die Wärme, die von ihr ausging, strahlte in ihren ganzen Körper. »Ich ... ich glaube nicht, dass das eine gute Idee ist«, stammelte sie, weil sie seine Berührung verwirrte. Sie war fremd, und zugleich fühlte sie sich vertraut an. Gefährlich vertraut.

»Bitte, Hannah! Und wenn sich später die Gelegenheit bietet, reden wir noch mal. In Ruhe.« Er verstärkte den Druck seiner Hand noch weiter, und der flehende Blick, den er ihr zuwarf, tat das Übrige.

»Also gut.« Hannah gab seufzend nach. »Du bekommst noch eine Chance. Das ist dann aber wirklich die letzte, hörst du?«

»Ich werde sie nutzen. Versprochen!«

»Fein. Dann kannst du meine Hand jetzt wieder loslassen.«

»Auf keinen Fall«, lehnte er postwendend ab. »Damit du mir doch noch davonläufst? Sicher ist sicher.« Er zog sie mit sich zum Caddy und öffnete die Beifahrertür.

»Warum kann Hannah nicht wieder zu mir?«, protestierte Maggie von der Rückbank des Autos.

»Ganz einfach deswegen, weil dein Daddy auch mal neben ihr sitzen will«, erwiderte Nick lächelnd und wartete, bis Hannah eingestiegen war und den Gurt angelegt hatte. Dann schloss er die Tür.

»Das sieht hier aber komisch aus«, meinte Maggie eine Dreiviertelstunde später, als sie den Caddy auf dem gut gefüllten Besucherparkplatz abgestellt hatten und nun durch die Häuserreihen Barkervilles schritten.

Hannah nickte. »Das kommt daher, weil man alles so aufgebaut hat, wie es vor etwa hundertfünfzig Jahren in der ursprünglichen Stadt ausgesehen hat. Damals, als ein erster großer Goldrausch in Kanada ausbrach und Städte wie diese und Quesnel aus dem Nichts entstanden.«

»Was ist ein Goldrausch?«, fragte Maggie.

»Es bedeutet, dass sehr viele Männer in den Bergen nach Gold gesucht haben. Sie wuschen es aus dem Sand der Flüsse oder lösten es mechanisch, also mit der Hand, aus Gesteinsbrocken.«

»Um es dann zu verkaufen?«

»Ja, ganz genau.« Sie folgten der Straße, und Hannah erzählte weiter: »Das alte Barkerville ist schon vor langer Zeit abgebrannt. Teile der Stadt baute man wieder auf, aber als die Goldgräber aus der Gegend verschwanden, verfielen die Häuser mit der Zeit. Vor einigen Jahrzehnten kam man dann auf die Idee, den Kern der Stadt nach alten Plänen originalgetreu zu rekonstruieren. Als Anlaufpunkt für die Touristen in dieser Region. Damit man eine Vorstellung davon bekommt, wie die Menschen damals gelebt haben, verstehst du?«

Maggie nickte, während ihr Vater sich staunend umsah. »Das schaut hier wirklich aus, als wäre die Zeit stehen geblieben.« Er zeigte auf ein Gebäude, aus dem metallische Hammerschläge erklangen. »Guck mal, Mag, dort hinten ist eine Schmiede, wo Pferde beschlagen werden. Wollen wir da mal hin?«

Die Kleine starrte ihn schockiert an. »Spinnst du, Daddy? Ich will doch nicht sehen, wie Pferde geschlagen werden.«

»Sie werden nicht ge-, sondern beschlagen«, erklärte Nick geduldig. »Sie bekommen Eisen für ihre Hufen. Damit sie besser laufen können.«

»Und warum nennt man es dann nicht so, wenn es ein Schuhgeschäft ist?«

Hannah und Nick schauten sich an und brachen gleichzeitig in Lachen aus. »Ja, warum eigentlich nicht?«, meinte Hannah amüsiert.

»Voooorsiiicht!«, schallte plötzlich ein Ruf zu ihnen herüber, und die drei beeilten sich, an den Rand der staubigen Straße zu gelangen. Gerade noch rechtzeitig, bevor eine Kutsche mit zwei schwarzen Pferden an ihnen vorbeipreschte, die von einer raubeinig aussehenden Gestalt gelenkt wurde. Der breit grinsende bärtige Mann in abgewetzten Cordhosen und gestreiftem Flanellhemd schien ebenfalls einer längst vergangenen Zeit zu entstammen. Keine dreißig Meter weiter stoppte er die Kutsche vor einem gelb gestrichenen Holzhaus mit einem schwarzen Schindeldach, aus dem laute Banjomusik erklang.

»Ein Saloon«, rief Nick begeistert.

»Was ist das nun schon wieder?«, fragte Maggie mit krauser Stirn.

»So etwas wie eine Kneipe, Sweety.«

Der Kutsche entstiegen zwei grell geschminkte Damen mit kunstvollen Hochfrisuren. Sie trugen historische Corsagenkleider, deren verboten tiefe Dekolletés erkennen ließen, welche Rolle die Frauen in der Touristenattraktion Barkerville übernommen hatten. Die Schwarzhaarige verschwand mit tippelnden Schritten durch die Schwingtür des Saloons, während die Blonde die Straße überquerte und ins gegenüberliegende rote Holzhaus eilte.

»Wir sollten weitergehen«, sagte Hannah und zog die beiden Coopers rasch mit sich.

»Was ist denn?«, raunte Nick ihr überrascht zu.

»Ich wollte vermeiden, dass du deiner Tochter auch noch die Bedeutung dieses Gebäudes erklären musst«, antwortete Hannah leise, jedoch mit einem verschmitzten Lächeln auf den Lippen.

Nick folgte ihrem Blick, und sein Mund klappte auf, als er das Schild über dem Eingang des roten Holzhauses las. »Okay, das ergibt Sinn. Danke vielmals.«

Hannah lachte. »Gern geschehen.«

»Dahinten gibt es Eis«, kreischte Maggie und riss sich los.

Kopfschüttelnd sah Nick seiner Tochter nach. »Ein Eis-Kiosk in einer historischen Goldgräberstadt?«, fragte er stirnrunzelnd.

»Nun ja«, meinte Hannah achselzuckend. »Was tut man nicht alles, um die Touristen zufriedenzustellen.«

»Soso! Die Touristen.«

»Yep.«

»Dann willst du also kein Eis?«

Sie blieb stehen und schaute ihn herausfordernd an. »Doch, natürlich. Das größte, was sie dahaben. Und du, mein Freund, wirst es bezahlen.«

Nick ließ demonstrativ die Schultern hängen. »Ich habe es geahnt.« Er seufzte.

»Jetzt mach hier mal nicht auf Klagemauer, denn das ist ja wohl das Mindeste, was du mir schuldest. Du ... Griesgram.«

»Griesgram? Wie schmeichelhaft, Miss Larsson. Doch das habe ich wohl verdient.«

»Oh ja, Mr Cooper. Und wie Sie das verdient haben.«

»Gut, dann komm, und lass den Griesgram ein Eis für dich kaufen.«

Wenig später lehnten sich Hannah und Nick, das kühle Eis genießend, gegen einen Holzbalken am Straßenrand, dessen eigentlicher Zweck es war, ein Pferd daran anzubinden. Sie beobachteten Maggie, die mit ihrem Eis etwas weiter abseits auf einem Stein saß und die Kutsche vor dem Saloon nicht aus den Augen ließ.

»Wir könnten den Kutscher fragen, ob wir mal mitfahren dürfen«, schlug Hannah vor. »Maggie hätte bestimmt Spaß daran.«

»Das hätte sie sicher. Ihr Vater allerdings weniger.«

»Du hast Angst vor Pferden?«, fragte Hannah verblüfft.

Er schüttelte den Kopf. »Nein, nur einen empfindlichen Magen, das ist alles. Dieses Schwanken würde mir sicher nicht gut bekommen.«

»Okay, das könnte sein. Dann lassen wir es lieber.«

Nick knabberte an seiner Waffel und zeigte dabei auf das rote Holzhaus. »Da ist doch nicht wirklich ein Bordell drin, oder?«

»Nein, natürlich nicht. Alles nur Show, nichts weiter.«

»Und das da?« Er deutete auf das Souvenirgeschäft neben dem Bordell, vor dem riesige Pfannen aufgebaut waren, an denen sich Besucher drängelten. »Was ist das für eine Show?«

Hannah verzog das Gesicht, und das hatte nichts mit der Kälte des Eises zu tun. »Keine Show. Das ist reine Abzockerei. Du kannst dort Gold aus dem Sand waschen. Hauchdünne Plättchen, von denen keins mehr als einen Dollar wert ist. Bezahlen darfst du allerdings das Doppelte dafür.«

»Immerhin kann man dann sagen, dass man Gold gefunden hat.«

»Meinetwegen. Wen's glücklich macht.«

»Mich würde etwas anderes glücklich machen.«

Hannahs Puls begann wie auf Kommando zu galoppieren. »Ach ja?«, entgegnete sie mit zitternder Stimme, weil sie nicht wusste, was jetzt kam. »Was denn?«

»Nun, ich würde mich freuen, wenn du mir noch ein wenig mehr über diesen Ort erzählst, Frau Fremdenführerin.«

Hannah schloss beschämt die Augen. *Großer Gott*, schimpfte sie im Stillen mit sich. *Fehlt nur noch, dass du anfängst zu sabbern.* Sie sah wieder auf, bemüht, sich nichts anmerken zu lassen. »Frau Fremdenführerin? Da passt sich wohl jemand sprachlich der historischen Umgebung an, was? Okay, du willst Infos über Barkerville? Hm, lass mich kurz überlegen.« Sie zog mit ihrer freien Hand aus einer der hinteren Hosentaschen eine Broschüre, die sie am Kassenhäuschen bekommen hatten, und begann vorzulesen: »Wir befinden uns in Barkerville in British Columbia. Hier war das Zentrum des Cariboo-Goldrausches in der Mitte des 19. Jahrhunderts. Nur wenige Weiße hatten sich zuvor in das wilde und unzugängliche Land der Ureinwohner Kanadas gewagt. Einige dieser tollkühnen Männer stießen auf Gold, so auch Billy Barker, der aus Cornwall in England stammte.«

»Ein Engländer?« Nick unterbrach sie mit leuchtenden Augen. »Hört, hört!«

»Ruhe auf den billigen Plätzen. Die Fremdenführerin spricht.« Hannah schleckte genussvoll an ihrem Eis.

»Pah, ablesen kann jeder.«

»Soll ich nun weitermachen oder nicht?«

Nick schob sich das letzte Stückchen Waffel in den Mund. »Bitte schön«, nuschelte er.

»Billy Barker erreichte den abgelegenen Williams Creek im Jahr 1862. Er trieb einen Schacht in die Erde und stieß in sechzehn Metern Tiefe auf Gold. Infolgedessen ließen sich viele weitere Glücksuchende hier nieder, und eine neue Stadt erstand, die nach einem der Ersten unter ihnen, nach Billy Barker, benannt wurde. Barkerville sah wie alle Goldgräberstädte der damaligen Zeit aus. In der Mitte eine schlammige Straße, die von unzähligen, notdürftig zusammengezimmerten Holzhütten und Zelten flankiert war. Billige Absteigen, Saloons und Freudenhäuser kamen mit der

Zeit dazu, aber ebenso ein Theater, ein Gerichtsgebäude und eine Kirche, die sich mahnend über die sündige Stadt erhob.«

»... über die sündige Stadt?«, warf Nick grinsend ein. »Das gefällt mir.«

»Kann ich mir vorstellen. Aber weiter: Das Leben in Barkerville, das zeitweilig die größte Stadt nördlich von San Francisco und westlich von Chicago war, konnte gefährlich sein. Spieler, Diebe und manchmal auch Mörder trieben ihr Unwesen. Sechs Jahre dauerte der Goldrausch, dann legte ein Feuer die Stadt in Schutt und Asche ...« Hannah ließ die Broschüre sinken. »Und so weiter und so fort. Den Rest kennst du ja.«

»Ja, aber ich frage mich ...« Er verstummte und starrte sie an.

»Warum guckst du so komisch?«, erkundigte Hannah sich und fasste sich verunsichert an die Nase. »Habe ich da was?«

»Nicht da«, meinte er und trat einen Schritt auf sie zu. Er hob die Hand und strich mit seinem Daumen über ihren rechten Mundwinkel. »Nur ein bisschen Eis«, raunte er, zog die Hand zurück und ließ den Daumen zwischen seinen Lippen verschwinden. »Hm, lecker.«

Hannah spürte die Hitze, die in ihr hochstieg, als sie ihm dabei zusah, und sie ahnte, dass ihr Gesicht die Farbe einer überreifen Tomate hatte.

»Jetzt guckst du aber komisch«, zog er sie belustigt auf. »Wie hättest du erst geschaut, wenn ich das Eis weggeküsst hätte, hm?«

Hannah schnappte nach Luft. »Bitte? Ich hör wohl nicht richtig.«

»Doch, ich denke schon. Aber zurück zum Thema. Ich wollte dich fragen, ob es hier so etwas wie ein Dokumentationszentrum gibt. Wo man eventuell etwas über die Männer erfahren kann, die um 1865 oder später hier gelebt haben.«

Hannah überforderte diese erneute Kehrtwendung in ihrem Gespräch. Sie sah Nick an, als ob er Chinesisch sprechen würde.

»Hallo? Noch jemand da?«

»Was? Äh ... natürlich bin ich noch da. Warum willst du das wissen?«

»Weil ich vermute, dass ein Vorfahre von mir, oder genauer gesagt der Bruder eines Vorfahren, hier ebenfalls nach Gold gesucht hat.«

»Wirklich? Hört sich spannend an. Dann hat euch das in diese Gegend verschlagen?«

Schlagartig verfinsterte sich Nicks Gesicht. »Nicht nur«, sagte er knapp.

Hannah betrachtete ihn argwöhnisch, doch sie hütete sich, auf seine Bemerkung einzugehen. Sie wollte nicht schon wieder mit ihm streiten. »Natürlich gibt es ein Dokumentationszentrum«, meinte sie stattdessen. »Wir können gleich hingehen, wenn du möchtest.«

Er nickte, aber er schien mit seinen Gedanken meilenweit entfernt zu sein. Plötzlich piepte sein Handy. Er zog es aus der Brusttasche seines Hemdes und las die eingegangene Nachricht. »Mist«, fluchte er.

»Schlechte Neuigkeiten?«, fragte Hannah vorsichtig.

»Ich hatte mich um einen Aushilfsjob in der Sägemühle von Quesnel beworben. Wieder nur eine Absage.«

Sie schaute ihn mitleidig an, doch plötzlich hatte sie eine Idee. »Du bist Tischler, hast du gesagt?«

»Ja«, entgegnete er misstrauisch. »Warum?«

»Wir haben da ein paar Möbel in der Pension, die ausgebessert werden müssten, und die Außenfassade braucht dringend ein bisschen Farbe. Ich weiß, für Letzteres sollte ich einen Maler bemühen, trotzdem: Würdest du das vielleicht für uns machen wollen?«

Nick sah sie erstaunt an. »Eine Arbeit im *Broken Heart*? Das ... das wäre super.«

»Fein«, erwiderte Hannah lächelnd. »Ich muss das noch mit meiner Großmutter regeln, aber ich denke, es geht klar.« *Vor allem muss ich schauen, wie wir das bezahlt kriegen*, dachte sie betrübt. Doch selbst, wenn das Geld knapp war, das *Broken Heart* verfallen zu lassen war keine Option.

»Danke, Hannah. Ich weiß gar nicht, was ich sagen soll.«

»Du musst gar nichts sagen. Es ist alles in Ordnung. Was meinst du? Wollen wir Maggie einkassieren und versuchen, etwas über deinen Verwandten herauszufinden?«

»Gerne.«

»Gut, dann los.«

Sie setzten sich in Bewegung, als sich erneut ein Handy bemerkbar machte. Diesmal war es Hannahs, und es war keine Nachricht, sondern ein Anruf, der einging.

»Ja«, meldete sie sich, nachdem sie das Telefon aus ihrer Handtasche geangelt hatte. »Was gibt es, Nathan?«

Als sie seine Antwort hörte, war ihr, als ob ein Blitz direkt neben ihr einschlug. Wie in Zeitlupe glitt das Smartphone aus ihrer Hand und fiel in den Staub vor ihren Füßen.

»Nein«, flüsterte sie. »Bitte nicht.«

15

Es regnete unaufhörlich auf dem Weg zurück nach Quesnel. Dicke Tropfen klatschten erbarmungslos gegen die Windschutzscheibe, sodass die Scheibenwischer des Caddys einen beinah aussichtslosen Kampf führten. Doch sie gaben nicht auf und fuhren kontinuierlich unter lautem Quietschen hin und her, um dem Fahrer des Autos einen halbwegs passablen Blick auf die Straße zu verschaffen.

Hannah nahm davon nichts wahr. Nicht das Trommelfeuer, das der sintflutartige Regen auf dem Dach des Wagens veranstaltete, und ebenso wenig das Getöse der Scheibenwischer. Auch nicht, dass es aus ihren Haaren tropfte, denn der Himmel hatte sich über ihnen geöffnet, noch bevor sie den Parkplatz erreicht hatten. Als hätte er wie Hannah bittere Tränen vergießen wollen, über die Nachricht, die sie bekommen hatte. Sie war derart schockiert, dass sie nicht in der Lage gewesen war, die Kapuze ihrer Regenjacke rechtzeitig überzuziehen. Im Handumdrehen waren ihre blonden Locken durchnässt gewesen, was sie nun bibbern ließ, aber auch das merkte Hannah nicht.

Sie zuckte zusammen, als Nick sie leicht anstieß und ihr ein Taschentuch reichte. »Hier«, sagte er sanft. »Vielleicht ist alles nur halb so schlimm, wie du denkst.«

Hannah schluckte und nahm das Stofftuch mit bebenden

Händen entgegen. »Hörte sich aber nicht so an«, flüsterte sie gequält, während weitere Tränen über ihre Wangen liefen. »Oh Gott, ich darf gar nicht daran denken. Wenn sie wirklich einen Schlaganfall gehabt hat, dann ...«

»Das ist doch gar nicht sicher«, redete Nick behutsam auf sie ein. »Nathan hat lediglich gesagt, dass es einer gewesen sein könnte, oder? Du hilfst niemandem damit, wenn du dich verrückt machst. Nicht deiner Großmutter und auch nicht dir selbst. Wichtig ist, dass du die Nerven behältst.«

»Leichter gesagt als getan. Weißt du, ich ... wir waren lange getrennt voneinander und nähern uns gerade wieder an. Wenn ich sie jetzt verliere ...« Hannahs Stimme brach, und sie schluchzte auf.

Nick, der das Auto sicher durch den Wolkenbruch lenkte, nahm erneut eine Hand vom Steuer und legte sie auf Hannahs, mit der sie das zerknitterte Taschentuch umklammerte. »Nicht. Daran darfst du nicht mal denken. Ich kenne deine Großmutter noch nicht sehr lange und nicht besonders gut, aber sie scheint mir eine zähe Lady zu sein. Gib sie nicht zu schnell auf.«

Hannah nickte fröstelnd. Ihr war kalt. So unendlich kalt.

Plötzlich spürte sie erneut eine Hand. Eine kleine Hand, die sich auf ihre Schultern legte. Es war die von Maggie. Sie hatte die letzten Minuten mucksmäuschenstill auf der Rückbank gesessen. Doch nun machte sie sich bemerkbar. »Daddy hat recht«, wisperte sie. »Deiner Oma geht es bestimmt bald besser. Hab keine Angst, Hannah. Alles wird wieder gut.«

Die einfühlsamen Worte des Kindes berührten Hannah sehr, und nur mit größter Kraft konnte sie neue Tränen unterdrücken. »Das ist lieb von dir«, flüsterte sie, kippte ihren Kopf zur Seite und berührte mit ihrer Wange Maggies Hand.

»Dein Gesicht ist ganz kalt«, rief die Kleine erschrocken. »Und du zitterst. Kein Wunder, deine Haare sind pitschnass, weil du deine Kapuze nicht übergezogen hast. Daddy, haben wir vielleicht ein Handtuch im Auto?«

»Nein, leider nicht«, antwortete Nick. »Aber hinter dir auf der Ablage liegt ein T-Shirt von mir, das wird es auch tun. Kommst du da ran?«

»Klar«, meinte Maggie, und wenig später hielt Hannah das Shirt in den Händen.

»Damit kann ich mir doch unmöglich die Haare abtrocknen«, sagte sie zweifelnd.

Nick lächelte sie aufmunternd an. »Warum nicht? Es ist nur ein Stück Stoff, nichts weiter.«

»Okay, aber ich werde es waschen, bevor ich es dir zurückgebe.«

»Das ist nicht nötig.«

»Doch, ist es«, widersprach Hannah und umfasste eine klamme Strähne ihrer Locken mit dem Shirt, während Nick die Heizung des Caddys weiter hochdrehte.

»Es wird dir gleich wärmer«, meinte er fürsorglich.

»Vielleicht ... vielleicht sollten wir direkt zum Krankenhaus nach Williams Lake fahren«, überlegte Hannah laut, ohne auf seine Worte einzugehen.

»Sagtest du nicht, dass Nathan dich gebeten hat, einige Dinge für deine Großmutter zusammenzupacken?«

Hannah seufzte. »Stimmt, das hatte ich völlig vergessen. Dann werde ich Doras Pick-up nehmen müssen. Mein Mietwagen ist heute Nachmittag abgeholt worden.«

»Okay, hör zu. Wir fahren zum *Broken Heart*, holen die Sachen, und dann bringe ich dich nach Williams Lake, einverstanden? Es ist keine gute Idee, wenn du in diesem Zustand selbst fährst.«

»Das kann ich unmöglich von dir verlangen. Mach dir keine Gedanken, ich schaffe das schon.«

»Ich mache mir aber Gedanken, und ich möchte dich bringen. Das heißt, Maggie und ich würden das gerne tun.«

Hannah ließ das T-Shirt, das sich mittlerweile mit Wasser vollgesogen hatte, auf ihren Schoß sinken und schenkte Nick ein verlegenes Lächeln. »Also gut, wenn du unbedingt willst.«

Als sie die Pension erreichten, standen Nathan und Lucas mit einer fremden Frau auf der Veranda und sahen ihnen mit bedrückten Gesichtern entgegen. Hannah stopfte Nicks Shirt in ihre Tasche und sprang aus dem Auto. Mit großen Schritten eilte sie auf die Wartenden zu und wäre um ein Haar gestürzt, weil sie auf dem feuchten Asphalt des Parkplatzes ins Straucheln geriet.

»Sei vorsichtig!«, rief Nathan erschrocken. »Nicht, dass wir schon wieder einen Krankenwagen rufen müssen.«

»Nur ein kleiner Stolperer«, stieß Hannah schwer atmend aus, als sie die Stufen der Veranda hochstieg. Als sie vor den Tallots stand, hatte sie erneut das Bedürfnis, zu weinen, doch Nicks Worte kamen ihr in den Sinn. Er hatte recht. Sie musste die Nerven bewahren. »Nathan, ich weiß, du hast es mir schon am Telefon gesagt«, begann sie, mit wackeliger Stimme zu sprechen. »Aber ich war so erschrocken und durcheinander, dass ich nicht alles mitbekommen habe. Kannst du mir noch mal erzählen, was genau passiert ist? Hast du Dora gefunden?«

Nathan schüttelte den Kopf, doch bevor er antwortete, hielt er kurz inne, weil Nick und Maggie nun ebenfalls auf die Veranda traten. Nathan hob die Hand zum Gruß, dann wandte er sich wieder Hannah zu. »Nein, so war es nicht. Darf ich kurz vorstellen?« Er zeigte auf die fremde, etwa fünfzigjährige Frau mit hochgesteckten, brünett gefärbten Haaren. »Das ist Mrs Mills, die Tochter von Mr Dornam. Du weißt schon …«

Hannah nickte. »Mr Dornam, ja, unser Gast. Sie wollen Ihren Vater abholen?«

»Das war meine Absicht«, erwiderte die Frau.

»Okay, Mrs Mills. Mr Tallot hier wird sich Ihrer gleich annehmen, aber wie Sie sicher mitbekommen haben, gibt es derzeit einen familiären Notfall. Wenn Sie uns daher entschuldigen würden?«

»Du verstehst nicht«, unterbrach Nathan sie. »Mrs Mills hat Dora gefunden, und sie hat sofort erkannt, was das Problem ist.«

Hannah schaute die Frau überrascht an. »Sie?«

Mrs Mills nickte. »Ihre Großmutter hat mich sehr freundlich empfangen, und wir, also mein Vater, sie und ich, haben uns im Kaminzimmer unterhalten. Mrs Larsson war so nett, mir einen Kaffee anzubieten, den ich nach der langen Anreise gut gebrauchen konnte. Bei der Zubereitung bin ich ihr in der Küche wegen ihres Gipsarms zur Hand gegangen, als ich plötzlich durch das Fenster sah, dass mein Vater mal wieder im Begriff war, auszureißen. Ich bin ihm natürlich sofort nach und konnte ihn unten am See auflesen. Als wir zurückkamen, lag ihre Großmutter auf dem Boden in der Küche und konnte nicht mehr sprechen.«

Hannah schlug die Hände vors Gesicht. »Oh Gott«, murmelte sie aufgewühlt.

»Sie war bei Bewusstsein, aber da ihre linke Gesichtshälfte eingefallen war und sie ihren gesunden Arm auf meine Bitte hin nicht bewegte, war mir sofort klar, dass es ein Schlaganfall sein könnte. Meine Mutter, Gott hab sie selig, hatte einen, und die Symptome waren ähnlich. Ich habe den Notruf gewählt und meinen Verdacht gleich mit durchgegeben.«

»Was ein Segen war«, ergänzte Nathan. »So haben sie einen

Rettungswagen geschickt, der speziell für die Erstversorgung von Schlaganfallpatienten ausgerüstet ist.«

Hannah trat auf die Frau zu und griff nach ihren Händen. »Vielen, vielen Dank, Mrs Mills. Wie können wir das je wiedergutmachen?«

»Da gibt es nichts gutzumachen. Ich bin froh, dass ich helfen konnte.«

Hannah sah Nathan und Lucas an. »Und ihr? Warum seid ihr hier?«

»Ich bin wegen Mom hier«, antwortete Lucas.

»Wegen Sally?«, fragte Hannah und schaute sich verwirrt um. »Wo ist sie denn?«

»Sie hat Dora ins Krankenhaus begleitet«, antwortete Lucas mit ernstem Gesichtsausdruck. »Wir waren auf dem Rückweg von unserer Shopping-Tour, da meinte Mom, sie hätte ein komisches Gefühl, und wir sollten besser noch mal beim *Broken Heart* vorbeischauen. Als wir hier ankamen, stand der Rettungswagen vor der Tür. Du kannst dir vorstellen, wie groß unser Schreck war. Mom ist dann einfach dazugestiegen, als sie ins Krankenhaus aufbrechen wollten. Die Sanis waren nicht begeistert, aber du kennst ja Mom, wenn sie sich etwas in den Kopf gesetzt hat. Sie hat mir noch zugerufen, dass ich dich benachrichtigen muss und du Doras Sachen nachbringen sollst, und weg war sie.«

»Tja, und ich bin hier, weil unser Sohn, bekanntlich ein Handymuffel, deine Nummer nicht parat hatte«, ergänzte Nathan und verpasste Lucas einen leichten Schlag auf den Hinterkopf. »Er hat mich panisch auf dem Festnetz angerufen, und ich habe mich sofort auf den Weg hierher gemacht, um die Hintergründe zu erfahren, bevor ich dich informiere. Aber wie ich sehe, hätte ich mir das sparen können, wenn du doch nichts mitbekommen hast.«

»Nicht im Detail, Nathan, sorry«, entschuldigte sich Hannah.

»Als du sagtest, Dora hätte einen Schlaganfall gehabt, das ... das war einfach zu viel.« Ihre Stimme brach, und nun konnte sie auch ihre Tränen nicht länger zurückhalten. Schluchzend sank sie auf die Bank am Rande der Veranda.

Lucas eilte sofort zu ihr. »Hey, Süße, nicht weinen«, raunte er, zog sie wieder hoch und nahm sie in die Arme. Leise redete er auf sie ein, während er immer wieder sanft über ihren Rücken strich. Nathan trat zu ihnen und versuchte ebenfalls, Hannah zu beruhigen. »Sally hat sich bereits aus dem Krankenhaus in Williams Lake gemeldet«, sagte er leise. »Sie untersuchen Dora noch, aber die Ärzte würden nicht vom Schlimmsten ausgehen. Das hört sich doch gut an, oder?«

»Ich sag dir was, Prinzesschen«, meinte Lucas. »Du gehst jetzt, machst dich ein bisschen frisch und packst Doras Sachen, und dann fahre ich dich ins Krankenhaus. Und was auch immer passiert, ich bleibe bei dir, versprochen.«

Hannah nickte schniefend und zog ein Taschentuch aus ihrer Jeans. Nicks Taschentuch. Worauf ihr prompt einfiel, dass er sich ebenfalls angeboten hatte, sie zu bringen. »Das ist lieb, Lucas«, sagte sie deswegen. »Aber Mr Cooper war bereits so freundlich ...« Sie sah in dessen Richtung und fing so gerade noch den irritierten und verletzten Blick auf, mit dem Nick Lucas und sie bedachte. Plötzlich wirkte er kühl und reserviert.

»Alles gut«, meinte er tonlos. »Fahr mit deinem Freund. Ich werde Maggie zu Bett bringen, sie wird todmüde sein.«

Hannah musterte das Mädchen, das die ganze Zeit über stumm an der Hand seines Vaters gehangen hatte. Maggie wirkte tatsächlich erschöpft und ein klein wenig überfordert. Wie sollte es auch anders sein? Eine derartige Situation war schon für einen erwachsenen Menschen schwierig, wie viel belastender musste sie erst für ein Kind sein. »Du hast recht. Kümmere dich um deine Tochter. Aber danke noch mal fürs Angebot.«

Nick zuckte mit den Schultern. »Kein Thema. Hätte doch jeder gemacht. Alles Gute für deine Großmutter und … für dich auch.« Er nickte in die Runde, dann hob er Maggie auf seinen Arm und trug sie ins Haus.

Hannah sah ihm mit gemischten Gefühlen nach, doch sie konnte und wollte sich im Moment keinen Kopf um das Befinden von Nick Cooper machen. Jetzt zählte nur eine Person: ihre Großmutter. »Gib mir zehn Minuten«, meinte sie deswegen zu Lucas und wollte im Haus verschwinden.

»Miss Larsson, bitte warten Sie«, wurde sie jedoch von Mrs Mills aufgehalten.

»Ja?«

»Spräche etwas dagegen, wenn mein Vater und ich die Nacht über noch bleiben würden? Es ist später geworden als gedacht, und ich würde mich ungern jetzt noch auf den Heimweg machen.«

Hannah lächelte sie an. »Natürlich, bleiben Sie, und betrachten Sie sich bitte als eingeladen. Nathan, würdest du Mrs Mills bitte das freie Einzelzimmer geben und dich um alles kümmern?«

»Nichts lieber als das«, antwortete er. »Danach werde ich mich den Pfützen im Vorratsraum widmen. Es hat nämlich durchgeregnet. Was zu erwarten war. Seit Monaten liege ich Dora damit in den Ohren, dass das Dach der Pension dringend saniert werden muss, doch sie hat es immer wieder aufgeschoben.«

Hannah stöhnte auf. Auch das noch. »Ist es sehr schlimm?«

»Ich denke nicht. Noch nicht. Viele Wolkenbrüche dieser Stärke wird das Dach allerdings nicht mehr aushalten.«

»Okay, ich verstehe. Wir werden das so bald wie möglich regeln, aber jetzt …«

»Jetzt fährst du erst einmal zu deiner Großmutter ins Krankenhaus«, meinte Nathan. »Alles andere muss warten.«

16

Sally Tallot stand im Eingangsbereich der Intensivstation des Williams Lake Memorial Hospital und diskutierte mit einem in blaue Schutzkleidung gehüllten Mann. Dass sie aufgebracht war, konnten Hannah und Lucas, die die Station in diesem Augenblick betraten, unschwer erkennen, denn sie hatte einen hochroten Kopf und fuchtelte mit ihren Händen durch die Luft. Hannah eilte angsterfüllt auf die beiden zu.

»Was ist passiert?«, stieß sie panisch aus. »Geht es Dora schlechter?« Ihr wurde schwindelig, als sie weiterdachte. »Sie ist doch nicht etwa …?«

Sally legte ihr beruhigend die Hand auf die Schulter. »Nein, keine Sorge. Es geht ihr so weit gut. Nicht wahr, Doc Waters?«

Hannah sah den Mann verblüfft an, den sie erst jetzt, als er den Mundschutz vom Gesicht zog, erkannte. »Was machen Sie denn hier, Doktor Waters?«

»Na, hör mal«, brummte der Arzt und wischte sich ein paar Schweißperlen von der Stirn. »Dora ist seit Ewigkeiten meine Patientin, da werde ich doch noch schauen dürfen, wie es dem alten Mädchen geht, oder?«

»Natürlich. Aber wie haben Sie so schnell erfahren, dass sie hier ist?«

»Ich war zufällig wegen eines anderen Patienten vor Ort, als sie eingeliefert wurde. Als die Kollegen hörten, dass ich ihr behandelnder Arzt bin, haben sie mich hinzugebeten.«

»Hm, okay. Und warum streitet Sally mit Ihnen, wenn es Dora doch angeblich gut geht?«

Doktor Waters deutete auf die Couchgarnitur im Wartebereich der Station. »Wollen wir uns kurz setzen?«

Hannah nickte, und sie und die Tallots folgten dem Arzt.

»Es steht also doch nicht so berauschend um Dora?«, fragte Lucas, als sie Platz genommen hatten.

»So berauschend?«, wiederholte Doktor Waters stirnrunzelnd. »Seltsame Wortwahl, aber nun denn. Hannah, ist es okay für dich, wenn ich offen rede? Ich meine, die Tallots sind nicht verwandt, und das ist auch schon die Antwort auf deine Frage, warum Sally und ich uns uneins waren. Ich habe ihr gesagt, dass Dora außer Lebensgefahr ist, doch sie wollte Details hören. Die durfte ich ihr nicht nennen, denn solche Informationen sind nur für die nächsten Angehörigen vorgesehen.«

Sally senkte verlegen den Kopf. »Sorry, Doc, wenn ich übers Ziel hinausgeschossen bin. Es war einzig und allein die Sorge um Dora.«

»Das weiß ich. Trotzdem musste ich mich an die Vorschriften halten und konnte auch für dich keine Ausnahme machen.«

»Das spricht für Sie, Doktor Waters«, sagte Hannah. »Aber nun bin ich da und habe kein Problem damit, wenn Sally und Lucas zuhören. Sie wissen, die Tallots sind wie Familie für die Larssons. Sagen Sie uns also bitte offen und ehrlich, wie es um meine Großmutter bestellt ist.«

Der Arzt nickte und zog sich nun auch die blaue Haube vom Kopf, unter der seine verschwitzten weißen Haare zum Vorschein kamen. »So wie es aussieht, wird sie mit einem blauen Auge davonkommen. Sie hatte einen leichten Schlaganfall, der wegen der schnellen und richtigen Reaktion der Ersthelferin schnell behandelt werden konnte. Noch im Rettungswagen hat sie ein blutverdünnendes Mittel bekommen, das unmittelbar angeschlagen hat. Soweit ich es beurteilen kann, sind alle Funktionen der betroffenen linken Körperhälfte und auch ihr Sprachvermögen bereits vollständig wiederhergestellt. Ob ich recht habe, werden die Tests der nächsten Tage zeigen. Die Nacht über wird sie zur Sicherheit noch intensivmedizinisch betreut, was Dora aber nun in erster Linie braucht, ist Ruhe.«

»Können wir sie sehen?«, fragte Sally.

»Ja, aber bitte nur kurz.«

»Ich würde die Nacht über gerne bei ihr bleiben«, bat Hannah.

»Davon bin ich ausgegangen. Darum habe ich das angrenzende Zimmer vorbereiten lassen. Darin befindet sich ein Bett, wo du schlafen kannst. Durch eine Glasscheibe kannst du Dora die ganze Zeit sehen. Natürlich kannst du auch zu ihr gehen, aber wie gesagt, sie muss sich ausruhen und sollte jegliche Aufregung vermeiden.«

»Daran werde ich denken, Doc«, erwiderte Hannah ernst. »Danke für Ihre Unterstützung.«

»Das ist doch selbstverständlich, Mädchen.« Er stand auf. »Kommt, ich führe euch zu ihr.«

»Was machst du nur für Sachen?«, flüsterte Hannah erstickt, als sie wenig später die linke Hand ihrer kreidebleichen Großmutter in ihre nahm. Sie fühlte sich kalt an. Schrecklich kalt.

»Alles halb so schlimm, meine Kleine«, hauchte ihre Großmutter, und man merkte, wie viel Kraft sie diese paar Worte kosteten.

»Nicht sprechen, bitte. Du musst zur Ruhe kommen, hörst du? Ich bleibe heute Nacht hier und passe auf dich auf, Grandma.«

»Es heißt Dora«, krächzte die alte Frau.

»Also gut. Dora!« Hannah stöhnte in ihren Mundschutz. »Wobei du zurzeit wirklich andere Probleme hast.«

Dora schaute die Personen, die sich an ihrem Bett versammelt hatten, der Reihe nach an. Ihr Blick blieb an Lucas hängen, dessen hagere Gestalt durch die Schutzkleidung noch zusätzlich betont wurde. »Großer Gott, wenn dein Gewand schwarz wäre, würde ich denken, der … der Sensenmann sei eingetroffen, um mich abzuholen. Du musst mehr essen, Lucas.«

Der junge Mann strich leicht über ihre Schulter. »Werde ich, Dora. Versprochen.«

Hannah musterte Sally und registrierte die Lachfältchen, die sich um ihre Augen gebildet hatten. »Ihren Humor hat sie nicht verloren«, meinte sie, und der steinerne Brocken, der auf ihrem Herzen lag, fühlte sich gleich ein bisschen leichter an.

»Nein, hat sie nicht«, pflichtete Sally ihr bei. »Zweifelsohne ein gutes Zeichen.«

»Wie ich schon sagte«, ergänzte Doktor Waters. »Sie hat noch mal Glück gehabt.«

»Hallo?«, protestierte Dora schwach. »Hört ihr bitte auf, über mich zu reden? Ich …« Ihre Stimme versagte, und sie atmete schwer.

»Schschsch, ganz ruhig«, meinte Hannah und drückte noch einmal die Hand ihrer Großmutter. Plötzlich fiel ihr etwas ein, und sie bückte sich nach der Reisetasche, die zu ihren Füßen stand. »Schau mal, was ich von zu Hause mitgebracht habe.« Hannah machte den Reißverschluss der Tasche auf und zog die gerahmte Fotografie eines älteren Mannes und das zierliche Modell eines Segelschiffs hervor. Sie stellte beides auf das Nachtschränkchen neben Doras Bett. »Ich dachte, du würdest Grandpa gerne bei dir haben«, meinte sie und freute sich über Doras Lächeln.

»Das ... das ist lieb von dir, mein Kind, danke. Und an die *Maple Leaf* hast du auch gedacht, wie schön.«

Hannah nickte. »Gute Erinnerungen, nicht wahr?«

»Ja«, wisperte Dora matt, während ihre Lider flackerten. »Wunderbare Erinnerungen.« Dann fielen ihre Augen zu.

»Wir sollten sie schlafen lassen«, meinte Doktor Waters und deutete auf die Tür. Leise verließen sie den Raum.

»Soll ich euch mitnehmen?«, fragte der Arzt und sah die Tallots an. »Ich meine, zurück nach Quesnel?«

Lucas schüttelte den Kopf. »Mich nicht. Ich bleibe mit Hannah hier.«

»Okay, wie du willst. Sally, was ist mit dir?«

»Wenn es keine Umstände bereitet, dann gerne.«

»Das tut es nicht.« Der Arzt zog den Mundschutz herunter und lächelte Hannah an. »Ich komme morgen wieder her und schaue, wie Dora die Nacht überstanden hat.«

»Danke, Doktor Waters«, antwortete Hannah. »Vielen Dank für alles.«

»Was hat es mit diesem Segelschiff auf sich?«, fragte Lucas wenig später, als er und Hannah das angrenzende Zimmer betraten.

Hannah zog ihre Jacke aus und hängte sie an einen Haken neben der Tür. »Du meinst das Modell der *Maple Leaf*?«

Lucas nickte und ging zu dem Fenster, durch das man die schlafende Dora sehen konnte.

Hannah trat neben ihn. »Erinnerst du dich nicht, dass Dora, meine Eltern und ich etwa ein Jahr, nachdem mein Großvater gestorben war, eine Reise gemacht haben?«

Lucas' Stirn legte sich in Falten. »Habt ihr?«

»Ja. Wir wollten Dora aus dem tiefen Loch holen, in das sie nach Grandpas Tod gefallen war. Was man mir natürlich damals nicht gesagt hat, ich war ja noch ein Kind. Erst Jahre später hat mir meine Mom erzählt, warum wir diesen Trip unternommen haben. Es war überhaupt der einzige Urlaub, den wir jemals gemeinsam verbracht haben. Wegen der Pension, du weißt schon. Und auch aus dieser Reise wäre nie etwas geworden, wenn Sally und Nathan nicht eingesprungen wären.«

»Stimmt!«, rief Lucas, und seine Miene hellte sich auf. »Jetzt dämmert mir etwas. Ihr wart zwei Wochen lang weg, oder?«

»Zwölf Tage, genauer gesagt. Zunächst sind wir mit dem Zug nach Vancouver gefahren. Wow, ich weiß noch, dass mich der Anblick dieser riesigen Stadt umgehauen hat. Weiter als Williams Lake oder Prince George war ich bis dahin noch nicht gekommen, und diese beiden Städte sind ja nicht annähernd so groß wie Vancouver. All diese Eindrücke, es war fantastisch. Die English Bay und der False Creek mit ihren endlos langen Promenaden, von denen man die Weite des Pazifischen Ozeans bewundern konnte. Der Hafen, in dem ein Schiff prächtiger als das nächste aussah. Das bunte Gewimmel der Menschen. Der Lonsdale Quay Market mit seinen unzähligen Ständen, an denen wir Leckereien aus aller Herren Länder probiert haben. Gastown mit dieser historischen Dampfuhr, von der man behauptet, dass es die erste ihrer Art weltweit war, der Stanley Park und die Lions Gate Bridge, ach, ich könnte dir noch Hunderte Dinge aufzählen, die mich an Vancouver begeistert haben. Der krönende Abschluss der drei Tage, die wir dort verbracht haben, war jedoch der Wettkampf der Feuerwerkskünstler. Das war grandios.«

Lucas warf ihr einen angesäuerten Blick zu. »Spätestens jetzt weiß ich, warum ich eure Reise aus meinem Gedächtnis verbannt habe. Ich war damals krank vor Neid, dass du kleiner Pimpf bei der Celebration of Light gewesen bist, und hatte mir fest vorgenommen, schnellstens mit dir gleichzuziehen. Und was ist daraus geworden? Ich habe den ganzen Planeten bereist, aber nach Vancouver zu diesem Feuerwerksspektakel habe ich es nie geschafft.«

Hannah lachte. »Es wird immer noch jedes Jahr ausgetragen. Fahr doch das nächste Mal hin.«

»Mal sehen«, brummte Lucas. »Aber was war jetzt mit diesem Segelschiff? Da streikt meine Erinnerung nämlich wieder.«

»Nach unserem Städtetrip sind wir im Hafen von Port McNeill, nordwestlich von Vancouver, an Bord der echten *Maple Leaf* gegangen. Das ist ein Zweimastschoner, der einst als Rennboot und als Treffpunkt der Upperclass diente. Ein todschicker, strahlend weißer Segler mit einer Innenausstattung, die vom Feinsten war. Ich will nicht wissen, was Dad sich den Törn hat kosten lassen. Zumal wir das ganze Boot für uns hatten, wenn man mal vom Skipper und drei weiteren Besatzungsmitgliedern absieht, die zum Setzen der Segel gebraucht wurden. Das war aber leider wegen einer anhaltenden Flaute nur zu Beginn des Trips möglich.«

»Aha«, wandte Lucas grinsend ein. »Danach musstet ihr rudern?«

»Sehr witzig. Nein, die *Maple Leaf* hat auch einen Motor. Wir sind dann an der Küste entlang in nördliche Richtung gefahren. Durch die Fjorde des Great Bear Rainforest, eines der letzten gemäßigten Regenwälder der Erde, aber das weißt du ja. So wie ich es wusste, damals, als wir unsere Tour antraten. Das wurde uns ja schließlich in der Schule beigebracht. Doch letztendlich hatte ich nicht den Hauch einer Ahnung, was mich erwartete. Da schwammen Delfine neben dem Boot im glasklaren Wasser. Wir sahen Wale, Schwärme von Buckellachsen, manchmal auch Seelöwen. Sogar einen Mondfisch haben wir entdeckt. Vom Bootsdeck aus beobachteten wir Grizzlybären an Land, die sich faul am Boden rekelten, Wölfe, die alleine oder in Rudeln umherstreiften, und über uns am Himmel zog ein einsamer Weißkopfadler seine Runden. Wir durchquerten das Broughton-Archipel mit seinen zahlreichen grünen Inseln und schipperten durch die moos- und farnbedeckte Wildnis mit tausend Jahre alten Bäumen, die bis in den Himmel ragten und von deren Zweigen gewaltige Flechten herabhingen, die man Methusalembärte nennt. Das habe ich mir eingeprägt, weil ich es so witzig fand. Je weiter wir gen Norden fuhren, desto näher kamen wir den schneebedeckten Bergen Alaskas in der Ferne. Manchmal haben wir nicht mehr gewusst, wo man zuerst hinsehen sollte. Und das, obwohl das Wetter oft grauselig war und es Bindfäden regnete. Sowieso hatten wir das Gefühl, dass diese fremde Welt zum größten Teil aus Wasser bestand. Es kam von oben, und es war unter uns. Legte sich als schwerer Nebel in den Morgenstunden übers Boot, hing am Tage in tiefen Wolken oberhalb der Berge am Horizont oder stürzte aus unzähligen Wasserfällen in die Fjorde. Wasser, Wasser und abermals Wasser. Doch es gehörte dazu. Als Teil dieses faszinierenden Naturschauspiels. Und wir mittendrin. Schweigend und staunend. Manchmal hat es sich unwirklich angefühlt. Als würde das alles gar nicht passieren und wäre nichts weiter als ein Traum.« Sie verstummte kurz und sah Lucas verlegen an. »Sorry, dass ich dich damit zutexte, aber die Fahrt mit der *Maple Leaf*, die war so unglaublich besonders, so ...«

»Das ist okay«, beruhigte Lucas sie. »Ich höre dir gerne zu. Außerdem hatte ich gefragt, oder?«

Hannah lächelte. »Stimmt. Also, wo war ich stehen geblieben? Ach ja, ich sagte, dass die Reise sich wie ein Traum anfühlte, aber das war sie nicht. Sie war real, und sie hat Dora ihre Lebensfreude zurückgegeben. Als die *Maple Leaf* in Kitimat anlegte, war meine Großmutter wie verwandelt. In einem Souvenirshop hat sie sich das Modell des Seglers gekauft, und seitdem stand es auf dem Sideboard in ihrem Schlafzimmer, direkt neben dem Bild von Grandpa.«

»Eine wunderschöne Geschichte«, sagte Lucas sanft.

»Ich dachte, dass, wenn sie das Modell hier bei sich hat, sie vielleicht aus der bloßen Erinnerung an unsere Reise Kraft schöpfen kann.«

»Das wird sie. Genauso, wie es ihr helfen wird, dass du bei ihr bist.«

Hannah senkte traurig den Kopf.

»Was ist?«, fragte Lucas.

»Ich glaube nicht, dass ich ihr eine große Hilfe bin«, antwortete sie niedergeschlagen. »Im Gegenteil, ich fürchte, dass sie nur meinetwegen diesen Schlaganfall hatte.«

Lucas starrte sie wie vom Donner gerührt an. »Wie kommst du denn auf diesen Schwachsinn?«

»Ich habe sie unter Druck gesetzt. Damit sie endlich mit mir redet. Wegen damals, aber auch, weil das *Broken Heart* in Schwierigkeiten zu stecken scheint. Es gibt eine Menge unbezahlte Rechnungen, und ich dachte ...« Sie stockte. »Ich dachte, dass wir das Problem gemeinsam lösen könnten. Aber offensichtlich hat sie meine Einmischung nur aufgeregt.«

Lucas griff nach ihren Händen. »Hannah, hör auf, dir so einen Quatsch einzureden. Du bist sicher nicht dafür verantwortlich, was mit deiner Großmutter passiert ist.«

»Das ist lieb, dass du das sagst, aber ...«

»Kein Aber! Ich will nichts mehr davon hören.«

Hannah nickte stumm. Dann zeigte sie auf das Bett am anderen Ende des Zimmers. »Vielleicht bin ich auch nur so durch den Wind, weil ich müde bin. Ich werde mich ein Stündchen hinlegen.«

»Mach das! Und ich werde mich in den Sessel da setzen und über deinen Schlaf wachen, Prinzesschen.«

Dreißig Minuten später lag Hannah immer noch wach auf der unbequemen Matratze des Krankenhausbettes, während Lucas keine zwei Meter entfernt im Sessel lauthals schnarchte. Leise erhob Hannah sich wieder und schlich auf Socken zu der Glasscheibe. Ihre Großmutter lag friedlich schlafend in ihrem Bett, aber sie war immer noch erschreckend blass. Hannah legte eine Hand an die Scheibe. »Verzeih mir, Dora«, flüsterte sie bedrückt. »Das habe ich nicht gewollt.«

17

Hannah schaute ungeduldig auf ihre Armbanduhr und dann wieder auf die schleudernde Trommel der Waschmaschine, die vollgestopft war mit den Handtüchern der Gäste. »Jetzt mach schon«, schimpfte sie genervt, als könne sie dadurch den Waschvorgang beschleunigen, doch das konnte sie natürlich nicht. Im Kopf überschlug sie die Zeit, die sie noch zur Verfügung hatte, bevor sie wieder zum Krankenhaus nach Williams Lake aufbrechen wollte. Das waren noch etwa drei Stunden. Die sollten reichen, um die Buntwäsche auch noch gewaschen und getrocknet zu bekommen.

Sie setzte sich auf einen Hocker in der Ecke der Wäschekammer, die sich im privaten Wohntrakt der Larssons befand und in der sich neben der Waschmaschine auch ein Trockner und eine Heißmangel befanden. Ebenso zwei deckenhohe Regale, in denen Bett- und Tischwäsche sowie größere und kleinere Handtücher gestapelt waren.

Während die Maschine weiter schleuderte, schweiften Hannahs Gedanken ab. Zurück ins Krankenhaus, zurück zu ihrer Großmutter. Dora hatte die ganze Nacht über ruhig geschlafen, während Hannah kaum ein Auge zugetan hatte. Vor lauter Angst um ihre Grandma und weil ihr Gewissen sie gepeinigt hatte. Eine Ewigkeit hatte sie an der Scheibe gestanden, bis sie schließlich erneut die Schutzkleidung angelegt und sich zu Dora ins Krankenzimmer geschlichen hatte, um direkt an ihrem Bett zu wachen. In den Morgenstunden war sie auf dem unbequemen Stuhl eingenickt und erst wieder wach geworden, als eine Schwester Dora zu weiteren Untersuchungen abgeholt hatte, die mindestens bis zum Nachmittag andauern würden. Daher hatte Hannah beschlossen, ins *Broken Heart* zurückzufahren, um sich dort nützlich zu machen. Doch dafür hatte sie zunächst Lucas wecken müssen.

Sie hatte ihn genau so vorgefunden, wie sie ihn verlassen hatte. Schnarchend im Sessel des Nebenzimmers. Hannah schmunzelte, als sie an die beeindruckende Geräuschkulisse in dem kleinen Raum dachte. Wie war es möglich, dass ein solcher Hungerhaken derart laut sägen konnte? Unfassbar. Als sie ihn endlich wach bekommen hatte, war er ziemlich kleinlaut gewesen, hatte er sie doch unterstützen wollen. Hannah hatte ihm keinen Vorwurf gemacht. Warum auch? Allein zu wissen, dass er in der Nähe war, hatte ihr ein Gefühl der Sicherheit gegeben. Außerdem war Schlaf wichtig für ihn, wo er doch selbst gerade noch schwer krank gewesen war.

Sie schüttelte den Kopf. Lucas, dieser Schlawiner. Er war doch immer für eine Überraschung gut. Auf der Rückfahrt nach Quesnel hatte er ihr sein Geheimnis anvertraut. Jenes, von dem auch seine Eltern noch nichts wussten, das er ihnen aber so bald wie möglich anvertrauen wollte. Mit Hannahs Hilfe. Sie hatte die gleiche Befürchtung wie Lucas, nämlich, dass Nathan und Sally nicht begeistert sein würden von seinen Plänen. Auf der anderen Seite konnte sie sich nicht vorstellen, dass die Tallots ihrem Sohn Steine in den Weg legten. Dafür liebten die beiden ihren Jungen viel zu sehr.

Hannah wurde warm ums Herz, als sie an Nathan und Sally dachte. Was würde sie nur ohne die beiden tun? Sie hatten sich am Morgen erneut um das Frühstück der Gäste gekümmert, und die Zimmer waren auch schon gemacht, als Hannah im *Broken Heart* angekommen war. Natürlich hatte sie den Tallots danken wollen für ihre Hilfsbereitschaft, doch wie immer hatten sie abgewunken. »Danke uns nicht für etwas, das selbstverständlich ist«, hatte Nathan gebrummt. Aber das war es eben nicht. Es war nicht selbstverständlich. Darum hatte Hannah sich vorgenommen, dem Paar eine Freude zu bereiten. Sie würde Lucas bei Gelegenheit fragen, wie oder womit ihr das gelingen könnte.

Hannah schreckte aus ihren Gedanken auf, als die Waschmaschine die Umdrehungen ihrer Trommel mit rasselnden Geräuschen zu reduzieren begann. »Na, gesund hört sich das nicht an«, murmelte sie stirnrunzelnd und stand auf. »Mach bloß keinen Ärger, verstanden? Momentan ist kein Geld da, um dich zu reparieren, geschweige denn, dich zu ersetzen.« Das glaubte sie wenigstens. Sie wartete, bis die Maschine endgültig schwieg, dann öffnete Hannah sie und füllte den leeren Korb zu ihren Füßen mit einem Schwall nasser Handtücher. Sie schob ihn beiseite und zog einen anderen, den mit der Buntwäsche, heran, als ihr plötzlich etwas einfiel. Das T-Shirt von Nick, sie hätte es beinahe vergessen.

Eilig lief sie über den Flur in ihr Zimmer, um es zu holen. Es hing über einem Stuhl neben ihrem Bett. Als sie das rot-weiß gestreifte Kleidungsstück in die Hände nahm, fiel ihr auf, dass es auf der Vorderseite einen weißen Schriftzug hatte. Den hatte sie gestern gar nicht bemerkt. Sie strich das T-Shirt glatt, und die einzelnen Buchstaben fügten sich zu Wörtern zusammen. »Sheffield United – Fanbase« las sie und fasste sich nachdenklich an die Nase. Es gab ein Sheffield in Ontario und eines in New Brunswick, in den USA fielen ihr ebenfalls mehrere Orte ein, die den gleichen Namen trugen, aber dieses Sheffield war sicher jenes im englischen Yorkshire. Warum sonst sollte Nick dieses Shirt bei sich haben? Sie würde ihn bei Gelegenheit danach fragen. »Nein, das wirst du sicher nicht tun«, murmelte sie. »Er mag es schließlich nicht, wenn man zu private Fragen stellt, warum also den einsamen Wolf unnötig provozieren?« Sie kicherte. Der Vergleich gefiel ihr. Wobei, so einsam war Nick Cooper ja gar nicht. Er hatte schließlich Maggie. Sofort wurde sie wieder ernst. Hoffentlich hatte die Kleine die Ereignisse von gestern gut verdaut. Sie würde später mal nach ihr schauen.

Hannah lief zurück in die Wäschekammer, stopfte das T-Shirt zusammen mit den anderen Kleidungsstücken in die Maschine und startete das Buntwäscheprogramm. Dann verfrachtete sie die nassen Handtücher in den Trockner und setzte auch diesen in Gang. Zufrieden trat sie zurück und sah dabei aus dem Augenwinkel, wie eine Frau in beigen Hosen und brauner Bluse am Fenster vorbeiging. Schnell lief sie hin und öffnete es. »Guten Morgen, Mrs Mills«, rief sie. »Haben Sie gut geschlafen?«

Die Angesprochene drehte sich überrascht um. »Oh, guten Morgen, Miss Larsson, danke der Nachfrage. Ja, ich habe gut geschlafen.« Sie kam näher. »Wie geht es Ihrer Großmutter?«

Hannah lächelte. »Sie hat noch mal Glück gehabt. Die Ärzte wollen noch einige Tests machen, aber bislang schaut alles gut aus. Das Sprachvermögen ist wieder da, und die Lähmung auf der linken Seite scheint auch komplett verschwunden zu sein. Was wir Ihrer schnellen Reaktion zu verdanken haben. Ich muss Ihnen noch mal von Herzen danken, dass Sie …«

Mrs Mills hob abwehrend die Hände. »Nein, bitte nicht. Ich bin froh, dass ich helfen konnte.«

»Das haben Sie. Wenn ich im Gegenzug irgendetwas für Sie tun kann, dann sagen Sie es bitte, ja?«

Die brünette Frau schaute sie nachdenklich an. »Vielleicht können Sie das tatsächlich.«

»Oje, sagen Sie nicht, dass Ihr Vater schon wieder ausgerissen ist.«

Mrs Mills schmunzelte. »Doch, das auch. Schon das dritte Mal an diesem Morgen. Der See hat es ihm angetan, und er geht immer wieder hinunter zum Bootshaus. Aber keine Sorge, ich habe permanent ein Auge auf ihn. Die Schrecken der letzten Tage waren sehr lehrreich.«

Hannah drehte den Kopf in Richtung Dragon Lake, und tatsächlich, Mr Dornam stand auf dem Bootssteg und starrte aufs Wasser. »Okay, aber wenn es nicht um ihn geht, wie kann ich dann helfen?«

»Wissen Sie, Mr Tallot erzählte mir gestern, nachdem Sie und der junge Mann zum Krankenhaus aufgebrochen waren, dass meine Eltern ihre Flitterwochen im *Broken Heart* verbracht haben. Ob Sie es glauben oder nicht, ich wusste überhaupt nichts davon. Meine verstorbene Mutter und mein Vater haben das nie erwähnt. Ich war immer davon ausgegangen, dass sie ihren Honeymoon in Vancouver verlebt haben, wo sie auch geheiratet haben. Natürlich habe ich meinen Vater, nachdem ich von Mr Tallot davon hörte, gelöchert, und er hat es mir noch einmal bestätigt. Dass Paare, die frisch verheiratet waren, ein paar Tage kostenlos im *Broken Heart* verbringen durften und dass eine ganz besondere Geschichte dahinterstecken würde.«

Hannah wurde hellhörig. »Eine ganz besondere Geschichte?«

»Ja. Dummerweise kann mein Vater sich nicht mehr an sie erinnern. Nur noch daran, dass sie ihn und meine Mutter damals zu Tränen gerührt hat. Wissen Sie vielleicht mehr darüber?«

»Nicht sehr viel, tut mir leid. Lediglich, dass das mit den Flitterwöchnern eine Art Tradition gewesen ist. Das hat der Vorbesitzer meinen Großeltern gesagt, als sie die Pension vor langer Zeit kauften. Mein Großvater hat diese Tradition nicht weitergeführt. Schade eigentlich, aber man kann es auch verstehen.«

Mrs Mills nickte. »Natürlich, nur die wenigsten von uns haben schließlich etwas zu verschenken.«

»Das ist wohl so.« Hannah rieb sich die Nase. »Aber diese Hintergrundgeschichte, die würde mich ebenfalls brennend interessieren.«

»Nun, wenn Ihre Familie keine näheren Informationen hat, dann dürfte es schwierig werden, etwas darüber herauszufinden.«

Hannah lächelte, weil sie plötzlich eine Idee hatte. »Sagen Sie das nicht. Ich glaube, ich kenne jemanden, der uns weiterhelfen könnte. Nur weiß ich nicht, ob ich es heute noch schaffe, mit ihr zu sprechen, weil ich später wieder ins Krankenhaus will.«

Mrs Mills erwiderte ihr Lächeln. »Nur keine Eile. Ich habe mich entschlossen, gemeinsam mit meinem Vater ein paar weitere Tage zu bleiben. Es ist so wunderschön hier, und jetzt, wo ich weiß, wie besonders dieses Fleckchen Erde für meine Eltern gewesen ist, würde ich es gerne noch ein bisschen besser kennenlernen. Mrs Tallot sagte, es wäre kein Problem. Also wegen der Zimmer, meine ich.«

»Wenn Sally das sagt, dann stimmt das auch. Fein, ich freue mich. Darüber, dass Sie Ihren Aufenthalt verlängern und dass wir vielleicht gemeinsam dem Geheimnis auf die Spur kommen.«

Mrs Mills lachte. »Das wäre doch was, oder? Schauen wir mal, ob es gelingt. Nun werde ich aber mal weiter zum See, um meinen Herrn Vater wieder aufzugabeln.«

»Tun Sie das. Ich melde mich, wenn ich Näheres weiß.«

»Danke. Und grüßen Sie Ihre Großmutter von mir. Auf Wiedersehen, Miss Larsson.«

»Auf Wiedersehen, Mrs Mills.« Hannah nickte der anderen Frau noch mal zu, dann schloss sie das Fenster wieder.

Als sie die Wäschekammer verließ, um auf ihr Zimmer zu gehen, kam ihr etwas anderes in den Sinn, und sie steuerte das Fernsehzimmer an. Sekunden später saß sie auf der Bank vor dem Klavier. An dem Platz, der ihr der liebste war. Wo sie sich fallen lassen und ihre Gefühle ausleben und bewältigen konnte. Sie legte ihre Finger auf die Tasten des Instruments, doch dann zögerte sie. Was sollte sie spielen? Ein emotionales Stück oder lieber etwas Lebhaftes? Sollte das Stück die Ängste widerspiegeln, die sie in den vergangenen Stunden ausgestanden hatte, oder lieber die Hoffnung, dass alles ein gutes Ende nehmen würde?

»Wie wär's mit beidem?«, murmelte Hannah, als ihr etwas einfiel, das sie vor einiger Zeit bei einer Prüfung gespielt hatte. Sie war sich nicht sicher, ob sie es ohne Noten hinbekommen würde, aber wen kümmerte es, wenn es nicht fehlerfrei war? Und so begann sie. Spielte ein Medley einer Filmmusik, das alles beinhaltete, was sie gerade fühlte. Erweckte Indiana Jones und seine Abenteuer zum Leben. Stand mit ihm Freud und Leid durch. Ging mit ihm durch düstere Zeiten und kämpfte an seiner Seite. Steckte mit ihm Niederlagen ein, aber feierte auch seine Triumphe. Hannah spielte sich regelrecht in einen Rausch. Besonders das Hauptthema der Filmreihe mit dem klangvollen Namen *The Raiders March* hatte es ihr angetan, und sie kehrte immer wieder zu ihm zurück. Weil diese Melodie so kraftvoll war. Weil sie positive Energie freisetzte und eine wilde Entschlossenheit. Denn das war Hannah spätestens jetzt. Wild entschlossen, sich nicht unterkriegen zu lassen. Das mit Dora würde wieder werden, und die Probleme mit der Pension würden sie auch in den Griff bekommen. Etwas anderes kam doch gar nicht infrage. Jeder Tastenanschlag und jeder Ton, der erklang, untermauerten diese Entschlossenheit.

Als die Musik verstummte, sackte Hannah auf der Bank zusammen. Sie hatte sich völlig verausgabt. Ein Blick auf die Standuhr sagte ihr, dass sie fast dreißig Minuten gespielt hatte. Wahnsinn. Aber genau das hatte sie jetzt gebraucht. Sie klappte den Deckel des Klaviers zu. Erschöpft beugte sie sich vor und bettete den Kopf auf ihre Arme. Nur ein bisschen ausruhen. Einen winzigen Moment. Doch die fast schlaflose Nacht forderte ihren Tribut, und sie dämmerte weg.

»Hannah?« Da war eine dunkle Stimme direkt neben ihr. »Du musst aufwachen. Wenn du in dieser Position bleibst, werden dir später alle Knochen wehtun.«

Alle Knochen wehtun? Wovon redete der Mann? Es war doch ein Mann, oder? Egal. Sie würde ihm sagen, dass alles okay war. Dass sie einfach nur schlafen wollte. Hannah versuchte zu antworten, aber es ging nicht, weil sie einfach zu müde war. Sie wollte ihn ansehen, doch auch das funktionierte nicht.

»Komm schon!«, sprach der Mann weiter, und sie fühlte eine warme Hand auf ihrer Schulter, die sie leicht rüttelte. »Aufwachen.«

Ich versuch's ja, wollte sie erwidern, aber alles, was sie herausbekam, war ein unverständliches Grummeln.

Doch dann passierte etwas, das sie schlagartig aus ihrer Trance befreite. Sie spürte, dass sie hochgehoben wurde. Erschrocken riss sie die Augen auf und blickte geradewegs in die von Nick Cooper. Und sie hatte sich nicht geirrt, er trug sie.

»Was soll das werden?«, fuhr sie ihn an.

»Ah, da bist du ja wieder«, meinte er belustigt und blieb stehen. »Du hast geschlafen wie ein Stein.«

»Unfug. Ich habe nur ein kurzes Nickerchen gemacht.«

Er lachte. »Klar doch, ein Nickerchen. Wie auch immer du es nennen möchtest, du warst nicht wach zu bekommen, daher dachte ich, ich suche einen bequemeren Platz für dich.« Er deutete mit einer Bewegung seines Kinns auf das Sofa in der Ecke.

»Nett von dir, aber völlig unnötig.«

»War wohl eine harte Nacht, was?«

»Ja, aber zum Glück geht es meiner Großmutter besser.«

»Das freut mich.«

»Mich noch viel mehr. Kannst du mich jetzt bitte herunterlassen?«

»Natürlich«, meinte er und folgte ihrer Bitte unverzüglich. Als Hannah wieder Boden unter den Füßen hatte, trat sie hastig einen Schritt zurück und strich sich verlegen ihre Bluse glatt.

»Jetzt guck doch nicht so«, sagte Nick, und sein Lachen war wie weggeblasen. »Ich kam zufällig vorbei und wollte nur nett sein. Du brauchst deinem Freund ja nichts davon zu erzählen.«

Hannah runzelte die Stirn. »Meinem Freund?«

»Na, dieser Kerl, der dich ins Krankenhaus gefahren hat.«

»Du meinst Lucas?« Hannah sah ihn verdutzt an.

»Keine Ahnung, wie der Typ heißt, interessiert mich auch nicht.«

Sie verschränkte die Arme vor der Brust. »Lucas ist der Sohn von Nathan und Sally. Er ist *ein* Freund, ja, aber nicht mein Freund. Das hat dich an und für sich nicht zu kümmern, aber bevor du Gerüchte in die Welt setzt, kläre ich das lieber auf.«

»Bist du sicher?«, entgegnete Nick und sah sie misstrauisch an. »Ihr wirktet sehr vertraut miteinander.«

»Weil wir miteinander aufgewachsen sind, Herrgott. Wir sind wie Geschwister, verstehst du? Was soll das Ganze eigentlich? Du führst dich auf wie ein eifersüchtiger Gockel.«

Nick starrte sie eindringlich an, und dieser Blick bescherte ihr eine Gänsehaut. Er kam erneut sehr nahe, und sie spürte seinen Atem auf ihren Wangen. »Wie Jade«, raunte er.

»Was?«, stieß Hannah nervös aus. »Wovon sprichst du?«

»Von deinen Augen. Sie schimmern wie grüne Jade. Faszinierend.«

»Ach ... ja?«, stotterte sie.

»Ja. Und zu dem, was du gesagt hast ...« Er umfasste ihr Handgelenk, und sie erschauderte. »Gut möglich, dass ich eifersüchtig war. Zumindest hat mich der Gedanke, dass du mit einem anderen Mann zusammen bist, mehr beschäftigt, als ich gedacht hätte. Ehrlich gesagt hat es mich wahnsinnig gemacht. Die ganze Nacht habe ich das nicht aus dem Kopf bekommen. Ich bekomme ... dich nicht mehr aus meinem Kopf.« Er holte tief Luft. »Hannah, hör zu. Ich weiß, wir hatten ein paar ... schwierige Momente miteinander. Andererseits ist da aber auch etwas zwischen uns. Jedes Mal, wenn wir uns begegnen, spüre ich das deutlicher, und ich sehe dir an, dass es dir ähnlich geht. Habe ich recht?«

Hannah hätte mit vielem gerechnet, aber nicht damit. Seine Worte klangen in ihren Ohren nach und lösten ein nie gekanntes Glücksgefühl aus. Zugleich aber verspürte sie eine ebenso große Furcht. Die Furcht, dass all ihre Zukunftspläne in Gefahr geraten könnten, wenn sie darauf einging. Ihm und sich selbst eingestand, dass auch sie etwas für ihn empfand. Sie brauchte Zeit, um darüber nachzudenken.

»Wo ist Maggie?«, fragte sie darum ausweichend und entzog ihm ihre Hand.

Nick sah sie irritiert an. »Sie ist auf unserem Zimmer und macht Schreibübungen. Warum?«

»Nun, dann könnte ich dir doch jetzt die Werkstatt meines Vaters zeigen. Du weißt schon, wegen der kaputten Stühle. Ich habe das zwar mit meiner Großmutter noch nicht besprochen, aber ich denke, es geht in Ordnung für sie, wenn du sie reparierst. Die

Werkstatt ist im Schuppen nebenan.« Sie drehte sich um und ging zur Tür. »Kommst du?«

»Hannah, jetzt warte doch mal«, rief er ihr nach. »Können wir nicht darüber …?«

»Nicht jetzt«, unterbrach sie ihn. »Vielleicht später.« Und sie beschleunigte ihre Schritte, um möglichst schnell möglichst viel Abstand zwischen sich und Nick Cooper zu bringen.

18

»Was war das für eine armselige Vorstellung?«, fluchte Hannah vor sich hin und ließ die Tür ihres Zimmers mit einem lauten Knall ins Schloss fallen. Sie warf sich aufs Bett und starrte verärgert an die Decke. Ein äußerst attraktiver Mann hatte ihr offenbart, dass er eventuell Gefühle für sie hatte, und wie hatte sie darauf reagiert? »Souverän ist anders, Hannah Larsson«, brummte sie und krallte ihre Finger in die Tagesdecke.

Zwei weitere Male hatte Nick im Schuppen, als sie ihm das Werkzeug ihres Vaters zeigte, versucht, auf das Thema einzugehen, und zwei weitere Male hatte sie ihn eiskalt abblitzen lassen. Die Frage war, warum? Hannah stöhnte gequält auf. Als ob sie das nicht wüsste. Sie drehte sich auf die Seite und zog die Beine an. Es war genau das eingetreten, was sie unter allen Umständen hatte vermeiden wollen. Sie hatte die Kontrolle verloren. Wie hatte sie nur so naiv sein können, die Anziehungskraft zwischen Nick und ihr herunterzuspielen? Sie als mögliche Option auf eine belanglose Affäre abzutun? Nach allem, was er vorhin gesagt hatte und was das in ihr ausgelöst hatte, konnte sie sich nicht länger belügen. Sie war auf dem besten Weg, sich in Nick zu verlieben, wenn es nicht schon zu spät war.

»Er bekommt dich nicht mehr aus seinem Kopf«, murmelte sie. »So, wie du ihn nicht mehr aus deinem bekommst. Mist, verdammter, es ist zu spät.« Sie drehte sich wieder auf den Rücken und bedeckte ihr Gesicht mit den Händen. Nein, das durfte nicht sein. Ihr Weg für die nächsten Jahre, wenn nicht Jahrzehnte, war fest vorgezeichnet. In ihren Träumen allemal. Sie würde die Welt bereisen, um ein möglichst großes Publikum mit ihrem Klavierspiel zu begeistern. Das Leben eines Vagabunden führen, ähnlich wie Lucas. Wahrscheinlich noch wesentlich exzessiver. Da passte keine feste Beziehung hinein. Schon gar nicht zu einem Mann, der ein Kind hatte. Nick hatte Maggie von ihrem Zuhause getrennt, ja, aber auf Dauer würde er wieder mit ihr sesshaft werden. Weil ein kleines Mädchen wie sie nun mal eine feste Basis brauchte, kein Leben aus dem Koffer.

Und dann war da noch ihr Verdacht, dass Nick etwas zu verbergen hatte. Sein merkwürdiges Verhalten, das er zwischenzeitlich immer wieder an den Tag legte, die vielen Pässe in seinem Zimmer. Sich auf ihn einzulassen könnte Scherereien bedeuten, und das würde ihre Pläne zusätzlich beeinflussen, sie im schlimmsten Fall sogar endgültig sprengen. Wobei sie keine Vorstellung hatte, was der schlimmste Fall sein könnte.

Hannah stöhnte noch einmal. Es ging einfach nicht. Sie durfte sich nicht auf ihn einlassen. Je eher sie das akzeptierte, desto besser.

Das Handy in ihrer Hosentasche vibrierte, also zog sie es hervor. Die angezeigte Nummer kannte sie nicht. »Ja?«, meldete sie sich knapp.

»Hannah, Liebes, bist du das? Hier spricht deine Grandma.«

Hannah setzte sich ruckartig auf. »Dora? Geht es dir gut?«, fragte sie panisch.

»Jaja, alles so weit in Ordnung. Du musst dich nicht sorgen. Ich habe noch mal Glück im Unglück gehabt.«

Ihre Enkelin atmete erleichtert auf. »Okay. Du hörtest dich so ernst an. Und du hast dich mit ›Hier ist deine Grandma‹ gemeldet. Da muss man sich doch Sorgen machen.«

»Habe ich das wirklich gesagt? Ach herrje, dann scheint mein Kopf doch mehr abbekommen zu haben als gedacht.«

»Du solltest darüber keine Scherze machen, Dora«, ermahnte Hannah sie. »Das hätte auch anders ausgehen können.«

»Ist es aber nicht. Das heißt, ich hoffe es.«

»Du hoffst es? Was soll das bedeuten?«

»Kann ich dir verraten. Soeben wurde eine weitere Computertomografie von meinem Kopf gemacht. Die Ärzte hier waren damit sehr zufrieden, aber Doktor Waters hat sich eingemischt und weitere Untersuchungen verlangt. Zur Sicherheit, wie er sagt. Mit dem Resultat, dass ich heute Nachmittag mit dem Hubschrauber nach Vancouver verlegt werde. Ins Schlaganfall-Zentrum des dortigen General Hospital. Ich könnte dem Doc den Hals umdrehen.«

»Lass ihn leben«, sagte Hannah sanft. »Er meint es nur gut.«

»Ein schlechtes Gewissen hat er, nichts weiter. Weil er im Vorfeld nichts bemerkt hat. Dafür hat er sich gleich dreimal entschuldigt, obwohl das albern ist. Es gab keine Anzeichen für den Schlaganfall, wie hätte er sie dann bemerken sollen? Der Blutdruck war in den letzten Jahren ein bisschen erhöht, gut, aber schließlich bin ich keine zwanzig mehr. Niemand hätte mich nur aufgrund dessen als Risikopatientin für einen Schlaganfall eingestuft. Niemand. Doch geht das auch in den Schädel von Doc Waters? Nein, natürlich nicht. Er ist ein sturer alter Maulesel.«

»Diesbezüglich nehmt ihr euch nicht viel«, erwiderte Hannah amüsiert, aber so leise, dass ihre Großmutter ihre Antwort nicht verstand.

»Bitte? Was hast du gesagt?«

»Nichts. Nur, dass du dich nicht so aufregen solltest. Das ist nicht gut für dich.«

»Weiß ich doch, und ich will mich auch nicht ärgern. Trotzdem ...«

»Nein, kein ›trotzdem‹, Grandma. Es kann nicht schaden, wenn du noch mal von Spezialisten durchgecheckt wirst. Und wenn die dir ebenfalls grünes Licht geben, lebt es sich anschließend viel besser und mit weniger Angst, wirst schon sehen.«

»Hast ja recht, und ich füge mich auch, versprochen.«

»Gut so!« Hannah seufzte. »Dann kann ich mir eine weitere Fahrt nach Williams Lake ins Krankenhaus wohl sparen, wie es aussieht.«

»Ja. Aber ich möchte dich um etwas bitten.«

»Gerne. Schieß los.«

»Zunächst einmal geht es ums *Broken Heart*. Würdest du die Pension während meiner Abwesenheit führen?«

Hannah räusperte sich. »Das ist eine völlig überflüssige Bitte. Selbstverständlich mache ich das. Hast du geglaubt, ich packe umgehend meine Siebensachen und mache mich aus dem Staub?«

»Nein, habe ich nicht. Aber anstandshalber musste ich fragen. Ich danke dir, mein Kind. Und wenn Not am Mann ist, helfen die Tallots bestimmt.«

»Ich denke, dass ich sie auch ohne Not kaum davon abhalten kann, hier mit einzuspringen. So sind sie nun mal.«

Dora räusperte sich. »Ja, glücklicherweise. Vielleicht haben sie ja auch übermorgen Zeit, sich um die Gäste zu kümmern. Denn meine zweite Bitte wäre, dass du zu mir nach Vancouver ins Krankenhaus kommst. Sonntags werden sicher keine Untersuchungen anstehen, und wir hätten Zeit füreinander. Ich weiß, du fliegst nicht gern, aber ich hoffe, du überwindest dich, weil es doch so ein weiter Weg ist. Ich würde dich nicht bitten, wenn es nicht so dringend wäre.«

»Worum geht es denn?«, fragte Hannah und schob eine widerspenstige Strähne ihrer langen Locken hinters Ohr.

»Kannst du dir das nicht denken? Wir wollten reden. Über ... damals und über die schwierige Situation des *Broken Heart*.«

»Dora, ich glaube nicht, dass das eine gute Idee ist. Du brauchst Ruhe.« Hannah schluckte schwer. »Ich hätte dich niemals deswegen drängen sollen. Möglicherweise wäre es dann nie so weit gekommen.«

»Was meinst du?«, fragte Dora irritiert.

»Ich meine den Schlaganfall. Und dass ich möglicherweise schuld daran bin. Bitte verzeih.«

Ihre Großmutter gab ein Geräusch von sich, das sich verdächtig nach einem Schnauben anhörte.

»Dora?«, fragte Hannah verunsichert. »Alles okay?«

»Nein«, antwortete die alte Frau aufgebracht. »Nicht, wenn du einen solch ausgemachten Blödsinn von dir gibst. Weil mich das furchtbar wütend macht, und ich soll mich nicht aufregen, wie du selbst gesagt hast. Hannah, niemand ist verantwortlich für das, was mir geschehen ist. Niemand, außer mir selbst. Weil ich seit so vielen Jahren eine Last mit mir herumtrage, die mich vom ersten Tag an zu erdrücken drohte. Jetzt war es beinahe so weit. Also höchste Zeit, um den Ballast abzuwerfen.«

»Ich verstehe ehrlich gesagt kein Wort.«

»Musst du auch nicht. Ich werde es dir erklären, wenn du mich besuchst. Das heißt, falls du kommst.«

»Selbstverständlich komme ich. Ich kümmere mich später um einen Flug.«

»Fein. Dann sehen wir uns am Sonntag?«

»Ja, bis Sonntag. Pass auf dich auf. Und Dora?«

»Hm?«

»Ich hab dich lieb.«

»Ich dich auch, mein Kind. Mach's gut.«

Hannah beendete das Gespräch und schob das Handy wieder in ihre Hosentasche. Ganz wohl war ihr immer noch nicht bei dem Gedanken, nach Vancouver zu reisen. Was, wenn Dora sich mit dem Gespräch doch zu viel zumutete? Sie im schlimmsten Fall einen weiteren Schlaganfall erleiden würde? Hannah biss sich auf die Lippen. So weit durfte es auf keinen Fall kommen. Vielleicht wäre sie gut beraten, wenn sie darüber mit ihrer Mutter sprechen würde. Sie würde sie später anrufen. Ihre Mom würde wissen, was zu tun war. Ihre Mom. Hannah fiel schlagartig etwas ein, was sie längst hatte machen wollen. Jetzt war der richtige Zeitpunkt dafür, und außerdem war es eine willkommene Ablenkung von einem Problem namens Nick Cooper. Sie sprang vom Bett und kniete sich davor hin. Sekunden später hielt sie die Schachtel mit den Botschaften ihrer Eltern in den Händen. »Dann wollen wir doch mal sehen«, raunte sie, stand auf und verließ mit der Schachtel den Raum.

Fünfzehn Minuten später saß Hannah an dem großen Esstisch im Kaminzimmer und starrte auf die Schachtel, die vor ihr stand. Ab und zu hatte sie sie angefasst. Mit spitzen Fingern, so als wäre sie kochend heiß oder mit einer giftigen Substanz bedeckt. Sie hatte sie ein paar Zentimeter nach links geschoben und dann wieder zurück an ihren ursprünglichen Platz, aber geöffnet hatte sie sie nicht. Warum nur konnte sie sich nicht dazu überwinden? Sie hatte es doch schon mal geschafft. Doch da lag eben das Problem. Die Wut und vor allem der Schmerz, die der erste Blick auf diese Zettelchen in ihr ausgelöst hatte, waren noch sehr präsent. Hannah befürchtete, dass der zweite die gleiche Reaktion hervorrufen könnte. Warum sollte sie sich das antun?

»Ganz einfach«, beantwortete sie sich ihre Frage selbst. »Weil

Dora sagt, dass die Botschaften etwas beweisen. Nämlich, dass mein Dad meine Mom wirklich geliebt hat. Nach allem, was war, kann ich das nicht glauben, aber nun denn: Versuch macht klug.« Sie griff erneut nach der Schachtel, nur um mitten in der Bewegung zu verharren. »Himmel noch mal, so wird das nie was«, schimpfte sie mit sich.

Doch plötzlich hatte sie einen Geistesblitz. »Du fängst jetzt ganz einfach mit einer Hintergrundrecherche an.« Sie stand auf und ging zum Fernseher, der auf der anderen Seite des Raumes bei der Sitzgarnitur vor dem Kamin stand. Das Gerät thronte auf einem eichenen Schränkchen, in dem sich vor Jahren die DVD-Sammlung ihrer Eltern befunden hatte. Hannah war sich sicher, dass ihre Mutter nichts davon mit nach Seattle genommen hatte, und als sie das Schränkchen öffnete, sah sie, dass sie recht hatte. Dutzende von DVDs waren dort alphabetisch aufgereiht, darum dauerte es auch nicht lange, bis sie die gefunden hatte, die sie suchte. *»Message in a Bottle – Der Beginn einer großen Liebe«*, las sie vom Cover ab, das Kevin Costner und Robin Wright in inniger Umarmung an einem Lagerfeuer zeigte. *Der Beginn einer großen Liebe, pah. Was für ein schmalziger Untertitel.*

Hannah schloss die Augen, doch das Bild, das unmittelbar darauf in ihrem Kopf entstand, gab nicht das wieder, was sie zuvor auf dem Umschlag der DVD gesehen hatte. Sie sah auch nicht ihre Eltern vor sich, was naheliegend gewesen wäre. Nein, ihr Gehirn produzierte eine andere Ansicht: Plötzlich war sie es, die an dem Lagerfeuer saß. Sie, gemeinsam mit Nick. »Bist du noch zu retten, Hannah Larsson?«, murmelte sie und öffnete die Augen wieder. »Scheinbar nicht.« Sie schob den Gedanken an den Mann, der da draußen im Schuppen werkelte, erneut beiseite und konzentrierte sich auf die DVD, die sie nun hastig in den Player neben dem Fernseher schob.

Die nächsten zwei Stunden tauchte sie ein in die Geschichte von Theresa und Garret. Sie sah zu, wie Theresa eine Flaschenpost mit einem berührenden Liebesbrief fand und nach einer intensiven Suche den Urheber dieser Zeilen aufspürte: Garret. Die Flaschenpost hatte seiner verstorbenen Frau gegolten. Theresa und Garret verliebten sich ineinander, und nach einigen Wirrungen waren die Weichen für ein Happy End gestellt. Doch dann kam alles anders, denn Garret verlor am Ende des Films bei einem Bootsunfall sein Leben. Eine gnadenlose Kehrtwendung der Handlung, die für Hannah nur schwer zu ertragen war. Sie erkannte, dass der Untertitel nicht schmalzig, sondern vor allem zynisch war. *Der Beginn einer großen Liebe?*, dachte sie aufgewühlt. *Ihr brutales Ende inklusive, oder was? Wer zur Hölle war so grausam und hatte sich eine solche Storyline einfallen lassen?*

Als der Abspann des Films über den Bildschirm lief, spürte sie einen salzigen Geschmack auf ihren Lippen, und einzelne Tränen tropften von ihren Wangen. Es war nicht das erste Mal, dass sie den Film gesehen hatte, aber dieses Mal hatte er sie mehr ergriffen als je zuvor. Vielleicht, weil er nun einen ganz besonderen Bezug zu ihrer eigenen Geschichte hatte.

Hannah zog ein Taschentuch aus dem Ärmel ihrer Bluse und schnäuzte sich, doch dadurch wurde es nicht besser. Sie konnte einfach nicht aufhören zu weinen. Bis sie spürte, dass sie nicht mehr allein war. Erschrocken blickte sie auf. Maggie saß neben ihr auf der Couch. Sie musste sich leise hereingeschlichen haben.

»Was ist denn?«, fragte das kleine Mädchen vorsichtig.

»Nichts, Maggie«, beeilte Hannah sich zu sagen und schnäuzte sich noch mal in ihr Taschentuch. »Ich habe den Lieblingsfilm meiner Mom angeschaut. Er war ... traurig.«

»Warum hast du den Fernseher nicht einfach ausgeschaltet, wenn der Film so traurig ist?«

Hannah konnte nicht anders, sie musste lachen. »Ja, das hätte ich tun sollen, du hast recht.« *Wenn es im Leben doch genauso einfach wäre*, dachte sie. *Einfach einen Knopf drücken, wenn es unbequem wird, das wäre toll.*

»Wo ist deine Mom denn?«, hörte sie Maggies Stimme.

»Oh, sie macht Urlaub auf einem riesigen Schiff. Und was ist mit deiner?« Hannah hielt erschrocken inne. Verdammt, das war ihr einfach so rausgerutscht. »Vergiss es, ich ... ich wollte nicht neugierig sein.«

»Schon okay«, sagte Maggie. »Ich kenne meine Mom erst seit Kurzem. Vorher ... na ja, sie war wohl immer sehr beschäftigt.«

Das Mädchen senkte betrübt den Kopf, was Hannah einen schmerzhaften Stich versetzte. »Das tut mir leid«, sagte sie leise.

»Muss es nicht. Ich habe ja meinen Dad. Da fällt mir ein, weißt du, wo er ist? Ich habe meine Aufgaben alle gemacht und würde gerne zum See zu den Enten gehen.«

»Er ist draußen im Schuppen und repariert ein paar Möbel für die Pension.«

»Dann werde ich ihn mal fragen.«

»Du gehst aber nicht alleine zum See, Maggie, verstanden?«

»Nein. Wenn Dad nicht mit mir gehen will, komme ich wieder. Dann musst du mit mir hin.«

Hannah schmunzelte. »Ach ja? Muss ich das?«

»Klar, du bist schließlich ein Engel. Mein Engel.«

»Ich bin kein Engel«, widersprach Hannah lachend. »Aber zum See komme ich gerne mit, wenn dein Vater nicht will.«

»Mega«, freute Maggie sich und hüpfte beschwingt zur Tür hinaus.

Hannah sah ihr amüsiert nach, dann fiel ihr Blick auf den Esstisch am anderen Ende des Raumes. Und auf die Schachtel, die darauf stand. Diesmal zögerte sie nicht. Sie stand auf, ging hin und öffnete sie.

19

Fünfhundertsiebzig Nachrichten. Hannah konnte es immer noch nicht ganz glauben, aber sie hatte die Zettel dreimal durchgezählt und war immer zum gleichen Ergebnis gekommen. Zu Beginn hatte sie wahllos in die Schachtel hineingegriffen und die Botschaften sozusagen aus dem Zusammenhang gerissen. Dann jedoch hatte sie beschlossen, das Ganze systematischer anzugehen, auch wenn es sie fast eine Stunde gekostet hatte. Die durchgehend datierten Zettel lagen nun in sechzehn Reihen auf dem Esstisch vor ihr. Jede Reihe stand für ein Jahr, denn die erste Botschaft hatte ihr Vater im Jahr 2000 geschrieben, und die letzte stammte aus 2015, also aus der Zeit, in der ihre Mom und sie Quesnel verlassen hatten. Fünfhundertsiebzig Nachrichten aus insgesamt sechzehn Jahren. Hannah fand das beeindruckend, wenngleich manch einer vielleicht argumentieren würde, dass es weitaus mehr hätten sein können. Wenn sie sich zum Beispiel tagtäglich eine solche Botschaft geschickt hätten, wäre es das Zehnfache an Zetteln gewesen. Hannah war froh, dass sie es nicht getan hatten. Nicht nur, weil sie in dem Fall noch viele weitere Stunden hätte sortieren müssen, sondern auch, weil sie dann gedacht hätte, ihre Eltern hätten die Zettel nur aus einer Gewohnheit heraus geschrieben.

Dieses Gefühl hatte sie jetzt nicht. Im Gegenteil, das Herzblut, das in jeder einzelnen dieser Botschaften steckte, war deutlich zu spüren, und die unregelmäßigen Abstände, in denen sie geschrieben worden waren, verstärkten diesen Eindruck nur noch. *Als wenn sie sich immer wieder mit ihrer Liebe zueinander haben überraschen wollen*, kam es Hannah in den Sinn, und unbewusst nickte sie. Ihre Großmutter hatte recht gehabt. Ihre Eltern hatten sich geliebt. Die Botschaften vor ihr bewiesen das. Und dennoch war ihre Ehe zerbrochen. Weil ihr Vater eine andere kennengelernt hatte, für die er noch mehr empfunden hatte als für seine Frau.

Hannah schaute traurig auf die Zettelflut auf dem Tisch. Ja, traurig, das war sie. Nicht mehr zornig wie beim ersten Mal, als sie die Schachtel geöffnet hatte. Traurig für ihre Eltern. Da war so viel gewesen zwischen ihnen, und dennoch hatte es nicht gereicht.

Sie nahm eine der Botschaften in die Hand. Es war die erste, geschrieben am 12. Juli 2000.

Garret an Theresa (oder auch Mike an Miranda, ganz wie du willst)

Wir hätten diesen Film nicht ansehen sollen. Er hat dich deprimiert, und ich ertrage es nicht, wenn du deprimiert bist. Vergiss nie, dass ich dein Garret bin und du meine Theresa. Ich liebe dich, und diese Liebe ist real und lebendig. Also lächle, meine Schöne, ich möchte, dass du glücklich bist.

Hannah griff nach dem nächsten Zettel in der Reihe, der eine direkte Antwort auf die erste Nachricht war.

Mein lieber Ehemann!
Du und deine verrückten Ideen. Mein Garret willst du sein? Da muss aber noch etwas kommen, wenn du ihm das Wasser reichen willst. So gut aussehend und einfühlsam, wie dieser Typ war. Scherz. Na-

türlich bist du schon jetzt der attraktivste und gefühlvollste Mann, den sich eine Frau nur wünschen kann. Den ich mir je hätte erträumen können. Und ich liebe dich gerade noch ein bisschen mehr. Dafür, dass du mich trösten willst, weil ich nicht damit klarkomme, dass nicht jeder Film ein Happy End haben kann. Im wahren Leben ist es genauso. Nicht alles geht gut aus. Aber bei uns schon. Auf immer dein, mein geliebter Garret. Deine Theresa.

Hannah schluckte und legte den Zettel zurück. *Aber bei uns schon*, hallte es in ihrem Kopf nach. Ihre Mutter hatte sich in diesem Punkt schrecklich geirrt, auch wenn es bis zum Bruch mit ihrem Mann noch Jahre gedauert hatte.

Sie pickte nun aus jeder der anderen fünfzehn Reihen eine weitere Nachricht heraus. Sie suchte bewusst nach Botschaften ihres Vaters. Vielleicht konnte sie auf diese Weise doch einen Anhaltspunkt dafür finden, dass sich etwas an seinen Gefühlen geändert hatte. Alle Botschaften waren an Theresa adressiert und mit »Garret« unterschrieben. Sie waren im Gegensatz zu den ersten beiden Nachrichten eher kurz gehalten, aber der Inhalt hatte es durchaus in sich.

Niemand singt so laut unter der Dusche wie du. Und so schräg. Das sagt jeder. Nur ich nicht. Bitte, höre nie auf damit. Ich liebe es, so wie ich dich liebe ...

Hannah schmunzelte. Oh ja, ihre Mutter hatte diese Angewohnheit bis zum heutigen Tag nicht abgelegt. Anders als ihr Vater jedoch hatte Hannah sie schon mehrfach angefleht, es zu lassen. Der Nachbarn wegen, aber auch wegen ihres feinen Gehörs, das sich schwergetan hatte und noch immer schwertat mit dem eigenwilligen Gesang unter der Dusche.

Heute Morgen bin ich wach geworden, weil deine Haare an meiner Nase gekitzelt haben. Tut eine Fliege das, lebt sie gefährlich, doch wenn du dafür verantwortlich bist, öffne ich meine Augen mit einem Lächeln und begrüße den Tag aufgeregt und voller Freude …

Wie lange sind wir jetzt zusammen? Ich sag es dir: Fünf Jahre, zwei Monate und drei Tage. In all der Zeit waren wir sieben Tage und sechs Nächte getrennt. Das sind insgesamt einhundertsechsundfünfzig Stunden. Einhundertsechsundfünfzig zu viel, wenn du mich fragst. Ich arbeite schwer daran, dass in Zukunft keine weiteren hinzukommen …

Einhundertsechsundfünfzig Stunden? Hannah runzelte die Stirn. Sicher war es nicht dabei geblieben. Wobei ihre Eltern schon viel gemeinsam gemacht hatten. Im *Broken Heart* sowieso. Aber auch in der wenigen Freizeit, die sie gehabt hatten, waren sie zumeist im Doppelpack anzutreffen gewesen. Die Einkäufe für die Pension hatten sie stets zusammen erledigt, und zu den Sprechtagen in ihrer Schule waren auch immer beide gegangen.

Doch einige Male waren sie voneinander getrennt gewesen. Ihre Mutter hatte wegen einer Blinddarmoperation eine Woche lang in Williams Lake im Krankenhaus gelegen. Hannah war damals vielleicht acht Jahre alt gewesen, aber sie konnte sich noch gut entsinnen, dass ihr Vater in dieser Woche ungenießbar gewesen war. Jahre später war er es dann gewesen, der ohne Miranda, dafür mit seinem alten Freund Bernie eine Städtetour nach Montreal hatte machen wollen. Jene Tour, die er, wie er ihnen vor ihrem Weggang aus Quesnel eingestanden hatte, eben nicht mit Bernie, sondern mit der anderen unternommen hatte. Der neuen Frau in seinem Leben.

Hannah stieß dieser Gedanke bitter auf, und eilig nahm sie den nächsten Zettel.

Du hasst es, wenn ich meine Sachen herumliegen lasse. Weißt du, warum ich es trotzdem immer wieder tue? Weil die Energie, die du versprühst, wenn du wütend auf mich bist, mir direkt unter die Haut geht. Das ist wie ein Lebenselixier für mich, also verlass dich drauf, es wird wieder passieren ...

Mit dir durch einen warmen Regenschauer spazieren gehen. Was könnte es Schöneres geben?

Heute Morgen haben wir deine Mutter beerdigt. Deine Augen sind tränenleer, und dein Feuer ist erloschen. Ich bin so hilflos, und ich hasse das. Dein Schmerz ist auch mein Schmerz, denk immer daran. Das Einzige, was ich im Moment tun kann, ist, ihn mit dir auszuhalten ...

Wenn ich unsere Tochter anschaue, sehe ich vieles von dir, aber auch einiges von mir. Sie ist die perfekte Mischung aus uns beiden. Ich liebe diesen Gedanken. Wir waren uns auch schon vor ihrer Geburt nahe, aber durch sie sind wir noch enger zusammengewachsen. Sie ist das Bindeglied, das uns für immer vereinen wird. Danke. Danke für dieses wunderbare Geschenk!

Hannah schaute auf das Datum dieser Nachricht. Sie stammte vom 28. Februar 2007. Das war ihr neunter Geburtstag gewesen. Obwohl sie dagegen ankämpfte, schlich sich ein Lächeln auf ihr Gesicht. Schnell las sie die nächste Botschaft.

Du hast mir schon wieder einen Streich gespielt, du böses Mädchen.

Spüli in meiner Shampooflasche? Ernsthaft, Miranda? Ich meine natürlich, Theresa. Wie alt bist du? Zwölf? Das Ärgerliche ist nur, dass ich dieses Kindliche und Verspielte an dir mag. Nein, ich vergöttere es sogar. Wie ich alles an dir vergöttere. So, und jetzt gehe ich und wasch mir das Spülmittel aus den Haaren, verdammter Mist.

Hannah lachte laut auf. So wie es aussah, hatte ihr Vater die Nachricht tatsächlich mit eingeschäumten Haaren geschrieben. Die Tinte auf dem Zettel war total verwischt. Auf diesen Streich würde sie ihre Mutter bei nächster Gelegenheit ansprechen.

Prompt wurde sie ernst. Nein, würde sie nicht. Sie hatte doch beschlossen, ihr nichts von der Schachtel zu sagen.

Denkst du manchmal daran, wie es sein wird, wenn wir alt und gebrechlich sind? Ich hatte heute über dieses Thema ein Gespräch mit Nathan. Der alte Junge macht sich beinahe in die Hosen deswegen. Seltsam. Wir alle wollen älter werden, aber alt zu sein, das macht den meisten eine Heidenangst. Mir nicht. Ich werde auch diese Erfahrung mit Freuden genießen. Solange du nur an meiner Seite bist …

Gerade eben musste ich dich küssen. Es war überhaupt kein spezieller Moment. Ich hatte die Reifen am Pick-up gewechselt, und du gingst mit deinen Gartenutensilien an mir vorbei, um dem Unkraut in unseren Rabatten den Kampf anzusagen. Ich konnte nicht anders. Ich nahm dir die Sachen ab, zog dich in meine Arme und küsste dich. Als wärst du ein Magnet und ich nichts weiter als ein wehrloser Eisennagel, der von dir angezogen wird. In dem Fall wäre es Physik gewesen. Vielleicht war es aber auch Magie. Oder ganz einfach nur … Liebe …

In zwei Tagen ist Weihnachten. Und ich habe noch immer kein Ge-

schenk für dich. Es ist wie jedes Jahr. Wie ist das nur möglich? Ich meine, ich würde dir sofort, ohne zu zögern, die ganze Welt zu Füßen legen, aber ein simples Weihnachtsgeschenk für dich zu finden, schaffe ich nicht. Verzeih mir, ich bin ein Idiot. Liebst du mich trotzdem noch?

Hannah nahm die nächste Botschaft zur Hand, die aus dem Jahr 2012 stammte. Dass sie die erwischt hatte, die der zuletzt gelesenen aus 2011 unmittelbar gefolgt war, begriff sie erst beim Lesen.

Vor Weihnachten wollte ich wissen, ob du mich noch liebst. Du hast mir geantwortet, dass es so ist. Das hat mich natürlich beruhigt. Trotzdem wollte ich nicht mit leeren Händen unterm Baum stehen. Ich danke dem Allmächtigen für den Geistesblitz. Oder sollte ich diesen Dank lieber an seinen Gegenspieler richten, so sündhaft, wie diese Wäsche ist? Mir wird noch ganz anders, wenn ich daran denke, wie du darin ausgesehen hast. So war es am Ende dann doch wohl eher ein Geschenk für mich als für dich. Aber damit kann ich leben. Ich hoffe, du auch.

Hannah ließ den Zettel fallen, als hätte sie sich daran verbrannt. Sie schüttelte sich. Lieber Himmel, alles musste sie nun wirklich nicht wissen.

Drei Dinge, die ich auf eine einsame Insel mitnehmen würde? Dich, Hannah und einen Kanister Trinkwasser. Aber im Grunde genommen muss ich ja nur das bei mir haben, was für mein Überleben essenziell ist. Also vergiss das Wasser.

Mit dir über Gott und die Welt zu diskutieren ist ein großer Spaß.

Aber genauso schön ist es, schweigend an deiner Seite zu sitzen und einfach nur deine Hand zu halten.

Heute las ich in der Zeitung, dass ein Mann ohne Atemschutz in ein brennendes Haus gerannt ist, um seine Frau zu retten. Beide sind durch eine Rauchvergiftung ums Leben gekommen. In dem Bericht wurde der Mann für sein Handeln verurteilt, weil er ein ausgebildeter Feuerwehrmann war und die Gefahr gekannt hat. Wie kann man so etwas schreiben? Natürlich hat er um die Gefahr gewusst. Die Sache ist nur die, dass dieses Wissen, jedes Wissen in den Hintergrund gerät, wenn ein geliebter Mensch in Gefahr ist. Man fürchtet den Tod nicht, denn noch schlimmer wäre es, den anderen zu verlieren. Tut mir leid für den Journalisten, denn scheinbar hat er noch nie so gefühlt. Ich habe es. Ich tue es. Und ich würde jederzeit für dich durchs Feuer gehen. Das verspreche ich dir.

Hannah las diese letzte Botschaft ihrer Auswahl mehrfach durch. Sie war auf den 4. April 2015 datiert. An diesem Tag hatte ihr Vater seiner Frau versprochen, für sie durchs Feuer zu gehen. Nur einen Monat später hatte er sie zum Teufel gejagt. Mitsamt seiner einzigen Tochter. Wie passte das zusammen? Die Antwort darauf war leicht: Gar nicht!

Hannah stand auf und ging mit dem Zettel zum Fenster, von wo aus sie einen guten Blick auf den Dragon Lake und auf das Bootshaus hatte. Sie entdeckte Mr Dornam und seine Tochter, die Maggie an der Hand hielt. Die drei unterhielten sich angeregt, und immer wieder zeigte das kleine Mädchen auf die Enten, die vor dem Bootssteg schwammen. Hannah konnte Nick nirgends entdecken, doch als sie das Fenster öffnete, hörte sie aus der Ferne Hammerschläge. Offenbar hatte er Maggie in die Obhut von

Mrs Mills gegeben und arbeitete nun wieder in der Werkstatt ihres Vaters.

Ihr Vater. Sie sah traurig auf den Zettel. Auf die Worte, die er geschrieben hatte. »Was ist nur in den Wochen danach geschehen, Dad?«, flüsterte sie. Sie versuchte, sich den Tag, als er sie und ihre Mom weggeschickt hatte, zurück ins Gedächtnis zu rufen. Es war hier gewesen, im Kaminzimmer. Er hatte dort am Sessel gestanden und neben ihm Dora, als er ihnen gesagt hatte, dass er eine andere Frau kennengelernt habe. Dass es Liebe auf den ersten Blick gewesen sei und dass die Neue von nun an mit ihm im *Broken Heart* leben sollte. Dass sie deswegen gehen müssten. Sofort! Und Dora hatte das Gleiche gesagt. Ohne Erbarmen.

In Hannahs Augen brannten Tränen, und sie zerknüllte den Zettel in ihrer Hand.

Natürlich hatten ihre Mutter und sie das nicht hinnehmen wollen. Sie hatten diskutiert, gebettelt und gefleht, doch es hatte nichts genützt. Hannah erschauderte, weil sie die knallharte Stimme ihres Vaters noch im Ohr hatte. »Es tut mir leid«, hatte er gesagt. »Ich hätte mir auch etwas anderes gewünscht, aber gegen seine Gefühle ist man nun mal machtlos. Wenn ich einmal alt und grau bin, möchte ich mir nicht vorwerfen, dass ich diese Chance auf eine neue Liebe vertan habe. Ihr werdet das jetzt nicht verstehen, aber vielleicht irgendwann einmal. Tut mir den Gefallen, und geht bitte!«

Ihre Mutter hatte jedoch immer noch nicht aufgeben wollen und dagegengehalten. Am Ende hatten sich ihre Eltern nur noch angeschrien. Es war unerträglich gewesen für Hannah, die irgendwann aus dem Zimmer gelaufen war. Nur eine Stunde danach hatten ihre Mutter und sie die Pension und Quesnel verlassen und zunächst Unterschlupf bei Freunden in Vancouver gefunden. Später dann waren sie in Seattle gelandet.

Hannah ging zurück zum Tisch und starrte auf die gewaltige Menge an Papierfetzen, die auf ihm lag. »Liebe auf den ersten Blick, Dad?«, fragte sie leise in den Raum hinein. »Wenn es all das hier wertlos gemacht hat, muss es wie ein gigantisches Erdbeben gewesen sein. Du hattest recht, niemand kann etwas für seine Gefühle, aber warum musste es ein solch harter Schnitt sein? Warum war und ist auch für mich kein Platz mehr in deinem Leben? Das habe ich in all der Zeit nicht verstanden, und ich fürchte, ich werde es auch nicht verstehen, wenn ich am Sonntag mit Dora gesprochen habe. Dass du mich aus deinem Leben gestrichen hast, als hätte ich nie existiert, das ist mit nichts zu entschuldigen.«

Und wenn er sich geschämt hat?, hörte sie plötzlich ihre innere Stimme. *Was, wenn es diese andere Frau nie gegeben hat? Wenn das Problem ganz woanders lag? Vielleicht hat die Pension schon damals in Schwierigkeiten gesteckt. Möglicherweise durch seine Schuld. Weil er spielsüchtig war oder etwas Kriminelles gemacht hat. Irgendetwas in der Art. Hat Dora das nicht sogar angedeutet? Dass das eine, die Trennung von Miranda und Mike, mit dem anderen, nämlich den Geldsorgen der Pension, zusammenhängen würde? Dad wollte uns aus dem Weg haben. Weil es ihm peinlich war, versagt zu haben. So muss es gewesen sein.*

»Schluss jetzt!«, schimpfte Hannah und brachte ihre innere Stimme damit zum Schweigen. »Das Spekulieren bringt doch nichts. Ich sollte mich lieber wieder um die Wäsche kümmern, die wird schließlich nicht von alleine fertig.« Sie sammelte alle Zettel vom Tisch und legte sie zurück in die Schachtel. Auch den, den sie zerknüllt hatte. Für heute hatte sie genug von der Vergangenheit. Bis Sonntag würde sie sich keine weiteren Gedanken deswegen machen, nahm sie sich fest vor. Und sich stattdessen lieber der Gegenwart und der Zukunft widmen.

Wie auf Kommando schob sich das Bild von Nick Cooper vor ihr geistiges Auge. Hannah stöhnte auf: »Na toll, so war das auch wieder nicht gemeint.« Sie nahm die Schachtel, trug sie zurück in ihr Zimmer und stellte sie dort auf den Schreibtisch. Dann eilte sie weiter in die Wäschekammer. Der Trockner mit den Handtüchern war längst durch, die Buntwäsche in der Waschmaschine sowieso.

Als sie die Wäsche aus der Trommel holte, hielt sie als Erstes Nicks T-Shirt in den Händen. War ja klar, was sonst. Nachdenklich starrte sie auf den Schriftzug, der das Kleidungsstück zierte. Und plötzlich, aus einem Impuls heraus, legte sie das Shirt beiseite und zog ihr Handy aus der Hosentasche. Flink wischten ihre Finger über das Display, als sie den Webbrowser öffnete. Ein bisschen schämte sie sich, dass sie dem Mann nachspionierte. Doch sie konnte nicht anders, die Neugierde war einfach zu groß. Obwohl Hannah die Wahrscheinlichkeit, auf diesem Weg mehr über Nick zu erfahren, als äußerst gering einschätzte.

Doch sie irrte sich. Es dauerte nicht lange, da wurde sie tatsächlich fündig. Ihre Stirn legte sich in tiefe Falten, als sie mit der Information, die sie bekommen hatte, eine neue Suche startete. Und auf etwas stieß, das sie niemals erwartet hätte. Sie las den Eintrag, und mit jedem Wort wurden ihre Augen größer. Als ihr bewusst wurde, was sie da entdeckt hatte, legte sie das Handy kreidebleich auf die Waschmaschine. Natürlich, es passte alles zusammen. Sein seltsames Benehmen, die vielen Pässe auf seinem Nachtschränkchen …

Die Schockstarre ließ nur allmählich nach, doch dann machte sie Platz für etwas anderes. Ihre Schritte hallten auf dem Linoleumboden, als sie wutentbrannt aus der Wäschekammer stürmte.

20

Nachdem Hannah auf die Veranda gestürmt war, blieb sie abrupt stehen. Was um Himmels willen hatte sie vor? Sie konnte nicht einfach zu Nick gehen und ihn zur Rede stellen. Wer wusste, wie er darauf reagieren würde? Er könnte ausrasten. Vielleicht würde er auch auf sie losgehen, sie angreifen.

Sie schüttelte vehement den Kopf. Nein, das würde er sicher nicht tun. Trotzdem, sie sollte den sicheren Weg wählen. Nämlich den, die Polizei zu informieren.

Sie drehte sich um, um ins Haus zurückzukehren, als ein Geräusch sie aufhielt. Es war ein kindliches Lachen, und als sie zum See schaute, sah sie Maggie, die ihr freudig zuwinkte. Hannah winkte zurück und verwarf ihre Absicht wieder. Das konnte sie Maggie nicht zumuten. Sie konnte das Mädchen unmöglich dabei zusehen lassen, wie ihr Vater verhaftet und abgeführt wurde.

Also zurück zu Plan A. Hannah atmete tief durch. Dann ging sie weiter. Nahm den ursprünglichen Weg und zwang sich, Ruhe zu bewahren. Weil sie ahnte, dass die Wut, die immer noch in ihr brodelte, bei Nick wenig hilfreich sein würde. Sie musste es mit Rationalität und Vernunft versuchen, das war vielleicht die einzige Chance, dass er zur Besinnung kommen und das Richtige tun würde.

Sie zuckte zusammen, als plötzlich wieder ein Hämmern aus

dem Schuppen erklang, das mit jedem Schritt, den sie tat, lauter wurde. Unglaublich, dass er die Nerven hatte, in aller Seelenruhe Möbel instand zu setzen. Hannah hätte nicht gedacht, dass Nick derart abgebrüht war, aber so konnte man sich in einem Menschen irren.

Als sie den Schuppen erreichte, zögerte sie nur kurz, dann zog sie die hölzerne Tür auf und trat ein.

Der Lichtschein, der durch die Tür in die Werkstatt ihres Vaters fiel, blieb von Nick nicht unbemerkt. Er legte den Hammer auf die Werkbank und lächelte Hannah an. »Na du? Willst du etwa kontrollieren, ob ich meine Arbeit gewissenhaft mache?«

»Muss ich das denn?«, erwiderte Hannah angestrengt, weil es gar nicht so einfach war, ihren Zorn zu bändigen.

»Ich glaube nicht. Die beiden Stühle, die ich überarbeiten sollte, sind längst fertig. Zur Sicherheit habe ich mir aber alle anderen Stühle aus dem Frühstücks- und Fernsehraum angeschaut und noch einige gefunden, die ebenfalls in keinem guten Zustand mehr waren. Ich hoffe, es ist dir recht, dass ich mich darum gekümmert habe.«

»Ja«, raunte Hannah. »Natürlich.« Ihre Fingernägel bohrten sich schmerzhaft in ihre Handflächen, aber sie merkte es kaum. »Maggie ist am See?«

Er nickte. »Ich bin kurz mit ihr hingegangen, wollte das hier aber gerne zu Ende bringen. Mrs Mills hat sich angeboten, auf sie aufzupassen. Sie kommt sowieso nicht mehr vom Bootssteg weg, weil ihr Vater mindestens genauso vernarrt in die kleinen Entchen ist wie meine Kleine, hat sie gesagt. Eine sehr nette Frau übrigens.«

»Äh … ja, finde ich auch.«

Nick runzelte die Stirn, als er sie betrachtete. »Hannah, bist du okay? Du wirkst angespannt.«

Angespannt? Das traf es nicht annähernd. Da stand dieser Mann vor ihr, und sein Anblick potenzierte das Chaos in ihrem Inneren um ein Vielfaches. Er trug enge Jeans. Dazu ein kurzärmliges blaues Shirt, das seinen muskulösen Oberkörper perfekt zur Geltung brachte. Eine Strähne seines dunklen Haars klebte auf seiner verschwitzten Stirn, und Hannah juckte es in den Fingern, hinzugehen, um sie wegzustreichen. Er sah so normal aus. So sympathisch und liebenswert. Doch dann schob sich das, was sie über ihn gelesen hatte, wieder in ihr Gedächtnis und erinnerte sie daran, mit wem sie es hier zu tun hatte. Ihre Nägel bohrten sich weiter in ihr Fleisch.

Nick umrundete die Werkbank und kam näher. »Was ist denn? Ist es wegen deiner Großmutter? Geht es ihr wieder schlechter?«

»Nein. Das ist es nicht.«

Er blieb direkt vor ihr stehen und sah sie fragend an. »Was dann?«

Sie wich seinem Blick aus und kaute nervös auf ihrer Unterlippe herum.

»Hannah?«

Sie holte tief Luft und sah wieder auf. »Können wir reden?«

Seine Mundwinkel zogen sich nach oben. »Wie? Jetzt doch?«, fragte er mit einem verschmitzten Lächeln.

Hannah verstand erst nicht, doch dann wurde ihr bewusst, worauf er anspielte. »Nein, nicht über uns«, stammelte sie. »Es geht um etwas anderes.«

Das Lächeln verschwand wieder aus seinem Gesicht. »Hm, dann heraus damit.«

Jetzt oder nie, dachte Hannah. »Dein T-Shirt ...«, begann sie zögernd, zu erklären.

Nick schaute an sich herab. »Was ist damit?«

»Nicht das. Ich rede von dem, das Maggie mir auf dem Rückweg von Barkerville gegeben hat.«

»Ja?«

»Es ist ein Schriftzug darauf. Von einem Fußball-Fanklub.«

Nick sah sie verständnislos an, doch dann schien er zu begreifen. »Und?«, fragte er mit rauer Stimme.

»Ich sag's, wie es ist«, fuhr Hannah hastig fort. »Es ist nicht in Ordnung, jemandem hinterherzuschnüffeln, das weiß ich. Aber du hast dich in den letzten Tagen das ein oder andere Mal so seltsam benommen, da konnte ich einfach nicht anders.«

»Was hast du getan, Hannah?«, fragte er und trat noch einen Schritt weiter auf sie zu.

Sie wich zurück und hob abwehrend die Hände. »Nicht näher, bitte!«, wisperte sie.

Nick klappte die Kinnlade herunter. »Du hast Angst vor mir?«, stieß er entsetzt aus.

Hannah blieb stumm und starrte ihn an.

»Hannah, bitte, ich weiß nicht, was du glaubst, über mich herausgefunden zu haben, aber ich würde dir nie etwas antun. Wie kannst du das nur denken?«

»Vielleicht hat es damit zu tun, dass du Maggie entführt hast?«

Nick wurde blass. »Wer sagt das?«

»Ein Mann namens Devin Holmes. Er hat einer Boulevardzeitung in Sheffield ein Interview gegeben. Das weiß ich von der Website des Fanklubs. Dort habe ich nämlich ein Statement des Vorsitzenden gelesen, der schreibt, dass er den Artikel über den Vereinskameraden Nicholas C. in der Sheffield Post nicht kommentieren möchte und kann. Tja, was meinst du wohl? Besagten Artikel habe ich mühelos gefunden. Und musste was erfahren? Dass du ein Kidnapper bist. Dass du Maggies Mutter euer gemeinsames Kind entzogen hast.«

Sein Gesicht verlor noch mehr an Farbe. »Du nimmst mich auf den Arm.«

Hannah schnappte nach Luft. »Wie bitte? Mehr hast du dazu nicht zu sagen?«

»Nein. Weil das Bullshit ist. Ich habe Maggie nicht entführt.«

»Und du meinst, das glaube ich dir ohne Weiteres, oder was? Tut mir leid, dich enttäuschen zu müssen, aber nicht mit mir. Das merkwürdige Benehmen, das du an den Tag gelegt hast, sobald ich etwas mehr über dich und Maggie erfahren wollte, die vielen Pässe in deinem Zimmer ...«

»Du ... du hast sie gesehen?«, unterbrach er sie aufgewühlt.

»Ja. Ich habe nichts dazu gesagt, weil ich gedacht habe, dass es eine einfache Erklärung dafür geben könnte. Jetzt weiß ich, was dahintersteckt. Du bist auf der Flucht.«

»Das bin ich nicht«, entgegnete Nick verhalten.

»Es bringt doch nichts, wenn du das abstreitest. Hör zu, ich weiß nicht, was zwischen dir und Maggies Mutter vorgefallen ist, aber die Kleine einfach ohne ihr Einverständnis in ein anderes Land zu bringen, das ist illegal. Früher oder später werden sie dich kriegen, so viel ist sicher.«

»Hannah, du weißt tatsächlich nicht, was geschehen ist, also solltest du dich besser heraushalten. Ich habe nichts Unrechtes getan.«

»Okay, dann wird es kein Problem für dich sein, wenn wir jetzt zusammen zur Polizei fahren, um das zu klären.«

»Zur Polizei?« Er lachte hämisch auf. »Was soll ich da? Noch mal: Ich habe nichts getan.« Er versuchte abermals, auf sie zuzugehen.

»Nein, bleib, wo du bist«, schrie Hannah aufgebracht. Die Wut, die sie zurückgedrängt hatte, kehrte mit voller Kraft zurück. »Ich wollte in Ruhe mit dir reden, weil ich dir eine Chance geben wollte, die Dinge selbst zu klären. Doch solange du dir einredest, es wäre in Ordnung, was du gemacht hast, kann das nichts werden.« Sie drehte sich um.

»Wo willst du hin?«, rief Nick ihr nach.

»Ich werde das tun, was ich sofort hätte machen sollen. Die Polizei anrufen.«

Plötzlich ging alles ganz schnell. So schnell, dass Hannah völlig überrumpelt wurde. Nick stürmte an ihr vorbei ins Freie, drängte sie zurück in den Schuppen und knallte die Tür vor ihrer Nase zu. Unüberhörbar drehte sich der Schlüssel von außen im Schloss.

»Bist du jetzt völlig übergeschnappt?«, brüllte Hannah und hämmerte gegen die Tür. »Mach sofort wieder auf, hörst du? Sofort!« Sie hielt inne, aber von draußen kam nichts als Stille. Nick war weg.

»Das glaube ich nicht«, fluchte Hannah. »Schließt der mich einfach ein. Aber nicht mit mir, Nick Cooper.« Sie fasste in ihre Hosentasche, um ihr Handy herauszufischen, doch erstarrte in der Bewegung. Mist. Das lag auf der Waschmaschine in der Wäschekammer. Super. Was also dann? Sie schaute sich um. Der Schuppen hatte kein Fenster, durch das sie ins Freie hätte gelangen können. Zum Glück stand sie nicht im Dunkeln, was der hell leuchtenden Neonlampe über der Werkbank zu verdanken war. Hannah überlegte, ob sie erneut gegen die Tür schlagen und schreien sollte. Doch eine Sekunde später wusste sie, dass das nichts bringen würde. Weil genau in diesem Moment draußen der Rasentraktor angeworfen wurde. Nathan hatte ihr gesagt, dass er die Wiese mähen wollte, aber musste das ausgerechnet jetzt sein? Niemand würde bei diesem Höllenlärm ihre Hilferufe hören.

»Läuft ja prima für dich, Hannah«, murmelte sie und rüttelte noch mal vergebens am Türknauf. »Irgendwie muss ich hier doch rauskommen, verdammt.« Sie erinnerte sich daran, dass ihr Vater hier ebenfalls mal eingesperrt worden war. Das war in der Woche gewesen, in der ihre Mutter wegen der Blinddarm-OP im Krankenhaus gelegen hatte. Mike hatte spätabends noch im Schuppen gewerkelt, war dabei müde geworden und hatte sich für ein Nickerchen auf die Pritsche in der Ecke gelegt. Dora hatte ihn dann auf ihrem abendlichen Rundgang übersehen. Sie hatte das Licht über der Werkbank gelöscht und den Schuppen verriegelt. Hannahs Vater war mitten in der Nacht wach geworden und hatte bis zum Morgengrauen ausgeharrt, weil er die Gäste nicht mit seinen Rufen hatte aufwecken wollen. Seit dieser Nacht hatte er immer einen Zweitschlüssel im Schuppen verwahrt. Nur, wo war der?

Hannah sah sich um. Allzu viele Möglichkeiten gab es nicht. Vielleicht in den Schubladen unter der Werkbank, da, wo sich ihrer Erinnerung nach unzählige Kästchen mit Nägeln und Schrauben in allen Größen befanden. Dort würde sie als Erstes nachsehen. Als Hannah an die Bank herantrat, fiel ihr sofort etwas Weißes in Auge, das neben dem Stuhl lag, den Nick zuletzt repariert hatte. So, wie es aussah, hatte er sich eine Notiz gemacht. Sie nahm den Papierfetzen in die Hand, und als sie die ersten Worte las, die darauf geschrieben standen, hätte sie nicht überraschter sein können.

Geliebte Theresa,

Es gab also noch mehr Zettel, und vermutlich hatte Nick diesen hier gerade gefunden. Hannah wollte ihn wegstecken, um ihn später zu den anderen in die Schachtel zu legen, doch dann las sie den Rest der Botschaft.

ich habe gewusst, dass es schwer sein würde, den Rest meines Le-

bens ohne dich an meiner Seite einzuschlafen und aufzuwachen. Nur hatte ich nicht den Hauch einer Ahnung, wie schwer. Ich liebe und vermisse dich.

Dein Garret (am 7. Dezember 2015)

Hannah starrte aufgewühlt auf die Worte vor ihr. So angestrengt, dass sie begannen, vor ihren Augen zu verschwimmen. Der 7. Dezember 2015? Das war mehr als ein halbes Jahr, nachdem sie das *Broken Heart* verlassen hatten. Ein halbes Jahr, in dem es keinen Kontakt gegeben hatte mit ihrem Vater. Ein halbes Jahr, in dem sie und ihre Mom geglaubt hatten, dass sie Mike Larsson nichts mehr bedeuteten. Wie auch in all der Zeit danach. Und dann schrieb er diese Nachricht? Warum? Ihm musste doch klar gewesen sein, dass Miranda sie nie lesen würde. Möglicherweise hatte er das auch gar nicht gewollt.

In Hannahs Kopf ging es drunter und drüber. Mehr denn je war sie der Überzeugung, dass etwas faul war an der Geschichte von der anderen Frau. Vielleicht würde sie hier im Schuppen sogar noch mehr Belege finden, dass an ihrem Verdacht etwas dran war.

Hektisch riss sie eine Schublade nach der anderen auf und durchwühlte sie. Und tatsächlich. In kürzester Zeit hatte sie ein weiteres Dutzend Botschaften gefunden, allesamt zwischen Juni 2015 und November 2016 geschrieben. Sie nahm die Zettel und setzte sich auf einen Schemel neben der Werkbank. Ihre Hände zitterten, als sie einen nach dem anderen durchging. Wundervolle, anrührende Worte hatte ihr Vater für die Frau gefunden, von der er sich auf so grausame Art getrennt hatte. Aber nirgends ein Hinweis darauf, warum er sie wirklich weggeschickt hatte. Doch als Hannah die Nachrichten ein weiteres Mal durchging, fiel ihr etwas auf, was sie zuvor nicht bemerkt hatte. Etwas, das ihr einen gewaltigen Schreck einjagte und ihr den Magen umdrehte. So sehr, dass sie nicht mitbekam, dass sich auch etwas anderes umgedreht hatte. Nämlich der Schlüssel im Türschloss. Sie merkte auch nicht, dass jemand näher kam und sich vor ihr hinkniete.

»Was ist mit dir? Du bist weiß wie eine Wand.«

Hannah schaute auf. Es war Nick, der sie besorgt anblickte. Sie erkannte ihn und gleichzeitig auch nicht. Sie war wie versteinert.

»Ist es, weil ich dich eingeschlossen habe? Sorry, aber das musste sein. Ich erkläre dir alles. Jetzt sofort, wenn du willst.«

Sie antwortete wieder nicht. Starrte nur apathisch auf die Zettel in ihren Händen.

»Oh, es gibt noch mehr davon? Ich habe einen in der obersten Schublade gefunden. Wer ist dieser Garret, der da an seine Liebste geschrieben hat?«

Hannah zuckte nur wortlos mit den Schultern.

»Okay, das reicht«, raunte Nick und umfasste ihr Gesicht mit beiden Händen. »Was ist los, Hannah? Sag es mir. Das kann man ja nicht mit anschauen. Wenn ich verantwortlich bin für deinen Zustand, dann kann ich mich nur noch mal entschuldigen. Ich musste verhindern, dass du die Polizei verständigst, bevor ich einiges klären konnte. Das ist mir gelungen, und ich versichere dir, es ist alles in Ordnung. Und, um das noch mal deutlich zu sagen, ich habe Maggie nicht entführt.«

Maggie? Hannah blinzelte, und die Erwähnung des kleinen Mädchens befreite sie aus ihrer Starre. Und nicht nur das. Es erinnerte sie daran, warum sie hergekommen war und was dieser Mann getan hatte.

Seelenruhig nahm sie die Zettel und schob sie in ihre Hosentasche. Sie lächelte Nick an, doch dann, wie aus dem Nichts, schossen ihre Hände nach vorne, und sie schubste ihn mit aller

Kraft von sich weg, sodass er fiel. Sie sprang auf und blickte verächtlich auf den Mann, der völlig perplex vor ihren Füßen auf dem staubigen Boden lag.

»Idiot!«, knurrte sie, drehte sich um und stapfte davon.

21

Dass Nathan die Wiese bereits fertig gemäht hatte, konnte Hannah kaum glauben. Wie war das möglich, in so kurzer Zeit? Dummerweise war Nathan auch nirgends mehr zu sehen, dabei würde sie womöglich seine Hilfe benötigen, denn Nick war ihr dicht auf den Fersen.

»Jetzt renn doch nicht schon wieder weg. Bitte!«

Hannah ignorierte ihn und lief unbeirrt weiter. Als sie die Stufen der Veranda erreichte, wurde sie am Arm gepackt und herumgewirbelt. Finster starrte Nick sie an, doch dieser Blick war nichts im Vergleich zu dem, mit dem sie ihn bedachte. »Fasst du mich noch einmal an, dann wirst du mich richtig kennenlernen, das schwöre ich dir«, knurrte sie erbost.

»Ist ja gut, Herrgott noch mal. Ich möchte doch nur mit dir reden. Es dir erklären.«

»Und alles, was ich möchte, ist die Polizei anrufen.«

Nick verschränkte die Arme vor seinem Oberkörper und nickte. »Okay! Dann tu, was du nicht lassen kannst. Ich kann dir allerdings prophezeien, dass du auf dein hübsches Näschen fallen wirst. Und zwar unsanft.«

»Was soll das schon wieder heißen?«

»Das heißt, dass du die Beamten umsonst bemühst. Es gibt keine Straftat.«

»Kindesentführung ist auch in Kanada kein Kavaliersdelikt, Nick.«

Er seufzte. »Ist mir schon klar, aber noch mal: Ich habe Maggie nicht entführt. Seit dem Tag ihrer Geburt besitze ich das alleinige Sorgerecht. Vor unserer Reise habe ich sie ordnungsgemäß in der Schule in Sheffield ab- und hier in Kanada zum Homeschooling angemeldet. Und wir sind auch nicht bei Nacht und Nebel aus England abgehauen, sondern regulär ausgereist.«

Hannah verschränkte nun ebenfalls die Hände vor der Brust. »Und warum behauptet dieser Mann etwas anderes?«

»Weil er ein Schwachkopf ist. Ich habe ihn eben aus dem Bett geklingelt und zur Rede gestellt. Er wird noch heute eine Gegendarstellung des Artikels veranlassen. Das wird ihm aber nichts nützen, denn ich habe gleich nach unserem Telefonat die Polizei in Sheffield angerufen und Anzeige gegen ihn erstattet. Der Beamte, mit dem ich gesprochen habe, war ziemlich überrascht. Dass sich jemand in seiner Nachtschicht von jenseits des Atlantiks meldet und eine Verleumdung zur Anzeige bringt, passiert ihm sicher nicht häufig.«

Hannah schüttelte unwillig den Kopf. »Ich weiß nicht, ob ich dir das glauben kann. Du warst kaum fünf Minuten weg, und in der Zeit willst du zweimal telefoniert haben? In einer derart ernsten Angelegenheit? Gerade, was die vermeintliche Anzeige betrifft, ist das ziemlich unwahrscheinlich. So was dauert doch mit Sicherheit länger. Erst recht, wenn es per Telefon passiert.«

Nick sah sie irritiert an. »Stimmt, das war auch so. Sag mal, kann es sein, dass du ein wenig durcheinander bist?«

»Was? Wieso sollte ich?«

»Weil ich nicht fünf Minuten weg war, sondern fast eine Dreiviertelstunde.«

Eine Dreiviertelstunde? Das konnte nicht sein. Doch ein Blick auf ihre Armbanduhr sagte Hannah, dass Nick recht hatte. Scheinbar hatten die Botschaften ihres Vaters sie derart beschäftigt, dass sie darüber die Zeit vergessen hatte. Ihr Vater ... Hannahs Gedanken drohten erneut abzuschweifen, aber das durfte sie nicht zulassen. Nicht jetzt. »Wie bitte? Du hast mich eine Dreiviertelstunde lang in den Schuppen gesperrt?«, fauchte sie stattdessen Nick an. »Dafür könnte ich *dich* anzeigen.«

»Es war Notwehr, und wenn du mich endlich lassen würdest, könnte ich dir die ganze Geschichte erzählen.«

Hannah setzte sich auf die unterste Stufe der Veranda. »Na gut, schieß los.«

»Wie wäre es mit einem Spaziergang? Damit wir in Ruhe reden können.«

»Können wir auch hier. Oder meinetwegen drinnen, wenn dir das lieber ist. Ist ja niemand da zurzeit.«

»Eben doch. Maggie hatte genug vom Entengucken. Sie sitzt mit Mrs Mills und ihrem Vater im Fernsehzimmer und schaut einen Zeichentrickfilm. Ich möchte vermeiden, dass sie etwas von unserem Gespräch mitbekommt.«

»Dann gibt es doch etwas zu verheimlichen?«

»Nein. Aber die Wahrheit kann wehtun, und das würde ich meiner Tochter gerne ersparen.«

Hannah nickte und stand auf. »Okay, dann halt woanders. Ich weiß auch schon, wo.«

»Ich glaube, das ist der erste Ahornwald, den ich in dieser Gegend sehe«, meinte Nick wenig später, als sie den Weg zwischen den Bäumen beschritten.

»Gut möglich«, sagte Hannah. »Im Cariboo District gibt es nicht allzu viele davon, und hier in Quesnel ist es sogar ganz sicher der einzige. Zum Glück liegt er versteckt hinter den Nadelhölzern und ist nur schwer zu entdecken, sonst wäre er womöglich schon längst von Touristen überlaufen.«

»Bist du sicher?«, fragte Nick zweifelnd. »Er mag besonders für diese Gegend sein, aber so ein Highlight nun auch wieder nicht.«

»Abwarten«, erwiderte Hannah. Die Lichtung mit der Bank und der Zuckerhütte tauchte vor ihnen auf, und sie erahnte Nicks Reaktion darauf. Jeder, der das erste Mal hierherkam, reagierte auf die gleiche Weise.

»Wow«, stieß er dann auch begeistert aus und bestätigte damit ihre Annahme. Er drehte sich einmal um die eigene Achse, und seine Augen leuchteten. »Es ist wunderschön hier.«

»Nicht wahr?« Hannah setzte sich auf die Bank und beobachtete Nick, wie er die gesamte Lichtung umrundete und sich alles ganz genau ansah.

Er zeigte auf die rotblättrigen Bäume, die den Platz säumten. »Ich bin mit Sicherheit kein Fachmann, aber die da sind nicht typisch für Kanada, oder?«

Hannah nickte. »Das stimmt. Es handelt sich um Rotfächerahorn, der ursprünglich aus Japan stammt.«

»Wie kommen japanische Pflanzen in die kanadische Wildnis?«

»Gute Frage. Die gleiche hat sich mein verstorbener Großvater auch oft gestellt. Immerhin dürften alle Bäume dieses Waldes, sowohl der Rotfächerahorn als auch der Zuckerahorn, der den größten Teil des Waldes ausmacht, an die hundertfünfzig Jahre alt sein. Was die Sache noch mysteriöser macht. Denn damals strömten zwar die Goldgräber in diese Gegend, aber überwiegend lebten hier Angehörige der First Nations. Die werden das Wäldchen kaum angelegt haben, und dass ein Goldgräber Ahornbäume aus Japan importiert hat, daran wage ich ebenfalls zu zweifeln.«

»Vielleicht hat das Ganze einen romantischen Hintergrund?«, spekulierte Nick.

»Wie kommst du darauf?«

»Na ja, diese roten Bäume inmitten des sonst grünen Waldes, das wirkt doch, als wären sie dessen Herz. Könnte doch sein, dass wir es hier mit einer außergewöhnlichen Liebeserklärung zu tun haben.«

Hannah verzog das Gesicht zu einem schiefen Grinsen. »Da sag noch mal einer, es wären wir Frauen, die zu Gefühlsduseleien neigen.«

»Das ist keine Gefühlsduselei, sondern eine logische Schlussfolgerung. Ein weiterer Beleg dafür ist die Bank, auf der du sitzt.«

»Die Bank?« Hannah stand auf und betrachtete sie stirnrunzelnd. »Was ist denn mit der Bank?«

»Weißt du, ob sie genauso alt ist wie der Wald?«

»Keine Ahnung. Ich kann mich erinnern, dass mein Großvater mal die Bretter ausgetauscht hat, weil sie morsch waren, aber die Metallfüße müssten Originale sein.«

»Aha!«

»Was heißt denn hier ›aha‹?«

»Schau dir die Füße doch mal genau an.«

Hannah tat ihm den Gefallen, und sie hätte nicht überraschter sein können. »Sie haben die Form von Buchstaben«, rief sie überrascht.

»Korrekt. Ein E und ein F. Bei den hinteren Füßen dasselbe, nur spiegelverkehrt.«

»Wieso habe ich das nie zuvor gesehen? Und mein Großvater auch nicht, er hätte doch was gesagt.«

»Es fällt nicht unbedingt sofort ins Auge, aber ein Tischler sieht so was nun mal.«

»Ist das so?«

»Auf jeden Fall.«

Hannah setzte sich wieder und zeigte auf den Platz neben sich. »Das hört sich alles ziemlich spannend an, und mein Großvater wäre von deiner Theorie begeistert gewesen. Er hat immer eine besondere Geschichte hinter diesem Platz vermutet. Nur sind wir nicht hier, um die Identität eines vermeintlichen Liebespaares aufzudecken, sondern wir wollten reden, erinnerst du dich? Also setz dich.«

Nick wurde genauso ernst wie sie und folgte ihrer Aufforderung. Als er Platz genommen hatte, zog er eine Zigarettenschachtel aus seiner Hosentasche.

»Wehe!«, drohte Hannah ihm umgehend mit erhobenem Zeigefinger. »Du wirst mir diesen wunderbaren Ort nicht mit Zigarettenqualm verpesten, verstanden?«

»Ja doch!«, brummte Nick und steckte die Schachtel wieder weg. »Hat dir schon mal jemand gesagt, dass du zuweilen Haare auf den Zähnen hast?«

»Kommt mir bekannt vor. Passt doch aber ins Bild. Zum Fliegen benutze ich schließlich auch einen Besen. Fehlt nur noch die Warze auf der Nase, nicht wahr?«

Nick sah sie verlegen an. »Das mit dem Besen hast du gehört?«

»Oh ja. Eines der nettesten Komplimente, die ich je bekommen habe.«

»Sorry ... wobei ...«

»Wobei?«, wiederholte Hannah entrüstet. »Willst du etwa sagen, dass ich tatsächlich eine Hexe bin?«

»Na ja, in gewisser Weise schon«, meinte Nick und fing blitzschnell Hannahs Hand ab, die sie auf seinen Oberschenkel hatte klatschen wollen. »Immerhin hast du *mich* verhext. Oder soll ich besser sagen, verzaubert?«

Hannah stockte der Atem, und sie wurde knallrot.

»Und? Ist dieses Kompliment ein wenig besser?«

»Hör auf damit, Nick«, wisperte sie und entzog ihm ihre Hand. »Deswegen sind wir nicht hier.«

»Ich weiß. Ich wollte es nur gesagt haben.« Er fuhr sich durch die Haare und holte tief Luft. »Also gut, dann mal los.« Kurz zögerte er erneut, doch dann begann er zu erzählen. »Der Mann, der dieses unsägliche Interview gegeben hat, ist ein ehemaliger Freund von mir und … Maggies Onkel. Durch Devin habe ich damals Maggies Mutter kennengelernt. Charlene. Sie war hübsch, und na ja, sie machte keinen Hehl daraus, dass sie auf mich stand. Jedenfalls legte sie es von der ersten Sekunde darauf an, mich herumzukriegen.«

»Was sie auch geschafft hat«, warf Hannah ein.

»Ja. Ich weiß, es ist ein abgedroschener und dämlicher Spruch, aber am Ende bin ich eben auch nur ein Mann.«

»Okay. War es nur etwas Körperliches, oder habt ihr euch verliebt?« Hannah zuckte unmerklich zusammen, als sie die Worte aussprach. Obwohl sie nach wie vor wütend auf Nick war, konnte sie den Gedanken, dass er eine andere lieben könnte oder mal geliebt hatte, kaum ertragen.

»Damals habe ich das gedacht, ja«, antwortete er. »Dass sie in mich verliebt sei und ich in sie. Dass es nicht so war, merkte ich, als sie nach nur sechs Wochen unsere Beziehung, oder wie du es nennen willst, beendete. Hätte ich mehr für sie empfunden, wäre ich doch am Boden zerstört gewesen, oder? War ich aber nicht. Mir tat es leid um den guten Sex, ansonsten ging die Trennung in Ordnung für mich.«

Hannah richtete sich plötzlich auf und lauschte angespannt, worauf Nick verstummte.

»Was ist?«, fragte er irritiert.

»Hast du nicht das Knacken im Unterholz gehört? Ich hoffe, wir bekommen keinen unerwünschten Besuch.«

Nick stöhnte leise auf. »Ist das jetzt die Rache dafür, dass ich dich eingesperrt habe? Du willst mir im wahrsten Sinne des Wortes einen Bären aufbinden, oder?«

»Mit so etwas würde ich niemals spaßen«, belehrte Hannah ihn mit ernster Miene. »Die Gefahr ist real und ein ständiger Begleiter in dieser Gegend, ob du es nun glaubst oder nicht.« Sie zuckte noch mal zusammen, als es erneut knackte, doch unmittelbar danach sprang ein viel kleineres Tier als befürchtet über die Lichtung, und Hannah entspannte sich wieder. »Fein, sprich bitte weiter.«

»Du machst einen solchen Aufstand wegen eines Kaninchens?«

»Es war kein Kaninchen, sondern ein Schneeschuhhase. Und es hätte durchaus auch etwas anderes sein können.«

Nick stöhnte noch mal. »Du machst mich wahnsinnig, weißt du das?«

»Gleichfalls. Und? Ich warte.«

»Okay, wo waren wir stehen geblieben? Ach ja, bei der Trennung. Ich kam, wie gesagt, gut klar damit, und mit Sicherheit hätte ich nie wieder einen Gedanken an Charlene verschwendet, wenn ich nicht ein paar Wochen später, nach einem Sieg von Sheffield United, in der Stammkneipe der Fanbase auf einen ziemlich betrunkenen Devin getroffen wäre. Er sagte mir, dass seine Schwester schwanger von mir wäre, ich mir aber keine Gedanken machen sollte, denn sie würde das Kind abtreiben lassen.« Nick rieb sich die Schläfen. Die Erinnerung an das, was gewesen war, nahm ihn offensichtlich mit. »Es war, als wenn mir jemand einen Schlag mit einem Kantholz verpasst hätte. Ich bekam die Nachricht, dass ich Vater werde, und im gleichen Zuge die Information, dass mein Kind getötet wird. Ich war außer mir. So, wie es Charlene war, als ich sie noch am selben Abend deswegen zur Rede stellte. Sie war stinksauer auf ihren Bruder, dass er mir das mit dem Baby gesteckt hatte, und auf mich, weil ich ihr die Abtreibung ausreden wollte. Ich habe sie bekniet, das Kind zu bekommen, aber sie machte völlig dicht.«

»Das tut mir leid für dich«, sagte Hannah betroffen. »Aber sicher hatte sie ihre Gründe, die Schwangerschaft abbrechen zu wollen, oder? Immerhin hattet ihr nur eine kurze Affäre.«

Er nickte. »Das ist wohl wahr, trotzdem ...«

»Warum hat sie Maggie dann doch bekommen?«

»Kann ich dir verraten. Zunächst hat sie sich durch nichts erweichen lassen, obwohl ich ihr gesagt habe, dass ich unter keinen Umständen eine Abtreibung will. Sicher, ich hatte mir auch etwas anderes vorgestellt, als so jung schon Vater zu werden, aber es war nun mal passiert, und ich wollte mich meiner Verantwortung unbedingt stellen. Ich habe ihr von Beginn an angeboten, dass ich das Baby nehmen und aufziehen würde. Dass sie nichts mehr mit dem Kind zu tun haben würde, wenn sie es nicht wollte, aber darauf ließ sie sich nicht ein. Gebettelt und gefleht habe ich, doch sie blieb hart. Ich war verzweifelt, und in meiner Not bot ich ihr schließlich Geld an. Geld, das ich gar nicht hatte, wohlgemerkt.«

Hannah sah ihn fragend an.

»Mein Vater«, erklärte er, ohne dass sie die Frage aussprach. »Weißt du, meine Mom starb, als ich fünf Jahre alt war. Sie hatte einen Gehirntumor. Mein Vater hat mich und meinen jüngeren Bruder quasi alleine aufgezogen. Er war immer für uns da. Auch in diesem Moment. Und weil er so wie ich die fünfundzwanzigtausend Pfund nicht hatte, die Charlene verlangte, nahm er eine Hypothek auf unser Haus auf.«

»Wow. Dein Vater scheint ein sehr besonderer Mann zu sein.«

»Das ist er, keine Frage. Aber er hat seine Entscheidung von damals nie bereut. Das weiß ich. Er liebt Maggie abgöttisch. Das würde er auch, wenn sie anders aussehen würde.«

»Wenn sie anders aussehen würde?«

»Sie ist meiner verstorbenen Mom wie aus dem Gesicht geschnitten. Ich zeige dir mal Fotos, es ist wirklich unglaublich.«

»Und Charlene hat dir die Kleine dann wirklich einfach so überlassen? Ich meine, manche Mütter, die zuvor nichts von ihrem Kind wissen wollen, entwickeln nach der Geburt doch noch Gefühle ... «

»In diesem Fall nicht«, unterbrach Nick sie. »Charlene wollte unsere Tochter nicht mal sehen.«

»Unfassbar«, murmelte Hannah.

»Das war es. Ich habe es damals nicht verstanden und tue es bis heute nicht.«

»Du hast dann das alleinige Sorgerecht bekommen?«

Er nickte. »War ein ganz schöner Papierkram, weil Charlene und ich niemals verheiratet waren, aber ich habe es hinbekommen, und es liegt alles schwarz auf weiß vor. Die Anerkennung meiner Vaterschaft, der notariell beglaubigte ›Wunsch‹ von Charlene, dass Maggie bei mir aufwachsen soll, und die Überlassung des vollständigen und uneingeschränkten Sorgerechts. Sogar über die Zahlung des Geldes gibt es einen Beleg.«

»Maggie und du habt dann bei deinem Vater gelebt?«

»Ja. Mein Bruder wohnte in den ersten Jahren ebenfalls noch bei uns. Kennst du den Film *Drei Männer und ein Baby*? So ähnlich lief es auch im Hause Cooper. Am Anfang war es das absolute Chaos. Aber wir haben es hinbekommen, und es war alle Mühen wert. Jede Sekunde, die wir mit der Kleinen verbracht haben, war eine Bereicherung. Für uns alle, aber ganz besonders natürlich für mich. Maggie ist mein Ein und Alles. Ich würde sie niemals wieder hergeben, auch wenn mein Leben durch sie anders verläuft als geplant.«

»Wie meinst du das?«

»Ich wollte ursprünglich Innenarchitektur und Möbeldesign studieren. Eine gute Grundlage dafür schien mir eine handwerkliche Ausbildung zu sein, darum habe ich, direkt nachdem ich den Collegeabschluss in der Tasche hatte, die Tischlerlehre gemacht. Danach wollte ich zur Uni. Daraus ist nichts geworden. Stattdessen habe ich mir einen Job gesucht. Schließlich musste ich für mich und meine Kleine Geld verdienen. Aber auch das ist kein Problem. Meine Tochter entschädigt mich für alles. Jeden Tag aufs Neue.«

Hannah nickte. Gedankenverloren rollte sie ein Haargummi von ihrem Handgelenk und fasste ihre blonden Locken zu einem Pferdeschwanz zusammen. Das tat sie immer, wenn sie etwas schwer beschäftigte, und meistens bekam sie es nicht mal mit. So auch jetzt.

»Lass sie doch bitte offen«, hörte sie Nick sagen.

»Was?«, fragte Hannah irritiert.

»Deine Haare.«

»Ach so.« Hannah zog das Haargummi wieder ab und rollte es zurück auf das Handgelenk.

»Deine Locken sind wunderschön«, ergänzte Nick und suchte ihren Blick. »So wie du.«

»Lenk nicht ab, die Geschichte ist noch nicht zu Ende erzählt.«

»Das weiß ich. Gut, dann weiter. Alles war also in bester Ordnung. Wir lebten ein einfaches, aber zufriedenes Leben. Waren ein eingespieltes Team. Als mein Bruder vor zwei Jahren zu seiner Freundin nach Leeds zog, war das ein trauriger Einschnitt für unsere kleine Familie, aber mein Vater und ich konnten auch das meistern. Wir waren glücklich, bis ...«

»... bis Charlene wieder auf der Bildfläche erschien?«

Er nickte. »Das war vor drei Monaten. Sie hat nicht lange um den heißen Brei herumgeredet, sondern ziemlich schnell deutlich gemacht, dass sie Maggie zurückwill. Und zwar ganz. Sie sagte mir, dass sie um das alleinige Sorgerecht für ihr Kind kämpfen würde. Ihr Kind! Das hat sie wirklich gesagt.«

Hannah starrte ihn aufgewühlt an. »Nicht dein Ernst.«

»Doch, leider schon. Ich habe sie rausgeworfen, doch ein paar Tage später hat sie an der Schule auf Maggie gewartet und auf sie eingeredet. Gott sei Dank kam mein Vater dazu, der Maggie hatte abholen wollen. So konnte er behutsam eingreifen und der Kleinen schonend beibringen, mit wem sie es da zu tun hat. Sie war danach trotzdem total durcheinander.«

»Das kann ich mir vorstellen. Aber warum ist dieser Charlene denn nach so vielen Jahren plötzlich wieder eingefallen, dass sie eine Tochter hat? Fällt mir schwer, zu glauben, dass da plötzlich doch Mutterliebe im Spiel gewesen ist.«

»Gott bewahre, das war es ganz sicher nicht. Ich konnte es mir auch nicht erklären. Mein Dad hat mich überzeugt, das Gespräch mit ihr zu suchen. Ihr eventuell ein Besuchsrecht anzubieten. Ich habe mich schweren Herzens dazu entschlossen. Nutzte ja auch nichts. Was auch immer war, sie ist und bleibt Maggies Mutter. Ich wollte eine Einigung mit ihr finden.«

»Was dir nicht gelungen ist.«

»Nein. Als ich sie in ihrem teuren Hotelzimmer in Sheffield besuchte, bestand sie darauf, dass Maggie nun bei ihr leben sollte. Das würde ihr nach all der Zeit zustehen. Als ich sie daraufhin fragte, woher dieser Sinneswandel kommt, hat sie mir tatsächlich die Wahrheit gesagt. Dass sie seit Kurzem verheiratet sei. Mit einem steinreichen Schotten, der sich nichts sehnlicher wünsche als ein Kind, leider aber zeugungsunfähig sei. Sie hätten über eine

Adoption nachgedacht, aber ein völlig fremdes Kind in seinem Haus, mit dem Gedanken hätte sich ihr Mann nicht anfreunden können. *Wenn es wenigstens eins von dir wäre*, hätte er zu ihr gemeint. Das würde ihn zum glücklichsten Mann auf dem Planeten machen. Daraufhin habe sie ihm von Maggie erzählt, und er habe sie darin bestärkt, das Kind heimzuholen, wie sie sich ausgedrückt hat.«

»Das kann unmöglich ihr Ernst gewesen sein«, kommentierte Hannah seine Worte kopfschüttelnd.

»Leider doch. Natürlich habe ich ihr die Meinung gesagt, aber das hat sie nicht im Geringsten berührt. Sie war genauso stur wie damals, als ich ihr die Abtreibung ausreden wollte. Und sie hat mir gedroht. Dass sie und ihr Mann Mittel und Wege finden würden, um ihren Willen durchzusetzen. Mit den besten Anwälten des Landes, die mich in Grund und Boden klagen würden. Die sich vor keiner Schlammschlacht fürchten würden, und wenn sie noch so schmutzig wäre. Ich hätte keine Chance gegen sie, also sollte ich Maggie lieber freiwillig herausrücken. Ich bin dann gegangen, weil ich mir diesen Mist keine Sekunde länger anhören konnte. In den Wochen danach begann sie, uns zu terrorisieren. Sie rief mitten in der Nacht an oder stand stundenlang vor unserem Haus. Als sie damit nicht weiterkam, setzte sie Leute auf meinen Vater und Maggie an, die die beiden systematisch aushorchten. Hauptsächlich über mich, wohl in der Hoffnung, dass sie irgendetwas herausfinden würde, mit dem sie mir schaden könnte.«

»Deswegen hast du so gereizt reagiert, als ich mit Maggie im Auto gesprochen habe?«

»Ja, sorry. Diese ganze Geschichte hat mir ein Trauma beschert, das ich noch lange nicht wieder los bin.«

»Und dieser Devin hilft seiner Schwester nun?«

»Scheint so. Allerdings nicht aus lauter Liebe zu ihr, denke ich. Ich vermute, dass er eine Stange Geld für dieses Interview von ihr bekommen hat. Doch wie gesagt, er wird bereuen, dass er es gegeben hat.«

»Und warum die Reise nach Kanada? War es vielleicht doch eine Art Flucht? Eine auf Zeit?«

»Ja, kann schon sein. Ich brauchte eine Atempause von dieser Irren. Ich weiß, dass sie mich in England vor ein Gericht zerren wird. Und im Grunde genommen bin ich auch dafür gewappnet, aber ...« Er verstummte.

»Du hast Angst, dass sie es tatsächlich schaffen könnte? Ich meine, dir die Kleine wegzunehmen? Hast du nicht gesagt, du hättest alle nötigen Belege? Sogar ein notariell beglaubigtes Schreiben, dass Maggie bei dir aufwachsen soll. Das dürfte doch reichen, oder? Außerdem kann ich mir nicht vorstellen, dass irgendein Richter auf diesem Planeten einer Frau ein Kind anvertraut, die es zuvor für fünfundzwanzigtausend Pfund verkauft hat.«

»Das kann und will man sich nicht vorstellen, stimmt. Trotzdem habe ich die Befürchtung, dass sie und ihr stinkreicher Schotte etwas deichseln könnten. Und diese Furcht ist mit der Zeit immer größer geworden. Deshalb habe ich tatsächlich mit dem Gedanken gespielt, unterzutauchen.«

»Wofür du neue Identitäten benötigen würdest.«

Nick seufzte. »Ja, deswegen auch die Pässe, die du gesehen hast. Ein Bekannter hat sie für mich übers Darknet besorgt.«

»Dann hast du ja doch etwas Illegales getan.«

»Na ja, bislang habe ich sie nicht benutzt, und ich werde es auch nicht tun, daher kann man das wohl vernachlässigen.«

»Woher kommt die Einsicht?«

»Ein Grund dafür ist mein Dad. Er ruft mich fortwährend an

und redet mir ins Gewissen, was meinen Zigarettenkonsum ins Unermessliche gesteigert hat. Aber er hat ja recht. Ich sollte heimfahren und den Kampf aufnehmen, auch wenn mir vor der Schlammschlacht graut, die es sicher werden wird.«

»Und der andere Grund?«

Er suchte ihren Blick. »Bist du.«

»Ich?« Hannah wurde leicht schwindelig. »Aber wir ...«

»Nein, sag nichts. Nicht jetzt. Denn es gibt da noch etwas ...«

»Noch ... etwas?«, stammelte Hannah aufgekratzt. »Ich bin mir nicht sicher, wie viel ich noch aufnehmen kann.«

»Ein bisschen geht schon noch, oder? Ich bin nämlich nicht nur nach Kanada gekommen, weil ich eine Pause von Charlene brauchte.«

»Sondern?«

Nick fasste in seine Hosentasche und zog erneut die Zigarettenschachtel hervor. Er öffnete sie und griff mit spitzen Fingern hinein. Hannah schaute ihm mit krauser Stirn dabei zu, doch als sie erkannte, was er da zutage förderte, traute sie ihren Augen kaum.

22

»Ist es das, wonach es aussieht?«, fragte Hannah staunend.

»Was glaubst du?«, antwortete Nick lächelnd und drückte ihr den Gegenstand in die Handfläche. »Sieh selbst und urteile.«

Hannah drehte das schimmernde, circa drei Zentimeter große Etwas, das die Form eines Tropfens hatte, zwischen ihren Fingern. »Ich werd' verrückt. Das ist tatsächlich Gold.«

Nick grinste. »Gut erkannt, Miss.«

»Und nicht gerade wenig. Das Ding ist für seine Größe verdammt schwer.«

»Er hat ziemlich genau ein Gewicht von einhundertsiebzig Gramm.«

Hannahs Gedanken schlugen Purzelbäume. Die intensive Farbe des Goldes ließ einen hohen Reinheitsgrad vermuten. Wenn das der Fall war, würde es bedeuten, dass ...

»Es ist 24-karätiges Gold«, sagte Nick, der ihre Überlegungen mühelos zu erraten schien. »Und ja, das Teil ist ein kleines Vermögen wert. Etwa zehntausend US-Dollar.«

»Ich werd' verrückt«, murmelte Hannah und starrte auf den Schatz in ihren Händen.

Nick lachte. »Das sagtest du bereits.«

»Was anderes fällt mir dazu nicht ein. Außer, dass du wohl

ebenfalls nicht ganz bei Sinnen sein kannst, wenn du etwas so Wertvolles in deiner Zigarettenschachtel spazieren trägst.«

»Keine Angst, ich verwahre es sonst an sicherer Stelle.«

»Und warum zeigst du mir den Klumpen?«

»Weil ich gehofft habe, dass du mir vielleicht etwas zu seiner Herkunft sagen kannst.«

Hannah schaute ihn verdutzt an. »Ich? Aber wie sollte ich?« Sie stutzte. »Warte. Heißt das, das Gold gehört gar nicht dir? Sag mir jetzt bitte nicht, dass du es gestohlen hast.«

»Du traust mir auch jede Schlechtigkeit zu, was?«, grummelte Nick. »Selbstverständlich habe ich es nicht gestohlen. Das Gold ist seit hundertvierzig Jahren im Besitz unserer Familie, aber ich denke, dass es eine Verbindung gibt zu dem Ort, den du dein Zuhause nennst.«

Hannahs Gesicht erhellte sich. »Ah, jetzt verstehe ich. Du glaubst, dass der Klumpen aus dieser Gegend stammt? Und dass ihn dieser Ahne von dir, über den du in Barkerville recherchieren wolltest, gefunden hat? Sorry, das hatte ich gar nicht mehr auf dem Schirm.«

»Kein Problem. Es stimmt, ich denke, das Gold stammt von hier, aber als ich von einer besonderen Verbindung zu deinem Zuhause sprach, meinte ich etwas anderes.«

»Nämlich?«

»Sieh dir den Klumpen doch noch mal genau an, bitte.«

Hannah runzelte die Stirn, doch sie tat ihm den Gefallen. Sie drehte das Goldstück in die eine, dann wieder in die andere Richtung, aber sie hatte keine Ahnung, worauf Nick anspielte. »Nun ja, er erinnert mich an einen großen Tropfen, meinetwegen auch an eine Träne, doch das meinst du sicher nicht, oder?«

»Bitte? Du erkennst darin einen Tropfen oder eine Träne?

Dazu muss man schon eine sehr große Fantasie besitzen. Schau noch mal hin!«

Hannah betrachtete das Goldstück ein weiteres Mal sehr intensiv, jedoch brachte sie das nicht weiter.

»Du erkennst es wirklich nicht?«, fragte Nick ungeduldig.

»Nein«, erwiderte sie eine Spur unfreundlicher als beabsichtigt. »Können wir das Ratespiel bitte beenden und zum Punkt kommen?«

Er seufzte, stand auf und holte einen Stock aus dem Unterholz. Hannahs Blicke folgten ihm, auch, als er zurückkehrte und etwas auf den Waldboden vor ihren Füßen zeichnete. Ein Herz, wie unschwer zu erkennen war.

»Was soll das, Nick?«, schimpfte Hannah erbost. »Versuchst du schon wieder, abzulenken?«

»Tu ich nicht«, antwortete er nicht minder patzig als sie und teilte das Herz mit einem Strich. »Mach doch mal die Augen auf, Mensch.«

Hannah starrte auf das geteilte Herz auf dem Boden, dann auf das Goldstück in ihren Händen. »Es ist ein halbes Herz, natürlich«, flüsterte sie.

»Korrekt, ein halbes Herz. Wahlweise auch ein gebrochenes Herz. A broken heart!«

Hannahs Kopf schnellte herum. »*Broken Heart*? Du glaubst, dieses Goldstück hat etwas mit der Pension meiner Familie zu tun?«

Er zuckte mit den Schultern. »Ich weiß es nicht, aber genau diese Info habe ich mir von dir erhofft. Darum habe ich dir den Klumpen gezeigt.«

»Tut mir leid, dazu kann ich dir rein gar nichts sagen. Zumal ich denke, dass es sich um einen Zufall handelt. Selbst wenn nicht, was macht das für einen Unterschied? Das kann den Wert deines Klumpens weder steigern noch mindern.«

»Das ist es ja. Es könnte ihn durchaus steigern. Vielleicht sogar immens steigern.«

»Und wieder einmal verstehe ich nur Bahnhof.«

Nick warf den Stock weg und setzte sich wieder neben sie. »Nicht mehr lange, versprochen.« Er verschränkte die Hände hinterm Nacken und schaute in den wolkigen Himmel über ihnen. »Ich hatte dir ja gesagt, dass ich einen schmutzigen Kampf um das Sorgerecht für Maggie erwarte. Einen Kampf, bei dem die gegnerische Seite über ganz andere finanzielle Mittel verfügt als ich.«

»Du hast dieses Gold«, warf Hannah ein.

»Dessen Gegenwert ein guter Familienanwalt in kürzester Zeit pulverisieren würde. Darüber hinaus ist der Klumpen wie gesagt seit Generationen in unserer Familie. Ihn einfach zu verhökern, das könnte ich nur schwer übers Herz bringen. Doch bis vor Kurzem hatte ich keine Ahnung, welche Möglichkeiten sich durch ihn auftun.«

Hannah räusperte sich ungeduldig, und Nick sprach schnell weiter.

»Als ich noch in England war, habe ich verzweifelt darüber nachgedacht, wie ich an eine ausreichende Summe Geld gelangen könnte, um mit Charlene und ihrem Mann mithalten zu können. Ich meine, um die besten Anwälte zu engagieren. Mein Vater wollte eine weitere Hypothek auf das Haus aufnehmen, aber das kam für mich nicht infrage. Und ich selbst war ohne Hab und Gut alles andere als kreditwürdig. Ich überlegte hin und her, aber ich hatte keine Idee. Dann, eines Tages, schlug mein Vater vor, das Gold zu veräußern, was ich ablehnte. Woraufhin ihm etwas herausrutschte, das mich hellhörig machte.«

»Und zwar was?«

»Dass mir dann wohl nichts anderes übrig bleiben würde, als nach Kanada zu reisen, um den Rest des Schatzes zu suchen.«

»Den Rest des was? Des … Schatzes? Du nimmst mich auf den Arm.«

»Das Gleiche habe ich von meinem Vater gedacht. Er ruderte auch sofort zurück und stellte das Ganze als Scherz da, aber ich kenne meinen alten Herrn zu gut, als dass er mich hätte täuschen können. Also ließ ich ihn nicht damit davonkommen, sondern löcherte ihn mit Fragen, bis er mir schließlich einen alten Brief zeigte, der dem zugeschickten Goldstück beigelegen hatte. Diesen Brief habe ich in Kopie in meinem Zimmer. Wenn du willst, kannst du ihn dir später ansehen.«

Hannah nickte. »Auf jeden Fall. Aber du sagst mir hoffentlich schon jetzt, was in diesem Brief steht, denn ich platze vor Neugierde.«

»Das kann ich natürlich nicht zulassen«, erwiderte Nick augenzwinkernd. »Der Brief stammt aus dem Jahr 1880. Geschrieben hat ihn der Bruder eines direkten Vorfahren. Jener Bruder, von dem ich dir bereits erzählt habe. Sein Name war Zachary Cooper. Er arbeitete wie viele andere junge Männer Sheffields in dieser Zeit unter erbärmlichen Zuständen in den Kohleminen der Stadt, bis er sich zur Auswanderung in die Vereinigten Staaten entschloss. Das war etwa zwanzig Jahre, bevor er diesen Brief verfasste. Er landete zunächst in Kentucky. Dort hörte er irgendwann von den Goldfunden in British Columbia, also machte er sich auf den Weg nach Kanada. Über seinen weiteren Weg ist nicht viel überliefert, zumal es in unserer Familie darüber unterschiedliche Erzählungen gibt. So berichtete ein Onkel von mir, dass Zachary keineswegs ein Goldsucher gewesen wäre, sondern dass er Handel getrieben hätte. Mit was auch immer. Doch nach der Lektüre des Briefes zweifele ich an dieser Version.«

»Weil in dem Brief was genau stand?«, drängte Hannah ihn erneut.

»Dass Zachary das Goldstück in der Form eines gebrochenen Herzens seinem Bruder, meinem Vorfahren, schicke, als Notgroschen für schwere Zeiten. Und wenn das armselige Leben im Königreich unerträglich werden würde, solle er mit seiner Familie Zachary nach Kanada folgen, wo die zweite Hälfte des Herzens alle Not vergessen machen würde. Für immer und ewig.«

»Und weiter?«

»Weiter nichts.«

»Bitte? Und aus diesen wenigen Worten hast du gefolgert, dass irgendwo in Kanada ein Schatz auf dich wartet? Ziemlich weit hergeholt, findest du nicht?«

Nick fuhr sich durch die Haare. »Du hörst dich schon an wie mein Vater«, maulte er. »Der sagt mir auch ständig, dass ich einem Hirngespinst hinterherjage.«

»Ich teile diese Meinung. Alles, was du hast, sind ein paar vage Worte, nichts Konkretes. Ich würde da nichts hineininterpretieren. Schon gar nicht etwas, das es rechtfertigt, dafür um die halbe Welt zu reisen.«

»Aber Zachary hat geschrieben, dass die zweite Hälfte des Herzens ein armseliges Leben für immer und ewig vergessen macht. Das kann doch nur bedeuten, dass Geldsorgen nie wieder eine Rolle spielen werden für den, der die zweite Hälfte des Herzens findet.«

Hannah sah ihn kopfschüttelnd an. »Wer hat jetzt von uns beiden die größere Fantasie, hm? Sorry, Nick, aber das ist echt schräg, was du dir da zusammenreimst.«

Er sah sie trotzig an, doch dann veränderte sich seine Mimik, und er wirkte plötzlich niedergeschlagen. »Du hast recht«, räumte er zögerlich ein. »Aber diese Geschichte war für mich ein Strohhalm, nach dem ich einfach greifen musste. Für Maggie.«

Der gequälte Unterton in seiner Stimme tat Hannah weh, und

sie fasste mit ihrer freien Hand nach seiner. »Ich verstehe, dass du Angst hast, deine Tochter zu verlieren, aber noch mal: Wie ich es sehe, spricht alles dafür, dass eine Klage von Maggies Mutter abgeschmettert werden wird. Der Richter wird erkennen, was du und deine Tochter füreinander seid, und in diesem Sinne urteilen. Ohne dass du eine ganze Armada von Anwälten gegen Charlene auffahren musst. Sie wird keine Chance haben.«

»Und wenn doch?«, entgegnete er traurig.

Hannah schluckte. So gerne hätte sie ihn weiter aufgebaut und ermutigt, das Problem war nur, dass sie selbst nicht zu hundert Prozent davon überzeugt war, dass seine Ex komplett chancenlos war. Kurz überlegte sie, dann fasste sie einen Entschluss. »Okay. Vielleicht ist es ja doch einen Versuch wert, Nachforschungen über diesen Zachary anzustellen, auch wenn ich die Geschichte von dem vermeintlichen Schatz noch immer verrückt finde.«

Prompt leuchteten seine Augen wieder auf. »Du hilfst mir?«

»Ja, ich helfe dir. Zufrieden?«

Er nickte und führte ihre Hand, die immer noch mit seiner verschlungen war, an seine Lippen. »Danke, Hannah«, flüsterte er und drückte einen flüchtigen Kuss auf ihre Haut.

»Da … äh, da gibt es nichts … zu danken«, stotterte sie, angestrengt bemüht, zu verbergen, was diese kurze Berührung in ihr auslöste. Sie hatte das Gefühl, in Flammen zu stehen. »Jedenfalls noch nicht.« Ruckartig entzog sie ihm ihre Hand und sprang auf. »Also gut, was haben wir?«, meinte sie, während sie begann, vor der Bank auf und ab zu laufen.

Wie ein aufgescheuchtes Huhn, dachte sie. *Peinlicher geht es wirklich nicht.*

»Kannst du dich bitte wieder setzen?«, fragte Nick amüsiert. Natürlich hatte er ihr Manöver durchschaut, wie konnte es auch anders sein? »Ansonsten machst du mit deiner Rennerei am Ende tatsächlich noch einen hungrigen Waldbewohner auf uns aufmerksam.«

»Haha«, murrte Hannah, aber sie folgte seiner Aufforderung.

»Um deine Frage zu beantworten, außer dem Brief und dem halben Herz haben wir nichts. Leider. Ich hatte so sehr gehofft, dass du vielleicht von dem zweiten halben Herz weißt. Dass vielleicht sogar die Benennung eurer Pension damit zu tun hat, aber wie's aussieht, war diese Hoffnung umsonst.«

Hannah schlug ein Bein über das andere. »Wie bist du überhaupt auf das *Broken Heart* gekommen?«

»Ach so, ja, das hatte ich noch nicht erwähnt. Zacharys Brief trug den Stempel von Quesnel. Ich habe über die Stadt im Internet recherchiert, und im Gastgeberverzeichnis stieß ich dann auf eine kleine Pension am Dragon Lake, die den Namen *Broken Heart* trägt. Mir sind fast die Augen aus dem Kopf gefallen. Ich habe sofort gespürt, dass es einen Zusammenhang geben muss.«

»Also, das zu spüren, davon bin ich noch meilenweit entfernt, aber gut. Was glaubst du, wo wir mehr über Zachary in Erfahrung bringen können?«

»Ich dachte, in Barkerville, weil es das Zentrum der Goldgräberei war.«

»Das stimmt. Was aber nicht heißen muss, dass Zachary ausgerechnet dort nach Gold gesucht hat. Es kann überall hier in der Gegend gewesen sein.«

»Das haben sie mir im Dokumentationszentrum in Barkerville auch gesagt.«

Hannah sah ihn verdutzt an. »Du bist noch mal hingefahren?«

»Nein. Nachdem wir so überstürzt aufbrechen mussten und nicht mehr die Gelegenheit hatten, das Zentrum zu besuchen, habe ich dort heute Morgen angerufen. Sie konnten mir nicht weiterhelfen und haben mir auch wenig Hoffnung gemacht, etwas über meinen Verwandten herauszufinden. Dafür wäre die Zahl der Goldsuchenden einfach zu groß gewesen.«

»Na toll«, meinte Hannah. »Und schon wird aus deinem Strohhalm eine Stecknadel im Heuhaufen.«

»Aber wenn ich recht habe und Zachary ein steinreicher Mann war, dann muss doch irgendjemand in Quesnel oder in der Umgebung noch etwas über ihn wissen. Vielleicht hat er ja mal etwas gestiftet oder etwas erbauen lassen. Irgendetwas in der Art.«

Hannah rieb sich die Nase. »Schon möglich, aber wen könnte man da fragen?« Sie überlegte angestrengt, doch plötzlich schlug sie sich die flache Hand gegen ihre Stirn. »Ich bin so dämlich, Mann. Natürlich gibt es jemanden, der das wissen könnte.«

»Ach ja?«

»Ja natürlich. Joyce Booker, meine Physiotherapeutin.«

»Deine Physiotherapeutin?«, wiederholte Nick skeptisch.

»Jetzt guck nicht so. Joyce beschäftigt sich seit vielen Jahren mit Quesnels Geschichte. Sie weiß unfassbar viel über unsere Stadt. Ich rufe sie später mal an und frage, ob wir sie morgen besuchen können. In dieser Angelegenheit und noch in einer anderen, denn Mrs Mills wollte auch etwas zum *Broken Heart* wissen, das ich nicht beantworten konnte. Somit könnten wir zwei Fliegen mit einer Klappe schlagen. Perfekt.«

»Morgen? Aber willst du denn nicht zu deiner Großmutter ins Krankenhaus?«

»Nein, die wurde für weitere Untersuchungen von Williams Lake nach Vancouver verlegt. Ich werde am Sonntag hinfliegen.« Die Zettel ihres Vaters, die sie im Schuppen gefunden hatte, kamen Hannah jäh wieder in den Sinn und mit ihnen der furchtbare Verdacht, den sie hegte. Sie zwang sich, ruhig zu atmen und diesen Gedanken zurückzudrängen. Vielleicht irrte sie sich ja auch.

Es war bestimmt ein Hirngespinst, so, wie es diese irre Schatzsucherei auch war. Denn wenn nicht, dann ...

Hannah schreckte auf, als Nick sie vorsichtig anstieß. »Und zwischen uns ist alles wieder gut?«, fragte er.

Sie nickte. »Ja natürlich. Tut mir leid, wenn ich vorhin ein wenig hysterisch war, aber alles deutete darauf hin, dass du Maggie ...«

»Ich weiß. Wenn ich dich von vornherein eingeweiht hätte, wäre es nicht so weit gekommen. Lass uns die Sache einfach vergessen, ja?«

»Das ist eine gute Idee.«

»Nur eins noch«, raunte er, und ihre Blicke trafen sich. »Bitte hab nie wieder Angst vor mir, okay? Das war ein schrecklicher Moment, den ich nicht noch einmal erleben möchte. Wie ich dir vorhin schon sagte, ich würde dir nie etwas antun. Das schwöre ich bei allem, was mir heilig ist.«

»Ich glaube dir auch so«, meinte Hannah verlegen. »Es war ein bisschen viel für mich, und ich habe überreagiert. Wird nicht wieder vorkommen, versprochen.«

Nick lächelte erleichtert. »Wollen wir dann langsam zurück zur Pension?«, fragte er und erhob sich. »Maggie wird sich sicher schon fragen, wo ich stecke.«

»Klar«, meinte Hannah und stand ebenfalls auf. »Ich sage dir später Bescheid, ob Joyce morgen Zeit für uns hat.« Sie gab ihm das Goldstück zurück, und er verstaute es wieder in seiner Zigarettenschachtel. Dann gingen sie los.

Wortlos schritten sie Seite an Seite den Weg zurück zum *Broken Heart*. Als das Gebäude vor ihnen auftauchte, blieben sie stehen, verdutzt über das, was sich vorm Haupteingang abspielte.

»Was soll das denn werden?«, brummte Hannah.

23

»Lucas Tallot, was machst du da?« Hannah stand mit verschränkten Armen neben dem Pick-up ihrer Großmutter und schaute ihrem Freund dabei zu, wie er eine Kiste Bier von der Ladefläche hob.

»Brauchst du neuerdings eine Brille?«, zog Lucas sie grinsend auf und stellte die Kiste zu denen, die schon neben dem Auto standen. »Ich lade Getränke ab.«

Hannah sah Nick an, der neben ihr stand, und registrierte, dass ihre Frage auch ihn belustigte. »Nein, ich brauche keine Brille«, sagte sie ungehalten. »Ich sehe auch so, dass du die halben Biervorräte Quesnels hier anschleppst. Ich frage mich nur, warum, denn wir verkaufen keine Getränke im *Broken Heart*. Schon gar nicht alkoholische Getränke.«

Lucas griff nach der nächsten Kiste. »Du übertreibst maßlos, Prinzesschen. Es sind lediglich zehn Kisten, und das Bier soll auch nicht verkauft, sondern verzehrt werden. Auf einer kleinen Feier, die …«, er stellte die Kiste ab und schaute auf seine Uhr, » … um achtzehn Uhr, also in genau einer Stunde hier starten soll. Darum halte mich bitte nicht weiter auf, ich muss noch die Tische und Stühle im Fernsehzimmer umstellen. Und später Dad dabei helfen, den Grill auf der Veranda aufzubauen.«

Hannah starrte ihn völlig entgeistert an. »Findest du nicht, dass ich informiert sein sollte, wenn so etwas geplant wird?«

Das Grinsen auf Lucas' Gesicht verschwand. »Jetzt entspann dich mal, herrje. Die kleine Maggie hat sich eine Party gewünscht, und Mrs Mills hat diesen Gedanken umgehend aufgegriffen. Sie hat gemeint, das wäre eine schöne Idee, wo die Sache mit deiner Großmutter doch glimpflich ausgegangen sei. Darum hat sie mir ein paar Scheinchen in die Hände gedrückt, und ich bin sofort los.«

»Wieso warst du überhaupt hier?«

»Mom und ich wollten nach dir sehen, doch du warst ja beschäftigt.« Seine Mundwinkel zuckten, als sein Blick von ihr zu Nick und wieder zurück wechselte.

»Wir waren ... äh ... spazieren«, erklärte Hannah etwas unbeholfen.

»Ich weiß, Mrs Mills hat euch weggehen sehen. Ich habe kurz überlegt, ob ich euch suchen soll, um wegen der Feier zu fragen, aber ich hätte nicht gedacht, dass du ein Problem damit hast.«

»Habe ich im Normalfall auch nicht. Nur ist mir gerade so gar nicht nach Party. Außerdem kann es nicht angehen, dass Mrs Mills für all das hier aufkommt.«

»Sie wollte es unbedingt. Nicht nur wegen Dora, sondern auch wegen ihres Vaters.«

»Wegen Mr Dornam?«

»Ja. Sie hat gesagt, dass sie ihn lange nicht so glücklich erlebt hat wie hier. Ein weiterer Grund, anzustoßen.«

»Trotzdem, ich glaube nicht ...«

»Komm schon, Prinzesschen, jetzt gib dir einen Ruck. Ein kleiner Umtrunk in geselliger Runde. Wer von den Pensionsgästen dazukommen will, ist herzlich eingeladen. Du könntest ein bisschen dazu klimpern ...«

»Klimpern?«, fiel Hannah ihm grimmig ins Wort.

»Klavier spielen, meine ich, und der Abend ist gebongt.«

»Aber …«

»Denk doch an Maggie. Willst du der Kleinen diesen Wunsch wirklich abschlagen?«

Hannah sah von Lucas zu Nick, der abwehrend seine Hände hob. »Schau mich nicht an, ich halt mich da raus. Werde dann mal reingehen und meine kleine Partymaus suchen. Wir sehen uns später?«

Sie nickte, und Nick ging an ihr vorbei ins Haus.

Als Hannahs Blick wieder zu Lucas wanderte, konnte sie seine Gedanken lesen, was nicht schwer war. Sie standen ihm förmlich auf die Stirn geschrieben. »Spar dir deinen Kommentar«, fuhr sie ihn an.

»Habe ich etwas gesagt?«, erwiderte er unschuldig, und seine Mundwinkel zuckten schon wieder.

»Nein, und das ist auch gut so.«

»Wobei ich es schon merkwürdig finde, dass du mit einem Mann, von dem du angeblich nichts willst, Ausflüge machst und spazieren gehst.«

»Kein Wort von dir, habe ich gesagt. Außerdem ist es ganz anders, als du denkst.«

Lucas beäugte sie kritisch. »Wirklich? So, wir ihr euch anschaut, bleibt da nicht viel Spielraum für Interpretationen.«

»Hast du nicht gesagt, du hättest noch eine Menge zu erledigen?«

»Ja, aber …«

»Dann will ich dich nicht länger aufhalten.« Hannah wollte an ihm vorbeigehen, doch Lucas hielt sie auf.

»Du, hör mal: Mom meinte, dass sie neben den Würstchen zusätzlich Poutine machen möchte. Vielleicht könntest du ihr dabei helfen? Sie ist noch mal nach Hause gegangen, um eine zusätzliche Fritteuse zu holen. Wenn sie wiederkommt, könntest du ihr dann ein wenig zur Hand gehen?«

Hannah nickte mit ausdrucksloser Miene.

»Wow, du kannst die Begeisterung für die Party wirklich nicht verbergen.«

»Sorry, Mann. Ich habe dir gesagt, dass mir nicht nach Feiern zumute ist.«

»Warum denn nicht? Dora geht es doch so weit gut.«

»Das stimmt, aber ...« Sie verstummte.

»Aber?«

Hannah überlegte, ob sie Lucas von ihrem Verdacht erzählen sollte, doch dann entschied sie sich dagegen. »Ach nichts. Vergiss es einfach.«

Lucas strahlte. »Sehr gut. Denn ich habe mir überlegt, dass ich heute Abend die Bombe platzen lasse. Wenn meine Eltern in guter Stimmung sind, werden sie die Nachricht gelassener aufnehmen, habe ich mir gedacht.«

»Gedacht hast du dir das also, aha«, meinte Hannah trocken. »Dann bin ich gespannt, ob du recht behältst.«

»Werde ich, wirst schon sehen.«

»Fein. Ich lasse dich jetzt mal weitermachen. Wenn Sally da ist, soll sie mich rufen, ja?«

Lucas nickte, und Hannah ging ins Haus. Ihr Weg führte sie direkt in ihr Zimmer. Dorthin, wo auf dem Schreibtisch die Schachtel mit den Liebesbotschaften ihrer Eltern stand. Bekümmert nahm sie den Deckel ab, zog die Zettel, die sie im Schuppen gefunden hatte, aus ihrer Hosentasche und legte sie zu den anderen. Dann verschloss sie die Schachtel wieder und setzte sich mit ihr aufs Bett. Und grübelte, während sie sie fest im Arm hielt.

Eine Stunde später hatte Hannah keine Gelegenheit mehr, ihren trüben Gedanken nachzuhängen. Dafür hatte Lucas' Mutter gesorgt. Sally war der Meinung gewesen, dass Würstchen und Poutine zwar für den großen Hunger reichen sollten, ein Dessert aber keineswegs fehlen dürfte. Hannah hatte sich spontan Nanaimo Bars gewünscht, zu deren Zubereitung Sally sie ebenso spontan verdonnert hatte. So rührte Hannah nun den Vanillepudding an, während Sally Kartoffeln für die Poutine schälte und sie in Streifen schnitt, was genauestens beobachtet wurde.

»Machst du Pommes frites?«, fragte die kleine Maggie, die neben Sally an der Anrichte stand.

»So etwas Ähnliches. Wir Kanadier nennen es Poutine. Die Kartoffelstreifen sind etwas breiter, werden aber wie Pommes frites frittiert. Vor dem Servieren kommen dann noch Käsestücke und Bratensoße drüber, und fertig sind die Poutine.«

»Bratensoße auf Pommes? Igitt! Das wird doch ganz matschig.«

Sally lachte. »Da hast du nicht ganz unrecht, Kleine, aber es schmeckt fantastisch.«

Maggie schüttelte ungläubig den Kopf und wandte sich Hannah zu. »Und was machst du?«

»Das werden Nanaimo Bars. Ist eine Art Kuchen. Der Teig besteht aus Keksen, Walnüssen, Kokosraspeln und Schokolade. Die Füllung ist Vanillepudding. Das Ganze wird auf einem Blech oder in einer großen Form zubereitet und anschließend in Stücke, also in *bars*, geschnitten.«

»Und warum heißen die Nainono?«

»Nicht Nainono, sondern Nanaimo«, antwortete Hannah geduldig. »Das ist eine Stadt auf Vancouver Island, ein paar Hundert Kilometer entfernt von hier. Eine Frau von dort hat vor vielen Jahren bei einem Backwettbewerb mitgemacht und ein Rezept unter dem Namen Nanaimo Bars eingereicht.«

»Hat sie gewonnen?«

»Ja, und ihr Rezept hat sich in ganz Kanada verbreitet, wenn auch manchmal mit leichten Abwandlungen. Ich mache heute Nanaimo Bars nach Sallys Art. Bessere gibt es nicht.«

»Übertreib nicht, Hannah«, mischte Sally sich ein.

»Das ist keine Übertreibung.«

»Auf jeden Fall hören sich die Nainonos besser an als die Pommes-Matsche«, meinte Maggie, worauf beide Frauen kicherten.

»Wo ist eigentlich dein Daddy?«, erkundigte Hannah sich bei Maggie.

»Auf der Veranda. Er hilft Nathan und Lucas mit den Würstchen.«

»Magst du vielleicht zu ihm gehen und ihm sagen, dass wir morgen Nachmittag zu Joyce können? Er weiß dann schon Bescheid.«

»Okay«, antwortete Maggie knapp, drehte sich um und trippelte davon.

»Ihr habt einen gemeinsamen Termin bei Joyce?«, fragte Sally, während sie zuerst die eine und dann die andere Fritteuse mit Kartoffelstreifen füllte. »Hat Mr Cooper auch gesundheitliche Probleme?«

»Nein, wir haben ein paar Fragen zur Geschichte Quesnels, das ist alles.«

»Ach du Schreck, bist du sicher, dass ihr das machen wollt? Joyce findet bei diesem Thema nie ein Ende.«

»Ich weiß.« Hannah seufzte. »Aber es muss sein.«

»Willst du mir sagen, warum?«

»Ehrlich gesagt, nein. Es ist etwa Privates, sorry.«

»Kein Problem. Lass uns weitermachen. Die Geräuschkulisse

im Fernsehzimmer ist ja bereits beachtlich. Wie es aussieht, konnte Mrs Mills einige der anderen Gäste für die Feier begeistern.«

Es waren nicht nur einige Gäste, die Mrs Mills hatte begeistern können, sondern ohne Ausnahme alle, wie Hannah eine Stunde später feststellte, als die Arbeit in der Küche so weit getan war. Im Fernsehzimmer befanden sich über zwanzig Personen. Die meisten von ihnen hatten eine Flasche Bier oder ein Glas Limonade in den Händen und unterhielten sich angeregt.

»Vielleicht hätten wir das Ganze doch lieber draußen auf dem Parkplatz veranstaltet«, rief Hannah mit erhobener Stimme gegen den Lärm an.

»An und für sich eine gute Idee«, meinte Sally, die hinter ihr stand. »Aber für später ist noch ein Gewitter gemeldet.« Sie drückte sich an Hannah vorbei und klatschte laut in die Hände. »Herrschaften, darf ich um Ruhe bitten?«, schrie sie. Sofort verstummte die Menge, und fragende Augenpaare richteten sich auf sie.

»Den Hungrigen unter Ihnen wollte ich sagen, dass nebenan im Frühstücksraum Bratwürstchen und Poutine auf Sie warten. Später gibt es auch noch ein Dessert, aber das muss noch ein wenig im Kühlschrank verweilen. Die Party kam ja doch sehr überraschend, daher konnten Hannah und ich erst sehr spät mit den Vorbereitungen beginnen.«

»Für die Kurzfristigkeit möchte ich mich entschuldigen«, meinte Mrs Mills und trat mit einem Bier in der Hand einen Schritt nach vorne. »Die Feier hier ist ja mehr oder weniger auf meinem Mist gewachsen.«

»Und auf meinem«, rief Maggie, die neben ihrem Vater am Fenster stand.

Mrs Mills lachte. »Wie konnte ich das vergessen? Natürlich auch auf deinem.« Sie wandte sich wieder Hannah und Sally zu. »Ich denke, ich spreche im Namen aller, wenn ich mich recht herzlich bei Ihnen, Miss Larsson, und bei Ihnen, Mrs Tallot, bedanke, dass Sie diese gesellige Runde ermöglicht haben.« Applaus brandete auf. »Und ebenso ...«, übertönte Mrs Mills das Klatschen, »gilt dieser Dank auch Mr Tallot, Lucas und Mr Cooper, und allen anderen, die später sicher gerne mit aufräumen werden, nicht wahr?« Sie schaute mit strengem Blick in die Runde, die überwiegend aus Männern bestand, welche ihr grinsend zunickten. »Fein. Nachdem wir dann auch das geklärt haben, möchte ich einen Toast aussprechen.« Sie hob ihre Flasche. »Auf unsere Gastgeberin Miss Larsson und besonders auf ihre Großmutter. Möge sie bald zurückkehren an diesen wunderschönen Platz. Zum Wohle.«

Die Anwesenden prosteten sich zu, und schon schwoll der Geräuschpegel wieder an, doch Hannah verschaffte sich durch ein kurzes Winken Aufmerksamkeit. »Vielen Dank für die netten Worte, Mrs Mills. Ich wünsche Ihnen allen einen unterhaltsamen Abend. Wie Mrs Tallot bereits sagte, ein Imbiss wartet nebenan. Bitte lassen Sie sich nicht zu lange Zeit. Wäre doch schade, wenn das Essen kalt wird. Ich wünsche einen guten Appetit.«

Die Gäste applaudierten noch mal, dann strömten sie nach und nach in das andere Zimmer.

»Möchtest du auch etwas essen?«, fragte Sally.

»Nein, ich habe keinen Hunger«, erwiderte Hannah. »Vielleicht später.«

»Dann setz dich ans Klavier. Ein bisschen Hintergrundmusik wäre schön.«

»Ja, finde ich auch.«

Hannah ging hinüber zu dem Instrument und nahm auf dem

Bänkchen davor Platz. Sie klappte den Deckel hoch und begann zu spielen. *Moonlight Serenade*, ein ruhiges und melancholisches Stück, genau das, wonach ihr zurzeit war. Sie hatte den Song noch nicht mal zur Hälfte gespielt, als Lucas neben dem Klavier auftauchte.

»He, was soll das?«, rief er mit langem Gesicht. »Willst du uns einschläfern?«

»Jetzt mal nicht so despektierlich, ja?«, antwortete Hannah laut, während ihre Finger weiter über die Tasten glitten. »Das Stück ist von Glenn Miller, einem genialen Musiker.«

»Und hat dieser geniale Musiker auch etwas geschrieben, was einen nicht ins Koma fallen lässt?«

Hannah verdrehte die Augen, doch sie tat ihrem Freund den Gefallen und wechselte nahtlos zu einem anderen Stück von Miller: *In the mood*.

»Geht doch«, meinte Lucas, während er im Takt des Songs wippte. Auch den anderen Gästen, die nach und nach mit gefüllten Tellern zurückkehrten, schien diese Art von Musik zu gefallen, deshalb spielte Hannah danach weitere jazzige Stücke. Bis der nächste Tallot an ihrem Klavier auftauchte.

»Hast du auch etwas auszusetzen an meiner Musik?«, fragte Hannah.

»Gott bewahre«, meinte Nathan und schaute schuldbewusst auf den Boden.

Hannah verzog das Gesicht. »Jetzt sag schon, was soll ich spielen?«

»Äh ... kennst du *Great Balls of Fire* von Jerry Lee Lewis?«

»Machst du Witze? Natürlich kenne ich es.«

»Sally liebt den Song. Könntest du vielleicht ...«

»Sicher. Aber singen werde ich nicht, verstanden?«

»Brauchst du auch nicht, das übernehme ich.«

Hannah war so verblüfft, dass sie prompt aufhörte zu spielen. »Du?«

»Ja, ich. Leg los, dann kann ich es dir beweisen.«

Hannah ließ sich nicht zweimal bitten und haute in die Tasten. Und hätte nicht überraschter sein können. Nathans kräftige Stimme und seine Art, das rockige Lied zu interpretieren, rissen alle im Raum mit. Binnen weniger Sekunden schien die Temperatur im Fernsehzimmer um zehn Grad gestiegen zu sein, und einige der Gäste fingen sogar an zu tanzen. Unter ihnen auch Mr Dornam, was Hannah zum Lachen brachte. Der alte Mann schien sich wirklich pudelwohl zu fühlen. Den glücklichsten Eindruck aber machte Sally, die ihren Mann mit leuchtenden Augen beobachtete. Und dieses Leuchten blieb auch noch, als der letzte Ton des Liedes verklungen war und Nathan, der alles gegeben hatte, sich schwer atmend vor dem johlenden Publikum verbeugte.

»Mein alter Herr rockt die Hütte«, rief Lucas. »Wer hätte das gedacht?«

»Vorsicht, Junior«, warnte Nathan ihn mit erhobenem Finger. »Sonst kommt der alte Herr mal rüber.« Er beugte sich zu Hannah. »Und jetzt etwas Langsames bitte«, flüsterte er in ihr Ohr, richtete sich wieder auf und ging zu Sally.

Hannah legte die Finger wieder auf die Tasten, doch plötzlich wurde sie von Mrs Mills vom Bänkchen gezogen. »Ich übernehme für ein Weilchen, Hannah«, sagte sie lächelnd. »Ich darf doch Hannah sagen?«

»Natürlich. Sie spielen auch?«

»Ein wenig. Nicht so gut wie Sie, doch ich werde mein Bestes geben. Und Sie machen eine wohlverdiente Pause.«

Hannah nickte und stand auf, während Mrs Mills nun auf dem Bänkchen Platz nahm. Sekunden später erklang eine Melodie, die Hannah prompt eine Gänsehaut bescherte. *Three times a lady*, von den Commodores. Sie liebte dieses Lied. Gerührt sah sie, wie Nathan Sally in die Mitte des Raumes führte und sie in seine Arme schloss.

»Fang ja nicht an zu heulen, Prinzesschen«, meinte Lucas, der plötzlich wieder neben ihr stand. »Wollen wir auch?« Er fasste nach ihrer Hand, doch jemand anders kam ihm zuvor. Hannah errötete, als sie erkannte, wer. Nick.

»Sorry, Kumpel«, meinte Nick mit einem schiefen Lächeln in Lucas' Richtung. »Aber wer zuerst kommt, mahlt zuerst.« Er zog Hannah mit sich und legte seine Arme um sie.

»Was war das denn jetzt?«, meinte sie kopfschüttelnd.

»Nun, du hast zwar gesagt, dass der Typ nur ein Freund ist, doch ich dachte mir, es ist an der Zeit, mein Revier zu markieren.«

Hannah trat ihm unsanft auf den Fuß.

»Aua«, maulte Nick und starrte sie finster an.

»Tut mir leid«, flötete sie scheinheilig.

»Wieso werde ich das Gefühl nicht los, dass es dir absolut nicht leidtut? Das war Absicht, oder?«

»Aber so was von.«

»Du hast mich also schon wieder misshandelt, Weswegen diesmal?«

»Das fragst du noch? Nachdem du mir das Gefühl gegeben hast, ein angepinkelter Baum zu sein?«

Nick warf den Kopf in den Nacken und lachte herzhaft. »Ein angepinkelter Baum? Frau, du bist echt zum Schießen.«

»Freut mich, dass ich dir Spaß bereite.«

Er hörte auf zu lachen und lehnte seinen Kopf gegen ihren. »Du würdest mir noch mehr Spaß bereiten, wenn du endlich deine Klappe hältst. Lass uns einfach tanzen, okay?«

Hannah wollte antworten, doch sie konnte nicht. Zu gut

fühlte es sich an, in seinen Armen zu liegen. Zu gut, seine stoppelige Wange an ihrer zu spüren.

Es hätte ewig so weitergehen können. Doch es dauerte nicht lange, da spürte sie, wie jemand an ihrer Bluse zog. Es war Maggie.

»Ich möchte auch«, bat die Kleine eindringlich.

»Na klar«, sagte Hannah lächelnd. »Dein Daddy nimmt dich auf den Arm, und dann tanzen wir einfach zu dritt, einverstanden?«

Das Mädchen strahlte, und Nick hob sie hoch. Mit dem einen Arm hielt er seine Tochter, mit dem anderen zog er Hannah wieder näher zu sich. Und gemeinsam wiegten sie sich zu den wunderbaren Klängen des Klaviers.

24

Es war beinahe Mitternacht, als Hannah den letzten Tisch im Fernsehzimmer abgewischt und wieder an die richtige Stelle gerückt hatte. Zufrieden schaute sie um sich und unterdrückte dabei ein Gähnen. Zeit, ins Bett zu gehen. Doch klirrendes Geschirr im Nebenraum erinnerte sie daran, dass die Arbeit noch nicht getan war. Mit schweren Beinen schlurfte sie in das Frühstückszimmer, wo die Tallots bereits aufgeräumt hatten und nun dabei waren, für den nächsten Tag einzudecken.

»Du siehst aus, als ob du im Stehen schlafen könntest«, meinte Sally und sah sie mitleidig an.

»So fühle ich mich auch. Lieben Dank noch mal, dass ihr geblieben seid und beim Aufräumen geholfen habt. Mrs Mills' Appell an die Gäste, das zu übernehmen, ist ja schnell in Vergessenheit geraten.«

»Was sicherlich mit dem einen oder anderen Bierchen zu viel zu tun hatte«, merkte Nathan schmunzelnd an.

»Oder damit, dass Männer sich allgemein gerne bei solchen Tätigkeiten drücken.«

»Ich hör' wohl nicht richtig«, beschwerte sich Lucas, der Servietten verteilte. »Immerhin sind Dad und ich noch am Start, während dein Sweetheart schon längst in der Heia liegt.«

»Das ist etwas anderes. Maggie war todmüde und musste dringend ins Bett, sonst hätte Nick sicher geholfen.«

»Ha!« Lucas baute sich vor ihr auf und grinste sie triumphierend an.

»Ha? Was meinst du damit?«

»Du verteidigst den Mann, und du hast auch nicht widersprochen, als ich ihn dein Sweetheart genannt habe. Die Sache ist somit klar.«

Hannah funkelte ihn böse an. »Im Gegensatz zu dir, denn du scheinst nicht ganz klar zu sein.«

»Beschimpf mich nur. Das ändert nichts an den Tatsachen.«

»Ihr wart übrigens sehr hübsch anzusehen auf der Tanzfläche«, meinte Nathan und sprang seinem Sohn vergnügt zur Seite. »Sicher nicht so hübsch wie meine Frau und ich, aber das war schon ... ähm, irgendwie herzerwärmend.«

Sally prustete los. »Herzerwärmend? Du lieber Himmel, Ehemann, ich wusste gar nicht, dass du solche Vokabeln in deinem Wortschatz hast.«

»Bitte? Willst du etwa behaupten, dass ich keinen Sinn für Romantik habe? Das habe ich dir doch wohl oft genug bewiesen. Zuletzt vor ein paar Stunden, wenn ich dich erinnern darf.«

»Stimmt, es war total süß, dass du das Lied für mich gesungen hast.«

»Will ich meinen«, brummte Nathan und hielt seiner Frau die Wange entgegen, auf die sie lächelnd einen Kuss drückte.

»Leute, ich störe ja nur ungern«, meinte Hannah und rieb sich die Augen. »Aber ich bin echt k. o.«

»Mir geht's genauso«, meinte Sally. »Wenn Lucas mit den Servietten fertig ist, brechen wir auf.«

»Nein, tun wir nicht«, wandte ihr Sohn umgehend ein.

Seine Eltern blickten ihn verdutzt an, Hannah hingegen wusste, was nun kommen würde.

»Du willst jetzt noch reden, Lucas?«, meinte sie wenig begeistert. »Schau mal auf die Uhr. Wir können doch morgen …«

»Nein, Prinzesschen. Ich habe dir gesagt, dass ich das heute Abend ansprechen möchte. Ich will es endlich loswerden.«

»Loswerden? Was denn loswerden?«, fragte Sally alarmiert.

»Es ist nichts Schlimmes, Mom. Aber bestimmt ist es besser, wenn ihr sitzt, wenn ich es euch sage. Wollen wir vielleicht ins Kaminzimmer gehen?«

»Lucas, du machst mir Angst.«

»Die brauchst du nicht zu haben, Sally«, beruhigte Hannah sie.

»Du weißt, was unser Sohn uns zu sagen hat?«, fragte Nathan und runzelte die Stirn.

»Äh, ja. Seit ein paar Tagen.«

»Dann bin ich mal gespannt, was unser Filius ausgefressen hat.«

»Wie kommst du darauf, dass ich etwas ausgefressen habe, Dad?«, entrüstete sich Lucas.

»Ganz einfach aus dem Grund, weil du das schon als Kind so gemacht hast. Hannah als Verstärkung dazu holen, damit sie gemeinsam mit dir die Suppe auslöffelt, die du dir eingebrockt hast.«

»Sei nicht albern, Dad.«

»Dann lass uns rübergehen, damit du sagen kannst, was du zu sagen hast. Wir werden sehen, ob ich recht behalte.«

Wenig später fanden sie sich auf der Couchgarnitur sitzend im Kaminzimmer wieder.

»Also?«, meinte Nathan. »Heraus mit der Sprache.«

Lucas rutschte unruhig auf seinem Platz hin und her, doch als Hannah ihm einen ermunternden Blick zuwarf, begann er zu sprechen. »Als ich vor sieben Jahren aufbrach, um die weite Welt zu erkunden, habt ihr mich ziehen lassen, wofür ich euch ewig dankbar sein werde. Doch ich wusste immer, dass ihr, auch wenn ihr mir keine Steine in den Weg gelegt habt, nicht begeistert wart von meiner Art zu leben. Ich denke, ihr habt gehofft, dass ich irgendwann zurückkomme und sesshaft werde, und in gewisser Weise habe ich das nun auch vor, selbst wenn es mir schwerfallen wird.«

»Du willst sesshaft werden?« Sallys Stimme überschlug sich beinahe, und ihre zitternden Hände ließen erkennen, wie freudig erregt sie war.

»Ja, Mom, allerdings anders, als du denkst.«

»Das ... das verstehe ich nicht.«

»Ich möchte es erklären. Ich will mein unstetes Leben beenden und nach Kanada zurückkehren. Aber nicht, um ein Häuschen zu bauen und eine Familie zu gründen, sondern weil ich studieren will.«

»Ein Studium?«, brummte Nathan. »Jetzt noch? Junge, du bist fünfundzwanzig Jahre alt.«

»Ja, und deiner Meinung nach sollte ich längst im Beruf stehen, ich weiß. Nur dass meine Entscheidung nichts mit einem Beruf, sondern vielmehr mit einer Berufung zu tun hat.«

Hannah beobachtete Sally und Nathan aufmerksam, jedoch schienen sie nicht zu verstehen, was ihr Sohn ihnen sagen wollte. Auch Lucas erkannte das, denn er sprach nun freiheraus.

»Ich werde katholische Theologie studieren. Ich möchte Priester werden.«

Es wurde still im Kaminzimmer, dennoch kam es Hannah vor, als wenn Lucas' Worte immer noch im Raum schwebten. Wieder schaute sie seine Eltern an. Während Nathan die Ankündigung seines Sohnes regungslos aufgenommen hatte, stand Sally das blanke Entsetzen im Gesicht.

»Das … das geht nicht«, krächzte sie. »Wir sind nicht gläubig. Wir gehören keiner Religion an. Aus gutem Grund. So haben wir dich erzogen.«

»Ich weiß, Mom. Aber die vergangenen Monate … meine Zeit in der Kölner Kirchengemeinde und in Afrika, meine schwere Erkrankung, und dass ich davon genesen bin, das alles hat mir gezeigt, dass da etwas sein muss. Etwas Höheres als wir. Ich habe das erlebt, was viele andere mit mir teilen. Ich hörte einen Ruf …«

Sally lachte zynisch auf. »Du hast einen Ruf gehört? Scheinbar hat die Malaria deinen Verstand angegriffen. Nur so kann ich mir diesen Unsinn erklären.«

»Das ist kein Unsinn«, sagte Lucas. Er wirkte ruhig und kontrolliert, aber Hannah sah in seinen Augen, was wirklich in ihm vorging. »Ich hatte zunächst überlegt, in Europa zu studieren, aber habe mich dann für Vancouver entschieden. Weil ich befürchtet habe, dass gerade du, Mom, mit meinem Entschluss hadern würdest, deswegen wollte ich wenigstens in eurer Nähe sein.«

»Wie großzügig von dir«, höhnte Sally. Sie bebte am ganzen Körper, doch plötzlich setzte sie sich stocksteif hin, weil ihr offensichtlich etwas eingefallen war. »Die katholischen Pfaffen, die dürfen doch nicht heiraten, oder?«

»Korrekt«, erwiderte Lucas. »Sie leben ehelos. Ich würde es allerdings begrüßen, wenn du etwas respektvoller über sie reden würdest.«

»Also keine Familie für dich? Keine Töchter und Söhne und für deinen Vater und mich keine Enkelkinder?«

Lucas nickte.

Sally sprang wutentbrannt auf. »Wie kannst du so selbstsüchtig sein? Und schlimmer noch, wieso willst du zu diesen Menschen gehören? Da waren doch überall diese Missbrauchsskandale, oder? Das sind alles Verbrecher, wach auf, Junge.«

»Bitte setz dich wieder, Mom. Entweder, wir reden in Ruhe, oder gar nicht.«

Widerwillig kam Sally der Bitte ihres Sohnes nach, der sachte weitersprach.

»Es sind unschöne Dinge passiert in der katholischen Kirche, das stimmt. Ohne Wenn und Aber. Das muss rigoros aufgeklärt und die Täter müssen zur Rechenschaft gezogen werden. Warum ich trotzdem diesen Weg gehen will? Weil ich in Köln und vor allem in Afrika wunderbare Menschen kennengelernt habe, die Tag für Tag versuchen, eine friedvolle Botschaft weiterzugeben, um diese Welt besser zu machen. Das gelingt nicht immer, manchmal gar nicht, ab und zu aber doch. So ein Mensch möchte ich werden. Ein guter Mensch.«

»Der könntest du auch sein, wenn du Geld spendest oder in einer Armenküche aushilfst. Und wenn du studieren willst, bitte schön, dann werde halt Arzt, aber bitte, bitte, schmeiß dein Leben nicht weg, Lucas.«

»Das tue ich nicht, Mom. Im Gegenteil. Wenn du mich lässt, werde ich es dir beweisen.«

Sally schüttelte wütend den Kopf. Dann schaute sie ihren Mann an. »Was ist mit dir, Nathan Tallot? Warum sitzt du nur schweigend da? Hast du nichts zu diesem Schwachsinn zu sagen?«

Nathan räusperte sich. »Doch habe ich, aber bislang hast du mich ja nicht zu Wort kommen lassen.«

»Ich tue es jetzt. Also?«

Er rieb sich den Nacken. »Ich verstehe deine Aufregung. Mir gefällt die Vorstellung, dass unser Sohn Priester werden will, ebenfalls nicht sonderlich. Trotzdem musste ich die ganze Zeit an etwas denken, das du vor sieben Jahren gesagt hast, als Lucas uns verlassen wollte, um die Welt zu bereisen. Auch damals hast du dich furchtbar schwergetan mit seiner Entscheidung, wenn auch nicht so lautstark wie heute. Nächtelang hast du durchgeweint, leise, damit unser Sohn es nicht mitbekommt. Weil du ihn nicht emotional erpressen, sondern mit Argumenten überzeugen wolltest, wie du mir damals sagtest. Das ist dir aber nicht gelungen, und von Tag zu Tag verzweifeltest du mehr. Doch dann bist du plötzlich eingeknickt und hast ihm deinen Segen gegeben. Weißt du noch, was du mir gesagt hast, als ich dich fragte, warum du deine Meinung geändert hast? Nicht? Ich erinnere dich gerne. Du hast mir gesagt, dass wir nur diesen Jungen haben. Und dass er glücklich sein soll. Dass *sein* Glück dir immer wichtiger sein würde als dein eigenes und wir ihn loslassen müssten, um ihn nicht ganz zu verlieren. Das waren deine Worte. Nun, es ist lange her, doch ich frage mich, ob diese Worte auch heute noch zählen. Kannst du mir das sagen, Sally?«

Das Gesicht seiner Frau verlor jegliche Farbe, und sie senkte den Kopf. »Natürlich zählen sie noch«, wisperte sie nach einem kurzen Zögern. Tränen liefen über ihre Wangen.

Hannah stand auf, ging zu ihr und kniete sich vor sie. »Nicht weinen, Sal. Dafür gibt es absolut keinen Grund. Sieh doch das Positive. Lucas wird wieder in eurer Nähe sein. Zumindest für die Zeit seines Studiums. Und was deinen Wunsch nach Enkelkindern betrifft: Sollte ich eines Tages Mutter werden, dann werdet ihr für meine Kids sicher auch so etwas wie Großeltern sein.«

»Na, bis dahin ist es sicher noch etwas hin«, meinte Nathan und strich seiner Frau beruhigend über den Arm. »Ich sage euch was. Wir Tallots gehen jetzt nach Hause und schlafen eine Nacht über die Neuigkeiten. Und morgen setzen wir uns dann zusammen und reden noch mal. Lucas wird uns ausführlich erklären, was ihn zu seiner Entscheidung bewogen hat, und wir werden unsere Bedenken vorbringen. Ruhig und sachlich. Einverstanden?«

Sally nickte wortlos. Alle erhoben sich, und Hannah nahm die Tallots der Reihe nach in den Arm, Lucas zuletzt. »Der Kopf ist noch dran«, flüsterte sie ihm ins Ohr.

»Aber auch nur so halb«, flüsterte er zurück und sah sie traurig an.

»Das wird schon werden, keine Bange.«

Hannah begleitete die Tallots zur Tür und sah ihnen nach, als sie im Dunkel der Nacht verschwanden. Dann ging sie zurück ins Kaminzimmer und setzte sich nachdenklich in einen der Sessel. Sie hatte geahnt, dass Sally sich aufregen würde, aber dass sie derart ausflippte, damit hatte Hannah nicht gerechnet. Gut, dass Nathan sie hatte beruhigen können. Er war ein wundervoller Mann ... und Vater. Ihre Gedanken wanderten automatisch zu ihrem eigenen Vater und zu der Schachtel mit den Botschaften. Plötzlich konnte sie nicht mehr. Die letzten Stunden hatte sie ihre Gefühle, ihre Ängste unterdrückt. Jetzt ging das nicht mehr. Tränen liefen ihr übers Gesicht, und sie schluchzte bitterlich. Und merkte nicht, dass jemand ins Zimmer zurückkehrte. Als eine Hand sich auf ihren Kopf legte, zuckte sie zusammen und blickte erschrocken zu Nathan auf.

»Sorry, Kleines, ich wollte dich nicht erschrecken. Wir waren schon zu Hause, aber Sally hat ihre Handtasche mit ihren Medikamenten vergessen, darum bin ich noch mal zurückgekommen.«

Sie nickte und wischte mit dem Handrücken über ihr Gesicht.

»Was ist los, Hannah? Ich nehme nicht an, dass es wegen Lucas und seinen Plänen ist?«

»Nein ... darum ... geht es nicht«, stammelte sie.

»Worum dann?«

Hannah schluckte und stand auf. »Nathan, ich frage dich jetzt etwas, und ich möchte, dass du mir die Wahrheit sagst. Keine Ausflüchte mehr, hörst du?«

Er erwiderte ihren eindringlichen Blick. »Was willst du wissen, Kind?«, meinte er leise.

»Es geht um meinen Dad. Ist er … ist er tot?«

Nathan sah sie nur stumm an. Dann nahm er sie in seine Arme.

25

Hannah saß auf den Stufen der Veranda und beobachtete die dunklen Wolken, die sich über ihr zusammenzogen. Nicht mehr lange, und sie würden sich zu einem finsteren Grau in Grau vereinen und Unmengen von Wasser auf Quesnel und die nähere Umgebung herabregnen lassen. So war die Voraussage, und Hannah zweifelte nicht daran, dass es so kommen würde.

Beinahe wie im richtigen Leben, dachte sie. Da sammelte sich im Laufe der Jahre auch so manches an, das dann in ein Unwetter mündete. Oder wahlweise in einen Paukenschlag.

Am liebsten wäre sie daheimgeblieben. Hätte sich in ihrem Zimmer verkrochen und Linkin Park aufgedreht. Die Decke über den Kopf gezogen und sich in das tiefe Loch fallen lassen, das sich vor ihr aufgetan hatte. Doch sie hatte Mrs Mills und vor allem Nick nicht absagen wollen. Sie würde wie geplant mit ihnen zu Joyce fahren, weil es nichts änderte, wenn sie es nicht tat.

Was Nathan ihr in der Nacht erzählt hatte, war niederschmetternd gewesen. Schlimmer als alles, was sie sich hätte vorstellen können und jemals vorgestellt hatte. Sie hatte auf diese Nachrichten dermaßen schockiert reagiert, dass Nathan drauf und dran gewesen war, Doktor Waters herbeizurufen, was Hannah verhindert hatte. Sie hatte Nathan weggeschickt. Weil sie das alles erst einmal verdauen müsse, wie sie ihm gesagt hatte. Allein. Nur widerwillig war er gegangen, während Hannah sich auf eine weitere Nacht mit wenig Schlaf gefasst gemacht hatte. In diesem Punkt hatte sie sich geirrt. Sie hatte in ihrem Bett gelegen und gegrübelt, natürlich hatte sie das. Über ihre Familie, über Gott und die Welt ... über ihren Vater. Doch schließlich hatte ihr Körper ihr Einhalt geboten und sein Recht verlangt, worauf sie in einen tiefen, traumlosen Schlaf gefallen war.

Trotzdem war sie mit einem schlechten Gewissen erwacht. Glücklicherweise hatten die täglichen Verpflichtungen in der Pension sie schnell auf andere Gedanken gebracht. Die Zubereitung des Frühstücks, das anschließende Aufräumen der Küche und die Durchsicht der Zimmer hatten sie auf Trab gehalten. Danach hatte sie den Flug nach Vancouver gebucht und schließlich noch einen Anruf getätigt, der ihre Bemühung, nicht die Nerven zu verlieren, für einen kurzen Augenblick ins Wanken gebracht hatte. Doch sie hatte sich zusammengerissen und ihrer Mutter nur das gesagt, was sie für den Moment wissen musste. Die ganze Wahrheit musste noch warten.

Hannah schreckte auf, als sich jemand neben sie auf die Stufen setzte.

»Hast du wieder einen Film geguckt?«, fragte die kleine Maggie und sah sie unsicher an.

»Nein, wieso fragst du?«

»Du siehst traurig aus. Bist du traurig?«

»Was? Äh ... nein«, antwortete Hannah hastig, aber dann, nach einem kurzen Zögern, weil sie das Mädchen nicht belügen wollte, ergänzte sie: »Na ja, vielleicht ein bisschen.«

Maggie fixierte sie mit ihren großen braunen Augen, doch sie sagte nichts. Stumm stand sie auf, schlang ihre dünnen Ärmchen um Hannahs Hals und umarmte sie. Hannah konnte nicht anders und erwiderte die liebevolle Geste. Sog den kindlichen Duft des

Mädchens in sich auf und drückte es an sich, als würde sie es nie wieder loslassen wollen. Und sie spürte, wie viel Kraft ihr das gab.

Ein Räuspern hinter ihnen beendete diesen innigen Moment. Hannah schluckte schwer, dann ließ sie Maggie los und drehte sich um. Mrs Mills stand auf der Veranda und lächelte.

»Entschuldigung, Hannah«, sagte sie sanft. »Ich wollte nicht stören.«

»Kein Problem. Maggie und ich, wir wollten nur ... äh, wir haben ...«

» ... nur ein bisschen gekuschelt«, half Maggie ihr aus der Bredouille.

»Das habe ich gesehen«, meinte Mrs Mills. »Richtig so. Wir Menschen sollten uns viel häufiger umarmen. Manchmal sagt das mehr als jedes Wort.«

Hannah nickte und erhob sich. Sie schaute sich suchend um. »Wo ist Ihr Vater?«

»Oh, er ist mit zwei anderen Pensionsgästen zum Angeln auf den See gefahren. Sie haben mir versprochen, gut auf ihn aufzupassen. Ich habe mir gedacht, dass unser Gespräch, das womöglich länger dauert, zu anstrengend für ihn ist. Wissen Sie, seine Aufmerksamkeitsspanne ist leider nicht mehr sehr groß, und dann wird das schnell zu einer Qual für ihn.«

»Sie müssen sich nicht entschuldigen, Mrs Mills, ich verstehe das«, sagte Hannah. »Sie können Ihrem Vater ja später berichten, was Mrs Booker uns erzählt hat, wenn sie denn überhaupt Informationen für uns hat.« Sie sah Maggie an. »Dann fehlt nur noch dein Dad.«

»Bin schon da«, hörten sie eine dunkle Stimme rufen. Eine Sekunde später kam Nick um die Ecke. »Sorry, ich hatte den Autoschlüssel verlegt.«

»Ich kann auch fahren«, meinte Hannah und zeigte auf den Pick-up.

»Nein, nein, es ist schon genug, dass du den Termin vereinbart hast. Bin gespannt, was wir zu hören bekommen. Wollen wir los?«

Die beiden Frauen und das kleine Mädchen nickten und folgten ihm zum Parkplatz.

Joyce empfing sie in ihrem Apartment über den Praxisräumen. Sie strahlte übers ganze Gesicht, als sie ihre Gäste durch den Flur ins Wohnzimmer führte. Doch dann, nachdem alle Platz genommen hatten, veränderte sich ihr Gesichtsausdruck, und sie betrachtete Hannah sorgenvoll.

»Sind die Beschwerden wieder schlimmer geworden?«, fragte sie.

»Beschwerden?«, wiederholte Hannah verwirrt. »Was meinst du?«

»Deine Nackenprobleme.«

»Ach so. Nein, meinem Nacken geht es gut. Wieso fragst du?«

»Aufgrund deiner Körperhaltung. Du sitzt da, als wärest du total verspannt. Tut ja schon beim Hinsehen weh.«

»Es ist alles in Ordnung mit mir«, wiegelte Hannah ab. »Außerdem bin ich hier heute nicht das Thema.«

»Wie du meinst.« Joyce lehnte sich in ihrem Sessel zurück und schaute in die Runde. »Es gibt also Fragen zu Quesnels Geschichte? Natürlich helfe ich gerne, soweit das möglich ist. Versprechen kann ich aber nichts.«

Hannah lächelte. »Was das betrifft, ich bin optimistisch. Dein Wissen über die Geschichte unserer Stadt ist legendär.«

»Du brauchst mir keinen Honig um den Mund zu schmieren, Mädchen. Ich weiß, dass in Quesnel über mich und mein Hobby getratscht wird, aber damit kann ich gut leben. Also? Was wollt ihr wissen?«

»Es geht um das *Broken Heart*«, antwortete Mrs Mills. »Meine Eltern haben in der Pension kostenlos ihre Flitterwochen verbringen dürfen, und ich ...«

»Wirklich?« Joyce unterbrach sie aufgeregt, und ihre Augen funkelten. »Ihre Eltern gehörten zu den Happy Couples? Wie aufregend. Hätte nicht gedacht, dass ich eines von diesen glücklichen Paaren jemals kennenlerne. Besser gesagt, die Tochter von ihnen, aber auch das finde ich bemerkenswert.«

»Happy Couples?«, wiederholte Hannah erstaunt. »Dieser Begriff ist mir im Zusammenhang mit dem *Broken Heart* völlig neu. Ich bin gespannt, was du dazu sagen kannst.«

»Eine Menge, so viel ist sicher.« Joyce sah Nick und Maggie an. »Und Sie beide gehören zu der Dame hier?«

»Nein, Ma'am«, antwortete Nick höflich. »Wir kommen aber ebenfalls wegen des *Broken Heart* und wollen Sie fragen, ob Sie jemals etwas von einem Mann namens Zachary Cooper gehört haben, und wenn ja, ob er eine Verbindung zur Pension hatte. Er war der Bruder eines Vorfahren von mir.«

Hannah hatte ihre Physiotherapeutin noch niemals sprachlos erlebt. Joyce starrte Nick mit aufgeklapptem Mund an, als wäre er ein Alien und sein Raumschiff soeben auf der Straße vor ihrer Praxis gelandet.

Als das Schweigen peinlich wurde, stieß Hannah sie vorsichtig an. »Was ist mit dir? Du siehst aus, als hättest du ein Gespenst gesehen.«

»Das ... das habe ich auch«, murmelte Joyce. »Wenngleich im positiven Sinne. Unfassbar, dass hier ein Verwandter von Flash Cooper sitzt. Absolut unfassbar. Damit hätte ich niemals gerechnet.«

»Joyce, du hast nicht richtig zugehört«, ermahnte Hannah sie. »Nicks Verwandter hieß mit Vornamen Zachary, nicht Flash.«

»Das weiß ich doch. Flash war der Spitzname von Zachary Cooper. Weil er eine Narbe auf der Stirn hatte, die die Form eines Blitzes hatte. Witzig, nicht wahr? Genau wie Harry Potter.« Sie lachte, aber ihre Gäste verzogen keine Miene, also wurde auch sie umgehend wieder ernst und sprach weiter. »Die Narbe hatte er von einem Grubenunglück in seiner ursprünglichen Heimat England, so hat er es berichtet.«

»Wahnsinn«, meinte Hannah atemlos. »Dann kannst du also auch Nick weiterhelfen?«

»Auch ihm weiterhelfen?«, fragte Joyce verwundert. »Liebes, das *Broken Heart*, die Happy Couples und Flash Cooper, das ist ein und dieselbe Geschichte. Ich gehe davon aus, dass, wenn ich sie erzähle, alle Fragen gleichzeitig beantwortet sind.«

»Das ist ja besser als ein Krimi«, rief Mrs Mills und klatschte in die Hände. »Schießen Sie los, ich kann es nicht erwarten, diese Geschichte zu hören.«

Joyce schmunzelte, doch als sie beginnen wollte, wurde sie von der kleinen Maggie ausgebremst.

»Daddy, können wir wieder gehen? Mir ist jetzt schon langweilig.«

Nick stupste sie liebevoll an die Nase. »Hab ein wenig Geduld, Süße. Die Lady möchte uns etwas erzählen.«

»Wird das lange dauern? Können wir nicht zurück zum See und die Enten beobachten?«

»Später, Darling, versprochen. Aber nun musst du …«

»Möchtest du vielleicht spielen?«, mischte Joyce sich ein. »Ich könnte eine Kiste mit Spielsachen aus dem Wartezimmer holen, und du könntest dich im Flur damit beschäftigen, solange ich mit deinem Vater und den Damen spreche. Hast du Lust?«

Maggie schaute sie neugierig an. »Was sind denn das für Sachen?«

»Ich zeige sie dir. Das heißt, wenn dein Daddy einverstanden ist.«

»Ja, natürlich«, meinte Nick. »Das ist eine gute Idee.«

Joyce stand auf. »Dann komm mal mit.« Sie zeigte auf die Karaffe Wasser, die zusammen mit einigen leeren Gläsern auf dem Tisch stand. »Hannah, wärst du so nett und schenkst euch ein, während ich weg bin?«

»Klar«, antwortete Hannah, und Joyce nahm Maggie an der Hand und führte sie aus dem Raum.

Keine fünf Minuten später war sie zurück. Die Tür zum Flur ließ sie offen, und im Hintergrund konnte man Maggie sehen, die völlig vertieft darin war, einer Puppe ein Kleid anzuziehen.

»Vielen Dank, Mrs Booker«, sagte Nick.

»Ach was, dafür nicht«, erwiderte Joyce. »Unser Gespräch könnte in der Tat etwas dauern, und das wollen wir der Kleinen doch nicht zumuten, oder?« Sie trat zu einem Schrank in der Ecke und holte einen Aktenordner heraus. Damit ging sie zurück zur Sitzecke und nahm wieder Platz. »Hierin befindet sich alles, was ich über den Fall weiß.« Sie drehte sich zu Hannah. »Ich bin froh, dass ich jetzt doch noch einem Mitglied der Familien Larsson davon berichten darf. Dein Großvater wäre hellauf begeistert gewesen.«

Hannah horchte auf. »Mein Großvater? Was hat der denn damit zu tun?«

»Er war der Grund dafür, dass ich über das *Broken Heart* geforscht habe. Etwa ein Jahr, bevor er starb, kam er zu mir und fragte mich, ob ich etwas über die Tradition der Happy Couples wüsste. Weißt du, als er die Pension seinerzeit gekauft hat, entschied er sich gegen die Fortführung dieses wunderbaren Brauchs.«

»Ja, das weiß ich. Dora hat es mir erzählt. Er hat es laut ihren Worten nicht eingesehen, warum man Zimmer kostenlos vergeben sollte.«

»Hat er mir damals auch gesagt. Aber sein schlechtes Gewissen plagte ihn deswegen. Er wusste vom Vorbesitzer John Adams, dass diese Tradition seit der Gründung des *Broken Heart* in den 1870er Jahren existiert hatte. Adams hätte ihn über die Geschichte dahinter wohl aufklären wollen, aber dein Großvater hat ihn nicht zu Wort kommen lassen. Das hat ihn später mehr und mehr bedrückt.«

»Warum hat er Mr Adams nicht noch mal dazu befragt?«

»Das war nicht mehr möglich. Nach dem Verkauf des *Broken Heart* ist Adams nach Alberta gezogen und dort nur wenige Monate später ohne Nachkommen verstorben. Deshalb kam dein Großvater zu mir. Er war überzeugt davon, dass der Bau der Pension auf einer besonderen Begebenheit fußte, und nicht nur das. Seiner Meinung nach spielte auch das Ahornwäldchen in der Nähe des *Broken Heart* eine ganz besondere Rolle in dieser Story. Wie gerne hätte ich ihm berichtet, dass er mit alldem recht gehabt hat, aber damals wusste ich noch nichts davon.«

»Das Flüstern des roten Ahorns«, murmelte Hannah gedankenverloren.

»Bitte?«

»Ach, ich musste an etwas denken, das mein Grandpa immer gesagt hat, wenn wir in das Wäldchen gingen. Ob ich nicht das Flüstern des roten Ahorns hören würde, wenn der Wind durch die Zweige wehte. Es würde uns von der Vergangenheit erzählen und davon, wie dieser besondere Ort entstanden ist. Wir könnten es nur nicht verstehen.«

»Wie poetisch«, schwärmte Joyce. »Jetzt tut es mir noch mehr leid, dass ich ihm nicht mehr mitteilen konnte, was ich herausgefunden habe.«

»Dafür kannst du es uns sagen. Bitte spann uns nicht länger auf die Folter.«

Joyce nickte und öffnete den Ordner. Gleich obenauf war eine Klarsichthülle mit einem großen Foto abgeheftet. Sie schob den Ordner in die Mitte des Tisches, sodass alle das Bild betrachten konnten. Es zeigte ein in abgewetztes Leder eingebundenes Buch.

»Was ist das?«, fragte Hannah.

»Ich erwähnte bereits, dass ich deinem Großvater damals nicht sagen konnte, worauf die Tradition der Happy Couples beruhte. Gehört hatte ich schon von den kostenlosen Flitterwochen, die es über Jahrzehnte im *Broken Heart* gegeben hat, ja. Viele andere in der Stadt wussten auch davon. Also dachte ich mir, es würde ein Leichtes sein, die Hintergründe aufzudecken. War es aber leider nicht. Selbst die ältesten Bürger von Quesnel, die ich allesamt dazu befragte, konnten nicht weiterhelfen. Ich durchforstete das Stadtarchiv, ebenso die Archive der umliegenden Gemeinden. Nichts. Nirgendwo auch nur der kleinste Hinweis. Auch nicht im Landesarchiv von British Columbia in Victoria, in dem ich sämtliche Akten zu Quesnel akribisch durchsah. Das hat mich ganze zwei Tage gekostet. Ich fand alles Mögliche über unsere Stadt heraus, nur nicht das, wonach ich suchte. Du meine Güte, ich hatte keine Ahnung, wie nah ich der Lösung des Rätsels schon damals war.«

»Es gab in diesem Archiv also Informationen über die Pension?«, erkundigte sich Mrs Mills.

»Ja, aber wie gesagt, ich bin damals nicht darauf gestoßen. Meine Suche war erfolglos geblieben. Was ich auch Hannahs Großvater schweren Herzens mitgeteilt habe. Diese ungeklärte

Geschichte blieb jedoch in meinem Hinterkopf. So ist es immer bei mir, wenn es um die Erforschung meiner Heimat geht. Die Dinge, die ich nicht ergründen kann, beschäftigen mich weiter. Mal sind sie sehr präsent, mal weniger, aber sie sind immer da.« Joyce stoppte, nahm ihr Glas und trank einen Schluck Wasser.

»Erzähl weiter«, bat Hannah sie. »Und sag uns endlich, was es mit diesem Buch auf sich hat.« Sie zeigte auf das Bild.

Joyce lachte. »Lass es mich doch ein bisschen spannend machen, Mädchen. Okay, wo war ich stehen geblieben? Ach ja, dass die ungeklärten Dinge trotzdem immer da sind. So war es auch mit dem *Broken Heart* und den Happy Couples. Und so stieß ich dann vor sechs Jahren per Zufall auf etwas, mit dem ich nicht gerechnet hatte.«

»Was war das?«, fragte Nick.

»Ich fand die Lebensgeschichte von Zachary alias Flash Cooper. Sie steht in dem Buch, dessen Bild Sie hier sehen. Es wird im Landesarchiv in Victoria aufbewahrt.«

»Was? Wirklich? Da steht etwas über meinen Verwandten drin?« Nick fuhr sich durch die Haare, und Hannah erkannte an seinen fahrigen Bewegungen, wie aufgewühlt er war.

»Nicht nur etwas, seine komplette Biografie ist darin zu finden.«

Hannah runzelte die Stirn. »Aber warum bist du nicht früher darauf gestoßen?«

»Kindchen, hast du eine Ahnung, wie gewaltig das Landesarchiv von British Columbia ist? Als ich damals danach suchte, konnte ich das nur mit dem Bezug auf Quesnel tun. Sprich, in der regionalgeschichtlichen Sektion. Will man etwas Spezifisches in der allgemeingeschichtlichen Sektion erforschen, muss man schon über sehr genaue Details verfügen, sonst hat man keine Chance.«

»Dennoch hast du die Biografie von Zachary gefunden.«

»Nur durch Zufall, wie gesagt. Ich habe vor sechs Jahren zum Tsilhqot'in-Krieg recherchiert.«

Mrs Mills und Nick sahen sie fragend an.

»Das war eine Auseinandersetzung zwischen dem indigenen Stamm der Tsilhqot'in und weißen Straßenarbeitern in den ersten Jahren des Goldrausches. Hintergrund der Konfrontation war der Bau einer direkten Verbindung von der Westküste British Columbias bis hin zur Mündung des Quesnel River, was ein wahrlich ambitionierter Plan war. Denn es galt nicht nur, extrem unwegsames Gelände zu bezwingen, der geplante Streckenverlauf führte zudem durch das Land der Tsilhqot'in. Der Konflikt war vorprogrammiert, und es kam zu einer Eskalation, bei der mehrere weiße Männer von den Ureinwohnern getötet wurden. Infolgedessen wurden fünf Tsilhqot'in gefangen genommen, in Quesnel vor Gericht gestellt und zum Tode verurteilt. Unter ihnen auch Häuptling Tallot, ein direkter Vorfahre von Nathan Tallot, aber das wirst du sicher wissen, Hannah, oder?«

Hannah nickte. »Oh ja, das hat Nathan schon oft erwähnt. Er ist sehr stolz darauf, dass sein Ahne sein Leben für den Stamm gegeben hat.«

»Du lieber Himmel«, stieß Mrs Mills erschrocken aus. »Heißt das etwa, die armen Männer wurden tatsächlich hingerichtet?«

»Das wurden sie, ja«, antwortete Joyce mit ernstem Gesicht. »Die fünf wurden gehenkt, weil sie ihren Grund und Boden verteidigt hatten. Das wurde vom zuständigen Richter, der ein Weißer war, als Verbrechen beurteilt. Wären die Opfer auf der anderen Seite zu beklagen gewesen, hätte das sicher anders ausgesehen. Diese Vorfälle haben das Verhältnis der Ureinwohner und der weißen Bevölkerung im Cariboo District über ein Jahrhundert lang überschattet. Erst vor etwa dreißig Jahren wurden die ermordeten Tsilhqot'in von der Regierung Kanadas rehabilitiert. Aber entschuldigt bitte, ich schweife ab.«

»Kein Problem«, meinte Nick und lächelte sie beruhigend an. »Wir haben Zeit, und, wie es aussieht, Maggie jetzt auch.« Er deutete auf seine spielende Tochter im Flur.

»Fein, trotzdem möchte ich die Sache nicht länger hinauszögern. Mein Forschungsschwerpunkt lag also damals auf dieser gewaltsamen Auseinandersetzung, die als Tsilhqot'in-Krieg bezeichnet wird. Von einem befreundeten Forschungskollegen aus Vancouver bekam ich den Hinweis, dass es im Landesarchiv in der Sektion zur allgemeinen Historie British Columbias ein Buch geben würde, in dem ein Bericht über Häuptling Klatsassin zu finden wäre. Das war einer der anderen hingerichteten Tsilhqot'in. Ich fuhr also nach Victoria und sah besagtes Buch ein, dessen Inhalt von einem reisenden Journalisten in der Zeit von 1875 bis 1880 zusammengetragen und niedergeschrieben wurde. Ein bunter Strauß aus Biografien von lebenden und verstorbenen Männern der Provinz, deren Geschichten allesamt besonders waren.«

»So auch die von meinem Verwandten?«, fragte Nick.

»Ja, auch die von Flash Cooper, die sich gleich unter den ersten im Buch befindet. Noch vor der von Häuptling Klatsassin, was ein Segen war, denn wer weiß, ob ich den Wälzer bis zum Ende durchgeblättert hätte, wenn ich zuerst auf dessen Biografie gestoßen wäre. Eine weitere glückliche Fügung war die Überschrift von Flash Coopers Biografie, denn wäre darin nur sein Name enthalten gewesen, hätte ich gar nichts damit anfangen können. Doch es war anders, und ich kann euch sagen, dass ich überraschter nicht hätte sein können.«

»Wie lautete die Überschrift denn?«, unterbrach Hannah sie neugierig.

»Das würdest du wohl gerne wissen, was, Kindchen?«, meinte Joyce lachend.

26

»Joyce Booker«, rief Hannah. »Wenn du nicht willst, dass ich dir an die Kehle springe, redest du besser weiter.«

Die Physiotherapeutin sah sie amüsiert an. »Denkst du wirklich, dass du es mit mir aufnehmen kannst?«

»An Ihrer Stelle würde ich sie nicht provozieren«, warf ein ebenfalls belustigter Nick ein. »Manchmal ist mit ihr nicht gut Kirschen essen.«

»Oje! Haben Sie etwa schlechte Erfahrungen mit unserer Hannah gemacht?«

»Schlechte und zuweilen auch recht schmerzhafte, wenn ich ehrlich sein soll.«

»Wirklich? Kann ich mir fast nicht vorstellen. Sie hat so etwas Engelhaftes, finden Sie nicht?«

»Das schon, aber ...«

»Hallooooo?«, fuhr Hannah dazwischen, während Mrs Mills leise kicherte. »Schluss jetzt mit dem Hannah-Bashing. Ich sitze hier neben euch, falls ihr es vergessen habt. Zurück zum Thema. Was war mit dieser Überschrift?«

Joyce lachte. »Tut mir leid, aber es macht so viel Spaß, dich aufzuziehen. Gut, weiter im Text. Die Überschrift lautete: ›Flash Cooper and a broken heart on Dragon Lake‹.«

»Flash Cooper und ein gebrochenes Herz am Dragon Lake«, wiederholte Hannah ehrfürchtig.

Joyce nickte. »Es war gut, dass ich saß, als ich es gelesen habe. Sonst hätte es mich glatt aus den Schuhen gehauen. Wie ihr euch sicher denken könnt, geriet durch diese Entdeckung der Bericht über Häuptling Klatsassin an die zweite Stelle meines Interesses. Vorher habe ich unbedingt wissen müssen, was es mit diesem Flash Cooper auf sich hatte. Eine sehr berührende Geschichte, das kann ich euch schon mal verraten. Die übrigens aus erster Hand stammte, denn Flash hat sie dem reisenden Journalisten höchstpersönlich erzählt. Ich habe sie komplett kopiert. Die Kopien sind ebenfalls in diesem Ordner. Wenn ihr wollt, könnt ihr ihn mitnehmen und alles in Ruhe nachlesen.«

»Gerne. Aber vorher erzählst du uns hoffentlich eine Zusammenfassung des Berichts«, bat Hannah. »Wir werden keinen Schritt aus diesem Zimmer tun, bevor das nicht passiert ist.«

»Das kann ich machen. Ich dachte nur, es wäre angenehmer für euch, wenn ...«

»Falsch gedacht. Bitte sprich weiter.«

»Oh ja, Mrs Booker«, meinte Mrs Mills und sprang Hannah zur Seite. »Sie erzählen so spannend, ich könnte Ihnen stundenlang zuhören.«

Joyce grinste. »Könnten Sie mir das später bitte schriftlich geben? Für alle die, die stets behaupten, meine Vorträge über unsere Historie wären einschläfernder als eine Packung Schlaftabletten.«

Hannah wurde rot, denn das hatte sie ebenfalls schon oft gedacht. Aber woher hätte sie auch wissen sollen, wie interessant das Hobby von Joyce sein konnte?

»Du bekommst es von uns allen schriftlich«, sagte sie eindringlich und legte ihre Hand auf den Arm der anderen Frau. »Aber bitte, bitte, sag uns, was mit Flash Cooper war.«

Joyce lächelte sie an und folgte Hannahs Bitte. »Zachary Cooper wurde in den frühen 1840er-Jahren im englischen Sheffield geboren. Bereits als Kind arbeitete er in den Kohleminen vor den Toren der Stadt. Ihr müsst gar nicht so entsetzt schauen. Kinderarbeit war damals gang und gäbe. Auch im zivilisierten Europa. Die Menschen in den unteren Schichten der Gesellschaft waren bettelarm und ihre Familien zumeist riesig. Alle mussten zur Ernährung beitragen, sobald es halbwegs möglich war. Bei Zachary war das nach seinem zehnten Geburtstag.«

»Oh mein Gott«, hauchte Hannah bestürzt.

»Ja, heutzutage kaum vorstellbar. Zachary ging Tag für Tag in die Mine, wie es auch seine älteren Brüder taten. Wahrscheinlich hätte sich das auch nie geändert, doch dann kam es zu dem Grubenunglück, das ich bereits erwähnte. Jenes, dem er seine Narbe auf der Stirn zu verdanken hatte. Es passierte genau an seinem neunzehnten Geburtstag. Ein Schacht stürzte ein und verschüttete ihn und weitere zehn Kumpel. Die Verhältnisse vor Ort ließen wenig Hoffnung zu, dass auch nur einer von diesen jungen Männern das Unglück überlebt haben könnte, doch der älteste Bruder von Zachary, der Richard hieß, wollte sich damit nicht abfinden.«

»Richard?«, rief Nick aufgeregt. »Das ist mein direkter Vorfahre gewesen. Mein Urururururgroßvater, oder so.«

»Wie schön. Sie können stolz auf Ihren Ahnen sein. Er wollte seinen Bruder nicht aufgeben und mobilisierte drei Dutzend Bergmänner, die mit ihm gemeinsam nach den Verschollenen gruben. Mit bloßen Händen und entgegen dem Willen der Bergwerksleitung. Einen Arbeiter nach dem anderen holten sie in den folgenden Tagen raus. Die meisten konnten sie leider nur tot bergen, zwei von ihnen hatten aber in einer Luftblase überlebt.«

»Und Zachary war dabei?«, fragte Mrs Mills gebannt.

»Ja. Er war bis auf eine leichte Kopfverletzung unversehrt,

doch dieses Ereignis hat in ihm einen Entschluss reifen lassen. Nämlich, dass er nicht den Rest seines Lebens unter Tage verbringen wollte. Dass es noch etwas anderes geben musste als Ausbeutung, Not und Elend, selbst wenn das bedeutete, dass er seine Familie und seine Heimat für immer verlassen musste.«

»Das hat er getan«, fügte Nick hinzu. »Er hat England verlassen und wanderte in die USA aus.«

»Stimmt, wie so viele in dieser Zeit. Mit dem wenigen Geld, das er für sich gespart hatte, bezahlte er die Überfahrt und kam im Juni 1860 völlig mittellos in New York City an. Von dort aus schlug er sich nach Kentucky durch, wo er eine Anstellung auf einer Farm fand. Aus dieser Zeit stammte sein Spitzname Flash, den Zachary schließlich als Rufname übernahm. Es gefiel ihm an und für sich gut in seiner neuen Umgebung, doch Jahre später hörte er von den Goldfunden in Kanada, und er machte sich erneut auf den Weg.«

»Aha«, stieß Nick triumphierend aus. »Er war also tatsächlich ein Goldgräber.«

Joyce schüttelte den Kopf. »Oh nein, das war er ganz und gar nicht.«

»Nicht?«

»Nein. Sein Plan war gewesen, einer zu werden, aber bevor es so weit kam, hatte er eine schicksalhafte Begegnung.«

»Ich fang gleich an, vor lauter Spannung an meinen Nägeln zu kauen«, meinte Mrs Mills und sorgte mit ihren Worten für einen Lacher bei den anderen.

»Das kann und will ich nicht zulassen«, erwiderte Joyce. »Darum erzähle ich schnell weiter.«

»Ich bitte darum.«

»Nach einer beschwerlichen und über ein Jahr andauernden Reise quer durch den noch weitgehend unerschlossenen Westen der USA erreichte Flash im Januar 1865 eine Siedlung namens

Moodyville an der Pazifikküste Kanadas, die erst zwanzig Jahre später den Namen Vancouver erhalten sollte. Die Siedlung war damals noch in den Anfängen und eher ein Dorf als eine Stadt. In Moodyville wollte Flash den Rest des Winters verbringen, um dann über die Cariboo Wagon Road ins Goldgräbergebiet vorzudringen. Mit Hilfsarbeiten hielt er sich über Wasser. Unter anderem für die Hudson's Bay Company, die am Rande der Siedlung eine Niederlassung errichtete.«

»Hudson's Bay gab es damals schon?«, fragte Hannah überrascht.

»Ja, nur nicht in Form der Warenhauskette, die sie heute ist, sondern als eine mächtige Handelsgesellschaft, deren primäres Geschäft der Pelzhandel war. Ein sehr lukratives Geschäft, wenn auch ein fragwürdiges, denn um an die wertvollen Felle der Bären und Wölfe zu gelangen, heuerte man für einen Hungerlohn Pelzjäger aus den indigenen Völkern an. Doch das ist eine andere Geschichte. Der Hauptsitz der Hudson's Bay Company war in York Factory in Manitoba, doch im Verlauf des 19. Jahrhunderts gründete man Außenfilialen in vielen anderen Provinzen Kanadas. So eben auch in Moodyville. Der Handelsbeauftragte der Hudson's Bay Company für British Columbia hieß Jeremiah Conway. Er war Witwer und lebte mit seiner Tochter Evelyn in einem für damalige Verhältnisse prächtigen Haus außerhalb von Moodyville. Eines Tages, Flash arbeitete wie gesagt auf der Baustelle der Niederlassung, schickte man ihn mit einem wichtigen Schreiben zum Anwesen der Conways. Auf dem Weg dahin musste er einen Bach überqueren. Als er das tat, stellte er voller Entsetzen fest, dass im eiskalten Wasser ein menschlicher Körper lag. Bäuchlings und regungslos. Ohne lange zu überlegen, eilte er zu Hilfe. Er zog den Körper an Land und sah, dass es eine junge Frau war. Hier muss ich die Worte von Flash zitieren, die auch in dem Bericht im Buch zu finden sind. ›Das Mädchen, wahrhaft eine Schönheit, lag wie tot in meinen Armen. Ihre Haut war bleich, ihr lieblicher Mund schon blau, also zögerte ich nicht und spendete ihr meinen Atem. Ohne zu ahnen, dass der bloße Gedanke an sie mir diesen Atem künftig zu jeder Zeit rauben würde.‹« Joyce hielt inne. »Ist das nicht wunderschön?« Sie fasste sich verträumt ans Herz.

»Ja, wunderschön«, pflichtete Mrs Mills ihr bei.

»Die Frau, die er gerettet hat, war Evelyn Conway, nicht wahr?«, vermutete Hannah.

»Ganz recht. Sie war bei einem Spaziergang ausgerutscht und kopfüber in den Bach gefallen. Als sie wieder bei Bewusstsein war, trug Flash sie zum Haus ihres Vaters, der glücklicher nicht hätte sein können, denn das Mädchen war sein einziges Kind. Jeremiah war dem jungen Engländer zutiefst dankbar für Evelyns Rettung und bot ihm Geld an, was Flash zurückwies. Den Job hingegen, den Conway ihm offerierte, schlug er nicht aus. So wurde er der Assistent des Handelsbeauftragten und begleitete Evelyns Vater von da an durch British Columbia. Lernte alle Kniffe und Taktiken im Pelzhandel kennen und wurde binnen kürzester Zeit der cleverste und beste Geschäftsmann, den sein Schwiegervater sich an seiner Seite hätte wünschen können.«

»Schwiegervater?«, beschwerte Hannah sich. »Hast du da nicht die Hälfte vergessen?«

»Habe ich?«, entgegnete Joyce schmunzelnd. »Na gut, ich will mal nicht so sein. Für Evelyn und Flash war es Liebe auf den ersten Blick. Und dennoch, so steht es in dem Bericht, hätte er sich nie getraut, um die Tochter des mächtigen Jeremiah Conway zu werben. Erst als er in seinem Job Fuß gefasst hatte, wagte er es. Mit Erfolg. Zwei Jahre nach Evelyns Rettung heirateten die beiden. Inzwischen hatte der Goldrausch in British Columbia seinen Höhepunkt erreicht. In der Gegend rund um Barkerville und Quesnel hatte es etliche Funde gegeben, und beide Städte wuchsen kontinuierlich. Jeremiah witterte ein gutes Geschäft, denn die Männer, die durch das Gold reich geworden waren, würden sicher auch in kostbare Pelze investieren. Er schickte Flash dauerhaft auf einen Außenposten in den Cariboo District, wo dieser und Evelyn sich am Dragon Lake ein Haus bauten. Es handelte sich um das Mittelstück der Pension, wie wir sie heute kennen.«

»Was ist dann geschehen?«, fragte Mrs Mills.

»Die beiden waren glücklich miteinander. Nur eines trübte dieses Glück. Evelyn litt unter furchtbarem Heimweh. Ursprünglich stammten sie und ihr Vater aus dem Osten Kanadas, aus der Gegend um Toronto. Ganz schlimm wurde die Sehnsucht nach ihrer alten Heimat im Herbst. Sie vermisste den Indian Summer, die bunt gefärbten Laubbäume, die es an der Westküste Kanadas nur selten gibt, damals wie heute. Flash hat die Traurigkeit seiner Liebsten nicht mit ansehen können, darum legte er ein Zuckerahornwäldchen in der Nähe des Hauses an, mit einer Lichtung, die er mit importiertem Rotfächerahorn aus Japan säumen ließ. Damit seine Evelyn schon im Frühjahr und im Sommer farbenfrohes Laub bestaunen konnte und nicht nur im Herbst. Der Wald mit seiner Lichtung hat Evelyn überglücklich gemacht, auch wenn sie ihn nur in den Anfängen erlebt hat. Ein Jammer, denn …«

»Die Bank auf der Lichtung«, unterbrach Hannah Joyce, als ihr plötzlich etwas bewusst wurde.

Nick strahlte. »Die Bank, genau. E und F für Evelyn und Flash. Ich habe dir gleich gesagt, da könnte etwas Romantisches dahinterstecken. Eine große Liebesgeschichte. Wie du siehst, hatte ich recht.«

Joyce und Mrs Mills sahen ihn fragend an, und Nick klärte sie über die Entdeckung auf der Lichtung auf.

»Wirklich?«, meinte Joyce aufgeregt. »Ich war schon etliche

Male dort, aber das ist mir nie aufgefallen. Werde ich mir unbedingt anschauen müssen.«

»Mach das«, meinte Hannah schmunzelnd, doch dann wurde sie wieder ernst. »Dieser Flash muss seine Frau vergöttert haben, wenn er einen solchen Aufwand für sie betrieben hat.«

»Das hat er zweifelsohne. Und diese Liebe überdauerte ihren Tod. Denn wie ihr euch sicher denken könnt, gab es für die beiden kein Happy End.« Ein betretenes Schweigen setzte ein. Nach einem Weilchen sprach Joyce weiter. »Evelyn starb, als Flash gemeinsam mit seinem Schwiegervater in der Hauptfiliale der Hudson's Bay Company in York Factory am anderen Ende Kanadas weilte. Sämtliche Handelsbeauftragte der Provinzen waren zu einer Konferenz dorthin berufen worden. Jeremiah Conway hatte nicht alleine reisen wollen und seinen Schwiegersohn gebeten, ihn zu begleiten. Flash hat dem nur widerwillig zugestimmt, weil er Evelyn nicht alleine in Quesnel zurücklassen wollte. Doch seine Frau drängte ihn aus Sorge um ihren Vater, dessen Wunsch zu erfüllen. Auch wenn sie wusste, dass sie das aufgrund der großen Entfernung und der beschwerlichen Reise für mindestens zwei Monate von ihrem Liebsten trennen würde. Zwei Monate, in denen viel passieren konnte. In denen das Schicksal unbarmherzig zuschlagen konnte. Die Männer waren etwa drei Wochen fort, als erneut eine Seuche im Cariboo District ausbrach, die nur wenige Jahre zuvor einen breiten Streifen der Westküste Nordamerikas befallen und unzählige Menschen das Leben gekostet hatte: die Pocken. Man hatte geglaubt, sie in British Columbia weitgehend ausgerottet zu haben, ein fataler Irrtum. Evelyn war eine der Ersten in Quesnel, die es traf. Sie hatte keine Chance und erlag der Krankheit ein paar Tage später, nur Stunden vor ihrem und Flashs Sohn Jeremiah junior. Der kleine Junge ist nur vier Monate alt geworden.«

Hannah stiegen Tränen in die Augen. »Wie furchtbar«, flüsterte sie.

»Das war es. Besonders für Flash, der per Eildepesche informiert wurde und sofort die Heimreise antrat. Doch als er eintraf, waren Evelyn und sein Sohn längst beerdigt. Zusammen mit vielen anderen Toten in einem Massengrab vor den Toren der Stadt, wie es bei Seuchenausbrüchen damals üblich war.«

Mrs Mills war kalkweiß geworden und griff nach ihrem Glas Wasser. »Wie grausam kann das Leben sein. Gerade noch glücklich und dann so etwas.«

»So ähnlich hat Flash das auch dem reisenden Journalisten erzählt. Dass er nahe dran gewesen sei, seiner Evelyn und dem Baby zu folgen und seinem Dasein ein schnelles Ende zu setzen.«

»Doch das hat er nicht getan«, stellte Nick fest.

»Nein. Stattdessen stürzte er sich in seine Arbeit. Weitete sein Verkaufsgebiet neben dem Cariboo District auch auf andere Bezirke aus. Und war in dem, was er tat, enorm erfolgreich. Wenige Jahre später starb auch sein Schwiegervater, der den Tod seiner Tochter und seines Enkels nie überwunden hatte, und Flash wurde neuer Handelsbeauftragter der Provinz British Columbia. Dafür zog er nach Moodyville, und sein Haus in Quesnel verwaiste. Für etwa fünf Jahre, dann kehrte Flash für immer hierher zurück.«

»Und gründete die Pension?«, fragte Hannah.

»Ja, nachdem er den linken Flügel an das ursprüngliche Haus angebaut hatte.«

»Was war mit seiner Tätigkeit bei der Hudson's Bay Company?«

»Die hatte er aufgegeben. Nach eigenen Angaben hatte er genügend Geld verdient, um damit den Rest seiner Tage auszukommen.«

Hannah musterte Nick, aber sie konnte nicht erraten, was er dachte oder fühlte. So wie es aussah, hatte er recht gehabt mit seiner Vermutung, dass Zachary reich gewesen war. Er musste doch aufgeregt oder glücklich sein, aber seine Miene verriet nichts davon. Sie wandte sich wieder Joyce zu und lauschte ihren Worten.

»Flash hatte in den Jahren in Moodyville die Eingebung gehabt, anderen Paaren etwas von dem Glück abzugeben, das er mit Evelyn geteilt hatte. Hört sich seltsam an, aber das war es, was ihn umgetrieben hat. So entstand die Idee mit der Pension und den Happy Couples. Frisch verheiratete Paare sollten für ein paar Tage kostenlos bei ihm logieren und ihre Liebe am schönen Dragon Lake genießen dürfen. Flash verstand das als letzten Liebesbeweis an seine Frau, und er hat es rigoros durchgezogen. In der Zeit, in der der Bericht für das Buch entstand, wurden die Zimmer der Pension, natürlich waren es längst nicht so viele wie heute, ausschließlich an Flitterwöchner vergeben, was ihn eine Menge Geld gekostet haben wird.«

»Eines verstehe ich nicht«, meinte Nick. »Warum macht er eine Pension für glückliche Paare auf und nennt sie dann *Broken Heart*? Wie passt das zusammen?«

»Sie hieß ja nicht nur *Broken Heart*.«

Alle drei sahen Joyce erstaunt an.

»Das geht auch aus dem Artikel hervor. Der zweite Teil des Namens muss im Laufe der Zeit in Vergessenheit geraten sein, aber es hat ihn definitiv gegeben. Beim Film oder bei einem Buch würde man wohl sagen, die Pension hatte einen Untertitel. Flash nannte sie *Broken Heart – Only Love Can Heal*.«

»Nur die Liebe kann heilen?«, meinte Hannah beeindruckt. »Schöner Gedanke.«

»Finde ich auch. Im Bericht erklärt Flash es so, dass mit Evelyns Tod sein Herz in zwei Stücke zerbrochen sei, und er hoffe, dass jedes Happy Couple, das bei ihm wohnt, ein bisschen zu dessen Heilung beitragen würde. Vielleicht wäre er dann eines Tages in der Lage, den Namen der Pension zu ändern.«

»Das ist offenbar nie geschehen«, sagte Hannah. »Wie tragisch.«

Joyce nickte. »Der Bericht endet mit den Worten, dass Flash seine Abende auf der Lichtung im Ahornwäldchen verbringt, weil ihm dort seine geliebte Evelyn ganz nah wäre, und weil er sich besser fühlen würde, wenn er den Bäumen sein ganzes Leid klage. Von daher stimmt es, was dein Großvater gesagt hat. Würden die Bäume sprechen können, dann hätten sie eine Geschichte zu erzählen. Eine tragische, aber auf ganz besondere Weise auch wunderschöne Geschichte. Tja, und damit bin ich am Ende meiner Ausführungen. Das heißt, fast. Ich konnte in der Folge noch herausfinden, dass Flash die Pension 1910 an eine Familie Adams veräußert hat. In deren Besitz blieb das *Broken Heart* über drei Generationen, bevor deine Großeltern es schließlich kauften, Hannah. Wie gesagt wurde die Tradition der Happy Couples, wenngleich auch im kleineren Rahmen mit der Vergabe nur eines kostenlosen Zimmers, bis zu diesem Zeitpunkt, also bis Anfang der 1970er-Jahre, weitergeführt.«

»Was wurde aus Flash?«, erkundigte sich Mrs Mills.

»Ich weiß es leider nicht. Alle meine Bemühungen, etwas über seinen Verbleib herauszufinden, scheiterten. Und ich habe auch keine Idee, was man da noch machen kann. Nur ein weiterer Zufall könnte hier helfen.«

Hannah sah Nick an, und diesmal ahnte sie, was in seinem Kopf vorging. Flash Cooper war vor vielen Jahren von der Bildfläche verschwunden, und mit ihm sein Geld, wenn er denn überhaupt noch welches besessen hatte. Den Schatz, den Nick sich erhofft hatte, würde es nicht geben.

»Es tut mir leid«, raunte sie ihm leise zu.

Er zuckte mit den Schultern. »Das muss es nicht. Es war von vornherein eine ziemlich aussichtslose Sache.«

»Eine aussichtslose Sache?«, wiederholte Joyce stirnrunzelnd. »Inwiefern?«

»Das spielt keine Rolle mehr«, antwortete Hannah für Nick. »Aber eines musst du mir noch verraten, Joyce. Warum hast du Dora nie von alldem erzählt? Ich meine, für sie müsste das doch auch interessant sein.«

»Ich wollte mit ihr darüber reden. Doch als ich das mit Flash herausfand, hatten deine Eltern sich gerade getrennt. Ich konnte deine Großmutter in dieser schweren Zeit nicht damit belästigen. Später unternahm ich zwei oder drei Anläufe, jedoch wimmelte sie mich stets ab. Bestimmt nicht böswillig, versteh mich bitte nicht falsch. Sie hatte ganz einfach nicht den Kopf dafür. Und irgendwann, das gebe ich zu, habe ich es schlichtweg vergessen.« Sie senkte den Kopf.

»Ist in Ordnung, Joyce«, beruhigte Hannah sie. »Aber es ist gut, dass du es jetzt erzählt hast. Denn es ist eine Geschichte, die nicht in Vergessenheit geraten darf. Vielen Dank, dass du dir die Zeit für uns genommen hast.«

»Immer wieder gerne, Kindchen.«

»Was meint ihr, wollen wir noch ein Eis essen?«, fragte Nick, als sie fünf Minuten später auf dem Bürgersteig vor der Praxis standen. Er zeigte auf das Eiscafé in etwa fünfzig Metern Entfernung, dessen rote Reklameschilder unübersehbar waren.

»Oh ja«, rief Maggie begeistert und machte einen kleinen Luftsprung. »Ich möchte ein Spaghettieis.«

»Das kriegst du auch, so brav, wie du warst.«

»Maggie, magst du vielleicht schon mit Mrs Mills vorgehen?«, mischte Hannah sich ein.

»Warum?«

»Weil ... also weil ...« Hannah zeigte auf den Ordner in ihrer Hand. »Weil dein Vater und ich den hier zum Auto bringen wollen.«

Maggie kräuselte die Stirn. »Okay«, meinte sie dann und ließ sich von der lächelnden Mrs Mills mitziehen.

»Willst du etwa mit mir alleine sein, oder was sollte diese billige Ausrede?«, fragte Nick amüsiert.

Hannah zog eine Grimasse. »Es ist mir so schnell nichts anderes eingefallen. Du brauchst dir aber nichts einzubilden. Ich wollte lediglich wissen, was du jetzt tun wirst. Das große Geld, dass du dir für den Sorgerechtsstreit erhofft hast, wirst du hier leider nicht finden.«

Nick seufzte. »Wäre ja auch zu schön gewesen. Keine Ahnung, was ich nun machen soll. Nur eines weiß ich, ich werde Maggie nicht hergeben. Unter keinen Umständen.«

Hannah schaute ihn nachdenklich an. »Und wenn du den Spieß einfach umdrehst?«

»Bitte? Ich fürchte, ich verstehe nicht.«

»Du hast gesagt, dass du Angst hast, Charlene könnte eine Schlammschlacht provozieren. Was, wenn du dir ihre Methoden zu eigen machst? Geh an die Öffentlichkeit. Erzähl eure Geschichte, deine Sicht der Dinge. Mit allen Einzelheiten. Oder drohe es ihr und ihrem Mann zumindest an. Ich könnte mir vorstellen, dass ihr stinkreicher Schotte keine Lust darauf hat, dass seine Frau als Rabenmutter verrufen wird.«

Nick schüttelte den Kopf. »So bin ich nicht, Hannah. Ich will nicht so tief sinken wie Charlene. Meine Tochter würde mich sonst vielleicht irgendwann verachten. Ein unerträglicher Gedanke.«

»Ich kann mir nicht vorstellen, dass Maggie jemals auf diese Weise für dich empfinden könnte. Im Gegenteil, ich denke, dass sie eine solche Vorgehensweise verstehen würde. Ihre Mutter hat sie nach ihrer Geburt im Stich gelassen. Es ist nachvollziehbar, wenn du Charlene hart anpackst. Sie hat es nicht verdient, geschont zu werden, und das wird Maggie genauso sehen. Aber gut, deine Entscheidung. Versprich mir trotzdem, dass du noch mal über diese Option nachdenkst.«

»Das mache ich.« Nick fasste nach ihrer Hand. »Danke, Hannah. Für deinen Rat und dass du für mich da bist. Wenn ich mich jemals dafür revanchieren kann, dann ...«

»Das kannst du«, unterbrach Hannah ihn mit unsicherer Stimme.

Er sah sie fragend an.

»Würdest du ... würdest du mich morgen nach Vancouver begleiten? Gemeinsam mit Maggie?«

»Nach Vancouver? Zu deiner Großmutter?«

Sie nickte stumm.

»Geht es ihr schlechter?«

»Nein, das nicht, aber ...«

»Aber?«

Hannah schluckte. »Es könnte trotzdem sein, dass ich dich brauche.«

Nick betrachtete sie mit sorgenvoller Miene, dann zog er sie unvermittelt in seine Arme und gab Hannah damit ein Gefühl der Geborgenheit, das sie lange nicht mehr verspürt hatte. »Natürlich kommen Maggie und ich mit«, raunte er und streichelte sanft über ihren Rücken.

27

»Daddy, schau doch mal. Da unten springen Delfine im Wasser.« Maggies Stimme überschlug sich fast, und sie hüpfte aufgeregt auf ihrem Sitz herum.

»Das ist schön, Darling«, presste Nick angestrengt hervor, während er sich krampfhaft am Vordersitz festhielt.

»Wie willst du das wissen? Du hast ja gar nicht hingesehen.«

Er holte tief Luft, beugte sich zur Seite und schaute aus dem kleinen Fenster. »Jetzt aber! Du hast recht, da sind Delfine, wunderbar. Zufrieden?«

Maggie nickte, und ihr Vater ließ sich erleichtert in seinen Sitz zurückfallen.

Hannah, die auf der anderen Seite von Nick saß, kommentierte das mit einem Kopfschütteln. »Du meine Güte, ich dachte, ich wäre ein Hasenfuß, wenn es ums Fliegen geht, doch du toppst das um Längen.«

»Ich bin kein Hasenfuß«, brummte Nick und bedachte sie mit einem strafenden Blick. »Aber dies hier ist kein Flugzeug, sondern allenfalls eine überproportional große Konservendose.«

Hannah schaute ihn erschrocken an. »Nicht so laut, Mann. Wenn Flynn das hört, betätigt er am Ende noch die Schleudersitze.«

Jetzt war es Maggie, die erschrocken guckte. »Das Ding hat Schleudersitze?«

»Natürlich nicht, Liebes«, beruhigte Hannah sie. »Das war ein Scherz.«

»Ich glaube, Daddy ist nicht nach Scherzen zumute.«

»Das merke ich. Himmel noch mal, Nick, es tut mir leid, dass dir der Flug nicht gut bekommt. Wie du weißt, waren auf dem Linienflug, den ich gebucht hatte, keine weiteren Plätze frei. Wobei die Maschine, mit der wir in dem Fall geflogen wären, ja auch kein Airbus oder so gewesen wäre, denn Quesnel hat eben nur einen sehr kleinen Flughafen. Lange Rede kurzer Sinn: Es ist doch toll, dass mein alter Freund Flynn sofort bereit gewesen ist, uns nach Vancouver zu fliegen.«

»Dein alter Freund Flynn? Hast du eigentlich nur männliche Freunde?«

»So schlecht scheint es dir nicht zu gehen, wenn du noch in der Lage bist, eifersüchtig zu sein.«

»Ich bin nicht eifersüchtig.«

»Wie du meinst. Flynn ist ein ehemaliger Mitschüler von mir, der sein Geld heute mit Rundflügen über British Columbia verdient. Er macht einen tollen Job.«

»So?«, knurrte Nick. »Macht er das?«

»Ich hoffe doch«, rief Flynn aus dem offenen Cockpit vor ihnen, während er mit der achtsitzigen Cessna eine Linkskurve einleitete. »Noch eine Extrarunde übers Hafenbecken mit der Konservenbüchse?«

»Oh ja«, freute Maggie sich lautstark.

»Oh nein«, erklang hingegen die Reaktion ihres blassen Vaters.

»Mist, verdammter«, meinte Hannah verhalten. »Er hat das mit der Büchse gehört.«

Nick räusperte sich. »Es tut mir leid. Ich werde mich später bei deinem Freund entschuldigen. Das heißt, wenn ich das hier überlebe.«

»Keine Angst, Daddy!« Maggie grinste und ergriff die linke Hand ihres Vaters. »Ich passe auf dich auf.«

»Und ich natürlich auch«, sagte Hannah und nahm seine rechte Hand zwischen ihre beiden. »Du siehst, es kann dir nichts passieren.«

Nick stöhnte gequält auf. »Verzeih, dass ich ein solcher Idiot bin, Hannah«, flüsterte er ihr zu. »Ich stelle mich an wie ein Kleinkind, dabei sollte ich mich um dich kümmern. Du machst gerade so viel durch ...«

Mit einem »Pst« bremste sie ihn aus. »Nicht jetzt. Lass uns die Aussicht genießen, okay?« Sie drückte seine Hand, und er erwiderte diesen Druck.

Hannah sah aus dem Fenster auf ihrer Seite des Flugzeugs. Der Anblick war atemberaubend. Da waren die Skyline Vancouvers, die sich majestätisch über dem blauen Wasser des False-Creek-Meeresarms und der English Bay erhob, und der angrenzende Stanley Park, der mit seinem satten Grün ein weiterer Eyecatcher war. Auf dem südlich gelegenen Kitsilano Beach tummelte sich schon jetzt, am Vormittag, deutlich erkennbar eine große Zahl von Ausflüglern. Kein Wunder, es war Sonntag und das Wetter besser als in den Tagen zuvor. Was konnte es da Schöneres geben, als mit der Aussicht auf diese faszinierende Stadt und die Berge im Hintergrund am Strand zu entspannen?

Wäre Hannah unter anderen Umständen nach Vancouver gekommen, hätte sie es den Menschen dort unten vielleicht sogar gleichgetan, aber so war es nun mal nicht. Leider. Wie dankbar war sie, dass Nick eingewilligt hatte, sie zu begleiten. Seine Nähe half ihr gerade mehr als alles andere. Liebevoll sah sie zu ihm rüber. Und stutzte.

»Wenn du weiter so krampfhaft die Augen zusammenpresst, werden dir noch Äderchen platzen«, ermahnte sie ihn fürsorglich. »Schau doch mal, wie schön es dort unten ist, dann wird deine Angst wie von allein verfliegen.«

»Nein, bitte lass mich«, bat er inständig. »Mach dir keine Sorgen, ich bin in Ordnung.«

»Würdest du jetzt gerne zur Entspannung eine Zigarette rauchen?«

»Nein. Ich habe beschlossen, das in Zukunft bleiben zu lassen.«

»Wirklich? Woher kommt die plötzliche Einsicht?«

Jetzt öffnete er doch seine Augen, und ihre Blicke trafen sich. »Nun, es gibt in meinem Leben eine wichtige Person zu viel, die deswegen an mir herumnörgelt.«

Hannah errötete, denn sie wusste ganz genau, dass sie gemeint war. »Ich finde ja, dass es in einem Leben gar nicht genug wichtige Personen geben kann«, antwortete sie leise. »Du nicht?«

»Bin ganz deiner Meinung«, entgegnete er lächelnd, doch als das Flugzeug einen kleinen Schlenker machte, verging ihm dieses Lächeln, und er schloss erneut die Augen.

»Okay, wenn du dir diese famose Aussicht entgehen lassen willst, dein Pech«, meinte Hannah glucksend. »Dann gibt es halt noch ein paar akustische Informationen. Wusstest du, dass Vancouver die drittgrößte Stadt Kanadas ist? Also schon längst nicht mehr das kleine Dorf, von dem Joyce uns gestern berichtet hat. Die Lebensqualität ist hoch, und sie ist einer der grünsten Städte weltweit. Ach ja, und sicher ist dir auch nicht bekannt, dass Vancouver im Verbund mit Toronto *Hollywood North* genannt wird, weil diese beiden Städte nach Los Angeles und New York die drittwichtigsten Produktionsstätten der nordamerikanischen Filmindustrie sind. Etliche bekannte Filme und Serien wurden hier gedreht. Ich kann dir einige nennen, wenn du willst.« Ohne Nicks Antwort abzuwarten, plapperte sie weiter munter drauflos und merkte, dass er sich unter ihrem Redeschwall deutlich entspannte.

Als sie wenig später landeten, war er beinahe wieder der Alte.

»Du bittest mich, mit dir nach Vancouver zu kommen und dir beizustehen, und jetzt sollen Maggie und ich im Hotel bleiben?« Nick stand in der Tür, die ihre beiden Zimmer verband, und sah sie stirnrunzelnd an.

Hannah, die ein türkisfarbenes Sommerkleid trug, nickte. »Ja. Ich habe ein kompliziertes und vermutlich sehr emotionales Gespräch mit meiner Großmutter vor mir. Das ist nichts für Maggie. Es war auch nie mein Plan, euch dorthin mitzunehmen. Ich wollte nur, dass du hier bist, wenn ich später zurückkomme.«

»Und wenn Maggie im Hotel bleibt? Ich könnte an der Rezeption fragen, ob es eine Kinderbetreuung gibt.«

»Das wirst du schön bleiben lassen. Ich kenne dich mittlerweile gut genug, um zu wissen, wie schwer es dir fallen würde, sie zurückzulassen.«

»Was, wenn wir doch mitkommen? Wir könnten auf dem Flur warten oder auf einer Bank vor dem Krankenhaus.«

»Ich weiß doch gar nicht, wie lange unser Gespräch dauern wird. Es könnten nur Minuten sein, vielleicht aber auch Stunden. Das will ich euch nicht zumuten.«

»Wir würden das gerne machen.«

»Das ist lieb, aber mein Entschluss steht fest. Geht doch so lange etwas essen oder auf einen Spielplatz.«

»Oder ins Aquarium«, rief die kleine Maggie und schob ihren Vater beiseite, um in Hannahs Zimmer zu gelangen.

»Woher weißt du, dass Vancouver ein Aquarium hat?«, fragte Hannah erstaunt.

»Du hast davon im Flugzeug erzählt, weißt du nicht mehr? Du hast geredet wie ein Wasserfall.«

»Maggie«, tadelte Nick seine Tochter. »Sei nicht so frech zu Hannah.«

»Das bin ich nicht. Genau das sagst du auch immer zu mir, wenn ich den Mund nicht halten kann. Und es stimmt doch. Hannah hat total viel geredet. Erst von den Filmen, und dann von den Sehenswürdlichkeiten.«

Nick lachte. »Du meinst Sehenswürdigkeiten, Süße.«

»Mir doch egal, wie das heißt. Jedenfalls war sie wie ein Wasserfall.«

Hannah stimmte in Nicks Lachen ein und beugte sich zu Maggie. »Du hast recht, Süße, aber in diesem Fall ging es nicht anders.«

»Ich weiß. Weil Daddy abgelenkt werden musste. Sonst hätte er sich am Ende noch ins Hemd gemacht.«

Nick zog eine Grimasse. »Woher kennt dieses Kind nur all diese Ausdrücke?«

Maggie kicherte. »Na, von dir, von wem denn sonst?«

»Ich merke schon, ich muss dringend an meinem Vokabular arbeiten.«

Seine Tochter sah ihn erschrocken an. »An deinem was?«

»Ach nichts. Gut, wenn Hannah unbedingt allein gehen will, dann verbringen wir zwei Hübschen eben ein paar Stunden im Aquarium.«

Maggie nickte zufrieden und lief zurück ins andere Zimmer.

»Aber wenn irgendetwas ist, dann rufst du an, ja?«, meinte Nick zu Hannah.

»Das mache ich«, sagte sie und nahm ihre Tasche.

Das Vancouver General Hospital, in das man Dora zwei Tage zuvor verlegt hatte, befand sich im Stadtteil Fairview, ganz in der Nähe des Hotels, in dem sie eingecheckt hatten. Darum entschied sich Hannah, den Weg dorthin zu Fuß zurückzulegen. Ein lauer Wind umschmeichelte ihre nackten Beine und machte die Wärme des Tages ein wenig erträglicher. Hannah ging die Cambie Street hinunter, an der mehrere große Geschäfte und das riesige City Square Shopping Centre lagen, die allesamt geöffnet hatten, obwohl es Sonntag war. Dementsprechend waren viele Leute unterwegs. Einheimische, aber vor allem Touristen, wie man in den meisten Fällen unschwer erkennen konnte.

Hannah nahm die Menschenmenge kaum wahr. Sie setzte wie in Trance einen Fuß vor den anderen, obwohl sie am liebsten in die genau entgegengesetzte Richtung gegangen wäre. Sie hatte Angst. Angst vor dem, was in den nächsten Stunden passieren würde. Nicht vor der Wahrheit, die sie seit dem Gespräch mit Nathan kannte, sondern vor dem, was diese Wahrheit anrichten würde. Hatte sie tatsächlich gedacht, dass die Trennung ihrer Eltern, das Zerbrechen ihrer Familie, das Schlimmste wäre, was ihr jemals im Leben zustoßen würde? Wie es aussah, hatte sie sich geirrt. Und sie war noch einem weiteren Irrtum erlegen: Sie hatte gehofft, mit ihrer Reise nach Quesnel könnte sie die Vergangenheit endgültig hinter sich lassen. Nach allem, was sie jetzt wusste, steckte sie noch mittendrin in dieser Vergangenheit, und die Gegenwart und die Zukunft waren nichts als gewaltige Fragezeichen. Das Gefühl der Furcht verstärkte sich noch weiter. Doch es nützte ja nichts. Kein Verdrängen, kein Fortlaufen würde ihre Situation ändern. Wenn sie sie bewältigen wollte, würde sie sich ihr stellen müssen. Je eher, desto besser.

Sie beschleunigte ihre Schritte. Die letzten hundert Meter bis zum Krankenhaus rannte sie fast und wäre dabei um ein Haar mit einem Kinderwagen zusammengestoßen. Die junge Frau, die ihn schob, schenkte ihr einen missbilligenden Blick, doch Hannah kümmerte sich nicht darum.

Als sie ihr Ziel erreichte und die riesige Vorhalle des Hospitals betrat, verharrte sie einen Moment. Ihr Herz klopfte wild und unruhig in ihrer Brust, und auf ihrer Stirn bildeten sich kleine Schweißtropfen.

»Alles in Ordnung, Miss?«, wurde sie von einer älteren Krankenschwester angesprochen, die an ihr vorüberging.

»Äh, ja, Entschuldigung, ich bin nur so gerannt«, antwortete Hannah verlegen.

Die Frau blieb stehen und schmunzelte. »Da kann es wohl jemand gar nicht abwarten, zu seinem Liebsten zu kommen, was?«

Hannah schüttelte den Kopf. »Nein, das ist es nicht. Ich möchte zu meiner Großmutter, aber ich weiß ehrlich gesagt die Station und ihre Zimmernummer nicht. Nur, dass sie im Schlaganfall-Zentrum liegt.«

»Na, das ist doch schon mal was«, meinte die Krankenschwester milde lächelnd. Sie zeigte auf die Anmeldung links von sich. »Und den Rest erfahren Sie dort.«

Keine fünf Minuten später betrat Hannah Doras Zimmer. Der lichtdurchflutete freundliche Raum war so angelegt und gestaltet, dass ein kranker Mensch sich hier wohlfühlen konnte. Hannah schloss vorsichtig die Tür hinter sich, weil sie gesehen hatte, dass ihre Großmutter im Bett lag und anscheinend schlief. Doch als Hannah näher kam, öffnete Dora die Augen.

»Da bist du ja endlich, Kind«, sagte sie und richtete sich auf. Sie war immer noch blass, aber das konnte auch an dem Nachthemd liegen, das sie trug und das ebenso weiß war wie ihr Gipsarm.

»Bleib doch bitte liegen«, bat Hannah sie, aber ihre Großmutter saß bereits auf der Bettkante.

»Im Liegen spricht es sich so schlecht«, meinte Dora.

»Wie geht es dir heute?«

»So weit ganz gut. Die gestrigen Untersuchungen haben bestätigt, was auch schon im Krankenhaus in Williams Lake gesagt worden ist. Es war nur ein leichter Schlaganfall, und weil mir sofort geholfen wurde, werde ich kaum einen Schaden davon zurückbehalten. Man hat mir eine Reha ans Herz gelegt, doch ich glaube nicht, dass ich die machen kann.«

Hannah runzelte die Stirn. »Und warum nicht, wenn ich fragen darf?«

»Wer soll sich denn dann um die Pension kümmern?«

»Ich natürlich, wer denn sonst?«

»Das kann ich nicht von dir verlangen.«

»Selbstverständlich kannst du das. Du gehst zur Reha, und zwar so schnell wie möglich, hast du mich verstanden?«

»Du bist ein herrisches kleines Ding, Hannah Larsson.«

»Danke gleichfalls, Dora Larsson. Oder sollte ich besser Grandma sagen?«

»Duuuu …«, schnaubte Dora, doch dann lächelte sie und zeigte auf den Rollstuhl, der neben ihrem Bett stand. »Meinst du, du könntest mir hineinhelfen? An und für sich kann ich schon wieder gehen, aber ich bin noch ein wenig unsicher auf den Beinen.«

»Natürlich helfe ich dir.«

»Lass mich das lieber machen«, ertönte eine dunkle Stimme von der Tür.

Hannah drehte sich überrascht um. »Doktor Waters, wie kommen Sie denn hierher?«

»Mit dem Linienflug aus Quesnel, Mädchen«, meinte er, als er zu ihnen trat. »Auf dem ich dich eigentlich auch vermutet hatte.«

»Ich musste umdisponieren. Gibt es einen Grund dafür, dass Sie ebenfalls angereist sind?«

»Ich habe ihn darum gebeten«, mischte Dora sich ein. »Ich dachte, dass ein wenig Unterstützung nicht schaden kann, wenn wir reden. Der Doc ist eingeweiht, und er wird zur Not erklären können, was ich nicht zu erklären vermag. Das hoffe ich jedenfalls. Hannah, Liebes, was ich dir zu sagen habe, ist nämlich alles andere als einfach für mich.«

Hannah schaute sie traurig an. »Das kann ich mir vorstellen«, sagte sie leise.

»Du kannst es dir vorstellen?«, wiederholte Dora verstört. »Ich glaube nicht, dass du das ...« Sie brach ab, als sie in das Gesicht ihrer Enkelin sah, in dem die Antwort geschrieben stand.

»Doch, kann ich, Dora. Ich weiß Bescheid.«

»Aber woher? Wer hat dir ...?«

»Nathan hat es mir gesagt.«

Ihre Großmutter gab einen erstickten Laut von sich, dann bedeckte sie mit ihrer gesunden Hand ihr Gesicht.

28

»Du darfst Nathan nicht böse sein. Er hatte gar keine andere Wahl, als es mir zu sagen. Ich war mir sicher, dass Dad gestorben ist, und habe ihn damit konfrontiert.«

Dora ließ ihre Hand wieder sinken. »Gestorben?«, hauchte sie. »Nein, gestorben ist er nicht.«

»Das weiß ich nun auch. Du glaubst gar nicht, wie groß der Stein war, der mir vom Herzen gefallen ist. Dabei hat er nur Platz gemacht für einen, der noch viel schwerer und erdrückender ist.«

»Es tut mir leid, Hannah. Ich kann mir vorstellen, wie furchtbar das für dich sein muss, aber denk nur nicht, dass es für mich eine Spur leichter ist. Das war es nie und wird es auch nie werden. Doch mir ist bewusst, dass ich einen riesigen Fehler gemacht habe. Lass mich alles erklären.« Sie hielt inne, als Hannah eine Hand hob.

»Nein, noch nicht. Wir sollten warten, bis wir vollständig sind.«

»Vollständig?«, fragte ihre Großmutter irritiert. »Ich verstehe nicht.«

»Mom wird dazukommen. Ich habe sie gestern informiert. Zum Glück hatte das Kreuzfahrtschiff gerade in Miami angelegt. Noch in der Nacht ist sie von dort nach Vancouver geflogen. Ich denke, dass sie jeden Moment hier eintreffen wird.«

Dora strich sich aufgewühlt durch das graue Haar. »Miranda weiß ebenfalls Bescheid? Und sie kommt hierher?« Die Panik in ihrer Stimme war nicht zu überhören.

Hannah schob den Rollstuhl näher ans Bett. »Keine Angst, sie wird dir nicht sofort die Hölle heißmachen, denn bislang habe ich ihr nur gesagt, dass du uns etwas Wichtiges über Dad mitzuteilen hast. Was genau, habe ich ihr verschwiegen. Das ist keine Nachricht, die man übers Telefon überbringen sollte, findest du nicht?«

»Und sie hat sich einfach so bereit erklärt, hierherzukommen?«

»Nicht sofort. Erst nach einer kleinen Notlüge. Ich habe ihr von deinem Schlaganfall berichtet und behauptet, dass es dir sehr schlecht geht. Sorry dafür, aber daraufhin ist sie eingeknickt und hat zugesagt, sich auf den Weg nach Vancouver zu machen.«

Dora schüttelte traurig den Kopf. »Ich weiß aber nicht, ob ich das kann, Hannah. Ob ich Miranda offen ins Gesicht sagen kann, dass Mike ...«

»Es gibt keine Alternative«, fiel Hannah ihrer Großmutter ins Wort. »Mom hat ein Recht darauf, alles zu erfahren. Und zwar von dir persönlich. Das bist du ihr schuldig.«

»Ich weiß«, erwiderte die alte Frau kraftlos. »Dennoch fürchte ich mich davor. Deine Mutter wird schrecklich wütend sein.«

»Zweifelsohne. Möglicherweise wird sie aber auch Verständnis aufbringen. Vielleicht nicht sofort, aber irgendwann.«

»Irgendwann? Glaubst du das wirklich?«

Hannah zuckte mit den Schultern. »Ich weiß es nicht. Die Zeit wird es zeigen.«

»Was ist mit dir?«, mischte Doktor Waters sich ein, der die ganze Zeit stumm vorm Bett gestanden hatte. »Kannst *du* denn verstehen, warum dein Vater und deine Großmutter so gehandelt haben?«

Hannah vergrub ihre Zähne so tief in ihrer Unterlippe, dass es wehtat. »Verstehen vielleicht«, antwortete sie schließlich mit rauer Stimme. »Was nicht bedeutet, dass ich es auch gutheißen kann.«

Dora schluchzte auf. »Es tut mir so leid, mein Kind. Bitte glaub mir das.«

Hannah sah sie nur schweigend an.

»Du musst dich beruhigen, Dora«, sagte stattdessen Doktor Waters mit ernster Miene. »Wir sollten nicht vergessen, dass du erst vor wenigen Tagen einen Schlaganfall erlitten hast. Wenn dich das Gespräch mit deiner Tochter und deiner Enkelin bereits im Vorfeld derart belastet, ist es vielleicht doch keine so gute Idee, wenn ...«

Dora winkte ab. »Papperlapapp«, meinte sie und wischte sich eine einzelne Träne von der Wange. »Wenn mich eines belastet, dann das Wissen um die letzten sechs Jahre. Sie hätten so vollkommen anders verlaufen können, wenn ich nur den Mut gehabt hätte, mich gegen meinen Sohn aufzulehnen. Das habe ich nicht getan, und mit dieser Schuld werde ich den Rest meiner Tage leben müssen. Nichts kann sie mindern, auch nicht, wenn nun alles herauskommt. Dennoch muss es sein. Wir klären das jetzt. Ein für alle Mal. Und sollte mich danach ein neuerlicher Schlag treffen, dann habe ich es nicht anders verdient.«

Hannah griff erschrocken nach Doras gesunder Hand. »Wie kannst du so etwas sagen? Du hast einen Fehler gemacht, ja, aber ich glaube, dass du den Preis dafür längst bezahlt hast. Und dass du uns nun die Wahrheit sagst, das rechne ich dir hoch an.«

Ihre Großmutter senkte den Kopf. »Ich hätte es eher tun müssen. Viel eher.«

»Besser spät als nie«, meinte Doktor Waters. »Jetzt setzen wir dich erst mal in den Rollstuhl, schieben dich an den Tisch und warten dort gemeinsam mit dir auf Mirandas Ankunft. Hannah, bist du so lieb und schaust in dem Schrank dort nach einer Decke, die wir deiner Großmutter über die Beine legen können?«

Es dauerte noch fast eine halbe Stunde, bis es zaghaft an der Tür klopfte. Hannah war einerseits erleichtert, dass es so weit war, denn die Unterhaltung mit ihrer Großmutter und Doktor Waters war aufgrund des Gesprächs, das noch vor ihnen lag, zäh und anstrengend gewesen. Andererseits kam nun die Furcht, die sie schon auf dem Weg ins Krankenhaus verspürt hatte, mit voller Wucht zurück. Um sie gar nicht erst die Oberhand gewinnen zu lassen, sprang Hannah von ihrem Stuhl auf, lief zur Tür und riss sie auf.

»Da bist du ja endlich, Mom«, stieß sie hastig aus.

Miranda Larsson, eine attraktive Endvierzigerin, deren mittelblonde Haare genauso lockig wie die ihrer Tochter waren, seufzte. »Entschuldige, Darling. Das Hotel, in dem ich heute früh eingecheckt habe, liegt etwas außerhalb, und es gab einen Stau stadteinwärts. Das Taxi hatte Mühe, voranzukommen, sonst wäre ich längst hier gewesen.«

»Ist ... ist okay, Mom«, stammelte Hannah nervös.

»Was ist denn?«, fragte Miranda beunruhigt. »Wieso bist du so aufgedreht? Steht es so schlimm um Dora?«

Hannah schluckte. Sie trat beiseite und gab den Blick ins Zimmer frei. Auf ihre Großmutter und Doktor Waters, die am Tisch vor dem Fenster saßen und Miranda entgegensahen, die nun mit ungläubigem Gesichtsausdruck näher kam.

»Handelt es sich hier um eine Wunderheilung, oder wie darf ich das verstehen?«

»Hallo, Miranda«, begrüßte Dora ihre Schwiegertochter vorsichtig. »Bitte sei dem Kind nicht böse, dass es dich ein wenig angeschwindelt hat, was meinen Zustand betrifft. Sie hat gemeint, du wärst sonst nicht hergekommen.«

»In der Tat, das wäre ich nicht«, fauchte Miranda und strich über den leicht zerknitterten roten Jumpsuit, den sie trug. »Damit das klar ist: Ich bin einzig und allein wegen dir hier, Dora. Weil ich gedacht habe, dass ich mich von dir verabschieden müsste. Das, was du mir wegen oder über Mike berichten möchtest, interessiert mich nicht im Geringsten. Darum gehe ich jetzt auch wieder.« Sie drehte sich um, doch Hannah stellte sich ihr in den Weg.

»Du bleibst, Mom«, sagte sie mit strenger Stimme. »Hör dir an, was Dora zu sagen hat.«

»Wie kannst du das von mir verlangen, Hannah?«, schrie Miranda sie an. »Nach allem, was dieser Mann mir angetan hat. Er hat mich belogen und betrogen. Er ...«

»Ja, er hat dich belogen«, fiel Hannah ihr genauso lautstark ins Wort und brachte sie dadurch zum Schweigen. »Aber er hat dich nie betrogen.«

Miranda starrte sie wie vom Donner gerührt an. »Hat er nicht?«

»Nein.«

»Aber ... aber diese andere Frau ...«

»Hat es nie gegeben, Mom.«

»Das verstehe ich nicht. Er wollte uns wegen dieser anderen nicht mehr. Das waren seine Worte. Erinnerst du dich?«

Hannah nickte. »Wie könnte ich nicht? Das hat mein Leben schließlich genauso auf den Kopf gestellt wie deines. Ich habe Dad dafür gehasst. Wie hätte ich auch ahnen sollen, was wirklich dahintersteckte?«

»Was denn, zum Teufel noch mal? Was steckte dahinter? Kann hier mal endlich jemand Klartext reden?«

»Vielleicht nimmst du zunächst Platz«, meinte Doktor Waters

und zeigte auf den Stuhl neben Dora, auf dem eben noch Hannah gesessen hatte.

Miranda schüttelte aufgebracht den Kopf. »Danke, ich bleibe lieber stehen.«

»Herrgott noch mal, setz dich!«, fuhr Dora sie ungeduldig an, sodass alle anderen im Zimmer unter der harschen Ansage zusammenzuckten. Doch sie war von Erfolg gekrönt, denn Miranda ließ sich nun wortlos auf dem Stuhl nieder, während Hannah sich am Tisch vorbeizwängte und sich gegen die Fensterbank lehnte.

»Na also«, sagte Dora, während sie den Blick ihrer Schwiegertochter suchte. »Als du und Hannah damals gegangen seid, da hat eure Wut nicht nur Mike, sondern auch mir gegolten. Mit Recht. Wie froh war ich, dass wir beide in den vergangenen Monaten wieder Kontakt zueinander hatten und du mich auf diese Weise an deinem und Hannahs Leben hast teilhaben lassen. Ich habe zwar Angst, dass ich unsere Verbindung aufs Neue ruinieren könnte, aber das muss ich riskieren.«

Miranda schaute ihre Schwiegermutter ungeduldig an. »Komm zur Sache, Dora.«

»Nicht so schnell. Das Ende dieser Geschichte kann es nicht ohne den Anfang geben. Darum lass mich etwas ausholen.« Dora schloss kurz die Augen, als müsse sie sich etwas in Erinnerung rufen. Als sie sie wieder öffnete, lächelte sie und sprach weiter. »Weißt du, ich dachte immer, dass das, was ich mit meinem Ehemann, Hannahs Großvater, hatte, perfekt gewesen wäre. Wir ergänzten uns in jeder Hinsicht, stritten so gut wie nie und hatten die gleiche Vorstellung von Glück. Wir liebten uns und waren uns nahe. Unsere Verbindung war besonders.

Die Beziehung zwischen dir und Mike aber war so viel mehr als das. Das habe ich gleich beim ersten Mal gespürt, als unser Sohn dich mit nach Hause brachte und dich als seine Freundin vorstellte. Die Art, wie ihr euch angesehen habt, eure Fähigkeit, ganz ohne Worte zu kommunizieren, war faszinierend. Was ich aber noch außergewöhnlicher fand, war die stetig vorhandene Spannung zwischen euch. Damit meine ich nichts Negatives, sondern vielmehr, dass jeder, der in eurer Nähe war, selbst wenn er euch nicht kannte, sofort wusste, dass ihr euch liebt. Man konnte diese Liebe nicht nur sehen, man konnte sie fühlen. Jeder konnte die Energie wahrnehmen, die zwischen euch floss. Ich wünschte, ich könnte meine Eindrücke von damals besser beschreiben, aber vielleicht ist das auch gar nicht möglich. Man muss einfach dabei gewesen sein. Mike und du, das war real und gleichzeitig so unwirklich, als wäre es nicht von dieser Welt. Als wäre es etwas ... Übernatürliches.«

Miranda hatte die ganze Zeit ruhig zugehört, aber an dieser Stelle lachte sie verächtlich auf. »Etwas Übernatürliches? Das denkst du? Wenn es so gewesen wäre, dann hätte dein Sohn mich und unsere Tochter wohl kaum auf eine derart schäbige Art und Weise davongejagt.«

Dora nickte betrübt. »Ich weiß, dass das für dich keinen Sinn ergibt. Noch nicht. Darum lass mich weitererzählen.«

Ihre Schwiegertochter schlug mit bitterböser Miene die Beine übereinander, doch dann signalisierte sie, dass sie zuhörte.

»Als Hannah geboren wurde, schien euer Glück perfekt zu sein. Meines und das von meinem Mann ohnehin, nachdem ihr euch endgültig entschlossen hattet, das *Broken Heart* weiterzuführen. Wir waren eine rundherum zufriedene Familie, die in drei Generationen unter ein und demselben Dach zusammenlebte und sich nicht vorstellen konnte, dass irgendetwas ihr schönes Leben zerstören könnte.

Aber so funktioniert das nun mal nicht. Alles verändert sich irgendwann einmal. Nichts bleibt ewig so, wie es ist. Keine Freude ohne Leid, kein Glück ohne Unglück. Das ist der Lauf der Dinge, auf den wir keinen Einfluss haben. Das Schicksal schlägt zu, wann immer es will. Was auch ich schmerzlich am eigenen Leib erfahren musste. Das erste Mal, als mein geliebter Mann starb.«

Mirandas eben noch wütender Blick wandelte sich zaghaft in einen mitfühlenden. Sie legte ihre Hand auf Doras. »Ich weiß. Es hat uns alle schwer getroffen damals. Es hat sich eine Zeit lang so angefühlt, als wärst du mit ihm gegangen.«

»Das trifft es ziemlich genau. Hätte ich euch nicht gehabt, ich weiß nicht, ob ich es jemals wieder aus diesem dunklen Tal herausgeschafft hätte.«

Miranda nickte, doch plötzlich stutzte sie. Ihre Augen weiteten sich, als wenn sie etwas begriffen hätte. Hannah wusste, dass es so war, und ihr wurde schwer ums Herz. *Arme Mom*, dachte sie.

»Dora, du hast von einem ersten Schicksalsschlag gesprochen«, meinte Miranda aufgewühlt, und ihre Stimme zitterte. »Wie muss ich das verstehen? Gab es denn noch einen zweiten?«

»Ich wünschte, ich könnte dir etwas anderes sagen ...«

»Mike?«, flüsterte Miranda erschüttert.

Dora nickte.

»Was ist mit ihm geschehen? Sag es mir. Bitte!«

Dora schluckte schwer, und ihr Atem rasselte.

»Geht's?«, fragte Doktor Waters besorgt.

»Ja. Es ... es muss gehen. Das hier duldet keinen Aufschub mehr. Sie müssen wissen, warum er sie fortgeschickt hat.«

Der Arzt nickte, ließ Dora aber nicht aus den Augen.

»Alles begann damit, dass Mike öfter Dinge fallen ließ. Eine Gabel oder ein Glas, einen Bleistift oder einen Aktenordner. Nichts, weswegen man sich im Normalfall hätte Sorgen machen müssen. Jeder stellt sich schließlich mal ungeschickt an. Doch eines Tages kam Mike völlig aufgewühlt zu mir. Er hatte in seiner

Werkstatt im Schuppen einen Bilderrahmen zimmern wollen, doch es war ihm nicht gelungen, weil der Hammer ihm immer wieder aus den Fingern gerutscht war.« Sie senkte mit schmerzverzerrtem Gesichtsausdruck den Kopf. »Ich weiß noch, wie ich ihn ausgelacht habe. Ich veräppelte ihn, sagte ihm, dass er am Abend zuvor wahrscheinlich zu tief ins Glas geschaut habe, oder dass er ganz einfach älter würde. Viel zu spät merkte ich, wie verzweifelt mein Junge war.« Sie hielt inne und wischte sich über die Stirn. »Er sagte mir, dass etwas nicht in Ordnung sei. Absolut nicht in Ordnung, und dass er nach Williams Lake ins Krankenhaus fahren würde, um das abzuklären.«

»Er hat mir davon keine Silbe gesagt«, wisperte Miranda schockiert. »Warum weiß ich das nicht?«

»Er wollte dich nicht unnötig beunruhigen. Außerdem hatte er trotz allem die Hoffnung, dass es eine harmlose Erklärung für seine Ausfälle gäbe.«

»Doch die gab es nicht?«

»Nein. Das zeichnete sich bereits ab, als die Ärzte ihn für weitere Untersuchungen stationär aufnehmen wollten. An diesem Tag ist er nach Hause gekommen und hat euch gesagt, dass er mit seinem alten Freund Bernie für ein paar Tage nach Montreal fährt.«

»Die Städtetour?«, murmelte Hannah verstört. »Von der er später behauptet hat, er hätte sie nicht mit Bernie, sondern mit dieser Frau gemacht?«

Dora nickte. »Ja. Es hat sie niemals gegeben, die Reise nach Montreal. Weder mit Bernie noch mit einer anderen Frau. Stattdessen ist Mike erneut nach Williams Lake ins Krankenhaus gefahren, und nach drei Tagen stand die Diagnose endgültig fest. Er rief mich noch von dort an und bat mich um ein Gespräch unter vier Augen. Ich erinnere mich, dass sich bei seinen Worten alles um mich gedreht hat, denn ich wusste, was sie zu bedeuten hatten. Dass seine Hoffnung sich nicht erfüllt hatte und es schlecht um ihn stand. Die Angst um mein Kind zerriss mich beinahe, aber ich stemmte mich dagegen. Mike brauchte mich in diesem Moment. Er brauchte seine Mutter. Also sorgte ich dafür, dass ihr die Tallots besucht habt und somit nicht zu Hause wart. Dann wartete ich auf Mikes Rückkehr.«

Miranda sprang auf. Sie bebte am ganzen Körper. »Ich kann nicht glauben, was ich da höre«, rief sie voller Zorn. »Warum hat er das vor mir verheimlicht? Hat er gedacht, ich würde ihn fallen lassen, wenn er krank wird? In guten wie in schlechten Tagen wollte ich an seiner Seite sein, das habe ich einst geschworen. Doch wie es aussieht, war unsere ach so bemerkenswerte Liebe nicht tief genug. Sonst hätte er doch Vertrauen zu mir gehabt.«

»Er hatte Vertrauen, Miranda«, widersprach Dora eindringlich. »Vor allem aber liebte er dich mehr als alles andere. Darum hatte er, seiner Meinung nach, keine andere Wahl, als das zu tun, was er schließlich getan hat: nämlich dich und Hannah wegzuschicken und den Kontakt zu euch vollständig abzubrechen. Sich von dir scheiden zu lassen und dir damit die Möglichkeit auf ein neues Glück zu geben. Ich war anderer Ansicht, aber konnte ihn leider nicht umstimmen. Bei jeder anderen Erkrankung, hat er mir damals gesagt, hätte er dich und Hannah an seiner Seite haben wollen, aber nicht bei dieser.«

Ihre Schwiegertochter zitterte noch stärker, und ihre Hände ballten sich zu Fäusten. »Was …?«, begann sie zu sprechen, aber ihre Stimme brach.

»Die Diagnose lautete ALS«, antwortete Dora kaum hörbar. »Amyotrophe Lateralsklerose.«

Mirandas Gesicht verlor jegliche Farbe, und sie taumelte

leicht. Doktor Waters stand hastig auf, fasste sie bei den Schultern und drückte sie zurück auf ihren Stuhl.

»Du hast schon von dieser Krankheit gehört?«, fragte er vorsichtig.

Sie nickte. »Muskelschwund«, flüsterte sie. »Dieser Physiker hat das gehabt. Wie hieß der noch gleich?«

»Stephen Hawking«, sagte der Arzt. »Er hatte allerdings eine besondere Form der ALS, die ihn über fünf Jahrzehnte mit der Krankheit leben ließ. Das ist eine sehr seltene Ausnahme. Bei der Amyotrophen Lateralsklerose handelt es sich um eine degenerative Erkrankung des zentralen Nervensystems, bei der Nervenzellen, die für die Bewegung von Muskeln zuständig sind, schrittweise absterben. Das führt zu einer vollständigen Lähmung des Körpers, hat aber keinerlei Einfluss auf den geistigen Zustand des Patienten. Männer sind öfter von dieser Krankheit betroffen als Frauen. Die durchschnittliche Lebenserwartung nach der Diagnose beträgt drei bis fünf Jahre, aber ...«

Hannah starrte auf den Mund des Arztes, aus dem die Worte weitersprudelten, doch sie verstand keines mehr davon. Tränen liefen über ihre Wangen, und der Kloß in ihrem Hals drohte, sie zu ersticken. Sie hatte seit dem Gespräch mit Nathan die Wahrheit gekannt, doch erst jetzt war sie in der Lage, sie vollständig zu erfassen. Weil sich in dem Schmerz ihrer Mutter, die wie ein Häufchen Elend vor ihr auf dem Stuhl saß und wie sie bitterlich weinte, ihr eigener spiegelte. Ein grausamer Schmerz, der bis in den letzten Winkel ihres Körpers fuhr, sie quälte und in Stücke riss. Bis sie es nicht mehr ertragen konnte.

»Er hätte uns nicht wegschicken dürfen«, unterbrach sie Doktor Waters schluchzend.

»Das habe ich ihm auch gesagt ...«

»Sie haben also ebenfalls Bescheid gewusst? Wie Nathan und Sally? Nur uns hat niemand etwas gesagt.«

»Ich als sein Hausarzt durfte nicht, und Nathan und Sally konnten nicht. Sie hatten Mike versprochen, nichts zu sagen, als er ihnen von seiner Krankheit erzählte.«

»Und du?«, wandte sich Hannah fragend an Dora. »Was ist deine Entschuldigung? Du hättest uns einweihen müssen. Wir waren doch seine Familie. Seine und deine.«

»Lass es mich erklären«, bat ihre Großmutter heiser. »Denn ich sehe, ihr begreift immer noch nicht, warum Mike so gehandelt hat.«

»Ich will es ja begreifen, aber es fällt mir schwer.«

»Ich verstehe dich, glaub mir. Doch dass Mike sich entschieden hat, euch wegzuschicken, geschah einzig und allein aus Liebe. Er wollte nicht, dass ihr dabei zuschauen müsst, wie diese schreckliche Krankheit ihn Tag für Tag ein bisschen mehr sterben lässt. Wollte nicht, dass ihr seht, wie er ein Gefangener seines eigenen Körpers wird. Das nichts von dem bleibt, was ihn einmal ausgemacht hat. Weil euch das zerstört hätte, hat er gemeint.«

»Stattdessen stößt er uns von sich weg und bricht unsere Herzen? Das ist unlogisch, findest du nicht?«

»Er war sich sicher, dass ihr eines Tages darüber hinwegkommen würdet. Und das ist doch auch einigermaßen gelungen.«

Hannah stieß einen undefinierbaren Laut aus, wandte sich ab und schaute aus dem Fenster. Sie fixierte einen Punkt in weiter Ferne, um ihre Gefühle wieder in den Griff zu bekommen.

»Ich weiß, es ist schwer zu verstehen«, fuhr Dora fort. »Mir ging es damals genauso, doch in einem muss ich Mike im Nachhinein recht geben. Seinen körperlichen Verfall mit anzusehen, das hätte euch kaputt gemacht. So wie es mich zerrissen hat. Ich habe nur weitermachen können, weil es das *Broken Heart* gab und ich das Erbe meines Mannes wahren wollte.«

»Vielleicht hast du recht, Dora«, hörte Hannah ihre Mutter unter leisem Schluchzen sagen. »Gut möglich, dass es mich umgebracht hätte, Mikes Leiden zuzusehen. Aber vielleicht hätte ich es ausgehalten. Er war ein starker Mann, ein richtiger Kerl, und das mochte ich, aber deswegen habe ich ihn nicht geheiratet. Es waren seine inneren Werte, die für mich gezählt haben. Seine Empathie, sein Humor, die Fähigkeit, Ruhe zu bewahren, wenn alles um ihn herum im Chaos versinkt, das hat ihn ausgemacht. Darum habe ich ihn geliebt. Hätte ich die Chance gehabt, bei ihm zu bleiben, hätte ich ihm das zeigen können. Jeden Tag aufs Neue. Dass er in dieser Situation nicht klar denken konnte, ist verständlich, aber du, Dora? Du hättest nicht schweigen dürfen. Hättest diesen verrückten und grausamen Plan niemals unterstützen dürfen.«

»Ich wollte das auch nicht, Miranda. Wirklich nicht. Doch Mike ließ mir keine Ruhe. Er würde sich in diesem Leben nur noch eines von mir wünschen, nämlich, dass ich ihn in dieser Sache unterstütze, hat er mich angefleht. Ich wusste, dass es falsch ist, aber damals konnte ich nicht anders. Vor mir stand mein sterbenskrankes Kind und bat mich um Hilfe. Ich ... ich war zu schwach, um Nein zu sagen. Und ebenfalls zu schwach, seiner Forderung zu widersprechen, dass auch ich den Kontakt zu euch abbrechen müsse. Weil die Gefahr zu groß gewesen wäre, dass ihr von seiner Krankheit erfahren hättet. Das war der Grund dafür, dass ich so hart zu euch war, bevor ihr gegangen seid. Ich habe das seitdem bitterlich bereut. Als du und ich, Miranda, letztes Jahr wieder in Kontakt traten, war ich überglücklich ...«

»Doch selbst da hast du immer noch keinen Ton gesagt.«

»Ich fühlte mich Mike nach wie vor verpflichtet, und ich hatte Angst, die Wahrheit zu sagen. Als du, Hannah, dann aber nach

Quesnel kamst, erkannte ich, dass es an der Zeit ist, zu reden. Es tut mir leid, dass Nathan mir zuvorgekommen ist.«

Hannah drehte sich wieder zu ihnen um. »Wie bereits gesagt, er hatte keine andere Wahl. Ich habe in der Werkstatt im Schuppen weitere Liebesbotschaften von Dad an Mom gefunden, aus denen ich meine Schlüsse gezogen habe.«

»Liebesbotschaften?«, fragte Miranda aufgewühlt.

»Diese Zettelchen, die ihr euch immer geschrieben habt. Als Garret und Theresa. Dora hat mir die Schachtel gegeben, in der du sie aufbewahrt hast.«

»Was? Die gibt es noch?«

»Ja. Im Schuppen fand ich dann, wie gesagt, weitere Zettel mit wunderbaren Nachrichten für dich. Allesamt geschrieben nach unserem Weggang. Das hat mich misstrauisch gemacht. Wieso hätte Dad dir noch schreiben sollen, wenn er nichts mehr für dich empfunden hat? Dann bemerkte ich, dass das Schriftbild sich binnen weniger Monate stark verändert hatte. Die letzten Zeilen, die er geschrieben hat, waren kaum noch zu entziffern, so verwackelt waren die Buchstaben. Plötzlich hatte ich die Eingebung, dass Dad krank gewesen und gestorben sein könnte. Weil er nicht mehr im *Broken Heart* war und niemand mir sagen wollte, wohin er gegangen ist. Ich konfrontierte Nathan mit meinem Verdacht, der mir dann alles erzählte.«

»Diese letzten Zettelchen, kann ich sie sehen?«, fragte Miranda.

Hannah nickte. »Sie sind im Hotel, ich werde sie dir später zeigen.«

Ihre Mutter senkte den Kopf und schluchzte erneut auf. »Wieso hat er nur gemeint, da alleine durchzumüssen? Sicher wäre es hart gewesen für uns, aber wir hätten das geschafft. Irgendwie. Dora, du sagst, er hätte aus Liebe zu uns gehandelt ...«

»Das hat er.«

»Aber mir und Hannah hat er damit gleichzeitig die Möglichkeit genommen, dasselbe für ihn zu tun: aus Liebe zu handeln. Indem wir an seiner Seite sind und ihm beistehen bis zum bitteren Ende. Ich wäre so gerne für ihn da gewesen, hätte so gern seine Hand gehalten und ihn noch einmal gesehen …«

»Aber das kannst du doch«, wandte Dora vorsichtig ein.

Mirandas Tränen versiegten schlagartig, und sie starrte die ältere Frau verstört an. »Was … was meinst du damit?«, stammelte sie. »Heißt das etwa, Mike lebt noch?«

»Ja, er lebt. Aber ich muss euch warnen. Sein Zustand ist …«

»Wo?«, fiel Miranda ihr hektisch ins Wort. »Wo ist er?«

Dora schluckte. »Er ist hier, Liebes. Mike ist hier.«

29

»Hier?«, stieß Hannah verdutzt aus. »In diesem Krankenhaus?«

»Nicht direkt«, antwortete ihre Großmutter. »Er ist in einem an das Hospital angrenzenden Pflegeheim.«

»Und ... seit wann ist er dort? Zunächst war er doch noch zu Hause, oder? Die Zettel, die ich in der Werkstatt gefunden habe ...«

»Das stimmt. Die ersten achtzehn Monate nach eurem Weggang konnte Mike noch daheim in Quesnel bleiben. Die Krankheit schritt voran, aber langsamer als gedacht. Irgendwann jedoch waren nach seinen Händen und Armen auch seine Beine betroffen. Er hatte ständig Wadenkrämpfe und ein unkontrollierbares Zucken im Oberschenkel. Wie es ihm damit ging, konnte ich oft nur erraten. Mike redete nicht gerne über seine Krankheit. Die meiste Zeit verbrachte er im Schuppen, weil er es im Haus ohne euch nicht mehr aushalten konnte. Das hat er nie gesagt, aber das musste er auch nicht. Es verstand sich von selbst. Meistens saß er zwischen all seinem Werkzeug, das er längst nicht mehr benutzen konnte, und las ein Buch. Dass er dort weitere Botschaften an Miranda geschrieben hat, war mir neu.« Dora sah ihre Schwiegertochter an, die noch geschockter wirkte als zuvor. »Darling, soll Doktor Waters dir ein Glas Wasser bringen?«

»Was?« Miranda schreckte auf. »Nein, danke. Ich kann nur

nicht fassen, dass Mike noch lebt. Können wir bitte zu ihm? Jetzt?«

»Wenn du das willst, natürlich. Ich möchte euch dennoch gerne schildern, was in den letzten sechs Jahren weiter passiert ist, und muss euch auch darauf vorbereiten, was euch erwartet, wenn wir ihn später besuchen. Gibst du mir diese Möglichkeit?«

Miranda nickte zögerlich.

»Gut, wo waren wir? Ach ja, bei Mike und den Stunden, die er im Schuppen zugebracht hat. Und wenn er nicht dort war, dann verbrachte er Zeit im Ahornwäldchen.«

»Im Ahornwäldchen?«, fragte Hannah überrascht.

»Ja. Du weißt schon, ›der Lieblingsort unter den Lieblingsorten‹, wie dein Großvater diesen Platz stets genannt hat. Mike konnte dort stundenlang auf der Bank sitzen und dem roten Ahorn von euch erzählen. Von seiner großen Liebe und von seiner wunderbaren Tochter.«

»Woher weißt du das?«, flüsterte Hannah ergriffen, weil sie nicht glauben konnte, was sie da hörte.

»Ich bin ihm manchmal heimlich gefolgt und habe mich im Gebüsch versteckt. Zunächst aus Sorge, dass er stürzen könnte, und später dann, weil es so berührend war, ihm zuzuhören. Er war glücklich, wenn er auf der Lichtung saß und die Vergangenheit aufleben ließ. Und so unendlich traurig, wenn er den Bäumen klagte, dass er euch verloren hatte.«

»Wie bei Flash Cooper«, murmelte Hannah kaum hörbar. »Das gibt es doch nicht.«

»Was hast du gesagt?«, erkundigte Dora sich und runzelte die Stirn.

»Ach nichts, sprich bitte weiter.«

»Es waren achtzehn Monate, die uns noch gemeinsam am Dragon Lake vergönnt waren, und obwohl wir beide euch schmerzlich vermisst haben, war es auch eine Zeit, an die ich schöne Erinnerungen habe. Mike und ich waren uns nah wie nie zuvor.«

»Und in Quesnel hat außer dem Doc und den Tallots niemand von Dads schwerer Erkrankung gewusst?«

»Nein. Wir konnten es geheim halten, doch irgendwann wäre das nicht mehr möglich gewesen. Die letzten drei Monate zu Hause benutzte Mike bereits Gehhilfen, weil seine Beine schwächer wurden. Bis sie ihm gar nicht mehr gehorchten und er auf einen Rollstuhl angewiesen war. Wir hätten einiges im und am *Broken Heart* umbauen müssen, aber Mike war strikt dagegen. Er ist dann nach Vancouver gezogen und hat in einer betreuten Wohngemeinschaft mit mehreren anderen Rollstuhlfahrern gelebt. Bis vor etwa zwei Jahren. Mittlerweile war er vom Kopf abwärts vollständig gelähmt, und sein Sprachvermögen war ebenfalls stark eingeschränkt. Ich besorgte ihm einen Platz in einem privaten Pflegeheim, wo er rund um die Uhr betreut wird. Bis heute.«

»Du sagst, dass er nicht mehr sprechen kann«, sagte Hannah mit zittriger Stimme. »Wie könnt ihr euch dann verständigen?«

»Mithilfe eines Gerätes, das man Eyegaze nennt. Es wird über Augenbewegungen gesteuert. Das, was der Kranke sagen möchte, wird automatisch auf einen Bildschirm geschrieben. Eine wunderbare Sache, die es Mike und mir ermöglicht hat, noch viele intensive Gespräche miteinander zu führen, auch wenn seine eigentliche Stimme längst verstummt war. Leider geht das seit letztem Jahr auch nur noch unter erschwerten Umständen, denn Mike ist seitdem komplett bettlägerig. Er wird künstlich ernährt, weil er nicht mehr schlucken kann, und seit Kurzem muss er beatmet werden.«

Hannah vergrub die Zähne erneut in ihrer Unterlippe, weil sie kurz davor war, wieder in Tränen auszubrechen. Doch das wollte sie nicht. Sie musste stark sein. Für ihre Mutter und auch für ihren Dad. Wenn sie ihn später sehen würden, wollte sie kein verheultes Gesicht haben und es ihm dadurch noch schwerer machen. Sie wandte sich an Doktor Waters. »Es sind jetzt sechs Jahre, seit wir Quesnel verlassen haben. Sagten Sie nicht, dass die durchschnittliche Lebenserwartung drei bis fünf Jahre beträgt?«

Der Arzt nickte. »Das stimmt. Natürlich gibt es Ausnahmen von der Regel, doch ich will ehrlich sein. Dass Mike noch lebt, ist für mich und für seine behandelnden Ärzte im Pflegeheim unerklärlich. Seinen Werten nach zu urteilen, ist es praktisch unmöglich, aber ...« Er verstummte.

»Aber?«, fragte Hannah.

»Ich bin heute Morgen nach meiner Ankunft in Vancouver direkt zu ihm ins Heim gefahren, um nach ihm zu sehen. Da war etwas in seinem Blick, was ich nur schwer beschreiben kann. Es war, als wenn er mir sagen wollte, dass er auf etwas wartet.«

Hannah schluckte. »Sie meinen, er wartet auf uns?«

»Ich weiß es nicht, Kind, aber es könnte sein.«

»Dann lasst uns endlich zu ihm gehen«, meldete Miranda sich zu Wort und erhob sich von ihrem Stuhl.

»Seid ihr euch wirklich sicher?«, fragte Dora.

Ihre Schwiegertochter und ihre Enkelin nickten.

»Also gut. Hannah, hol mir doch bitte eine Strickjacke aus dem Schrank, die ich überziehen kann. Dann können wir los.«

»Bitte?«, polterte Doktor Waters. »Du willst doch nicht etwa mit?«

»Und ob ich das will, und du wirst meinen Rollstuhl schieben.«

»Dora, das ist keine gute Idee«, meldete sich Hannah zu Wort.

»Doch, ist es. Ich habe dich und deine Mutter damals im Stich gelassen, ich werde es nicht noch einmal tun.«

»Wie du meinst«, erwiderte Hannah leise und holte die Strickjacke. Als sie sie über Doras Schultern legte, hielt sie kurz inne.

»Was ist?«, erkundigte sich ihre Großmutter.

»Du sagtest, es ist ein privates Pflegeheim. Das muss doch ein Vermögen kosten.«

»Ja, das tut es.«

»Deswegen steckst du in finanziellen Schwierigkeiten? Das ist der Grund dafür?«

»Ja. Das Geld, das dein Großvater mir hinterlassen hat, und all meine Ersparnisse sind verbraucht. Zweimal habe ich darüber hinaus einen Bankkredit aufgenommen, und ich müsste noch einen dritten beantragen, denn das Dach des *Broken Heart* bedarf dringend einer Sanierung. Aber mach dir keine Sorgen. Ich bekomme das hin. Und ich werde auch weiter für Mikes Pflege aufkommen. Irgendwie muss das machbar sein. Es ist das Einzige, was ich noch für meinen Sohn tun kann.«

Hannah beugte sich zu ihr und gab ihr einen Kuss auf die Wange. »Das ist lieb, aber von nun an bist du nicht mehr allein damit. Wir werden eine Lösung finden. Gemeinsam.« Sie richtete sich wieder auf. »Okay«, sagte sie mit ernster Stimme. »Lasst uns gehen.«

Es war nur ein kurzer Weg von etwa fünf Minuten, den sie zurücklegen mussten, und sie gingen ihn schweigend. Hannah war froh darüber. Ihr war klar, dass der schwerste Moment in ihrem bisherigen Leben unmittelbar vor ihr lag, und sie hatte keine Ahnung, wie sie ihn überstehen sollte. Sie wollte stark sein, ja, aber was, wenn der Anblick ihres todkranken Vaters ihr den Boden unter den Füßen wegziehen würde? Wenn sie die Kontrolle über sich verlieren würde? Sie sah das Gesicht eines dunkelhaarigen Mannes vor sich.

Wenn Nick doch nur bei ihr wäre. Vielleicht sollte sie ihm eine Nachricht schicken und ihn bitten, herzukommen. Sie schüttelte den Kopf. Nein, das wäre zu viel verlangt. Sie würde das auch ohne ihn meistern. Sie musste einfach.

Hannah musterte ihre Mutter, während sie Doktor Waters folgten, der Doras Rollstuhl schob. Sie wirkte nervös. Fast schon panisch.

»Alles in Ordnung, Mom?«

Miranda schüttelte den Kopf. »Nein«, antwortete sie kaum hörbar. »Ich war zu voreilig.«

»Was meinst du damit?«, fragte Hannah unschlüssig.

»Ich hätte nicht darauf drängen sollen, dass wir zu Mike gehen. Er wollte nicht, dass wir ihn so sehen. Wir sollten seinen Entschluss akzeptieren.«

Hannah hörte an der Stimme ihrer Mutter, dass sie nicht ganz ehrlich zu ihr war.

»Ich weiß, dass du Angst hast, ihn so zu sehen, Mom«, sagte sie deshalb. »Die habe ich auch. Wir packen das schon.«

Miranda nickte stumm.

»Und ich für meinen Teil werde den Bruch mit uns nicht erwähnen. Wenn Dads Tage wirklich gezählt sind, dann sollen sie nicht gespickt sein mit Tränen und kummervollen Blicken. Schon gar nicht mit Vorwürfen über das, was er getan hat, auch wenn ich es nie so ganz verstehen werde. Er hat uns die Möglichkeit genommen, ihn durch seine Krankheit zu begleiten. Wenn wir nun aber die Chance haben, ihm in seinen letzten Tagen und Wochen beizustehen, dann werden wir sie nutzen. Ohne Gram und ohne ihm etwas nachzutragen. Wir werden ihm all unsere Liebe geben und für ihn da sein, bis zu seinem letzten Atemzug. So ist es doch, Mom, oder?«

Wieder nickte Miranda, ohne ein Wort zu sagen.

»Wir werden uns gegenseitig stützen. Dann wird es schon irgendwie gehen.«

Sie hatten die Eingangstür des Pflegeheims erreicht und betraten das Foyer. Zielstrebig schob Doktor Waters den Rollstuhl mit Dora in einen der langen Flure, die vom Foyer abzweigten. Ein älterer Mann in einem weißen Kittel kam ihm entgegen. »Schon wieder hier, Herr Kollege?«, sprach er Doktor Waters an.

»Ja. Wir würden gerne Mr Larsson besuchen. Ist das möglich?«

Der Arzt schaute skeptisch in die Runde. »Sie alle?«

Doktor Waters nickte. »Mr Larssons Mutter kennen Sie ja, und das hier sind seine, äh, Ex-Frau und seine Tochter.«

»Ah, Sie sind das. Er hat Bilder von Ihnen auf seinem Nachtschränkchen. Die könnten allerdings schon ein paar Jahre älter sein.«

»Wir werden neue hinstellen«, meinte Hannah. Sie versuchte zu lächeln, doch es wollte ihr einfach nicht gelingen. »Können wir jetzt zu ihm … bitte?«

»Natürlich. Der Kollege und Mrs Larsson kennen den Weg. Ich muss dann mal weiter.« Der Arzt nickte ihnen noch mal kurz zu, bevor er davoneilte.

Doktor Waters schob den Rollstuhl bis ans Ende des Flurs, dann blieb er vor der letzten Zimmertür stehen. »Ich denke, es ist besser, wenn Dora und ich zunächst alleine zu ihm gehen. Es dürfte ein ziemlicher Schock für Mike sein, dass ihr hier seid. Wir sollten es ihm schonend beibringen.«

»Das ist sicher richtig«, meinte Hannah. »Aber machen Sie nicht zu lange. Wir haben schon so viel Zeit verloren.«

Er nickte. »Ich weiß, mein Kind. Ich weiß.« Er öffnete die Tür und schob den Rollstuhl mit Dora in das Zimmer. Hannah und ihre Mutter blieben auf dem Flur zurück.

»Wollen wir uns kurz setzen?«, fragte Hannah und zeigte auf die Stühle, die an der gegenüberliegenden weißen Wand standen.

»Äh ... ja. Wenn du meinst.«

Sie nahmen Platz, doch keine Sekunde später sprang Miranda wieder auf. »Ich kann das nicht«, stieß sie verzweifelt aus. »Ich werde wieder gehen.«

Hannah fasste nach der Hand ihrer Mutter und zog sie auf den Stuhl neben sich. »Ganz ruhig, Mom. Ich bin doch da.«

»Du verstehst nicht, Hannah. Ja, ich habe Angst. Aber nicht davor, dass ich den Anblick eines schwer kranken Mannes nicht aushalten könnte.«

»Sondern?«

»Ich ... ich habe Mike so sehr geliebt. Doch nach unserer Trennung war da nichts weiter als Hass. Und schließlich ... ja schließlich war er mir einfach egal. Wie soll ich ihm jetzt gegenübertreten, wenn ich nichts mehr für ihn empfinde? Das geht doch nicht. Ich gehöre einfach nicht hierher.«

Hannah sah sie nachdenklich an. »Weißt du, Mom, mir ging es ganz ähnlich. Ich dachte, dass Dad für mich gestorben ist, bis zu dem Zeitpunkt, wo ich glaubte, er wäre tatsächlich tot. Das war ein unerträglicher Gedanke, und es hat mir gezeigt, dass er immer noch einen Platz in meinem Herzen hat. Deine Reaktion eben in Doras Krankenzimmer, als du von Dads Krankheit erfahren hast, spricht dieselbe Sprache. Er ist dir nicht egal, Mom. Du kannst dir das einreden, aber wenn du ehrlich zu dir bist, wirst du erkennen, dass auch du ihn noch liebst, auf gewisse Weise. Wir sollten dankbar sein, dass wir die Chance bekommen, ihm das zu sagen.«

Miranda schluckte. »Und wenn er uns wieder wegschickt?«

»Dann lassen wir das nicht zu. Die letzten Meter seines Weges werden wir ihn begleiten, ob er das will oder nicht. Aber du hast

Doc Waters gehört. Vielleicht wartet Dad schon auf uns, und wir machen uns ganz unnötig Sorgen.«

Diesmal war es Miranda, die ihre Tochter nachdenklich ansah. »Wann bist du nur so erwachsen geworden, mein Kind?«

»Keine Ahnung«, beantwortete Hannah ihre Frage und zwang sich zu einem Lächeln. »Ich nehme an, irgendwann in den letzten Tagen.«

Die Tür vor ihnen öffnete sich, und Doktor Waters winkte ihnen zu. »Kommt ihr?«

Hannah atmete tief ein, und sie hörte, dass ihre Mutter es auch tat. Als sie sie ansah, nickte Miranda ihr zu, und sie standen auf. Sich noch immer an den Händen haltend, folgten sie dem Arzt ins Zimmer. In dem leicht abgedunkelten Raum gab es nur ein Bett, hinter dem etliche Monitore standen, um den Zustand des Patienten zu überwachen. Der Mann, dessen jadegrünen Augen Hannah geerbt hatte, schaute ihnen entgegen, und man sah ihm trotz des spärlichen Lichts an, dass seine Furcht genauso groß war wie die ihre. Hannah wich diesem Blick nicht aus, doch sie musste all ihre Kraft aufwenden, um nicht laut aufzuschreien. Ihr starker Vater, der sie als Kind mühelos über Kilometer auf seinen Schultern getragen hatte, lag dort völlig regungslos und ausgemergelt. Er war so schrecklich dünn, dass man die Äderchen durch seine Haut sehen konnte. Sein Gesicht war so eingefallen, seine Haare so ergraut, dass er wie ein Greis wirkte. Dieser Eindruck wurde durch den Beatmungsschlauch, der in seinem Rachen steckte, nur noch verstärkt. Hannah hatte damit gerechnet, dass sein Anblick schrecklich sein würde, aber das hier übertraf ihre schlimmsten Erwartungen. Sie begann zu zittern, was auch ihre Mutter merkte, die ihre Hand fest drückte.

»Komm«, sagte sie leise zu Hannah, und gemeinsam traten sie

näher, während Dora und Doktor Waters auf der anderen Seite des Bettes saßen und sie beobachteten.

Miranda, deren Unsicherheit vollkommen verflogen schien, beugte sich über Mike und strich ihm sanft über sein Gesicht. »Was machst du bloß für Sachen?«, flüsterte sie. »Hast du wirklich geglaubt, du könntest uns so einfach loswerden, mein geliebter Garret? Nicht deine Theresa. Und schon gar nicht deine Hannah.« Vorsichtig küsste sie ihn auf die Wange. Dann richtete sie sich wieder auf und nickte ihrer Tochter zu. Hannah machte es ihr nach und beugte sich ebenfalls über ihren Vater. Und als sich diesmal ihre Blicke trafen, sah Hannah in seinen Augen zwar immer noch Furcht, aber auch etwas anderes: Freude. Und Stolz. Mehr noch, sie erkannte, dass ihr Dad immer noch da war. Gefangen in seinem Körper, ja, aber das spielte in diesem Moment keine Rolle. Sie spürte die Liebe, die er für sie empfand. Genau wie damals, als sie noch eine glückliche Familie gewesen waren. Das Wissen, dass er dieses Gefühl für sie niemals verloren hatte, gab ihr Frieden und die Kraft, ihn anzustrahlen. »Keine Angst, Daddy«, flüsterte sie. »Wir sind jetzt hier und lassen dich auch nicht mehr alleine. Versprochen.« Und auch sie küsste ihn und wischte die kleine Träne weg, die über sein Gesicht lief.

Stunden später trat Hannah auf den Flur, um für sich und Miranda eine Flasche Wasser zu holen. Doktor Waters hatte Dora längst zurück ins Hospital gebracht. Hannah hatte daraufhin ihrer Mutter vorgeschlagen, ebenfalls ins Hotel zu gehen, um sich auszuruhen, doch Miranda hatte sich schlichtweg geweigert. Es war fast so, als hätte es ihre vorherigen Bedenken niemals gegeben. Sie würde keinen Zentimeter mehr von Mikes Seite weichen, hatte Miranda gemeint, und Hannah glaubte ihr das aufs Wort. Seufzend zog sie die Tür hinter sich zu und drehte sich um. Ihr Blick fiel auf die gegenüberliegende Wand, und sie hätte nicht gerührter sein können. Denn Nick saß schlafend auf einem der Stühle, mit der ebenfalls schlafenden Maggie auf seinem Schoß.

Hannah beobachtete die beiden für ein Weilchen, dann ging sie zu ihnen und berührte Nick vorsichtig am Bein. »Hey du«, flüsterte sie.

Er schreckte auf. »Mist, verdammter«, fluchte er und strich sich mit einer Hand durch sein dunkles Haar, während er mit der anderen Maggie hielt. »Ich bin eingenickt.«

»Kein Problem. Was machst du hier?«

»Ich habe mir Sorgen gemacht, weil du gar nicht zurückgekommen bist und wir nichts von dir gehört haben. Darum bin ich zu deiner Großmutter ins Krankenhaus gegangen, die mir gesagt hat, wo du bist. Und auch ... bei wem du bist.«

Hannah nickte wortlos. Nick sah sie prüfend an, dann stand er auf und bettete Maggie vorsichtig auf die Stühle. Er drehte sich wieder um und nahm Hannah in seine Arme. »Lass es nur raus«, raunte er. »Du brauchst dich deiner Tränen nicht zu schämen.«

Hannah klopfte das Herz bis zum Hals. Sie hatte nicht mal gemerkt, dass sie weinte. Doch das war einerlei. Nick war da, sie konnte sich fallen lassen. Er würde sie auffangen. Jederzeit und überall. Schluchzend schmiegte sie sich an ihn.

30

Sie stand am Fenster ihres Mädchenzimmers im *Broken Heart* und schaute auf den Dragon Lake, der friedlich vor ihr lag. Über seine glatte Oberfläche, die durch die Strahlen der Abendsonne goldig schimmerte, tanzten unzählige Schwärme von Mücken, und die dunkelgrünen meterhohen Hemlocktannen am gegenüberliegenden Ufer wirkten in diesem besonderen Licht geheimnisvoll und erhaben. Hannah durchfloss eine wohltuende Wärme. Wie schön war es, wieder zu Hause zu sein.

Ihr Blick schweifte zum Bootshaus und blieb an den drei Personen hängen, die auf dem Steg saßen und ihre Füße in das Wasser hielten. Überrascht erkannte Hannah, dass es die Tallots waren: Nathan, Sally und Lucas, dessen grellbuntes T-Shirt auch noch aus dieser Entfernung gewöhnungsbedürftig war. Da steckten sie also. Hannah hatte sich schon gewundert, als sie bei ihrer Rückkehr keinen von ihnen im Haus angetroffen hatte. Sie beobachtete die drei für ein Weilchen. Es war unschwer zu erkennen, dass sie stritten, denn sie gestikulierten wild. Oje, hatte Sally sich also immer noch nicht beruhigt. Hannah nahm sich vor, später noch mal mit Lucas' Mutter zu sprechen und Partei für ihren Freund zu ergreifen. Die beiden konnten sich doch nicht dauerhaft überwerfen, nur weil Lucas Priester werden wollte. Das wäre zu albern. Es gab so viel Schlimmeres als das.

Traurig wandte sie sich ab und ging zu ihrem Bett. Nur einen kurzen Moment wollte sie sich ausruhen und die Dinge sacken lassen. Sie legte sich auf den Rücken und starrte an die holzverkleidete Decke. Ganze fünf Tage war sie in Vancouver gewesen. Fünf Tage, in denen sie zwischen dem Pflegeheim und dem Hospital hin- und hergelaufen war. In denen sie zum einen ihrer Mutter beigestanden hatte, die ihre Ankündigung wahr gemacht hatte und nicht von der Seite ihres schwer kranken Ex-Mannes gewichen war. Fünf Tage, in denen sie zum anderen mit Dora darüber gebrütet hatte, was man tun konnte, um Mike weiterhin die Pflege zukommen zu lassen, die er benötigte, und gleichzeitig das *Broken Heart* zu retten. Sowohl das eine als auch das andere war trostlos und deprimierend gewesen. Kaum auszuhalten. Aber Hannah hatte in dieser Situation Verantwortung zeigen und einen kühlen Kopf bewahren wollen. Was ihr tagsüber auch zumeist gelungen war. Doch nachts war das ganze Elend dieser Tage über sie hereingebrochen, und sie hätte wahrscheinlich stundenlang in der Dunkelheit geweint, wenn nicht ... ja, wenn nicht Nick bei ihr gewesen wäre.

Ein sanftes Lächeln legte sich auf Hannahs Gesicht. Nick war in dieser ganzen Zeit in Vancouver stets in ihrer Nähe gewesen. Hatte neben ihr am Bett ihres Vaters gesessen und ihre Hand gehalten und war gemeinsam mit ihr und Dora die verschiedenen Optionen durchgegangen, die es für das *Broken Heart* gab. Maggie hatte er währenddessen in der Mitarbeiter-Kita des Hospitals untergebracht, wo er regelmäßig nach ihr sehen konnte. Eigentlich wäre Maggie für diese Einrichtung schon zu alt gewesen, doch Nick hatte all seinen Charme spielen lassen, bis die Leiterin der Kita schließlich eingeknickt war. Was auch sonst? Hannahs Lächeln wandelte sich in ein Schmunzeln. Er hatte diese Frau am Haken gehabt, genauso, wie er Hannah selbst eingefangen hatte.

Das war schon vor Vancouver so gewesen, wie Hannah sich eingestand, aber nach dieser Zeit war es in Stein gemeißelt. Nick Cooper war der Mann ihres Lebens. Er war der Eine.

Hannah dachte an die vergangenen Nächte, in denen sie in seinen Armen gelegen hatte, während Maggie im Zimmer nebenan schlief. Nein, es war nichts gelaufen zwischen ihnen, nichts Sexuelles. Nicht mal geküsst hatten sie sich. Nick hatte sie nur in seinen Armen gehalten. Sie getröstet und gewärmt, bis sie eingeschlafen war. Hatte über sie gewacht und ihr Geborgenheit gegeben. Sie hätten sich nicht näher sein können in diesen Nächten. Genau das war es gewesen, was sie gebraucht hatte, um die anstrengenden Tage zu überstehen. Nick hatte das gespürt. Wofür sie ihm dankbar war. Wofür sie ihn immer lieben würde.

Heute Morgen dann waren sie und Dora nach Quesnel zurückgekehrt. Mit einem Krankenhaus-Helikopter, weil ihre Großmutter immer noch etwas wackelig auf den Beinen und auf einen Rollstuhl angewiesen war. Nick und Maggie würden mit einem Linienflug folgen, der in diesen Minuten auf dem Flughafen landen müsste. Und Miranda? Hannah hatte sie angefleht, sie möge Dora nach Hause begleiten. Um wenigstens ein paar Tage Ruhe zu bekommen. Doch ihre Mutter hatte Hannahs Angebot, statt ihrer an Mikes Bett auszuharren, nicht angenommen. Hannah hatte nicht weiter versucht, sie umzustimmen. Es wäre zwecklos gewesen. Schweren Herzens hatte sie sich von ihrer Mom verabschiedet. Und von ihrem Dad, dessen Blick ihr signalisiert hatte, dass er sie wiedersehen wollte. Schon bald. Hannah hatte es ihm versprochen. Dann hatten sie sich auf den Weg gemacht.

Was hatte sie eben noch gedacht? Wie schön es war, wieder daheim zu sein? Hannah seufzte, denn bei all ihrer Freude darüber wusste sie doch, dass sie die Probleme nicht hinter sich gelassen hatte. Im Gegenteil, sie schwebten über ihr wie eine finstere Wolke.

Doch sosehr sie auch grübelte, sie hatte keine Idee, wie sie diese Probleme würden lösen können. Ihr Vater würde schon bald sterben, und so, wie es aussah, war das *Broken Heart* ebenfalls verloren. Doras Rücklagen waren verbraucht, und ihre und Mirandas Ersparnisse würden gerade mal ein paar Wochen reichen, um die aufwendige Pflege für Mike zu finanzieren. Zur Rettung der Pension konnten sie nichts, gar nichts beisteuern.

Hannah ballte die Fäuste. Verdammt, es musste doch eine Möglichkeit geben. Vielleicht gab ihnen die Bank tatsächlich noch einen weiteren Kredit, auch wenn Dora wenig Hoffnung hatte.

Sie stand wieder auf und lief zurück ans Fenster. Lucas saß mittlerweile alleine auf dem Bootssteg. Hannahs Gesicht erhellte sich. Sie würde zu ihm gehen. Ein Gespräch mit ihrem alten Freund würde sie auf andere Gedanken bringen. Und später hatte sie dann vielleicht eine neue, eine bessere Idee.

Als sie ihr Zimmer verließ und mit schnellen Schritten durch den Flur eilte, hörte sie die Stimmen von Nathan und Sally im Kaminzimmer, die Dora willkommen hießen. Hannah nahm sich vor, später mit den Tallots zu sprechen und ihnen zu danken, dass sie sich während ihrer Abwesenheit um die Pension gekümmert hatten. Wieder einmal.

Sie lief weiter auf die Veranda, wo sie kurz verharrte. Was, wenn Nick und Maggie gleich eintreffen würden? Dann wollte sie unbedingt da sein. Sie sah auf ihre Uhr. Ach was, eine kurze Plauderei mit Lucas war noch drin, darum sprang sie die Stufen hinab und rannte über den Parkplatz und über die Wiese. Atemlos kam sie auf dem Bootssteg an, doch Lucas blickte nicht mal auf, als sie näher trat.

»Na du«, sprach sie ihn vorsichtig an und hockte sich neben ihn auf die hölzernen Planken.

Lucas sah erstaunt auf. »Hey, Prinzesschen, da bist du ja wieder.«

Sie nickte und zog sich ihre Schuhe und Socken aus. »Und? In welchem Universum warst du gerade unterwegs?«

»Äh, in diesem, wo sonst? Was soll die Frage?«

»Du kannst mir nichts vormachen, Lucas Tallot. Nettes T-Shirt übrigens. Musst du dir demnächst wohl abgewöhnen, was? Ich meine, deine Vorliebe für knallige Farben. Katholische Priester tragen doch Schwarz, wenn ich mich nicht irre.«

»Auch nicht rund um die Uhr«, erwiderte Lucas genervt. »Und selbst wenn, hätte ich kein Problem damit.«

Hannah ließ ihre Füße ins Wasser gleiten und erschauderte. Wie immer war es eisig kalt. »Ein Problem scheinst du aber nach wie vor mit deinen Eltern zu haben, stimmt's? Ich habe euch von meinem Zimmer aus gesehen. Ihr habt gestritten, und scheinbar musste meine ›Füße in den See‹-Methode herhalten, um euch abzukühlen.«

Lucas nickte. »Das haben wir in den letzten Tagen häufiger gemacht. Geholfen hat es bislang leider nicht.«

Hannah schüttelte ungläubig den Kopf. »Lieber Himmel, wie kann Sally nur so verbohrt sein? Sie tut ja so, als hättest du vor, dich von einem Hochhaus zu stürzen oder etwas in der Art. Man kann's auch übertreiben.«

»Von einem Hochhaus stürzen?« Lucas sah sie irritiert an. »Wovon redest du?«

»Na, davon, dass deine Mutter wütend auf dich ist. Weil du Priester werden willst.«

Lucas winkte ab. »Ach das. Darum geht es nicht. Mom hat sich dank Dad genauso schnell wieder beruhigt, wie sie sich aufgeregt hatte. Glücklich ist sie nach wie vor nicht mit meiner Entscheidung, aber sie hat sie immerhin akzeptiert.«

»Und weswegen sind deine Eltern dann wütend auf dich?«

»Sie sind nicht wütend auf mich. Das Gegenteil ist der Fall.«

»Du bist wütend auf *sie*? Aber warum?«

Lucas stöhnte gequält auf. »Das fragst du noch? Nach allem, was gewesen ist? Herrgott noch mal, sie haben es die ganze Zeit gewusst. Dass dein Vater kein Ehebrecher, sondern ein schwer kranker Mann ist. Dass er aus Liebe zu euch gelogen und euch weggeschickt hat. Weil er nicht wollte, dass ihr leidet. Sie waren über alles informiert, und sie haben kein Wort gesagt. Nicht einen einzigen Ton. Bis letzten Sonntag, als du nach Vancouver geflogen bist. Ich könnte beiden den Hals umdrehen dafür, so sauer bin ich.«

»Tu es nicht. Dora und ich wüssten nicht, was wir ohne Nathan und Sally machen sollten. Und sicher werden wir sie in Zukunft auch noch an unserer Seite brauchen.«

Lucas sah sie mitfühlend an. Plötzlich verzog er das Gesicht und schlug sich selbst gegen die Stirn. »Ich bin ein solcher Idiot«, raunte er. »Anstatt dir die Ohren vollzujammern, sollte ich dich besser fragen, wie es dir damit geht. Bitte verzeih.«

Hannah lächelte ihn zaghaft an. »Ich komme klar, danke.«

»Was hast du eben gesagt? Ich könnte dir nichts vormachen? Ist umgekehrt genauso, Prinzesschen. Also lüg mich nicht an.«

»Sorry«, murmelte Hannah und ließ die Schultern hängen. »Ich hatte nur gehofft, ich müsste mal ein paar Minuten nicht darüber nachdenken.«

Er musterte sie eindringlich. »So schlimm?«, fragte er leise.

Sie nickte betrübt. »Schlimmer. Mit Worten kaum zu beschreiben. Dad liegt in der Pflegeeinrichtung mehr tot als lebendig und am ganzen Körper gelähmt. Er kann nicht mehr selbstständig atmen und wird künstlich ernährt. Und das alles bei vollem Verstand. Es ist grausam und unmenschlich, danebenzustehen und nichts tun zu können. Man kann es kaum aushalten.«

»Dann hat dein Vater damals die richtige Entscheidung getroffen?«

»Die richtige Entscheidung?«, wiederholte Hannah zögerlich. »Du meinst, dass er uns über Jahre vor dieser schrecklichen Wahrheit bewahrt hat?«

»Ja.«

»Das kann ich schwer beurteilen, weil wir den anderen Weg ja nie gegangen sind. Wäre es so gewesen, hätte es Mom und mich sicherlich an unsere Grenzen gebracht, aber glaub mir, die brutale Art, die er gewählt hat, um uns zu schützen, hat fast den gleichen Effekt gehabt. Wir haben uns nur mit Mühe aus dem tiefen Loch ziehen können, in das er uns gestoßen hat.«

»Du bist nach wie vor böse auf ihn?«

Hannah schüttelte traurig den Kopf. »Wie könnte ich? Er soll jetzt nur noch eines von Mom und mir bekommen, und das ist unsere Liebe. Kein Vorwurf, keine Schuldzuweisung könnte die Uhr zurückdrehen, und wir wollen es nicht schwerer für ihn machen, als es ohnehin schon ist. Er hat uns viel Zeit genommen, in der wir für ihn hätten da sein können. Die nun verbleibende wollen wir nutzen, so gut es nur geht.«

»Dann fliegst du zurück nach Vancouver?«

»Sobald ich es möglich machen kann. Es gibt hier vor Ort einiges zu klären. Insbesondere, ob wir das *Broken Heart* noch halten können oder ob wir es verkaufen müssen. Das Pflegeheim, in dem mein Dad liegt, verschlingt jeden Monat Unsummen. Dora hofft, ihrer Bank noch einen weiteren Kredit abringen zu können, aber die Chancen stehen schlecht.«

»Das tut mir leid. Vielleicht findet sich ja noch eine andere Lösung.«

»Ja, vielleicht. Allzu große Hoffnung habe ich leider nicht.«

Lucas sah auf seine Uhr. »Ach, herrje«, rief er, zog seine Füße aus dem Wasser und sprang auf. »Ich muss los. Mrs Mills und ihr Vater reisen heute ab, und ich habe versprochen, sie zum Bahnhof zu fahren.«

»Ich weiß. Als Dora und ich ankamen, haben wir sie kurz gesprochen. Sie wären gerne noch länger geblieben, aber es ging nicht. Dafür wollen sie eventuell im Herbst ein paar weitere Tage hier verbringen. Mrs Mills meinte, die Reise in die Vergangenheit hätte ihrem Vater gutgetan.«

»Oh ja, das hat sie. Der alte Knabe ist in den letzten Tagen geradezu aufgeblüht.«

Hannah kräuselte die Stirn. »Der alte Knabe? Eine etwas despektierliche Ausdrucksweise für jemanden, der sich alsbald als Hochwürden bezeichnen lassen will.«

»Das sagt doch heute kein Mensch mehr, Prinzesschen«, sagte Lucas und zwinkerte ihr zu. »Aber ich gelobe, mich zu bessern. Sehen wir uns später?«

»Unbedingt. Jetzt sieh zu, dass du Land gewinnst. Nicht, dass unsere Gäste noch ihren Zug verpassen.«

»Bin schon weg.« Er griff nach seinen Turnschuhen, grinste sie noch mal an und eilte davon. Hannah sah ihm nach und registrierte, dass er am Ende des Bootsstegs stark abbremsen musste, weil ihm jemand entgegenkam. Ein reichlich finster blickender Nick, der für Lucas nichts weiter als ein kurzes Kopfnicken übrig hatte. Hannahs schlechtes Gewissen meldete sich. Sie hatte doch bei seiner Rückkehr im Haus sein wollen.

»Tut mir leid«, sagte sie deswegen bekümmert, als er sie erreichte und sich neben sie auf die Holzplanken setzte.

»Was tut dir leid?«, fragte Nick verwirrt.

»Dass ich nicht da war, als ihr angekommen seid.«

»Aber du bist doch da.«

»Ja, stimmt auch wieder. Dann bist du nicht deswegen sauer? Es ist doch nicht schon wieder wegen Lucas?«

»Was? Nein. Wie kommst du darauf, dass ich sauer bin?«

»Weil du ausschaust, als wäre dir eine Laus über die Leber gelaufen.«

»Stimmt, das kann man so sagen. Das hat aber nichts mit diesem Lucas zu tun. Ich denke, die letzten Tage haben bewiesen, dass du zu mir gehörst. Und Maggie und ich zu dir.« Nick suchte ihren Blick. Als er ihn eingefangen hatte, liefen unzählige kleine Schauer über Hannahs Rücken, die diesmal rein gar nichts mit dem kalten Wasser zu tun hatten.

»Warum siehst du mich so an?«, flüsterte sie.

»Weil ich mir verdammt noch mal nichts Schöneres vorstellen kann«, antwortete er. »Wenn ich dich anschauen kann, dann ist alles gut.«

Hannah wusste nicht, was sie darauf erwidern sollte. »Wo ist eigentlich Maggie?«, fragte sie ausweichend.

»Bei Sally. Sie ist uns im Flur über den Weg gelaufen und hat sie mit in die Küche genommen. Dort macht sie für meine Kleine deine dritte Leidenschaft.«

»Meine *dritte* Leidenschaft?«, wiederholte Hannah überrascht.

»Du weißt schon, heiße Schokolade. Weiß, mit Zimt und Kardamom, oder wie war das noch?«

»Da hast du wohl nicht gut genug zugehört, mein Lieber«, tadelte Hannah ihn. »Das ist meine zweite und nicht meine dritte Leidenschaft.«

Nick fasste sich mit einem Stöhnen ans Herz. »Autsch, das tut weh. Dass ich nicht mit dem Klavier konkurrieren kann, habe ich befürchtet, aber dass ich nicht mal an diesem Heißgetränk vorbeiziehen kann, schmerzt und entsetzt mich gleichermaßen.«

Hannah sah ihn mitleidig an. »Tja, wie es aussieht, muss ich das Messer noch tiefer in die Wunde stoßen, denn für dich bleibt lediglich Platz vier. Es gibt sie nämlich wirklich, meine dritte Leidenschaft, und es handelt sich dabei um … Käsemakkaroni.«

»Wie bitte?«, rief Nick empört. »Ich schaffe es nicht mal aufs Treppchen? Skandalös.«

»Du wirst es überleben«, meinte Hannah und streckte ihm die Zunge raus, worauf Nick herzhaft lachte.

Er zeigte auf ihre Füße im Wasser. »Sieht entspannend aus«, meinte er.

»Vor allem hilft es, negative Emotionen zu bekämpfen.«

»Ist das so?«, fragte Nick, zog sich Schuhe und Socken aus und krempelte seine Hosenbeine ein Stück hoch. »Wollen wir doch mal sehen.«

Hannah starrte mit roten Wangen auf seine muskulösen Waden und auf seine wohlgeformten Füße, die er nun ebenfalls ins Wasser tauchte. Wieso sah alles an ihm so gut aus? Unverschämt gut.

»Verflixt noch mal«, stieß Nick mit zusammengebissenen Zähnen hervor. »Das Wasser ist ja …«

» … scheißkalt, ich weiß«, vollendete Hannah seinen Satz lachend.

»Hilft das wirklich?«

Sie hörte auf zu lachen. »Kommt drauf an, wie groß die Laus ist, die dir über die Leber gelaufen ist.«

Nick hob die Hände in einem Abstand von etwa fünfzig Zentimetern.

»Oje, so groß?«, fragte sie.

Er nickte mit ernster Miene, was Hannah alarmierte. Was

würde er ihr nun sagen? Dass seine Gefühle für sie tief, aber nicht tief genug waren? Aber hatte er nicht gerade noch behauptet, dass sie zusammengehören würden?

»Hm«, meinte er und rieb sich das Kinn. »Und warum siehst du mich jetzt so an?«

»Weil ich Angst habe«, sagte Hannah leise. »Angst, dass es zwischen uns vorbei sein könnte, bevor es überhaupt angefangen hat. Dass du mich vielleicht doch nicht ...«

»Stopp!«, unterbrach Nick sie energisch. »Hör auf, dir so etwas einzureden. Das, was ich gesagt habe, war völlig ernst gemeint. Wir gehören zusammen ...«

Hannah atmete erleichtert auf, doch nur eine Sekunde später, als Nick weitersprach, erkannte sie ihren Irrtum.

» ... wir gehören zusammen, ja, aber ...«

»Aber?«, stieß Hannah mit weit aufgerissenen Augen aus.

»Aber leider müssen unsere Wege sich trennen.«

31

Das Schicksal spielte also eine weitere Karte gegen sie aus. Es würde ihr nicht nur den Vater und wahrscheinlich auch ihr Zuhause nehmen, sondern ebenfalls den Mann, den sie liebte. Ihr Mund öffnete sich, weil ein Schrei in ihrer Kehle saß, aber er wollte sich einfach nicht lösen. Sie blieb stumm.

»Hannah? Alles okay mit dir?«, hörte sie Nicks Stimme. »Ich weiß, das muss ein Schock sein für dich. Gerade jetzt, in dieser schweren Zeit, sollte ich bei dir bleiben, aber lass mich erklären ...«

Sie erwachte aus ihrer Starre. »Erklären?«, meinte sie eine Spur zynischer als beabsichtigt. »Oh ja, mach das. Ich brenne vor Neugierde, zu hören, warum du mich nicht willst.«

Nick gab einen undefinierbaren Laut von sich, während er ihr einen entgeisterten Blick zuwarf. »Was soll das jetzt schon wieder? Hast du Probleme mit deinem Gehör, oder willst du mich nicht verstehen? Ich habe doch mehr als deutlich gemacht, dass ich dich will.«

»Du hast gesagt, dass sich unsere Wege trennen müssen, was gibt es daran falsch zu verstehen?«

Nick gab einen weiteren Laut von sich, der diesmal eindeutig verzweifelt klang. »Ja, das habe ich gesagt, aber ich meinte damit, dass wir uns *vorläufig* trennen müssen.«

Hannah schnappte nach Luft. »Vorläufig?«

»Ja, vorläufig. Ich habe noch mal über alles nachgedacht, was du und auch mein Vater gesagt habt. Ihr beide hattet recht. Ich muss zurück nach England und die Sache mit Charlene und dem Sorgerecht für Maggie ein für alle Mal klären. Erst wenn mir das gelungen ist, kann unser gemeinsames Leben beginnen. Verstehst du das?«

Sie sah nach vorne auf den Dragon Lake und schwieg.

»Okay, du verstehst es nicht und bist wütend auf mich.«

Hannah gab ihm keine Antwort.

»Dich jetzt taub zu stellen ist doch kindisch. Rede mit mir.«

»Das kann ich nicht, weil ich nachdenken muss.«

»Und worüber denkst du nach?«

»Ob und auf welche Art ich dich im See ersäufen sollte.«

Nick rieb sich den Nacken und sah überfordert aus. »Du willst mich umbringen, weil ich die Weichen für unsere Zukunft stellen möchte?«

»Nein, ich möchte es tun, weil du mich hast glauben lassen, dass es aus sei zwischen uns.«

Nick schaute flehend in den Himmel, doch plötzlich sprang er auf und zog Hannah mit nach oben.

»Was soll das?«, rief sie empört.

»Das wirst du schon sehen«, knurrte er und hob sie mühelos hoch. »Scheinbar brauchen nämlich nicht nur deine Füße eine Erfrischung, sondern auch dein hübsches Köpfchen. Damit du endlich mal klar denken kannst.« Er drehte sich mit ihr, sodass sie halb über dem Wasser schwebte.

»Wenn du das wagst, Nick Cooper, dann ... dann ...«

Er stellte sie wieder auf die Beine, aber seine Arme hielten sie fest umschlungen. »Was dann?«, raunte er, während er sein raues Kinn an ihre Wange drückte.

»Ach nichts«, hauchte Hannah und wunderte sich darüber, dass sie plötzlich handzahm war.

»Du wirst mich nicht wieder los«, sprach er weiter. »Wann begreifst du das endlich?«

»Hey, ihr beiden Turteltäubchen«, hörten sie auf einmal Nathan rufen, der am anderen Ende der Wiese stand und ihnen zuwinkte. »Kommt ihr bitte mal rüber? Dora hat Hannah etwas zu sagen.«

Hannah wollte sich von Nick lösen, doch er ließ es nicht zu. »Wir kommen sofort«, antwortete er lautstark, während er sie noch näher an sich zog. »Aber zuerst gibt es da noch etwas, was ich schon seit Tagen tun will«, flüsterte er in ihr Ohr.

»Und was ist das?«, fragte sie leise und zuckte zusammen, als er seine Lippen im selben Moment auf ihre presste.

Fünf Minuten später hätte Hannah nicht peinlicher berührt sein können. Sie stand mit Nick vor der Tür des Kaminzimmers, die nur angelehnt war, und sie lauschten. Wäre es nach ihr gegangen, hätten sie das selbstverständlich nicht getan, aber Nick hatte sie grinsend festgehalten und den Zeigefinger an den Mund gelegt. Nun harrten sie also hier aus, während drinnen Nathan und Dora nur ein Thema kannten.

»Und er hat sie wirklich geküsst?«

»Dora, wie oft willst du das noch hören? Ja, er hat sie geküsst.«

»So richtig?«

»Was heißt denn hier ›so richtig‹?«

»Hallo? Das weiß doch jeder. Mit Zunge oder ohne. Letzteres ist eben nicht richtig.«

Hannah vergrub ihr hochrotes Gesicht in den Händen, während Nick verhalten gluckste. *Das kann doch alles nicht wahr sein*, dachte Hannah.

Aus dem Kaminzimmer vernahm sie Nathans verlegenes Husten. »Dora, also … äh … ich …«

»Grundgütiger, Nathan, du stotterst wie ein Grünschnabel. Wie kann man nur so verklemmt sein? Ich bin es jedenfalls nicht. Oder glaubst du etwa, dass ich alt und schrumpelig auf die Welt gekommen bin? Ich war auch mal jung und habe beileibe nichts anbrennen lassen. Also?«

»Ich war nicht nah genug dran, um Details nennen zu können, aber was ich gesehen habe, das war … äh, also ich würde sagen, nicht unbedingt jugendfrei.«

Hannah stöhnte gequält in ihre Hände, Nick hingegen war, den Geräuschen nach zu urteilen, die er von sich gab, kurz davor, in lautes Gelächter auszubrechen.

»Nicht jugendfrei, sagst du?«, hörte sie Dora mit großer Zufriedenheit in der Stimme sagen. »Hervorragend. Ich gönne es dem Mädchen. Sie hat es gerade nicht leicht.«

»Du doch auch nicht, Dora. Aber es ist gut, dass Miranda und Hannah jetzt endlich Bescheid wissen.«

»Das stimmt. Ich bereue zutiefst, dass ich sie nicht früher eingeweiht habe. Um ihret- und meines Sohnes willen, aber auch wegen des Erbes meines Mannes. Gemeinsam hätten wir andere Wege beschreiten können, doch diese Einsicht kommt leider zu spät.«

»Zu spät? Wie meinst du das?«

»Das *Broken Heart* ist verloren, Nathan. Ich habe gleich nach unserer Rückkehr die Bank in Williams Lake kontaktiert. Es wird keinen weiteren Kredit geben. Auf alle Fälle nicht in der Höhe, die wir benötigen würden. Und das Geld, das sie uns bewilligen könnten, bekommen wir auch nur, wenn wir Mike in eine staatliche Pflegeeinrichtung verlegen lassen, aber …«

Das war der Punkt, an dem Hannah ihre Deckung aufgeben

musste. Nick spürte das offenbar, denn er stieß mit nun ernstem Gesicht die Tür zum Kaminzimmer auf.

»Niemals«, rief Hannah entschlossen und stürmte ins Zimmer. »Dad wird nicht verlegt, hörst du?«

»Das wird auch nicht passieren, Liebes«, seufzte ihre Großmutter, die auf einem Sessel vor dem Kamin saß. »Deswegen wollte ich mit dir sprechen. Setz dich bitte.« Sie deutete auf die Couch, die rechts von ihr stand.

»Ich werde dann mal nach Maggie schauen«, meinte Nick, doch Dora schüttelte den Kopf.

»Nein, bitte bleiben Sie. Das, was wir zu bereden haben, betrifft Hannahs Zukunft, denn sie sollte eines Tages das *Broken Heart* erben. Da ich das Gefühl habe, dass Hannahs Zukunft auch Ihre ist, sollten Sie bei diesem Gespräch dabei sein.«

»Ja, bitte«, sagte Hannah, nahm Nick bei der Hand und zog ihn mit zur Couch, auf der sie Platz nahmen.

»Aber ich werde gehen«, meinte Nathan, der vorm Fenster stand.

Dora schüttelte erneut den Kopf. »Unsinn, dafür gibt es keinen Grund. Du, Sally und Lucas, ihr gehört doch schon lange zu unserer Familie. Wir haben keine Geheimnisse vor euch, darum bleib bitte.«

Nathan nickte, blieb aber am Fenster stehen.

»Die Bank will uns also nicht helfen?«, fragte Hannah bedrückt.

»Nur unter bestimmten Konditionen, wie gesagt«, antwortete Dora. »Mikes Verlegung in ein anderes Heim ist für mich indiskutabel. Abgesehen davon würde der neue Kredit nicht einmal reichen, um alle ausstehenden Rechnungen zu begleichen. Die dringend notwendige Dachsanierung der Pension ist damit schon gar nicht zu realisieren, was für mich im Umkehrschluss bedeutet, den Tatsachen nun ins Gesicht sehen zu müssen. Wir sind am Ende.«

»Aber das kann nicht sein«, rief Hannah verzweifelt. »Es muss doch eine Lösung geben. Lass uns noch mal alle Zahlen durchgehen, vielleicht haben wir etwas übersehen.«

»Wir haben doch bereits im Krankenhaus alles auf den Prüfstand gestellt, und wenn du ehrlich bist, war da schon klar, dass es schlecht aussieht.«

»Was, wenn wir einen neuen Businessplan für die Pension erstellen? Wir könnten Themenwochen anbieten, um mehr Besucher ins *Broken Heart* zu locken.«

Dora seufzte. »Du weißt so gut wie ich, dass die Belegzahlen nicht unser Problem sind. Die Pension ist die meiste Zeit des Jahres gut ausgebucht. Nur decken die Einnahmen daraus nicht mal annähernd unsere derzeitigen Auslagen. Selbst wenn wir die Preise anheben würden, würde das nicht ausreichen. Ich habe keine Wahl, ich muss das *Broken Heart* verkaufen.«

»Aber Dad, er ...«, begann Hannah, doch ihre Stimme brach.

» ... wird nicht mehr lange leben, meinst du?«, vollendete Dora den Satz ihrer Enkelin. »Das können wir nicht wissen. Aber selbst wenn er nächste Woche sterben würde und wir das Geld für seine Pflege nicht mehr aufwenden müssten, könnten wir die Pension nicht halten, weil die Mittel für die Dachsanierung einfach nicht da sind. Es gibt keine Rettung mehr, es sei denn ...« Sie hielt inne.

»Es sei denn?«

Ihre Großmutter zuckte mit den Schultern. »Es sei denn, wir gewinnen im Lotto oder finden einen Schatz. Ich denke, beides dürfte ausgeschlossen sein.«

Hannah senkte bedrückt den Kopf. Dora hatte recht. Ein Lotteriegewinn war utopisch, und einen Schatz aufzuspüren, dieser Illusion war Nick bereits erfolglos hinterhergejagt. Aber er hatte zumindest für ein Weilchen darauf hoffen können. »Kein Schatz für uns, denn in unserer Familie gibt es mit Sicherheit keinen Flash Cooper«, murmelte sie gedankenverloren.

»Flash Cooper?« Ihre Großmutter sah sie verwirrt an. »Was redest du denn da? Wer soll das sein?«

Hannah strich sich eine Strähne ihrer langen Locken hinters Ohr. »Oh, Flash Cooper ist ein Vorfahre von Nick.«

»Aha. Aber was hat das mit unserem Thema zu tun?«

»Das kann ich Ihnen erklären, Mrs Larsson«, mischte Nick sich ein. »Ich kam nach Kanada, weil es Hinweise gab, dass Flash, der hier lebte, meiner Familie ein Vermögen hinterlassen hat. Wenn Sie so wollen, einen Schatz, den er irgendwo versteckt hat. Die Spur führte zum *Broken Heart*. Inzwischen haben wir erfahren, dass Flash sogar der Erbauer der Pension war, doch nachdem er das *Broken Heart* vor über hundert Jahren verkaufte, verschwand er von hier, und mit ihm wohl auch der vermeintliche Schatz.«

Dora runzelte die Stirn. »Flash Cooper, sagten Sie, hieß der Mann?«

»Eigentlich war sein Vorname Zachary, aber man rief ihn Flash.«

Dora stand auf. »Einen Moment, bitte«, nuschelte sie und trottete auf noch leicht wackeligen Beinen aus dem Zimmer.

»Was wird das jetzt?«, meinte Nathan argwöhnisch.

»Keine Ahnung«, erwiderte Hannah ratlos.

Sekunden später kehrte Dora mit einer flachen Pappschachtel in ihren Händen zurück.

»Noch mehr Botschaften meiner Eltern?«, fragte Hannah verdutzt.

»Was? Nein, keine weiteren Nachrichten. Diesen Karton fand ich vor Jahren auf dem Dachboden. John Adams, der Mann, von dem wir die Pension kauften, hatte ihn offensichtlich vergessen.

Darin enthalten sind Papiere der Familie Adams aus mehreren Generationen: Geburts- und Heiratsurkunden, Ausweisdokumente, deren einstige Besitzer längst verstorben sein dürften, aber auch alte Zeitungsartikel. Ich habe die Sachen damals durchgesehen, und einer dieser Zeitungsartikel ist mir in Erinnerung geblieben. Es ist ein Nachruf auf einen Mann namens Zachary Cooper.« Dora setzte sich wieder auf den Sessel, öffnete die Schachtel und kramte darin herum. Schon bald hatte sie gefunden, was sie suchte. Sie legte einen Zeitungsausschnitt auf den Couchtisch und schob ihn zu Nick. »Sehen Sie selbst.«

Nick nahm den vergilbten Papierfetzen zur Hand und begann, laut zu lesen:

In den Abendstunden des 7. November im Jahre des Herrn neunzehnhundertundfünfzehn verstarb der ehrwürdige und allseits beliebte Zachary »Flash« Cooper in unserer Seniorenresidenz in Victoria, wo er die letzten fünf Jahre seines langen Lebens verbrachte. Über Jahrzehnte wohnte Mr Cooper im weit entfernten Quesnel im Cariboo District. Er überlebte seine geliebte Gemahlin Evelyn und den gemeinsamen Sohn Jeremiah um mehr als vierzig Jahre. Weitere Angehörige blieben ihm versagt. So hat er bereits im Vorfeld seines Dahinscheidens sein nicht unbeträchtliches Vermögen auf die Stiftung der Seniorenresidenz übertragen, wofür wir, die Stiftsherren der Residenz, ihm in Ewigkeit zu Dank verpflichtet sind. Möge der allmächtige Gott ihn für seine gute Tat belohnen und ihn in sein Himmelreich aufnehmen. Unsere Gebete werden Mr Cooper auf seiner letzten Reise begleiten. Er ruhe in Frieden.

Nick legte den Zeitungsausschnitt wieder auf den Tisch und zeigte auf einen Bleistiftvermerk am oberen Rand des Papiers.

»Victoria Daily Times, 12. November 1915, zugeschickt von Ronald Adams aus Victoria«, las Hannah vor. »Die Daily Times war dann wohl die Zeitung, aus der der Nachruf stammt.«

»Und dieser Ronald vermutlich ein Verwandter der Familie Adams, der wusste, dass sie Flash Cooper kannten«, ergänzte Dora. »Hätte ich damals, als ich den Zeitungsausschnitt fand, gewusst, dass Flash Cooper der Erbauer des *Broken Heart* war, ich hätte das Papier mehr zu würdigen gewusst. Aber wer hätte das ahnen können?«

»Alles gut, Mrs Larsson«, meinte Nick. »Dank dieses Zeitungsausschnitts wissen wir jetzt jedenfalls, was mit dem Vermögen von Flash passiert ist.«

»Es tut mir so leid für dich«, sagte Hannah und sah Nick mitfühlend an.

»Das muss es nicht. Durch dich weiß ich, dass ich den Kampf um Maggie auch auf andere Weise erfolgreich bestreiten kann. Außerdem hat Flash sein Geld für eine gute Sache gegeben, was bewundernswert ist. Und seien wir mal ehrlich, ich kannte den Mann nicht mal. Das Einzige, was mich mit ihm verbindet, ist der Name. Darum hätte ich es nicht verdient, von seinem Reichtum zu profitieren. Für mich ist die Welt also in Ordnung. Mir bleibt der Goldklumpen, und der ist auch einiges wert.«

»Sie haben einen Goldklumpen?«, fragte Dora staunend.

»Ja. Flash hat ihn vor einer Ewigkeit an seinen ältesten Bruder in England geschickt. Aus dessen Nachlass ging er über mehrere Generationen in den Besitz meines Vaters und danach in meinen über.«

»Du müsstest das Teil mal sehen, Dora«, rief Hannah. »Es hat die Form eines halben Herzens. Deswegen ist Nick überhaupt erst auf das *Broken Heart* gekommen.«

»Der Goldklumpen hat die Form eines halben Herzens?«, wiederholte Dora ungläubig und um Atem ringend. »Bitte zeigen Sie ihn mir. Jetzt!«

Nick starrte die alte Frau stirnrunzelnd an. »Jetzt? Nun, er ist in meinem Zimmer ...«

»Dann holen Sie ihn. Sofort!« Doras schneidende Stimme ließ keinen Widerspruch zu, und Nick erhob sich und ging wortlos aus dem Raum.

»Was soll denn das?«, schimpfte Hannah. »Warum bist du so garstig zu Nick?«

Ihre Großmutter hob die Hand. »Nicht jetzt, Kind! Wir können später streiten. Ich muss zunächst einmal dieses halbe Herz sehen. Du meine Güte, ich bin so aufgeregt. Wenn es das ist, was ich glaube, dann hat dein Großvater recht gehabt. Und ich habe damals über ihn gelacht, seine Vermutung als Spinnerei abgetan. Asche über mein Haupt.«

»Ich verstehe kein Wort, Grandma«, seufzte Hannah frustriert.

»Sag nur Grandma, wenn es dir Spaß macht«, meinte Dora achselzuckend. »Das ist mir gerade so was von egal.«

In diesem Moment kam Nick wieder zur Tür herein. Er ging zu Dora, öffnete seine Hand und gab den Blick frei auf das halbe Herz, das selbst im bescheidenen Licht des Kaminzimmers noch glitzerte und funkelte.

Dora schnappte nach Luft. »Du meine Güte, ich hab's gewusst. Es ist die fehlende Hälfte. Nathan, schnell, hilf mir in den Rollstuhl, wir müssen ins Fernsehzimmer. Ich könnte auch laufen, aber meine Beine sind puddingweich, und das hat nichts mit dem Schlaganfall zu tun.«

»Du willst jetzt fernsehen?«, fragte Nathan verblüfft.

»Blödsinn! Keine Ahnung, ob es funktioniert, aber im besten Falle heben wir gleich tatsächlich einen Schatz.«

»Schnappt ihr jetzt alle über?«, brummte Nathan. »Einen Schatz heben, so ein Quatsch.« Doch dann holte er den Rollstuhl herbei und half Dora, darin Platz zu nehmen.

»Was geht hier vor sich?«, flüsterte Nick Hannah zu.

»Ich habe keinen Schimmer. Vielleicht hat der Schlaganfall doch mehr angerichtet als gedacht.«

»Hat er nicht«, widersprach Dora und warf ihrer Enkelin einen strafenden Blick zu. »Vor allem hat er mein gutes Gehör nicht geschädigt, also hüte deine Zunge. Und nun los.«

Sie gingen durch den Flur ins Fernsehzimmer. Nathan schob Dora in die Mitte des Raumes, und alle sahen sie erwartungsvoll an.

Sie lächelte und begann zu erklären. »Wir befinden uns im ältesten Teil des *Broken Heart*. Als mein Mann und ich die Pension kauften, befand sich hier schon ein Aufenthaltsraum, wenn auch damals noch ohne Fernseher. Ich fand die Einrichtung des Zimmers grauenvoll und wollte unbedingt neue Möbel und vor allem neue Bilder, denn an den Wänden hingen lauter Tierpelze. Gruselig.«

Hannah nickte. »Wahrscheinlich noch aus der Zeit von Flash Cooper. Er hat mit Pelzen gehandelt.«

»Ah ja, das würde Sinn ergeben. Die Dinger haben gestunken wie die Pest, und allerlei Krabbelgetier hatte sich dort eingenistet. Wir haben sie von den Wänden gerissen, und dein Großvater hat sie draußen verbrannt. Damit hatte er kein Problem. Doch das einzige Bild, das es in diesem Zimmer gab, das wollte er unbedingt hängen lassen.«

»Aber du nicht?«

»Nein. Das Porträt zeigte eine junge, zugegebenermaßen wunderschöne, in Öl gemalte Frau, aber wir hatten keinen Bezug zu ihr, wussten weder ihren Namen noch, warum ihr Porträt im

Broken Heart seinen Platz gefunden hatte. Ständig fragten mich Gäste danach, und es ging mir zunehmend auf die Nerven, dass ich keine Antwort wusste.«

»Dann ist das Bild also doch weggekommen?«, fragte Nick.

»Nein, ist es nicht. Ging auch gar nicht. Es war fest in die Holzwand integriert. Wir wollten seinetwegen nicht das halbe Haus abreißen, darum ist es geblieben.«

Hannah, Nathan und Nick sahen sich ratlos um, was Dora mit einem Schmunzeln quittierte. Sie zeigte auf den Büfettschrank, der an der Wand neben dem Fenster stand. »Männer, macht euch mal nützlich, und schiebt den beiseite.«

Nathan und Nick zögerten nur kurz, dann taten sie Dora den Gefallen. Was gar nicht so einfach war, denn das alte Möbel war aus massivem Holz. Doch mit vereinten Kräften schafften sie es, und hinter dem Schrank kam das Porträt zutage, von dem Dora gesprochen hatte.

»Wow«, flüsterte Hannah, trat näher und wischte ein paar Spinnenweben weg, die das Gemälde bedeckten. »Was für eine Schönheit. Ob das Evelyn ist? Die Frau von Flash Cooper?« Sie musterte das zarte Antlitz der dunkelhaarigen Frau, als würde sie hoffen, diese würde ihr die Frage höchstpersönlich beantworten.

»Das weiß ich nicht, Darling, aber ich würde es beinahe vermuten. Alles spricht dafür. Vergiss die Frau für einen Moment, und sieh dir lieber die Kerbe an.«

»Welche Kerbe?«

»Allmächtiger, bist du blind? Sie befindet sich direkt unter dem Bild.«

Hannahs Blick wanderte nach unten, und tatsächlich, dort befand sich eine in die Holzwand geschnitzte Kerbe, die die Form eines Herzens hatte. Eine Hälfte davon war mit einem blutroten Klumpen aufgefüllt, der dem von Nick sehr ähnlich war.

»Dein Großvater hat damals den Verdacht gehabt, dass diese Kerbe einen Mechanismus beherbergt, der ein Geheimfach oder etwas Ähnliches öffnen würde, sobald man die zweite Hälfte des Herzens in die Kerbe drückt. Ich habe ihn damals für verrückt erklärt.«

»Wenn hinter diesem Bild ein Fach sein soll, müsste es sich allerdings um eine Doppelwand handeln«, wandte Nathan ein.

»Tut es auch. Das kannst du ganz deutlich erkennen, wenn du zurück in den Flur gehst. Mein lieber Mann hat sich im Laufe der Jahre immer mehr in die Idee hineingesteigert, dass das Porträt ein Geheimnis birgt, sodass er kurz davor war, die Wand mit einer Axt einzuschlagen. Das konnte ich im letzten Moment verhindern. Seit diesem Tag steht der Schrank an der Wand und verdeckt das Bild, und es hat geholfen. Er sah die Dame nicht mehr Tag für Tag, und irgendwann hatte er sie vergessen.«

Hannah bückte sich zu der Kerbe. »Aber wieso ist dieses halbe Herz nicht auch aus Gold? Ist doch seltsam, oder?«

»Darf ich mal?«, meinte Nick und schob sie ein wenig zur Seite. Er zauberte aus seiner Hosentasche ein Taschenmesser und kratzte damit an der Füllung der Kerbe herum. »Es ist aus Gold«, murmelte er. »Nur mit roter Farbe übermalt. Wäre auch ziemlich dumm, wenn man ein Stück Gold wie dieses frei zugänglich für jedermann zur Schau stellen würde.«

»Nun probieren Sie schon aus, ob die zweite Hälfte passt«, drängte Dora ihn.

Alle starrten gebannt auf Nick, als er seinen Goldklumpen aus der anderen Hosentasche zog und ihn nach kurzem Zögern in den freien Teil der Kerbe drückte. Er passte wie angegossen, aber nichts geschah. Nick nahm ihn wieder raus und fügte ihn erneut ein. Hannah hielt die Luft an, weil diesmal ein deutliches Klacken zu vernehmen war und eine Seite des Porträts sich um wenige Zentimeter nach vorne schob. »Ich glaub es nicht«, flüsterte sie aufgeregt.

Nick fasste hinter das Bild, das sich nun wie eine Schranktür aufklappen ließ. Dahinter verbarg sich eine Nische, in der eine hölzerne Schatulle stand, unter der ein Blatt Papier hervorlugte.

»Kästen und Zettel«, merkte Hannah an und musste trotz ihrer Aufregung schmunzeln. »Scheint neben den Happy Couples auch eine Tradition des *Broken Heart* zu sein. Irgendwie witzig.«

Nick nahm die Schatulle und das gefaltete Papier aus der Nische, und sie gingen zu einem der Tische und setzten sich. »Diesmal bist du dran«, meinte Nick und gab Hannah den Zettel.

Sie nickte, entfaltete das Papier und begann zu lesen:

Für den, der dies findet.
Ich schreibe diese Zeilen am Abend vor meiner Abreise nach Victoria auf Vancouver Island, wo ich meinen Lebensabend verbringen möchte. Vor vielen Jahrzehnten baute ich dieses Haus als Heim für meine Liebste und für die Familie, die ich mit ihr gründen wollte. Doch das Leben meinte es nicht gut mit uns, und sie und unser Sohn wurden mir früh genommen. In den Jahren danach machte ich aus unserem Zuhause eine Pension, in der glückliche Paare die ersten Tage ihrer Ehe kostenlos verbringen durften. Ich hatte gehofft, dass das Broken Heart und die Happy Couples eines Tages die Wunden heilen würden, die ich durch den Verlust von Frau und Kind erlitten habe, doch das war leider nicht der Fall. Evelyn nicht mehr an meiner Seite zu wissen ist ein Schmerz, der seit dem ersten Tag niemals an Stärke eingebüßt hat. Bis heute. Meine Liebste war unerreichbar für mich, und dennoch war sie immer präsent. An jedem ihrer Geburtstage und auch zu Weihnachten kaufte ich ein Schmuckstück für sie, so, als wäre sie nie gegangen. Das klingt, als wenn ich nicht bei Sinnen gewesen wäre, ich weiß, aber in all den Jahren hat es mir

geholfen. Unsagbar geholfen. Doch jetzt nicht mehr. Ich kann den Schmuck, der für meine Gemahlin gedacht war, nicht mal mehr ansehen, ohne mir meines Elends bewusst zu werden. Darum werde ich ihn zurücklassen. In diesem Geheimfach, das ich vor vielen Jahrzehnten angelegt habe, um meine Wertsachen darin aufzubewahren. Zu öffnen ist es nur mit einem zweiten halben Herz, das genau in die Kerbe passt. Ein solches habe ich meinem ältesten Bruder vor einer halben Ewigkeit nach England geschickt. Weil ich hoffte, dass ich ihn und seine Familie mit der Aussicht auf ein reiches Leben zu mir nach Kanada locken könnte.

Diese Hoffnung war vergebens. Nun bin ich alt und allein, und es ist an der Zeit, dass ich gehe. Vermutlich wird man Evelyns Schmuck erst dann finden, wenn man das Broken Heart eines Tages abreißt. Dem Finder entbiete ich meine Segenswünsche. Möge sein Leben glücklicher sein, als es das meine war.

Quesnel, am 13. Oktober 1910
Zachary (Flash) Cooper

»Gut, dass ich in diesem Ding sitze«, murmelte Dora und zeigte mit ihrer gesunden Hand auf den Rollstuhl unter sich. »Ich habe nämlich das Gefühl, gleich in Ohnmacht zu fallen.«

»Mir geht es ganz ähnlich«, gestand Hannah mit zittriger Stimme ein.

Nathan grinste. »Dann sollten wir den Kasten wohl besser nicht öffnen, was?«, meinte er.

Dora zog eine Grimasse. »Bist du verrückt? Ich muss wissen, was da drin ist.«

Nick schob die Schatulle zu ihr. »Dann machen Sie auf.«

»Sind Sie sicher? Sollten Sie nicht …«

»Nein, es ist okay für mich.«

Dora schob mit zitternden Händen den Riegel zurück, mit dem der Kasten verschlossen war. Dann hob sie den Deckel an, und die Kinnladen aller klappten nach unten, als sie erkannten, was sie da gefunden hatten.

»Großer Gott«, stieß Dora überwältigt aus. »Ich hatte mit einigen Ketten und Ringen gerechnet, aber das Ding ist ja randvoll damit. Wenn das echter Schmuck ist, dann haben wir es hier mit einem Vermögen zu tun.«

Nathan griff in die Schatulle und nahm eine Kette heraus, die er sorgfältig beäugte. Und dann noch eine weitere, die er auch in Augenschein nahm. »Diese beiden sind auf alle Fälle echt«, meinte er und legte die Ketten zurück. »Würde sagen, der Schatz ist erfolgreich gehoben. Unglaublich.«

»Ich freu mich so sehr für dich«, jubelte Hannah und strahlte Nick an.

»Was?«, meinte der irritiert. »Für mich? Warum?«

»Na, weil es doch das ist, was du die ganze Zeit wolltest. Weswegen du hergekommen bist.«

»Hast du schon wieder nicht richtig zugehört, Miss Larsson? Ich sagte vorhin, dass ich vorhabe, auf andere Weise um Maggie zu kämpfen, und dass ich der Ansicht bin, dass der Nachlass von Flash mir nicht zusteht. Daran hat sich in den letzten Minuten nichts geändert.«

»Bist du irre? Dieser Kasten macht dich zu einem reichen Mann.«

»Aber nicht automatisch zu einem glücklicheren. Alles, was ich brauche, sind meine Tochter und dich, und natürlich auch meinen Vater, selbst wenn der mir manchmal ziemlich auf den Wecker geht.«

»Und was soll mit dem Schmuck passieren?«

»Was wohl? Es ist das Haus deiner Großmutter, ihre Wand und

ihr Geheimfach. Der Schmuck ist die Lösung eurer Probleme, die Rettung für das *Broken Heart*.«

»Das können wir unmöglich annehmen, Mr Cooper«, mischte Dora sich ein.

»Und ob Sie das können. Ich bestehe darauf. Wie Sie eben ganz richtig bemerkten, ist das *Broken Heart* ein Teil von Hannahs Zukunft und somit auch ein Teil meiner eigenen, denn ich gedenke, mein Leben mit Ihrer Enkelin zu verbringen, sofern sie einverstanden ist. Somit ist alles in Ordnung. Der Schmuck bleibt in der Familie.«

»Aber Nick …«, protestierte Hannah ein weiteres Mal, doch er winkte entschlossen ab.

»Was ist das denn hier für eine Versammlung?«, fragte Sally verblüfft, die in diesem Moment mit Maggie an der Hand zur Tür hereinkam.

Nick lachte. »Ich glaube, das werden Mrs Larsson und Nathan Ihnen in Ruhe erklären müssen. Derweil gehe ich mit meinen Mädchen an den See, Enten anschauen. Was meint ihr?« Er sah erst Maggie an, die freudig in die Luft sprang, und dann Hannah.

»Ja gut«, sagte sie zögernd. »Von mir aus.«

»Bist du sicher, dass du auf den Schmuck verzichten willst?«, fragte Hannah Nick wenig später, als sie nebeneinander auf dem Bootssteg standen, während Maggie ein paar Meter weiter auf den Planken saß und die kleinen Enten beobachtete.

»Es ist kein Verzicht. Wirklich nicht. Außerdem hatte meine Reise ihren Zweck doch schon vorher erfüllt.«

»Ach ja? Inwiefern?«

Nick sah sie liebevoll an. »Nun, ich kam nach Kanada, um einen Schatz zu finden, und das habe ich. Dich.«

Hannah wurde rot. »Schmeichelst du mir etwa?«

»Unbedingt. Ich gebe nämlich die Hoffnung nicht auf, dass ich heute noch mal etwas nicht Jugendfreies von dir bekomme.«

Sie senkte verlegen den Kopf. »Nick, nicht vor der Kleinen«, tadelte sie ihn leise.

»Sie wird damit leben müssen, dass ich dich zukünftig küssen werde, wann immer sich die Gelegenheit bietet.«

»Wann reist ihr eigentlich ab?«, wich Hannah aus in der Hoffnung, ihn und vor allem sich selbst abzulenken.

Nick zog die Stirn kraus. »Schon übermorgen. Leider.«

»Und ihr kommt auch sicher wieder?«

»Fängst du schon wieder an? Soll ich dich doch noch in den See werfen?«

»Nein, Daddy, mach das nicht«, rief Maggie aufgeregt, für die die Enten scheinbar doch nur zweitrangig waren. »Küss sie lieber, unseren Engel.«

»Du hast meine Tochter gehört«, raunte Nick heiser und zog Hannah in seine Arme.

32

Zwei Monate später

Hannah versuchte, so leise wie nur irgend möglich zu sein, denn sie wollte den Vogel, der vor ihr auf dem sandigen Boden der Lichtung auf und ab hüpfte, nicht verscheuchen. Es war Ewigkeiten her, dass sie einen Diademhäher aus dieser Nähe hatte beobachten können. Das heisere Krächzen, das er von sich gab, war alles andere als eine Wohltat für ihre Ohren, aber er war wunderschön anzusehen. Während das obere Drittel seines Federkleids pechschwarz war, ging es darunter allmählich in ein leuchtendes Blau über, was Hannah immer wieder aufs Neue faszinierte. Genauso wie die imposante Haube, die den Kopf des Rabenvogels krönte, ihn unverwechselbar machte und ihm seinen Namen gegeben hatte. Diademhäher waren im gesamten Nordosten des Kontinents zu finden, so auch in den Parks von Seattle und in den Wäldern vor der Stadt, aber Hannah verband ihn in erster Linie mit Kanada, speziell mit British Columbia, dessen Wappenvogel er war. Hier auf der Lichtung zu sitzen, mit einem Diademhäher vor den Füßen, das war etwas Besonderes. Mehr Heimat ging nicht.

Ihre Stirn legte sich in Falten, musste sie sich doch selbst Lügen strafen. Ein bisschen mehr ging schon noch, denn wie hieß es gleich in diesem Sprichwort? »Dein Zuhause ist da, wo dein Herz ist.« Nun, ihr Herz war in den letzten beiden Monaten zur Hälfte in England gewesen, aber sie hoffte inständig, dass sich das in den nächsten Minuten ändern würde.

Der Diademhäher hüpfte noch ein wenig näher zu ihr und verharrte genau an der Stelle, an der Nick vor einigen Wochen das Herz in den Sand gemalt hatte, um ihr zu zeigen, welche Form sein Goldklumpen hatte. So viel war seitdem geschehen. Sie hatte viele entsetzliche Momente durchlebt, im gleichen Maße waren ihr aber auch wunderbare Augenblicke vergönnt gewesen. Das Leben hatte ihr quasi seine schönste und seine schrecklichste Seite auf einem Silbertablett serviert. Sie hatte beides angenommen, weil sie keine andere Wahl gehabt hatte. Man konnte eben vor seinem Schicksal nicht davonlaufen. Weder, wenn es um Krankheit und Tod ging, noch, wenn es sich um die Liebe drehte. Hannah schmunzelte, weil ihr einfiel, wie sehr sie sich zu Beginn gegen die Gefühle für Nick gewehrt hatte. Als ob sie jemals eine Chance gehabt hätte.

Hinter ihr knackte es im Unterholz, und der Diademhäher flog mit einem lauten Krächzen davon. Diesmal kam es Hannah überhaupt nicht in den Sinn, dass ein Grizzly für das Knacken verantwortlich sein könnte. Ihr Herz klopfte in freudiger Erwartung bis zum Hals, doch als sie sich umdrehte, war es wieder nur ein Schneeschuhhase, der durch den Ahornwald davonsprang. Hannahs Blick folgte ihm, und sie konnte seine weißen Pfoten, die ein auffälliger Widerspruch zu seinem braunen Sommerfell waren, noch lange erkennen.

Ungeduldig sah sie auf ihre Uhr. Er musste doch langsam mal kommen. Oder hatte Sally ihm etwa nicht verraten, wo sie zu finden war? Dabei hatte Hannah es ihr extra aufgetragen. Sogar mehrfach, was Sally nicht gerade entspannt aufgenommen hatte.

»Sagst du mir das noch ein einziges Mal, fange ich an zu schreien«, hatte sie genörgelt und Hannah weggeschickt. Du meine Güte, wie konnte man nur so empfindlich sein?

Sie schaute um sich. Die Zweige des roten Ahorns wippten sachte auf und ab, was an dem Wind lag, der in leichten Böen über die Lichtung wehte. Für Hannah aber sah es so aus, als ob die Bäume ungeduldig wären. Ungeduldig wie sie. »Ich halt es doch auch kaum noch aus«, flüsterte sie. »Ich möchte ihn umarmen und küssen. Endlich wieder seine Stimme hören.« Denn das hatte sie in der Tat seit zwei Monaten nicht mehr. Darauf hatten sie sich bei Nicks Abreise geeinigt: keinen Kontakt zueinander, damit sie sich ausschließlich auf die Dinge konzentrieren konnten, die sie zu regeln hatten. Eine schwachsinnige Abmachung, wie Hannah bereits gewusst hatte, als der Flieger mit Nick und Maggie in den Himmel über Quesnel entschwebt war. Und sie hatte sie auch nicht einhalten können. Also streng genommen. Nur deshalb wusste sie, dass er auf dem Weg zu ihr war und in den nächsten Minuten auf der Bildfläche erscheinen müsste.

Nervös tippelte sie mit den Füßen auf dem Boden herum, als sich plötzlich zwei Hände auf ihre Augen legten. Sie erinnerte sich, wie Lucas das kurz nach ihrer Ankunft vor zwei Monaten getan hatte. Natürlich wusste Hannah, dass er es diesmal nicht war. Dazu hätte es nicht mal den Geruch des Rasierwassers gebraucht. Der Tumult, den diese doch eigentlich harmlose Berührung in ihrem Inneren auslöste, war Beweis genug. Sie schluckte heftig, doch gleichzeitig beschloss sie, den Mann ein wenig zu foppen. Dafür, dass er sie hatte warten lassen.

»Lucas, Darling, bist du das?«, flötete sie mit der lieblichsten Stimme, die sie in ihrem Repertoire hatte.

Abrupt wurden die Hände zurückgezogen. »Bitte?«, hörte sie

Nick hinter sich schimpfen. »Lucas, Darling? Ich hör wohl nicht richtig.«

Hannah lachte, sprang auf und drehte sich um. Dabei fiel ihr ein, dass sie offiziell von Nicks Rückkehr doch gar nichts wusste. Sie musste also die Überraschte spielen, was ihr nahezu perfekt gelang.

»Niiiick«, kreischte sie ohrenbetäubend, umrundete die Bank und fiel ihm um den Hals. Gab ihm unzählige Küsse auf die Wangen und auf den Mund, bis er sie bei den Handgelenken packte und mit finsterer Miene von sich schob. »So nicht, Hannah Larsson«, knurrte er. »Wieso sitzt du hier und wartest auf einen anderen Mann?«

Ihre Mundwinkel zuckten. Seine Eifersüchteleien waren einfach zu herrlich. »Reg dich ab. Ich habe nicht auf Lucas gewartet. Dachte nur, es wäre möglich, dass er vorbeikommt, um sich zu verabschieden. Er beginnt nämlich in den nächsten Tagen ein Studium der katholischen Theologie in Vancouver.«

Nick sah sie verdutzt an. »Der Mann will Priester werden?«

»Ja. Beruhigt dich das ein wenig?«

»Würde es, wenn du ihn nicht als Darling bezeichnet hättest.«

»Das habe ich nur getan, um dich zu ärgern.« Hannah hatte es kaum ausgesprochen, da schlug sie sich schon eine Hand vor den Mund. Mist! Sie hatte sich verraten, und Nick war das selbstverständlich nicht entgangen.

»Du wusstest, dass ich komme?«, fragte er und musterte sie verdutzt.

Sie senkte verlegen den Kopf. »Ja, ich wusste es.«

»Von wem?«

»Von deinem Vater.«

»Wie bitte? Das darf nicht wahr sein. Er hat ganz genau gewusst, dass Maggie und ich dich überraschen wollten.«

Hannah sah sich um. »Wo ist sie?«

»Bei deiner Großmutter. Aber lenk nicht ab. Hast *du* meinen Vater angerufen oder er dich?«

Sie biss sich auf die Lippen, doch dann beschloss sie, die Wahrheit zu sagen. »Nun, manchmal ich ihn und manchmal er mich. Das war unterschiedlich.«

»Soll das heißen, ihr habt mehrfach telefoniert?«

»Ja. Ich erklär's dir. Wollen wir uns dazu vielleicht setzen?«

Er nickte, und sie gingen auf die andere Seite der Bank und nahmen Platz.

»Ich hab's nicht ausgehalten, Nick«, meinte Hannah leise. »Nicht zu wissen, wie es dir und Maggie geht, das hat mich wahnsinnig gemacht. Noch in derselben Minute, in der ihr Kanada verlassen habt. Unsere Absicht war, dass jeder sich auf seine eigenen Probleme konzentrieren sollte. Die Wahrheit ist, dass ich das nicht konnte. Ich musste wissen, was bei euch los ist, darum habe ich deinen Dad angerufen. Danach standen wir die ganze Zeit über in Kontakt. Bist du jetzt sauer?«

Er lächelte. »Weil du dir Sorgen um uns gemacht hast? Bist du verrückt? Dafür liebe ich dich sogar noch ein bisschen mehr, auch wenn das kaum möglich ist.«

Hannahs Wangen erwärmten sich leicht. Nick hatte ihr bei seiner Abreise gesagt, dass er sie liebe. Es jetzt erneut zu hören, war nicht weniger aufwühlend. »Ich liebe dich auch«, erwiderte sie mit bebender Stimme.

»Das will ich stark hoffen, denn unserer gemeinsamen Zukunft steht nun nichts mehr im Weg. Doch ich nehme an, du weißt es bereits.«

Hannah nickte. »Du bist meinem Rat gefolgt und hast Charlene unter Druck gesetzt?«

»Ja, mit mäßigem Erfolg. Erst als ich ihrem Schotten im Detail erzählt habe, was vor und nach Maggies Geburt geschehen ist, und ich ihm die Beweise dafür gezeigt und gedroht habe, damit an die Presse zu gehen, sind die beiden eingeknickt. Der Mann war *not amused*, das kann ich dir sagen.«

»Und Charlene will nun erneut keinen Kontakt zu Maggie?«

»Doch. Sie hat mich darum gebeten, und ich habe ihr versichert, dass sie Maggie jederzeit sehen kann, wenn sie das will. Ich bin gespannt, ob sie dieses Angebot in Anspruch nehmen wird.«

»Leicht wird es nicht werden, wo ihr doch auf einen anderen Kontinent zieht.«

»Tun wir das? Wie kannst du dir da so sicher sein?«

Hannah zog eine Grimasse. »Wenn das eine Retourkutsche wegen eben sein soll, dann wird das nichts. Du kannst mich nicht auf den Arm nehmen. Von deinem Vater weiß ich, dass du dich schon vor sechs Wochen mit Charlene und ihrem Mann geeinigt hast. Die restliche Zeit hast du gebraucht, um die Brücken hinter euch abzubrechen. Deinen Job endgültig zu kündigen und euer Haus zu vermieten.«

»Mein Dad ist eine alte Petze«, beschwerte Nick sich, gleichzeitig aber lächelte er. »Dann weißt du also auch, dass er uns in wenigen Wochen folgen wird. Er hatte noch einige offene Arzttermine, die er nicht ...«

»Hat er mir erzählt«, unterbrach Hannah ihn. »Ich freue mich unglaublich, deinen Dad kennenzulernen. Also persönlich. Und irgendwann hoffentlich auch deinen Bruder und seine Lebensgefährtin.«

»Da mach dir mal keine Sorgen, die werden schneller in Kanada einfallen, als du denkst.« Nick griff nach ihrer Hand. »Jetzt zu dir. Wie ist es euch ergangen?«

»Gut so weit. Als ihr weg wart, mussten wir noch ein paar Tage bangen. Wir haben den Fund des Schmucks nämlich sicherheitshalber der örtlichen Polizei gemeldet, weil wir nichts falsch machen wollten. Dort hat man uns eröffnet, dass der Staat Kanada den Schmuck eventuell als historisch wertvoll einstufen und ihn beschlagnahmen könnte. Das war glücklicherweise nicht der Fall, und uns wurde der Fund uneingeschränkt zugesprochen. Wir haben ihn dann in einem Aktionshaus in Vancouver versteigern lassen. Es waren über vierzig Halsketten und genauso viele Ringe. Hochwertige Stücke aus Gold, viele davon mit Brillanten besetzt. Ich weiß, es ging nicht anders, aber es hat mir in der Seele wehgetan, diesen Schatz aufzugeben. Die Hoffnung war gering, dass die Sammlung als solche erhalten bleiben kann, aber zum Glück hat sich ein wohlhabender Mann für den Schmuck begeistert und ihn komplett aufgekauft. Für fünfhunderttausend kanadische Dollar. Ist das nicht der Hammer?«

Nick zuckte mit den Schultern. »Wenn du das sagst.«

»Von dem Geld werden wir nicht nur die Dachsanierung des *Broken Heart* finanzieren können, sondern, was noch viel besser ist, wir haben meinen Dad nach Hause geholt. Das ehemalige Schlafzimmer meiner Eltern haben wir in ein Krankenzimmer umbauen lassen, mit allem, was er braucht. Außerdem haben wir zwei Pfleger eingestellt, die sich rund um die Uhr um Dad kümmern. Und Doktor Waters schaut jeden Tag bei ihm vorbei. Dad bekommt die gleiche Pflege, die ihm auch im Heim in Vancouver zuteilwurde. Nur ist er jetzt zu Hause. Dort, wo er hingehört. Fantastisch, oder?«

Wieder reagierte Nick nur verhalten.

»Was ist mit dir?«, fragte Hannah irritiert. »Das sind doch gute Neuigkeiten.«

»Nein, sind es nicht.«

Sie starrte ihn konsterniert an. »Nicht?«

»Ich meine, es sind keine Neuigkeiten«, sagte er und schaute nun ebenso verlegen wie sie zuvor. »Ich weiß das alles schon, weil ich in den vergangenen zwei Monaten regelmäßig mit Dora gesprochen habe. Denn wie du konnte auch ich nicht anders. Ich musste wissen, wie es dir geht.«

»Mit Dora?«

»Deine Großmutter hat mir das Du angeboten. Sie hat mich dankenswerterweise darüber informiert, was hier los war. Für den Fall, dass es deinem Vater schlechter geht. Dann wäre ich sofort in den Flieger gestiegen.«

Hannah schüttelte ungläubig den Kopf, doch dann lachte sie aus vollem Herzen. »Wir sind schon zwei Gestalten, was?«

Auch Nick lachte, doch dann wurde er wieder ernst und drückte ihre Hand. »Zwei Gestalten, die wie füreinander gemacht sind, finde ich.«

Hannah nickte.

»Und? Fühlt dein Dad sich wohl in der gewohnten Umgebung?«

»Oh ja, das tut er. Man sieht es in seinen Augen. Mom ist die ganze Zeit bei ihm, was ihm sichtlich guttut. Aber wir machen uns nichts vor. Er wird bald sterben, das ist gewiss.« Ihre Stimme stockte.

»Wenn es so weit ist, werde ich bei dir sein«, versprach Nick. »Wir stehen das durch. Gemeinsam.«

»Danke, das ist lieb.«

»Das ist nicht lieb, sondern versteht sich von selbst. Ich bin immer für dich da, ich hoffe, du weißt das.«

»Hm, auch wenn ich in ein paar Wochen zurück nach Seattle gehe, um mein nächstes Semester zu beginnen?«

»Ohne Frage. Ich werde mir dort einen Job als Tischler suchen, von dem wir uns hoffentlich eine Wohnung leisten können, in der alle Platz haben. Du und ich, Maggie und mein Vater.«

»Das hast du dir aber schön überlegt.«

»Ja, nicht wahr?«

»Dumm nur, dass ich andere Pläne gemacht habe.«

Nicks Stirn legte sich in tiefe Falten. »Hast du?«

Sie nickte. »Wie wäre es, wenn du, ohne zu murren, einhunderttausend Dollar aus dem Verkauf des Schmucks, die meine Familie dir unbedingt geben möchte, annimmst und dir damit deinen Lebenstraum verwirklichst? Nämlich Möbeldesign und Innenarchitektur zu studieren? Ich gebe meine Studentenbude auf, und wir übernehmen zusammen das Apartment meiner Mom. Deine Uni wäre wie meine nur ein paar Kilometer entfernt, Maggie könnte die Schule um die Ecke besuchen, und dein Vater natürlich bei uns wohnen, wobei ich fürchte, dass er sich bereits anders entschieden hat.« Nick sah aus, als wäre er gerade von einem Zug gestreift worden, darum sprach sie schnell weiter. »Er würde nämlich gerne im *Broken Heart* bleiben. Als eine Art Hausmeister und Mädchen für alles. Um Sally und Nathan zu entlasten. Ich habe noch nicht mit Dora darüber gesprochen, aber ich denke, sie wird einverstanden sein.«

Hannah wartete auf Nicks Reaktion, aber als die nicht kam, stupste sie ihn vorsichtig an. »Hast du dazu gar nichts zu sagen?«

Er räusperte sich. »Doch, habe ich. Nämlich, dass ich dich liebe.«

Sie lächelte. »Habe ich heute schon mal gehört, und ich freue mich, dass meine Überlegungen daran nichts geändert haben. Aber sie gehen noch weiter.«

»Noch weiter?«, fragte Nick mit aufgekratzter Stimme.

»Ja. Wir werden unsere Semesterferien und möglichst auch die Wochenenden in Quesnel verbringen, selbst wenn das bedeutet, dass wir unsere Flugangst überwinden müssen. Ich möchte so oft wie möglich bei meiner Familie sein. Bei meinem Dad, solange er noch unter uns ist, bei meiner Mom, die sich auch entschieden hat, wieder dauerhaft hier zu leben, bei meiner Großmutter und bei deinem Vater, der vielleicht auch irgendwann mein Schwiegervater sein wird.« Sie grinste. »Also nicht, dass ich dich unter Druck setzen will, oder so. Was ich meine, ist, dass das *Broken Heart* unser Zuhause sein soll, unsere Homebase, zu der wir immer wieder zurückkehren. Auch später einmal, wenn ich als Pianistin auf Konzertreisen gehe, auf denen du mich hoffentlich begleiten wirst.«

»Ganz sicher werde ich das.«

»Ich hoffe, du bist noch der gleichen Meinung, wenn es erst so weit ist. Das wird anstrengend werden. Du wirst deine Möbel überall auf der Welt entwerfen können, aber wir müssen schauen, wie wir es mit Maggie machen und mit den anderen Kindern, die sich vielleicht noch zu ihr gesellen.«

Nick riss die Augen auf. »Wow, das geht mir jetzt doch ein bisschen schnell.«

»Keine Bange«, beruhigte Hannah ihn grinsend. »Das muss nicht in den nächsten fünf Jahren passieren.«

Nick atmete erleichtert auf.

»Aber vielleicht in den nächsten zehn?«, ergänzte sie.

Er nickte und grinste nun ebenfalls. »Darüber lässt sich reden.«

»Schon seltsam. Ganz am Anfang, als mir langsam bewusst wurde, dass ich etwas für dich fühle, hatte ich Angst, dass ich meine Zukunftsträume begraben müsste, wenn ich mit dir zusammenkomme. Heute weiß ich, dass mir all das nichts mehr bedeuten würde, wenn ich es nicht mit dir teilen könnte.«

»Und ich kann mir nichts Schöneres vorstellen, als genau das zu tun.«

Für ein Weilchen schwiegen sie. Dann ließ Nick ihre Hand

plötzlich los und legte stattdessen seinen Arm über ihre Schulter. »Du hast also gewusst, dass ich komme?«

»Das sagte ich doch bereits.«

»Gibt es einen Grund dafür, dass du ausgerechnet hier auf mich gewartet hast?«

Hannah lächelte. »Ja, den gibt es. Weißt du, mein Großvater hat immer gemeint, dass der rote Ahorn flüstert. Dass er versucht, uns etwas zu erzählen, was in der Vergangenheit passiert ist. Wir beide wissen jetzt, dass, wenn es so wäre, es nur traurige Geschichten sein könnten. Geschichten ohne ein Happy End. Die von Flash und Evelyn und die von meinen Eltern. Ich habe gedacht, dass es an der Zeit ist, dass diese Bäume etwas anderes zu hören bekommen. Wir könnten ihnen von uns erzählen. Wie wir uns gefunden haben und wie glücklich wir miteinander sind. Wie schön es ist, verliebt zu sein und sich auf ein gemeinsames Leben zu freuen. Und dass wir eines Tages als Happy Couple unsere Flitterwochen im *Broken Heart* verbringen werden. Irgendwann einmal werden sie irgendjemandem dann von diesem Glück flüstern können. Ist das nicht ein schöner Gedanke?«

»Na ja, ehrlich gesagt ist es eher ein verrückter Gedanke.«

Hannah zog einen Schmollmund. »Wie kann man nur so unromantisch sein, Nick Cooper?«

»Du findest mich unromantisch?«

»Oh ja.«

Nicks Arm rutschte in ihre Taille, und er hob sie mit einer geschmeidigen Bewegung auf seinen Schoß. »Dann muss ich dir wohl das Gegenteil beweisen.«

»Indem du was tust?«

»Indem ich dich küsse, dass dir Hören und Sehen vergeht. Und diesen Bäumen unter Umständen auch.«

»Du bist unmöglich.«

»Ich weiß. Doch je eher du dich damit abfindest, desto besser.« Und er besiegelte seine Worte auf eindrucksvolle Weise.